Indomptable

Indomptable

Médiéval • Tome 1

Elizabeth Lowell

Traduit de l'anglais par
Valérie Finet et Sophie Beaume

ÉDITIONS
POCHETTE

Éditeur : Nycolas Doucet
Traduction : Valérie Finet et Sophie Beaume
Révision linguistique : Féminin pluriel
Correction d'épreuves : Nancy Coulombe, Catherine Vallée-Dumas, Audrey Faulkner
Conception de la couverture : Catherine Bélisle
Images de la couverture : ©Thinkstock
Mise en pages : Catherine Bélisle

ISBN papier : 978-2-89765-120-6
ISBN numérique : 978-2-89765-121-3
ISBN ePub : 978-2-89765-122-0
Première impression : 2016
Dépôt légal : 2016
Bibliothèque et Archives nationales du Québec
Bibliothèque Nationale du Canada

Éditions Pochette Inc.
1385, boul. Lionel-Boulet
Varennes, Québec, Canada, J3X 1P7
Téléphone : 450-929-0296
Télécopieur : 450-929-0220
www.ada-inc.com
info@ada-inc.com

Diffusion
Canada : Éditions AdA Inc.
France : D.G. Diffusion
Z.I. des Bogues
31750, Escalquens — France
Téléphone : 05.61.00.09.99
Suisse : Transat — 23.42.77.40
Belgique : D.G. Diffusion — 05.61.00.09.99

Imprimé au Canada

Québec
Crédit d'impôt livres
Gestion SODEC

Participation de la SODEC.
Nous reconnaissons l'aide financière du gouvernement du Canada par l'entremise du Fonds du livre du Canada (FLC) pour nos activités d'édition.
Gouvernement du Québec — Programme de crédit d'impôt pour l'édition de livres — Gestion SODEC.

Pour Denis Farina
chevalier blanc, magicien, champion

1

Printemps, sous le règne du roi Henri Ier
Nord de l'Angleterre

Le son d'un cor de guerre retentit au milieu de la journée, annonçant l'arrivée du nouveau seigneur du château de Blackthorne.

Comme en réponse à une convocation, une forme sombre surgit de la brume… un chevalier en armure chevauchant un étalon immense. Le cheval et l'homme paraissaient ne faire qu'un, indivisibles, féroces, dotés d'une puissance masculine battant dans leurs veines au rythme d'une tempête.

— On dit que c'est un démon, madame, murmura la veuve Eadith.

— On dit cela de tous les chevaliers normands, répondit Meg à sa servante avec un calme désespéré. Il doit certainement y avoir parmi eux des hommes au cœur bon et généreux.

Eadith émit un son qui aurait pu être un rire étranglé.

— Non, maîtresse, votre promis porte une cotte de mailles ajustée au corps et monte un destrier sauvage. On peut entendre les murmures de la guerre.

— Il n'y aura pas de guerre, répondit Meg fermement. C'est pour cela que je vais me marier, pour mettre fin au massacre.

— Ne vous méprenez pas. Il y a là plus de chances de faire la guerre que de célébrer un mariage, annonça Eadith avec une satisfaction sauvage. Mort aux envahisseurs normands !

— Silence, dit doucement Meg. Je ne veux plus entendre parler de guerre.

Eadith fit la moue, mais elle ne parla plus de guerre.

Debout près d'une grande fenêtre du château, à l'abri des regards derrière un volet partiellement clos, Meg scrutait les terres à la recherche de la cavalerie qui aurait dû accompagner le guerrier qui deviendrait bientôt son époux.

Rien ne bougeait à l'arrière du cheval de guerre, si ce n'est la brume argentée serpentant au-dessus des champs. C'était une personne cachée dans la forêt au-delà des terres cultivées du château qui avait fait retentir le cor.

Le chevalier, paré de son cheval et d'une cotte de mailles, apparaissait plus imposant à chaque instant, chevauchant ouvertement jusqu'au château, sans craindre quoi que ce soit. Aucun domestique ne se pressait derrière le chevalier. Aucun écuyer ne se montrait à la tête de chevaux de bataille ou de bêtes de somme croulant sous le métallique et scintillant matériel de guerre.

Contrairement à la tradition, Dominic le Sabre approchait du château saxon avec pour unique compagnon le cri profond du cor de guerre.

— Celui-ci est véritablement le diable revêtant le corps d'un homme, dit Eadith en se signant. Je ne me marierais jamais avec lui.

— Effectivement. C'est ma main qui doit être donnée, pas la vôtre.

— Puisse Dieu vous protéger, murmura Eadith. Je tremble pour vous, madame, puisque vous n'avez pas la présence d'esprit de trembler pour vous-même !

— Je suis la dernière descendante d'une lignée ancienne et courageuse, dit Meg d'une voix enrouée. Comment un bâtard normand inconnu pourrait-il faire trembler une fille appartenant aux Druides de la Vallée ?

Alors que Meg parlait, elle sentit un frisson de peur parcourir sa colonne vertébrale. Plus Dominic le Sabre approchait à cheval, plus elle redoutait que sa servante ait raison.

— Que Dieu soit avec vous, madame, parce qu'il est certain que le diable le sera.

En prononçant ces paroles, Eadith se signa à nouveau.

Avec un sang-froid apparent, Meg regardait le fier chevalier s'approcher. Il s'agissait de l'homme qui allait la réclamer en tant qu'épouse et, avec elle, le vaste domaine qu'elle allait hériter à la mort imminente de son père.

Il s'agissait là de l'appât qui avait amené un réputé chevalier normand à quitter Jérusalem pour les frontières nordiques du royaume du roi Henri. Le domaine de son père avait toujours été l'appât pour les seigneurs écossais dont les familles avaient demandé la main de Meg pour leurs fils. Cependant, tout d'abord William II et ensuite Henri Ier avaient refusé de consentir au mariage de Lady Margaret de Blackthorne.

Jusqu'à ce jour.

Le chevalier sur son étalon se rapprocha davantage et laissa supposer à Meg que son futur époux était une personne peu commune, et pas uniquement du fait qu'il chevauchait seul.

« Tel un chevalier banni, il ne porte les couleurs d'aucun seigneur, mais il est certainement dans les bonnes grâces du roi d'Angleterre. Lorsqu'il deviendra mon époux, il régnera sur plus de terres qu'aucun des plus grands barons du royaume. »

Perplexe, Meg contemplait le chevalier normand qui était devenu un grand seigneur anglais. Il ne chevauchait sous aucun étendard et ne portait l'écusson d'aucun homme sur son bouclier en forme de larme. Son heaume était façonné d'un étrange métal noirci, de la même couleur que le cheval de guerre qui le portait. La longue cape qui enveloppait son corps couvert de mailles et celui de son cheval était sombre, lourde et suivait les mouvements puissants de l'étalon.

« Chacun d'eux est fier tel Lucifer. Et aussi puissant. »

Meg suivait l'approche du sombre seigneur, s'exhortant à ne montrer aucune peur.

— Il est exceptionnellement grand, dit Eadith.

Meg ne répondit rien.

— Ne vous apparaît-il pas effrayant ? demanda la servante.

Le sombre chevalier paraissait en effet impressionnant, mais il n'était pas question que les servantes du château fassent des commérages sur la façon dont leur maîtresse tremblait à l'approche de son futur époux.

— Non, il ne me paraît pas effrayant, répondit Meg. Il ressemble à ce qu'il est, un homme en cotte de mailles montant un cheval. Un spectacle tout à fait banal, en somme.

— Reste à voir, répondit Eadith sur un ton amer. Il fut un moment où il était un chevalier bâtard et l'instant d'après, il était devenu l'un des favoris du roi. Bien que le Sabre n'ait pas de terres qui lui appartiennent, les gens parlent de lui comme d'un grand seigneur.

— Lord Dominic, dit le Sabre, murmura Meg. Bâtard ou noble, il a sauvé le fils d'un baron renommé des mains des Sarrasins. Ce qui signifie que, sans lui, la croisade de Robert se serait bien mal terminée. Un roi sage récompense un aussi bon guerrier.

— Avec des terres saxonnes, rétorqua Eadith.

— Ce sont là les droits du roi.

— Vous agissez comme si vous ne vous en souciiez guère.

— Je me soucie uniquement de mettre fin aux massacres.

« Avez-vous appris la pitié en Terre Sainte, Dominic le Sabre ? L'espoir que je nourris dans mon cœur sera-t-il comblé par la générosité dans le vôtre ? Ou bien êtes-vous pareil à la cotte de mailles que vous portez, scintillant de cruelles possibilités plutôt que de futures promesses ? »

Eadith contempla de biais les traits délicats de sa châtelaine. Rien ne laissait transparaître les pensées profondes de Meg. La servante regarda à nouveau le chevalier normand qui approchait des portes d'un château qu'il avait gagné par la promesse d'un mariage plutôt que par une bataille honorable.

— On dit qu'il s'est battu avec une froideur glaciale et avec la sauvagerie d'un barbare nordique, dit Eadith en rompant le silence.

— Cela ne lui servira à rien avec moi. Je ne suis ni de glace ni guerrière.

— Les Druides de la Vallée, chuchota Eadith tout bas pour que sa châtelaine ne puisse l'entendre.

Cependant Meg l'entendit.

— Pensez-vous qu'il soit au courant ? lui demanda Eadith après quelques instants.

— Quoi donc ?

— Que vous ne lui donnerez jamais d'héritiers.

Les yeux vert clair de Meg se fixèrent sur la veuve saxonne qu'elle avait prise à son service en tant que servante à la requête de son père.

— Colportes-tu fréquemment des ragots aux manants, serfs et paysans ? demanda Meg d'un ton brusque.

— En aura-t-il ? persista Eadith. Aura-t-il des fils de vous ?

— Que d'étranges questions, dit Meg, qui se força à sourire. Suis-je une voyante pour connaître le sexe de mes enfants à venir ?

— Il paraît que vous êtes une sorcière des Druides de la Vallée, répondit Eadith sans mâcher ses mots.

— Les Druides de la Vallée ne sont pas des sorciers.

— Ce n'est pas ce que les gens racontent.

— Les gens racontent souvent des choses fantasques, rétorqua Meg. Après une année passée au château de Blackthorne, vous devriez le savoir.

Eadith regarda sa maîtresse de biais.

— Les gens disent également la vérité.

— Vraiment ? Les rochers ne fleurissent pas pour moi, ni les arbres ne se penchent pour me murmurer à l'oreille. Que de balivernes.

— Vous êtes douée avec les faucons et en ce qui concerne les plantes médicinales, fit remarquer Eadith.

— Je ne suis pas plus une sorcière que vous. Ne me parlez pas de choses pareilles. Seules les personnes simples d'esprit peuvent croire de telles sottises.

— C'est la vérité, répondit Eadith dans un haussement d'épaules. Les gens du peuple craignent votre mère, ne vous y trompez pas.

Meg ravala une remarque acerbe. Eadith pouvait être carrément agaçante, lorsqu'il s'agissait de Lady Anna. Les légendes qui entouraient la mort de Lady Anna fascinaient la servante.

— Ma mère est morte, dit Meg.

— Ce n'est pas ce que raconte la veuve du berger. Elle a vu le fantôme de Lady Anna au clair de lune près de ce lieu de sépulture païen.

— La gentille veuve apprécie trop la bière, rétorqua Meg. Cela joue vraiment des tours à son esprit. N'est-ce pas cette dernière qui jurait que des fées dansaient sur son bol de lait et que des fantômes avaient bu la bière qu'elle devait en paiement d'un porcelet ?

Eadith commença à répondre.

Meg, d'un geste brusque, lui réclama le silence. Elle voulait uniquement se concentrer sur le guerrier qui chevauchait seul en direction du château de Blackthorne.

Dominic le Sabre paraissait certain de ses propres prouesses au point de laisser son escorte loin derrière lui. Cette dernière émergeait à peine de la brume à présent, trop loin pour lui être d'aucune aide en cas d'embuscade. Pourtant, la possibilité d'une telle attaque n'était pas impensable. La rage de son père en apprenant qu'il devait donner la main de son unique héritière à un bâtard normand fut si forte que le cœur de Lord John faillit exploser dans son corps, un corps autrefois connu pour sa taille et sa musculature.

Néanmoins, même à l'époque de sa jeunesse et de sa pleine puissance, la taille de John avait été inférieure, d'une main entière, à celle du chevalier normand qui chevauchait avec dédain dans les jardins du château.

« Fier guerrier, pensa Meg en silence. Mais si la légende est exacte, une prouesse équivalente en matière de séduction avec une épouse appartenant au cercle des Druides de la Vallée pourra uniquement engendrer une progéniture féminine. »

D'un regard éclairé, Meg mesurait l'homme qui portait une cotte de mailles par-dessus une tunique de cuir noir, ses cheveux cachés sous un heaume d'acier, son étalon aussi noir et sauvage que les rêves de Satan.

« Pour ce qui est de vous donner des fils, mon sombre seigneur... Jamais. Il s'agit là de la malédiction des Druides de la Vallée. En un millénaire, personne n'a pu lever cette malédiction. En vous voyant, je crains que cela n'arrive jamais. »

Comme s'il avait senti le regard intense de Meg, le chevalier ordonna soudainement à l'étalon de s'arrêter. Le cheval se cabra à moitié, comme s'il faisait face à une attaque. En équilibre sur ses pattes arrière musclées, le destrier se mit à l'attaque avec ses pattes avant, ses sabots fendant l'air. Si un soldat au sol avait attaqué à ce moment-là, il serait mort sous les sabots du cheval de bataille.

Dominic le Sabre mania le cheval cabré sans efforts, sans jamais lâcher du regard la fenêtre du château située en hauteur aux volets partiellement ouverts. Même s'il ne pouvait voir personne à travers l'ouverture, il savait que Lady Margaret de Blackthorne se trouvait derrière ces murs de pierre et regardait son futur époux approcher du château.

Il se demandait si elle était pareille à son père, toujours en train de livrer bataille dans une guerre qui avait été perdue en 1066, lorsque William le Conquérant prit la couronne d'Angleterre à la noblesse saxonne.

« Ma Dame saxonne, accepterez-vous ma semence sans aucune bataille ? Me donnerez-vous les fils dont je rêve tel un homme mourant de soif rêve d'une boisson ? »

Un chevalier se détacha de l'escorte de Dominic et s'approcha au petit galop. Le cheval de Dominic se cabra à nouveau, en signe de défi. Nonchalamment, il domina son étalon tandis que le cavalier s'arrêtait à quelques pas.

Le second chevalier était en armure et montait également un destrier. C'était un manquement à l'usage et au bon sens d'utiliser un cheval de bataille de valeur pour effectuer un simple voyage. Néanmoins, personne ne pouvait savoir avec certitude si John de Cumbriland, seigneur du château de Blackthorne, avait planifié un mariage ou une guerre.

— Calme-toi, Crusader, dit calmement Dominic à son cheval. Il n'y a pas de traces de trahison.

— Pour l'instant, répondit l'autre chevalier sans ménagement en arrivant à ses côtés.

Dominic regarda son frère. Les yeux noirs de Simon observaient tout avec lucidité, sans rien laisser échapper. Simon, appelé « le Fidèle », était le chevalier le plus estimé dans l'escorte de Dominic. Sans son aide, Dominic doutait qu'il eût accompli au combat les exploits qui lui avaient valu d'être récompensé par une épouse saxonne dont la richesse foncière suffisait à rendre jaloux le roi d'Angleterre.

Mais pas cupide. Les rois normands avaient appris à leurs dépens que les Saxons indisciplinés aux frontières du nord étaient trop difficiles à battre complètement. Il était plus judicieux d'avoir recours à des mariages plutôt qu'à des guerres.

— As-tu remarqué quelque chose qui cloche ? demanda Dominic.

— Sven est venu me trouver dans les bois, répondit Simon.

— Et ?

— Il a fait ce que tu as demandé.

— Un véritable chevalier, dit Dominic d'un ton sardonique, vu qu'il avait demandé à Sven de rejoindre le château de Blackthorne en éclaireur, déguisé en pèlerin, et de séduire une des domestiques de la maison.

— La jeune femme était consentante, dit Simon en haussant les épaules.

Dominic grogna.

— Sven a appris que Duncan de Maxwell est dans le château, dit Simon de manière succincte.

L'étalon de Dominic se cabra à nouveau à moitié, en réponse à la brusque montée de colère de son cavalier.

— Et Lady Margaret ? demanda-t-il froidement.

— Elle se trouve également au château.

— Un rendez-vous galant ?

— Personne ne les a surpris ensemble.

Dominic grommela.

— Cela pourrait uniquement signifier qu'ils sont intelligents et non vertueux. Qu'en est-il des mercenaires ? Se trouvent-ils également ici ?

— Non, ils sont en compagnie du cousin de Duncan, au nord, à Carlysle, une des propriétés de Lord John. Ou plutôt, une de *tes* propriétés.

— Pas encore. Pas avant d'avoir épousé la fille et que ne meure le père.

— Il ne reste que deux jours avant les noces. Je doute que John ne survive au festin qui suivra.

Dominic se détourna de son frère en direction du château de Blackthorne surplombant la colline verte d'où il dominait la vallée. Lord John s'était plongé dans la pauvreté en construisant ce château de quatre étages avec ses épais murs de pierre et ses abruptes tourelles d'angle.

On n'avait reculé devant aucune dépense afin de transformer l'endroit en une forteresse militaire et le protéger de toute attaque. Tout autour du château, à environ trente mètres, se trouvait un mur de pierre à moitié terminé. Achevé, le mur aurait atteint deux fois la hauteur d'un homme à cheval. Mais le mur de pierre cédait la place à des palissades en bois, ce que Dominic, d'un regard affûté, considéra immédiatement être un point faible.

« Au moins John a-t-il eu le bon sens de creuser un fossé large et profond en vue de ralentir les assaillants. Même ainsi, le château est trop vulnérable. Quelques seaux de braises contre les palissades et le mur extérieur offrirait une brèche. Le château lui-même ne résisterait pas plus longtemps que la capacité des chevaliers à résister à la soif. À moins qu'il n'y ait un puits au sein du château lui-même… Si ce n'est pas le cas, je remédierai à cela immédiatement. »

Dominic contempla à nouveau l'imposante structure de pierre dominant la colline peinant à verdir. Une guérite avait été encastrée dans le mur extérieur partiellement achevé. Le pont au-dessus du fossé devait encore être abaissé.

— Où est le gardien du pont ? demanda Simon. Sommes-nous censés faire le siège ?

— Patience, mon frère, dit Dominic sur un ton acerbe. John mérite davantage notre pitié que notre colère.

— Je préfèrerais voir ce visage saxon endurer le martyre.

— Tu pourrais bien avoir ta chance.

— M'en fais-tu serment, monseigneur ? rétorqua Simon.

Le rire de Dominic fut aussi dur que le métal de son heaume.

— Pauvre John de Cumbriland, dit Dominic. Son père et son grand-père ne sont pas parvenus à retenir l'assaut normand. Lui non plus. À présent, il se meurt d'une maladie débilitante, et son unique héritière est une femme. Quelle situation lamentable. On serait à même de penser qu'il est maudit.

— Il l'est.

— Quoi ?

Avant que Simon ne puisse répondre, un lent grincement de chaînes et de rouages annonça que l'on descendait le pont-levis.

— Ah, dit Dominic avec une satisfaction sauvage. Notre saxon obstiné s'est décidé à s'incliner face à ses pairs normands. Demande au reste de mes chevaliers de s'approcher rapidement.

— Sur leurs chevaux de bataille ?

— Oui. De l'intimidation maintenant pourrait nous éviter un bain de sang plus tard.

La froide évaluation stratégique de Dominic ne surprit pas Simon. Malgré le courage de Dominic et son talent au combat, il n'avait pas soif de sang comme certains chevaliers. Dominic était plutôt aussi froid qu'un hiver nordique lorsqu'il combattait. C'était cela, le secret de sa réussite et ce qui troublait totalement les chevaliers qui n'avaient jamais eu à faire face à une telle discipline.

Juste au moment où Simon dirigeait son cheval en direction des bois, Dominic le héla.

— Qu'entends-tu, lorsque tu dis que John ne survivra pas au banquet du mariage ? demanda Dominic.

— Il est beaucoup plus malade que nous ne le pensions.

Le silence fut suivi par le son d'un poing ganté de mailles frappant une cuisse elle-même recouverte de mailles.

— Dans ce cas, dépêche-toi, mon frère, répondit vivement Dominic. Je ne veux pas que des obsèques perturbent mon mariage.

— Je me demande si Lady Margaret est aussi enthousiaste que toi en ce qui concerne ce mariage ?

— Enthousiaste ou traînant les pieds, cela importe peu. Mon héritier verra le jour à Pâques.

2

Seule dans sa chambre au quatrième étage du château, Meg délaça sa tunique et jeta le vêtement de laine usé et de couleur roussâtre sur son lit. Son surcot long jusqu'aux pieds suivit rapidement. La croix qu'elle portait autour du cou scintillait comme de l'argent liquide à la lueur des bougies. À chacun de ses pas, des pas secs et pressés, elle faisait bruisser, sous ses pieds, des herbes et des fleurs de cet été. Avec empressement, elle se revêtit d'une simple tunique et d'un manteau identiques à ceux d'une fille de roturier.

Le rire d'une femme s'éleva depuis le grand hall à l'étage du dessous. Meg retint sa respiration et pria pour qu'Eadith soit trop occupée à flirter avec Duncan pour penser à se tracasser des besoins de sa maîtresse. Les bavardages incessants d'Eadith au sujet de la force brutale et de l'attitude glaciale de Lord Dominic avaient fini par porter sur les nerfs de Meg.

Elle ne voulait plus en entendre parler. Elle ne serait d'ailleurs pas présentée à son futur époux avant le mariage le lendemain parce que son père disait qu'il se sentait trop faible pour quitter son lit. Meg ne savait pas si c'était la vérité. Elle savait qu'elle se marierait demain à un homme qu'elle avait vu pour la première fois la veille.

Le mariage était trop précipité pour que Meg puisse garder une tranquillité d'esprit. La vision de Dominic le

Sabre se matérialisant dans le brouillard, chevauchant un étalon sauvage avait hanté son sommeil. Elle n'avait aucune envie de se retrouver douloureusement allongée sous un froid guerrier pendant que celui-ci répandrait sa semence dans son corps infertile.

Et elle ne doutait nullement que ce serait un accouplement infertile et douloureux. Priver le rude chevalier d'avoir des enfants serait une bien petite récompense face à un futur tourmenté en compagnie d'un hostile laboureur normand.

Le sang de Meg se glaça à cette pensée. Depuis de nombreuses années, elle savait ce qui avait poussé sa mère, appartenant aux Druides de la Vallée, à partir dans la forêt et à ne jamais revenir, abandonnant sa fille aux mains sévères de John. Meg aurait préféré ne pas le savoir, car c'était comme entrevoir son propre futur.

« Peut-être la légende est-elle vraie. Peut-être existe-t-il un autre monde plus doux, juste sous le nôtre, dont l'entrée se trouve quelque part dans l'ancien tumulus. Peut-être Mère s'y trouve-t-elle, sifflant à l'oreille du faucon qui se trouve sur son poignet pendant que son formidable chat rayé dort sur ses genoux et que le soleil se répand autour d'elle. »

Le rire d'une femme monta en flèche, interrompant les pensées de Meg. Elle fronça les sourcils. Le rire était nouveau. Chaud et sensuel, pareil à un vent d'été. Il devait appartenir à la femme normande que Meg avait espionnée depuis sa chambre. Même à distance, les cheveux noirs et les lèvres rouges de la femme auraient suffi à faire tourner la tête de n'importe quel homme.

« Peu m'importe que la maîtresse de Lord Dominic soit une beauté, se dit Meg impatiemment. Le plus important est que je puisse quitter le château avant qu'Eadith ne revienne trottiner près de moi pour me conter le dernier récit de la brutalité normande. Que les récits d'Eadith soient vrais, ce dont je doute souvent, ou faux, ils m'exaspèrent. »

De ses doigts nerveux Meg défit le ruban brodé qui serpentait au milieu de ses longues tresses. Impatiemment, elle tressa à nouveau ses longs cheveux et en attacha l'extrémité avec des cordons de cuir. Un simple foulard pour la tête et un bandeau lacé de cuir complétaient sa tenue.

Avec empressement, Meg quitta la chambre et descendit les sinueux escaliers de pierre intérieurs jusqu'au deuxième étage du château. Lorsqu'elle arriva en bas, une de ses tresses s'était à moitié défaite. Tel un éclat de feu, ses cheveux chatoyants d'une lueur vive, couleur rouge-or, se répandirent en cascade sur son court manteau de laine gris clair.

Les domestiques s'inclinèrent rapidement lorsque Meg traversa l'avant-corps connexe qui gardait l'entrée du château. Personne ne pensait que son accoutrement était étrange puisqu'elle circulait librement dans le château depuis l'âge de treize ans, depuis que son mariage avec Duncan de Maxwell avait été refusé par le roi. À dix-neuf ans, l'âge où la plupart des femmes de son rang avaient un mari et une ribambelle de bébés, Meg était une vieille fille dont le père se désespérait de ne pas avoir d'héritiers.

Meg fit un signe de tête au domestique qui lui ouvrait la porte et sortit de l'avant-corps en empruntant les marches de pierre abruptes qui descendaient jusqu'au sol pavé du mur d'enceinte. Ses escarpins en cuir souple ne firent pas de bruit alors qu'elle descendait les marches rendues glissantes par le brouillard. Aussi habile sur ses pieds qu'un chat, elle se glissa en bas de l'escalier jusqu'à l'ouverture du mur d'enceinte où le vent s'engouffrait comme dans une grange ou une cuisine, ébouriffant les plumes de la volaille ligotée qui attendait de passer sous la hache.

Au-dessus d'elle, le ciel gris était strié de traînées bleu clair. Le cercle incandescent du soleil brûlait timidement à travers les voiles de brume. La douce couleur métallique du printemps l'entoura telle une bénédiction, lui remontant le moral. De sa gauche lui parvint le cri fluide des oiseaux dans les pigeonniers. À sa droite, elle entendit le cri haut et profond d'un gerfaut que l'on sortait des écuries pour être installé sur un perchoir en bois dans le jardin.

Avant que Meg n'ait pu faire deux pas en direction de la guérite, un chat noir avec trois pattes blanches et de saisissants yeux verts trottina dans sa direction, miaulant joyeusement, la queue ébouriffée bien droite. Meg se pencha et tendit les bras juste au moment où le chat bondit légèrement, certain qu'il serait attrapé et maintenu.

— Bonjour à toi aussi, Black Tom, dit Meg en souriant.

Le chat ronronna et se frotta la tête contre son épaule et son menton. Ses longs sourcils blancs et ses moustaches blanches contrastaient sur sa tête noire.

— Ah, tu as un pelage tellement soyeux, bien plus que celui des fouines blanches qui se trouvent sur la cape du roi, j'en conviens.

Black Tom ronronna son approbation et sans ciller, regarda sa maîtresse de ses yeux verts. Tout en lui parlant doucement, Meg porta le chat jusqu'à la guérite.

— Belle matinée à vous, madame, dit le portier en touchant son front en signe de respect.

— À vous aussi, Harry. Votre fils va-t-il mieux ?

— Oui, grâce à Dieu et à vos remèdes. Il est à nouveau aussi dynamique qu'un chiot et aussi curieux qu'un chaton.

Meg sourit.

— C'est merveilleux.

— Irez-vous voir le faucon du prêtre après être allée chercher vos herbes médicinales ?

Ses yeux d'émeraude scrutèrent le visage de Harry tandis qu'elle demandait :

— La petite chasseresse refuse-t-elle encore la nourriture ?

— Oui.

— J'irai la voir.

Harry boitilla jusqu'aux immenses doubles portes qui donnaient sur le jardin extérieur du château lorsque le pont était abaissé au-dessus du fossé. Une plus petite porte était encastrée dans l'ossature en bois d'une des portes. Il ouvrit le portail, laissant apparaître un rectangle brumeux de la lumière du jour dans la sombre guérite. Lorsque Meg le traversa, Harry s'inclina et dit doucement :

— Sir Duncan a demandé de vos nouvelles.

Meg se tourna rapidement vers le portier.

— Est-il souffrant ?

— Lui ? se moqua Harry. Il est aussi robuste qu'un chêne. Il se demandait si *vous* étiez malade. Vous n'êtes pas allée à la chapelle ce matin.

— Cher Duncan, c'est si gentil de sa part de l'avoir remarqué.

Harry se racla la gorge. Peu de gens qualifieraient Duncan de Maxwell de gentil. Mais la maîtresse était une sorcière des Druides de la Vallée. Il y avait en elle quelque chose qui adoucissait la plus sauvage des créatures.

— J'ai entendu dire qu'il n'avait pas été le seul à remarquer votre absence, dit Harry. Le seigneur normand était clairement énervé de ne pas vous voir.

— Dites à Duncan que je me porte bien, dit Meg en passant la porte avec empressement.

— Vous le verrez certainement avant moi.

Meg secoua la tête. Sa tresse dénouée scintillait de mille feux tandis qu'elle se pressait et parlait par-dessus son épaule.

— Mon père a demandé que je ne vienne pas à son chevet après la chapelle. Étant donné que Duncan quitte rarement mon père ces jours-ci…, dit-elle dans un haussement d'épaules.

— Que dois-je répondre à Lord Dominic, s'il vous demande ? dit Harry en lançant à sa maîtresse un regard pénétrant.

— S'il me demande, ce dont je doute, dites-lui la vérité. Vous n'avez vu aucune dame bien vêtue quitter le mur d'enceinte ce matin.

Le portier regarda les vêtements simples que portait Meg et se mit à rire. Puis son sourire s'effaça, et il secoua la tête tristement.

— Vous êtes comme votre mère, avec cette envie incessante de quitter ces murs de pierre. Elle était pareille à un faucon hurlant en quête de liberté.

— Elle est libre à présent.

— Je prie pour que vous ayez raison, maîtresse. Que Dieu ait sa pauvre âme.

Meg se détourna du regard sage et bleu délavé de Harry. La pitié qu'il ressentait pour elle était bien trop visible dans son expression. Elle était une Druide de la Vallée, fille d'une Druide de la Vallée ; et comme sa mère, elle ne serait pas libre à moins de mourir.

Juste au-delà de l'étang, un martin-pêcheur attendait, plein d'espoir, que son repas apparaisse à la surface de l'eau calme. Au creux des roseaux au bord de l'étang, immobile comme une statue, un héron luisait d'un gris pâle. Des corbeaux croassaient depuis les remparts au sommet du château. Comme s'il répondait à l'appel, un des gardiens réprimanda son assistant pour avoir piétiné une nouvelle pousse fragile.

Pendant un instant, ce fut comme si rien n'avait changé, comme si Meg était encore une enfant et que sa mère chantait doucement l'amour perdu, pendant que Gwyn l'Ancienne brodait des runes sur la chemise de Meg de manière à ce qu'elle puisse les sentir, mais qu'elles ne puissent être vues ; comme si aucun arrogant chevalier normand n'était arrivé au château réclamant une épouse, un domaine et des héritiers afin de plonger dans un futur que personne ne pouvait entrevoir.

Meg respira profondément et fit entrer l'air pur dans ses poumons, savourant le parfum frais du printemps. Ses jupes tourbillonnèrent dans une rafale de vent. La froide morsure de l'air sur ses jambes était le signe d'un printemps incertain peinant à prendre le dessus sur les affres de l'hiver rigoureux.

Le cri perçant d'un faucon sauvage se fit entendre au-dessus des prairies où des pousses vertes se frayaient un chemin à travers le chaume de foin de l'année dernière. Non loin, un épervier voltigeait au-dessus des prairies, à la recherche du premier repas de la journée. Il y a quelques jours, le faucon du prêtre avait plané de la même manière avant de plonger sur une proie. Cependant, la prise avait été disputée par un faucon sauvage qui faisait trois fois sa taille. Avant que le prêtre n'ait pu intervenir, le courageux petit rapace avait été sévèrement blessé.

Tout à coup, Meg se tourna et retourna vers la guérite. Ses semis pouvaient attendre. Pas le faucon.

Comme s'il l'attendait, Harry ouvrit la porte avant même qu'elle n'ait fait trois pas, lui permettant ainsi de se hâter vers le mur d'enceinte. Lorsqu'elle déposa Black Tom sur les pavés humides, les yeux verts de ce dernier lui lancèrent un regard incrédule.

— Tu ne peux pas venir avec moi pour l'instant. Je dois d'abord me rendre aux fauconneries, expliqua-t-elle.

Le chat cligna des yeux, puis commença calmement à faire sa toilette comme s'il ne s'était jamais attendu à aller gambader dans l'herbe à chat du jardin d'herbes aromatiques de Meg.

Dès qu'elle arriva en vue des bâtisses de bois qui abritaient les nombreux oiseaux de chasse du château de Blackthorne, le fauconnier s'avança, l'air visiblement soulagé.

— Merci, maîtresse, dit William en touchant son front. Je craignais que vous ne soyez trop occupée avec les préparatifs du mariage pour venir voir le petit faucon.

— Jamais, dit doucement Meg. La vie serait bien plus misérable sans ces farouches petites créatures. Pouvez-vous me donner mon gant ?

William tendit un gant de cuir qu'il avait confectionné il y a quelques années pour la mère de Meg. Il était également à la taille de la fille. Déchiré et griffé à la suite de son utilisation de longue date, le cuir était le silencieux témoin des serres tranchantes des oiseaux de chasse.

Meg se rendit dans la fauconnerie qui abritait le rapace blessé. Elle devait légèrement se baisser pour entrer, mais une fois à l'intérieur, elle pouvait aisément se tenir droite. Après un moment, ses yeux s'acclimatèrent à la semi-obscurité. Elle aperçut l'épervier sur un perchoir dans la partie la plus sombre de la fauconnerie.

Lorsque Meg s'approcha et offrit son avant-bras comme nouveau perchoir, l'oiseau refusa. Meg sifflota doucement. L'épervier se leva d'abord sur une patte et ensuite sur l'autre. Finalement, avec des gestes lents et rigides ainsi qu'une aile à la traîne, il se hissa sur son avant-bras.

Meg marcha jusqu'à la porte de la fauconnerie et le tint à la clarté de la lumière du jour. Les yeux, qui auraient dû être translucides, étaient troubles. Le plumage, qui aurait dû être lumineux avec de subtils reflets colorés, allant du gris-bleu au roussâtre, paraissait terne. La prise des serres de l'oiseau sur le gant n'était pas assurée.

— Eh, mon petit, murmura-t-elle tristement, bientôt tu voleras dans des cieux qu'aucun homme n'a jamais vus. Dieu te délivrera très vite de ta souffrance.

Avec précaution, Meg reposa l'épervier sur son perchoir. Durant de longues minutes, elle sifflota et murmura doucement à l'intention du faucon. Lentement, ses yeux brumeux se fermèrent. Dès qu'elle fut certaine qu'aucun mouvement ne perturberait le faucon, elle se retourna pour partir.

Lorsque Meg émergea des fauconneries, Dominic le Sabre se tenait à côté du fauconnier.

Ses pas chancelèrent lorsque son regard se porta sur des yeux gris sombre et des traits sévères et soignés. Alors que les autres hommes portaient soit de longues barbes, soit aucune, ce guerrier avait soigneusement taillé sa barbe noire et sa moustache. Il n'avait pas non plus de longues mèches de cheveux pour adoucir le contour de son visage de guerrier, ses cheveux noirs et épais avaient été coupés afin de tenir sous un heaume de bataille.

Grand, puissant, immobile, Dominic le Sabre s'empara des sens de Meg en l'espace d'une, deux, trois bouffées d'air. Ensuite, aussi certainement qu'elle avait ressenti la mort se déployer dans le corps de l'épervier, elle sentit la rigide maîtrise de soi de Dominic, une farouche domination sur lui-même qui ne permettait aucune émotion, aucune douceur, rien, si ce n'est les froids calculs du pouvoir et de la descendance.

Au premier abord, Meg pensa que le sang-froid de Dominic était aussi compact et glacial que l'hiver lui-même. Ensuite, elle se rendit compte que, derrière la froide retenue du guerrier, se cachait, profondément enfoui, l'écho d'une souffrance péniblement contenue. Cette découverte était aussi inattendue et poignante que d'entendre le chant d'une sturnelle au milieu de la nuit.

« Dieu, qu'est-ce qu'a supporté cet homme pour l'obliger à se refuser toute expression d'émotions humaines ? »

À la suite de cette pensée en vint une autre, une plus troublante. Malgré tout, brûlait en Dominic un feu sauvage de masculinité qui faisait écho à une partie de l'être de Meg qu'elle ne soupçonnait pas.

Quelque chose en elle vibrait, se tendait, répondait.

Cela l'effrayait. Elle qui avait toujours avancé sans rien craindre, pas même les bêtes les plus féroces de la forêt.

— Maî…, commença William, interloqué par son immobilité.

Meg lui coupa la parole avant qu'il ne puisse décliner son identité.

— Bonjour à vous, seigneur, dit-elle à Dominic.

Devant les yeux ébahis de William, elle se toucha le front, saluant Dominic comme si elle était une jeune paysanne plutôt que la dame du château.

— Le petit faucon du prêtre sera bientôt libre, dit-elle à William à voix basse.

— Ah, dit-il, le bon père le pleurera ardemment. Il aimait partir à la chasse avec ce faucon femelle. Il disait qu'elle lui élevait l'esprit telle une belle messe.

— Est-ce qu'un des oiseaux est malade ? demanda Dominic.

— C'est le faucon du père Millerson, expliqua William.

— Maladie ? demanda Dominic brutalement.

William regarda Meg.

— Non, dit-elle d'une voix rauque. Il s'agit d'une blessure provoquée par une bataille gagnée par un faucon sauvage, et non d'une épidémie qui pourrait s'attaquer aux oiseaux des fauconneries ou des pigeonniers.

Lorsque Meg se toucha à nouveau le front et se tourna pour s'en aller, Dominic dit :

— Attendez.

Il se rendit compte que sa curiosité était intensément piquée par cette jeune femme qui avait émergé des fauconneries telle une flamme de l'obscurité, ses yeux aussi verts que des émeraudes touchées par le soleil. Ces yeux magnifiques révélaient la plupart de ses pensées ; la tristesse de devoir quitter l'oiseau mourant, la surprise en voyant Dominic dans les fauconneries, et… la peur ? Oui, la peur.

Il l'effrayait.

Ensuite, comme Dominic l'observait, les yeux de la jeune femme changèrent à la manière de la mer qui passe du jour à la nuit. À présent, plus rien ne bougeait et ne laissait transparaître ses pensées.

« Quelle jeune femme extraordinaire. »

Dominic se caressa la moustache fraîchement taillée et sa barbe noire pendant qu'il l'étudiait.

« Ces cheveux. Dorés, rouges et auburn. Cela fait ressembler sa peau à de la crème particulièrement fine. Je me demande qui je devrai soudoyer pour l'avoir dans mon lit. Père, frère, oncle ? Ou un mari… »

Dominic fronça les sourcils. La pensée que la jeune femme soit mariée ne le séduisait pas. La dernière chose qu'il pensait faire était de donner une excuse aux vassaux du château de Blackthorne, qui haïssaient les Normands, pour annuler le marché que le roi Henri avait forcé à conclure. Les comtes écossais et la petite noblesse saxonne pouvaient culbuter à volonté toutes les jeunes femmes, mariées ou non ; mais si un Normand venait à toucher une femme de la région sans le consentement du mari, les plaintes s'élèveraient et s'entendraient tout le long du chemin jusqu'à Londres.

« La jeune paysanne est-elle mariée ? Telle est la question. »

Pourtant, au lieu de s'enquérir du mariage, Dominic demanda des nouvelles de la reine des faucons, qui était un cadeau du roi Henri à son nouveau remarquable baron.

— Est-ce que mon faucon pèlerin est arrivé sans dommage ?

— Oui, seigneur, répondit rapidement William.

— Comment va-t-elle ? demanda Dominic.

Mais c'était à la fille qu'il s'adressait et non au fauconnier.

— Farouche, dit Meg.

Elle se mit alors à sourire en comprenant que Dominic l'avait prise pour ce qu'elle semblait être, une simple domestique. Un certain soulagement, de l'amusement et de la curiosité pour le sombre chevalier poussèrent Meg à rester, plutôt qu'à fuir comme elle l'avait d'abord pensé.

— La vie coule en elle tel un torrent de feu, dit Meg. Elle récompensera totalement l'homme qui prendra le temps de la cajoler.

Une montée de désir parcourut Dominic par surprise. Il n'était pas du genre à s'embraser devant le sourire et les paroles à double sens d'une jeune femme. Pourtant, cela venait de lui arriver, indéniablement. C'est uniquement grâce au tombé de sa cape dont les bords étaient attachés, que la réponse instantanée de son corps ne put être remarquée de quiconque.

— Restez à mes côtés pendant que je lui rends visite, ordonna Dominic.

Sa voix laissait paraître une demande brute plutôt qu'une requête polie. Meg étouffa péniblement son irritation instantanée et le malaise qui grandissait à chaque instant passé en compagnie du viril Dominic.

Dominic remarqua le mélange de réactions de Meg et fut une nouvelle fois intrigué. La plupart des filles de son rang auraient été flattées par le moindre signe d'attention d'un seigneur. Pourtant, il sentait clairement qu'elle était prête à s'enfuir des fauconneries.

— Les premiers instants d'un homme avec un nouveau faucon sont critiques, dit Dominic. Je veux qu'elle m'accepte sans se faire de mal en essayant de s'envoler alors qu'aucun vol n'est nécessaire.

— Ou possible, marmonna Meg dans un souffle.

— Exactement.

Dominic nota le faible durcissement de la bouche de Meg et le fait que ses yeux s'écarquillèrent très légèrement pour marquer son étonnement d'avoir été entendue. Il pouvait décrypter les autres personnes avec la même facilité qu'un paysan interprète les saisons ou un prêtre lit la Bible. Le sourire qu'il lui adressa aurait été interprété par la plupart des gens comme un signe de réconfort.

Cependant, Meg perçut, dans le doux sourire de Dominic, le calcul sous-jacent.

— N'ayez crainte, dit-elle brusquement. Le faucon porte un chaperon. Un faucon privé de la vue ne cherche pas à s'envoler. Elle attend uniquement vos caresses.

— Allez-vous m'aider, maîtresse des faucons ?

— Je suis… Meg.

— Lord Dominic le Sabre, dit-il.

— C'est bien ce que je pensais.

Encore une fois, Dominic sourit légèrement, appréciant le ton coupant et narquois de la donzelle.

Meg tenta de ne pas sourire en retour. Elle échoua. Il était impossible de ne pas s'adoucir, étant donné que son éclair d'amusement était réel et non calculé.

Le sourire de Dominic s'élargit lorsqu'il constata la réponse de Meg qui se détendait. Celle-ci n'était plus sur le point de s'enfuir.

— Alors venez avec moi, jeune Meg. William veillera à votre honneur. Ou bien y a-t-il un mari pour vous défendre ?

Le fauconnier se mit à tousser, prêt à s'étrangler. Meg lui asséna des coups sonores entre les omoplates et pria pour qu'il ne mette pas fin à ce petit jeu. Elle soupçonnait que son futur époux soit plus à l'aise avec une jeune paysanne plutôt qu'avec sa fiancée saxonne réticente.

— Voilà, William. Vous sentez-vous mieux ou dois-je frapper encore un peu plus ?

Lorsque Meg se pencha avec sollicitude vers le fauconnier, elle chuchota :

— Cela suffit, William ! Si vous n'êtes pas capable de garder mon secret, j'irai voir le faucon pèlerin sans vous !

Le fauconnier se racla vivement la gorge et pinça les lèvres comme s'il n'allait plus jamais sourire. Instantanément, la ligne se brisa en un éclat de rire. Il se mit la main sur la bouche et émit des bruits d'étranglement.

— Je pense que nous devrions laisser le pauvre homme ici, dit doucement Dominic. Restez ici, fauconnier. Vous toussez tellement que vous pourriez effrayer une simple pierre, et encore plus un faucon fraîchement arrivé à la fauconnerie.

Meg lui jeta un coup d'œil de côté. Son cœur fit un bond lorsqu'elle remarqua que Dominic l'observait. Il y avait une préméditation masculine dans son regard qui contrastait avec son précédent sang-froid. Il était davantage brûlant que glacial.

Il voulait se retrouver seul avec elle.

— Quelle fauconnerie ? demanda Dominic.

— Je… Par là, indiqua Meg.

— Montrez-moi le chemin.

Le bon sens intimait à Meg de refuser. La curiosité la poussa à accepter. Elle pouvait apprendre beaucoup d'un homme en voyant la façon dont il se comportait avec un farouche faucon en captivité.

Avec méfiance, Meg conduisit Dominic à la fauconnerie qui abritait le nouveau faucon pèlerin. La pièce avait trois fois la taille de celle qui abritait le faucon du prêtre. Une ouverture percée tout en haut d'un mur laissait entrer l'air frais et la lumière. Le faucon pèlerin pouvait uniquement apprécier l'air puisque ses yeux étaient couverts. C'était une façon d'empêcher l'oiseau de se projeter inutilement contre les murs dans sa quête de liberté ou de se fatiguer en saccageant ce qui se trouvait au bout de sa bride de cuir.

De petites clochettes tintèrent lorsque le faucon s'agita nerveusement sur son perchoir au moment où il perçut une présence humaine dans la fauconnerie. Quand Dominic et Meg entrèrent, l'oiseau agita ses ailes puissantes et tourna la tête d'un côté à l'autre, écoutant attentivement. Malgré le chaperon, il pouvait parfaitement entendre.

Meg siffla une mélodie complexe de cinq notes, qu'elle utilisait uniquement pour cet oiseau. Reconnaissant la mélodie, le rapace se calma et replia les ailes. Le petit tintement de clochettes s'arrêta.

— Elle est magnifique, dit Dominic à voix basse.

— Un oiseau digne des princes ou des grands barons, admit Meg.

— Se tient-elle déjà sur le poignet ?

— Le mien, oui. Elle se méfie encore des hommes.

— Sage, répondit Dominic. À cet instant, elle nous connaît uniquement en tant que geôliers et non comme les partenaires de chasse que nous allons devenir.

Le faucon pèlerin remua nerveusement au son de la voix de Dominic. Les clochettes tintèrent à l'extrémité des liens de cuir qui pendaient à chaque patte. Son bec crochu s'ouvrit, et ses ailes se déployèrent en signe d'attaque ou de défense.

Dominic siffla, reproduisant exactement la mélodie de cinq notes que Meg avait utilisée. Surprise, Meg se tourna et le regarda. Même le fauconnier avait de la difficulté à siffler de la même manière qu'elle.

Le faucon dressa rapidement la tête en direction du sifflement familier. Après que le son fut répété encore et encore jusqu'à devenir un apaisant ruisselet sonore, le faucon pèlerin s'avança lentement le long de son perchoir pour se rapprocher de la source de la mélodie. Lorsque le gant de cuir frôla ses serres, elle grimpa sur le poignet de Dominic.

— Touchez-la comme vous le feriez d'habitude, dit-il à voix basse.

Meg devrait se tenir tout près de Dominic pour pouvoir atteindre le faucon comme elle le faisait normalement. Elle hésita, partagée entre la méfiance et la curiosité de savoir ce que l'on ressentait à être aussi proche de cet homme tout comme l'était le faucon, humant son parfum, écoutant le doux va-et-vient de sa respiration.

Les clochettes se firent entendre, signalant la grandissante impatience du rapace.

— Allez, murmura Dominic. Elle devient nerveuse face à votre silence.

Parlant calmement, faisant l'éloge de la force et de la beauté du fier faucon, Meg passa les doigts sur sa tête, ses ailes, sa poitrine, ses pattes froides tout en soufflant doucement au visage du faucon.

— Effectivement, tu es le faucon le plus parfait de tout le royaume, dit doucement Meg. Tes ailes sont aussi rapides qu'un vent de tempête, tes serres frappent comme l'éclair, et ton courage est supérieur au tonnerre dominant les terres. Tu ne te détourneras jamais de la chasse. La mort que tu asséneras sera propre et nette.

L'aveuglement temporaire, provoqué par le chaperon qui lui recouvrait la tête, avait intensifié la perception de tous ses autres sens face aux évènements. Entouré du parfum, du toucher et des sons qui l'avaient réconforté depuis son arrivée dans des fauconneries étrangères, le faucon pèlerin se calma bien que restant vigilant; il concentrait entièrement son attention sur la femme qui le touchait et lui parlait si gentiment.

Meg se tourna vers Dominic, une question muette dans le regard. La réponse ne se fit pas attendre. Il se mit à caresser le faucon comme elle venait de le faire, la tête, la poitrine et les ailes, avec des gestes à la fois doux et assurés. Sans empressement, comme s'il ne devait satisfaire à aucune autre demande à part celle de réconforter le splendide faucon en captivité, il le caressa et émit le sifflement de la mélodie à cinq notes de Meg.

Fascinée, Meg observait. Lorsque l'oiseau commença à s'agiter face au souffle d'une respiration étrangère, Dominic ne montra aucun signe d'impatience. De longues minutes s'écoulèrent tandis qu'il recommençait encore et encore le rituel, touchant le faucon comme Meg l'avait fait. Petit à petit, l'oiseau se calma et accepta Dominic.

C'est seulement à ce moment-là que Dominic se mit à parler au faucon, faisant l'éloge de son bec fin et du fier port de sa tête. Les clochettes cliquetèrent tandis que l'oiseau bougeait nerveusement, non accoutumé à entendre la voix de Dominic. Une nouvelle fois, il ne montra aucun signe d'impatience. Il recommença simplement tout depuis le début, répétant le rituel réconfortant jusqu'à ce que le faucon accepte son toucher, sa voix, son souffle sur lui.

Meg relâcha sa respiration alors qu'elle n'avait pas eu conscience de retenir son souffle. Souriant de plaisir, elle observa Dominic terminer de cajoler le faucon. Il avait un bon toucher, à la fois léger et ferme. Même lorsqu'il tourna l'oiseau vers la lumière, il se laissa faire sans s'agiter.

— Vous êtes très doux avec elle, dit doucement Meg.

— Les faucons réagissent mieux à la douceur.

— Et s'ils réagissaient mieux à la morsure ?

— Je les mordrais, murmura-t-il d'un air détaché.

Le silence régna tandis que Meg mesurait à nouveau la consternante étendue de son sang-froid. Si elle n'avait pas ressenti la souffrance si profondément enfouie en lui, elle l'aurait jugé comme quelqu'un de complètement froid.

— Encore une fois, Meg, chuchota Dominic. Laissez-moi voir comment vos mains la caressent.

Mais cette fois, ce n'était pas le faucon sur son poignet que Dominic observait. C'étaient les mains gracieuses de Meg, ses lèvres légèrement entrouvertes et sa poitrine se soulevant sous son manteau ouvert. Ses narines frémirent légèrement lorsqu'il perçut le parfum d'épices qui émanait du corps de Meg telle la chaleur de la flamme d'une bougie.

Le désir monta puissamment, mettant Dominic mal à l'aise. Un guerrier qui ne se maîtrisait pas complètement commettait des erreurs. Des erreurs fatales.

Avec une aisance due à une longue expérience, il réfréna son impatience de mettre la paysanne dans son lit. Il ne pouvait maîtriser la dure réponse de son corps, cependant il pouvait maîtriser ce qu'il ferait de cette excitation.

— La captivité vaut peut-être la chance d'être cajolé de cette façon, dit Dominic au bout d'un moment. Caressez-vous vos amants avec votre souffle et vos doigts, Meg ?

Ébahie, elle se tourna vers lui. Il était très proche et il la regardait avec l'intensité d'un faucon. Dans la pénombre de la fauconnerie, ses yeux étincelaient comme du mercure.

— Je… je ne connais pas ces choses-là.

— Est-ce que votre mari est si peu généreux, dans ce cas ?

— Je ne suis pas mariée.

— Excellent, dit Dominic, soufflant légèrement sur le faucon pèlerin. Je répugnerais à rompre ce qui a été uni avec la bénédiction de Dieu, étant donné que je vous veux pour maîtresse. Avez-vous un père ou un oncle pour recevoir votre récompense ?

Le dos bien droit, le menton levé, Meg répondit froidement :

— Vous dépassez les limites, seigneur.

L'indignation qui perçait clairement dans sa voix amusa Dominic.

— Comment ça ? demanda-t-il.

— Vous allez vous marier demain !

— Ah, ça.

Dominic se tourna assez longtemps pour replacer le faucon sur son perchoir.

— Le mariage est pour les terres et les héritiers, dit-il.

Sans prévenir, Dominic se retourna et attira Meg contre son corps, testant sa réponse à une approche directe. Lorsqu'il pencha la tête pour l'embrasser, il sentit son refus par la rigidité de son corps, il le vit aussi dans l'éclat féroce de ses yeux. La jeune paysanne était aussi fière et distante qu'un faucon pèlerin. Tel un oiseau de chasse, elle devrait être attrapée avec de la célérité plutôt que de la force pour atteindre le but recherché.

« Sacrebleu, pourquoi n'est-ce pas une jeune paysanne consentante qui me tiraille les reins ? »

Mais ce n'était pas le cas. Pas encore.

En maudissant mentalement le fait d'être obligé de prolonger les formalités de la séduction physique avec une simple paysanne, Dominic releva le menton raide de Meg au creux de sa main. Si elle était aussi froide que sa voix, aucune séduction ne serait possible, et cela aussi devait être déterminé.

— Petit faucon, dit Dominic, le mariage n'a rien à voir avec *ça*.

La douce sensualité de la langue de Dominic, qui parcourut la lèvre inférieure de Meg, était une chose complètement inattendue pour elle. Elle s'immobilisa tandis que d'étranges sensations parcouraient son corps, la faisant se sentir aussi fragile qu'une flamme, aussi précieuse qu'un rêve qui devient réalité.

« Comment un homme aussi impitoyable peut-il être aussi doux avec moi ? » se demanda Meg avec émerveillement.

Au sein de Meg, tout aussi profondément enfoui que le cri de douleur de Dominic, l'espoir des Druides de la Vallée dissipa les soucis qui emplissaient sa tête. Peut-être qu'à présent, après un millénaire, peut-être qu'à présent, l'attente rencontrerait finalement une fin…

C'est alors que Meg vit la froide patience dans les yeux de Dominic et se souvint de ce qu'il avait dit au sujet du faucon : si la morsure lui avait appris la confiance, il l'aurait mordu.

« Il utilise la douceur avec moi aussi sûrement qu'il l'a utilisée avec le faucon pèlerin. Mais les yeux d'une Druide de la Vallée sont encore plus perçants que ceux d'un faucon ! »

Meg se libéra brusquement de l'étreinte de Dominic, si rapidement que le faucon déploya les ailes et lâcha un cri de détresse perçant.

— Restez tranquille, dit Dominic. Vous effrayez mon faucon.

Bien qu'émis sur un ton doux, l'ordre glacial était aussi perceptible dans sa voix que le tintement des clochettes le long des liens du faucon.

— Calmez-la, dit Dominic.

— Calmez-la vous-même, rétorqua doucement Meg. Elle est votre prisonnière. Moi, monsieur, je ne le suis *pas*.

3

Se tenant dans l'embrasure de la porte de la salle de bain au quatrième étage du château, Simon observait son frère aîné avec circonspection. Dominic était d'humeur instable depuis qu'il était allé visiter les fauconneries ce matin. Découvrir que sa future épouse ne partagerait pas de repas en sa compagnie avant les festivités de la noce du lendemain, n'avait pas arrangé les choses.

— L'antre des femmes, dit Dominic avec dégoût.

Il rejeta sa cape noire, les poings sur les hanches; le regard de Dominic fit le tour de la pièce aux murs de pierre nus. L'ébauche de gouttière qui se déversait dans les douves était grossière. Les tentures et les parois de bois, qui auraient pu tempérer le froid ambiant, étaient absentes. La baignoire était plus adaptée à la taille d'une femme qu'à celle d'un homme.

L'eau, au moins, était chaude. Elle distillait des effluves de brume chaude dans la pièce glaciale.

— Pourquoi, au nom de tous les anges du jugement dernier, un homme placerait-il l'unique baignoire, comme c'est le cas ici, dans les appartements des femmes? demanda Dominic.

— John ne s'est jamais rendu au-delà de Cumbriland, dit Simon calmement. Il n'a jamais eu la chance d'apprendre — et d'apprécier — les manières des Sarrasins. Il pense probablement que prendre un bain pourrait mettre sa virilité en danger.

— Bon sang, l'homme n'était-il bon qu'à ensemencer et à engendrer des bâtards dans toute la campagne pendant que sa femme était encore en vie ?

Avec sagesse, Simon ne répondit rien.

— Le mur d'enceinte est davantage composé de bois que de pierre, grogna Dominic, l'armurerie est un cagibi plein de rouille, les champs sont à peine labourés, les citernes ressemblent à des passoires, les pâturages sont couverts de cailloux, les étangs à poissons sont davantage remplis de mauvaises herbes que d'eau, les pigeonniers sont de véritables dépotoirs, et il n'y a même pas de lapin de garenne à mettre sur la table en hiver.

— Les jardins sont très bien tenus, releva Simon.

Dominic grogna.

— Et les fauconneries sont propres, continua Simon.

Mentionner les fauconneries était une erreur. L'expression de Dominic se marqua de courbes sauvages.

— Dieu gâte un seigneur paresseux, grogna-t-il. Tant recevoir et en faire aussi peu !

Simon regarda sur le côté l'écuyer de Dominic, qui paraissait très contrarié. Simon ne blâmait pas le garçon. Très peu d'hommes avaient vu Dominic s'emporter. Aucun n'avait apprécié l'expérience.

— Est-ce que tout se trouve à portée de main pour le bain de ton seigneur ? demanda Simon.

L'écuyer acquiesça rapidement.

— Dans ce cas, va chercher le souper de ton seigneur. Une chope de bière, peut-être. Plusieurs, en fait. De la viande froide. Du fromage. Est-ce que la cuisine a enfin préparé un pudding décent ?

— Je ne sais pas, monsieur.

— Va t'enquérir.

— Et tant que tu y es, coupa Dominic, trouve où se cache ma fiancée !

Le garçon quitta la pièce à toute vitesse, oubliant de refermer les tentures derrière lui.

— Il a combattu les Turcs avec moins de frayeur, dit Simon alors qu'il replaçait les tentures de manière à se protéger des courants d'air qui venaient de la porte. Tu effraies cet enfant.

Le son qu'émit Dominic était plutôt un grognement qu'une réponse.

— Ton faucon pèlerin est-il souffrant ? demanda Simon.

— Non.

— Les fauconneries sont-elles mal entretenues ?

— Non.

— Devrais-je trouver une servante pour te donner le bain ?

— Bon sang, non ! dit Dominic. Je ne veux pas de jeune femme au teint de lait s'apitoyant devant mes cicatrices.

Lorsque Simon reprit la parole, son ton était aussi intransigeant que celui de son frère aîné.

— Dans ce cas, peut-être as-tu besoin d'un peu d'exercice avec épée et bouclier ? suggéra doucement Simon. Je serais ravi de te faire les honneurs.

Dominic pivota vers son frère et le jaugea du regard.

La tension était palpable et, pendant quelques instants, Simon pensa qu'il aurait droit au combat qu'il avait suggéré.

Tout à coup, Dominic laissa échapper un souffle puissant.

— Tu sembles irrité, Simon.

— Je fais simplement de même que toi.

— Hum, je vois.

Sous la barbe de Dominic, le coin de sa bouche remonta légèrement.

— M'aideras-tu à prendre mon bain, mon frère ? Pour se tenir dans mon dos, je n'ai confiance en personne d'autre dans ce château.

— C'est ce que j'allais te proposer. Je n'apprécie pas que ta fiancée te fuie et que ton hôte soit « trop malade » pour te saluer de manière décente.

— Oui, dit Dominic gravement.

Dominic défit la grosse broche scandinave qui tenait sa cape en place et jeta l'habit fourré sur le tréteau qui se trouvait près de la porte.

La cape atterrit sur le petit coffre que Simon avait apporté dans la pièce et fit vaciller la flamme des bougies sur le chandelier. Sur la table se trouvait également un pot de savon doux.

Simon souleva le couvercle et renifla.

— Épices. Et un peu de rose, je pense.

Il regarda Dominic avec affabilité, tentant de ne pas montrer son amusement.

— Dieu me préserve, dit Dominic sèchement. J'aurai l'odeur du harem d'un sultan.

Une lueur passa dans les yeux noirs de Simon. Il ricana derrière sa barbe blonde, mais prit garde de ne pas éclater de rire.

Avec des mouvements rapides, Dominic se départit du reste de ses vêtements, continuant à ensevelir le petit coffre. Dans la lumière vacillante, la longue cicatrice qui barrait, en diagonale, son bras et son torse musclés, avait le même éclat nacré qu'une perle.

Dominic entra dans la baignoire et s'assit, menaçant de faire déborder l'eau et de mouiller le sol. Il émit un gémissement de plaisir tandis que l'eau chaude léchait sa peau, atténuant la douleur causée par sa vieille blessure qui se réveillait lorsqu'il était particulièrement fatigué.

— Du savon ? demanda platement Simon.

Dominic tendit la main. Un morceau visqueux de savon atterrit dans sa paume. Une fragrance qui lui paraissait familière flotta jusqu'à ses narines. Fronçant les sourcils, essayant de se souvenir où il avait déjà senti cette odeur, Dominic commença à répandre le savon dans ses cheveux et sur sa barbe.

— Maintenant, dit-il à travers la mousse, parle-moi de ces inepties à propos de la malédiction qui frappe le seigneur du château de Blackthorne.

— Son épouse était une sorcière.

— La même chose pourrait être dite de beaucoup de femmes.

Simon émit un rire brusque.

— Oui, mais Lady Anna faisait partie des Druides de la Vallée.

Les mains de Dominic s'arrêtèrent de frictionner ses cheveux et sa barbe.

— Les Druides de la Vallée… Ai-je déjà entendu ce nom ?

— Il s'agit d'un clan celte, expliqua Simon. Un genre de matriarcat, d'après ce que j'ai pu découvrir.

— Oh mon Dieu, quelle sottise, marmonna Dominic.

Sur ce, il se glissa complètement sous l'eau, se rinçant ainsi de toute la mousse parfumée. Quelques instants plus tard, il émergea avec une telle force qu'il fit jaillir l'eau. En poussant un juron, Simon sauta de côté.

— Continue, dit Dominic.

Chassant d'une main l'eau qui couvrait sa tunique, Simon utilisa l'autre main pour faire claquer un nouveau savon dans la paume de Dominic avec assez de force pour s'attirer un regard noir.

— Un homme qui épousera une femme appartenant aux Druides de la Vallée aura des terres prospères, dit Simon, des pâturages luxuriants, des brebis qui mettront bas des jumeaux, des vassaux travailleurs et obéissants, des étangs débordant de poissons, et…

— Un membre tel celui d'un étalon de bataille et la vie éternelle, s'impatienta Dominic devant ces superstitions absurdes.

— Oh, Sven t'a déjà raconté ?

Dominic lança un regard gris étincelant à son jeune frère.

Simon sourit de toutes ses dents, et ses yeux noirs dansèrent d'amusement.

— Où se trouve le territoire des Druides de la Vallée peuplé d'ignares ? demanda Dominic d'un air pince-sans-rire. Dans le sud où les Celtes sont pris de folie furieuse ?

— Certains le disent, répondit Simon dans un haussement d'épaules. D'autres disent dans le nord. Très peu disent à l'est.

— Ou bien à l'ouest ? La mer, peut-être ?

— Ce sont des hommes, pas des poissons, rétorqua Simon.

— Ah, quel soulagement. Il serait en effet compliqué de mettre la fille d'une limande dans son lit. Un homme ne saurait comment attraper la créature. Ou plus précisément *par quel côté*.

Riant, Simon tendit à son frère un grand linge afin de se sécher. Lorsque Dominic se leva, l'eau ruissela en cascade le long de son immense corps, éclaboussa et tourbillonna jusqu'à atteindre la gouttière, et tomba silencieusement dans les douves bien plus bas.

— Cette histoire absurde des Druides de la Vallée prendra fin cette année, avec la naissance de mon fils, dit Dominic.

Simon sourit légèrement. Il connaissait bien la détermination de son frère à fonder une dynastie. Simon jouissait de la même détermination.

— Jusqu'à la naissance de ton héritier, dit Simon, prends garde à ce que tu diras en public au sujet de cette histoire à dormir debout concernant les Druides de la Vallée. Il s'agit d'une superstition à laquelle les gens d'ici croient de tout cœur.

— En public, j'y croirai. Mais ma chambre est un endroit privé. J'aurai des descendants.

— C'est une bonne chose que le harem du sultan t'ait soigné et remis sur pied, dit Simon. Ta femme ne se plaindra pas de ce que tu lui réserves au moment de concevoir des héritiers. Les filles du harem étaient formées de façon admirable.

Pendant un instant, Dominic s'imagina emmener Meg dans sa chambre, l'attiser comme un feu léger au creux des coussins jusqu'à lui écarter les cuisses et s'enfoncer à son tour dans un doux feu d'une autre sorte. Son sang prit feu à cette pensée, comme le ferait de l'herbe desséchée.

— L'astuce sera d'arriver à emmener une fille dans la chambre, dit Dominic avec colère, tentant de refroidir la chaleur qui irradiait dans ses veines.

— Je doute qu'il y ait une seule fille dans ce château qui ne soit ravie de s'occuper de ton instrument.

— Il y en a pourtant une, dit sèchement Dominic.

— L'insaisissable Margaret.

Lady Margaret n'était pas celle à qui pensait Dominic en ce moment, mais il n'en dit rien. Au lieu de cela, il se mit à se sécher vigoureusement.

— La dame finira bien par se soumettre tôt ou tard, dit Simon au bout d'un moment. C'est une fille issue de la noblesse. Peut-être n'aime-t-elle pas avoir à accomplir son devoir, mais elle le fera. Pour ce qui est du reste, il y a toujours des jeunes filles aux alentours du château. Ou encore la talentueuse Marie.

— Une jolie putain, mais une putain quand même. Je l'ai emmenée plus pour mes chevaliers que pour moi-même. Je ne veux pas de querelles avec mes vassaux à propos de leurs filles.

— Je sais. Je suis le seul à le croire, d'ailleurs.

Dominic grogna et continua à se sécher et à se frictionner énergiquement. La seule pensée qu'un de ses chevaliers coince la jeune femme des fauconneries envoya une froide colère se déployer dans les tripes de Dominic.

— Je ferais mieux de mettre mes chevaliers en garde une fois encore, dit-il platement. Ils ne harcèleront ni ne tourmenteront de jeunes filles non consentantes. En particulier aucune ayant les cheveux rougeoyants comme le feu, la peau telle une crème délicate et les yeux pareils aux plus belles émeraudes d'un sultan.

Simon, étonné, haussa les sourcils.

— Je pensais que tu n'aimais pas les jeunes femmes au teint de petit-lait.

— Il y a une différence entre la crème et le petit-lait, rétorqua Dominic.

— Tu sembles complètement emballé par cette jeune femme. Cela ne te ressemble pas.

Dominic haussa les épaules.

— C'est une jeune femme inhabituelle. Bien plus propre que les filles ordinaires du pays, aux manières élégantes et aux mains délicates.

— Tu as toujours préféré les femmes mûres et consentantes, plutôt du genre rose épanouie, désireuse de se faire piquer par le doux dard de l'abeille.

— Oui.

— Est-elle consentante ?

Le sourire que Dominic offrit à son frère le fit sourire.

— Elle le sera, dit Dominic. Je lui plaisais, même si cela la rendait nerveuse. Ah, quelle joie cela sera de la séduire. Elle est faite pour le printemps, la saison du désir. Il n'y aura pas d'hiver pour l'homme qui dormira dans son fourreau chaleureux. Elle…

Dominic interrompit brutalement ses paroles et se tourna en direction de bruits de pas précipités.

— Lord Dominic, appela l'écuyer derrière les tentures.

— Qu'y a-t-il ? demanda Dominic impatiemment. L'as-tu trouvée ?

— La servante de Lady Margaret voudrait vous parler. C'est très urgent, seigneur.

— Bon sang, murmura Dominic.

Il enroula le linge autour de ses hanches, attrapa sa cape et couvrit ses épaules afin de se protéger des courants d'air froids.

— Pourquoi les seules femmes qu'on puisse trouver sont-elles celles qu'on ne désire pas voir du tout ? grommela-t-il.

Simon ouvrit la bouche pour parler, mais Dominic n'avait pas fini.

— Une jeune femme au teint de petit-lait provenant d'un temple de garces..., dit-il dans sa barbe. Mon Dieu que cette femme m'ennuie.

— Est-ce un oui ou un non, à la requête d'audience d'Eadith ? demanda Simon.

— Fais entrer cette bonne veuve, dit Dominic sur un ton neutre.

Eadith devait écouter attentivement. Les tentures s'écartèrent, et elle entra. Lorsqu'elle se rendit compte que Dominic était aussi peu vêtu, ses yeux s'arrondirent et le fixèrent.

— Parlez, dit-il, énervé. Où se trouve votre maîtresse ?

— Lady Margaret implore votre compréhension. Elle est indisposée, dit Eadith hâtivement.

Cependant, malgré son malaise, Simon nota que les yeux bleu clair de la veuve dévoraient chaque parcelle du corps du seigneur qui se tenait imperturbable devant elle, fraîchement sorti de son bain.

Dominic jeta un coup d'œil aux traits pâles de la servante, à ses cheveux blonds et ses lèvres fines ; il aurait voulu se trouver à nouveau en présence des femmes sarrasines. Leur peau mate et dorée était aussi séduisante que les regards en coin de leurs yeux noirs brillants. À côté d'elles, les femmes des frontières nordiques paraissaient aussi pâles qu'un vulgaire fromage campagnard.

Excepté une fille aux yeux verts, et celle-ci s'était enfuie aussi vite que ses jambes galbées le pouvaient. Ce souvenir irritait encore Dominic.

« Bon sang ! Depuis quand une douce caresse fait-elle fuir une jeune paysanne ? »

— Indisposée, vraiment ? dit Dominic d'une voix doucereuse. Rien de sérieux, j'espère.

— Son père est malade. Cela doit certainement être sérieux.

— Je suis son futur époux.

Les dents de Dominic apparurent en une mince courbe blanche contrastant avec sa barbe.

— Cela doit certainement être sérieux ?

L'éclat froid de ses dents blanches mit Eadith mal à l'aise. Celle-ci trépigna. Les mouvements firent onduler les plis de la tunique de laine qu'elle portait.

— Bien sûr, monsieur.

— Saluez Lady Margaret de ma part et faites-lui savoir mon souhait de rencontrer ma future épouse au plus vite, dit Dominic explicitement. Simon, le cadeau.

Son frère hésita.

Dominic haussa le sourcil gauche en signe d'avertissement silencieux.

Simon fit un signe de tête furtif, repoussa les vêtements abandonnés par Dominic et ouvrit le petit coffre. Il attrapa un bijou qui reposait au sommet de l'amas scintillant, le cadeau que Dominic avait choisi pour sa fiancée peu enthousiaste.

— Apportez-lui ceci, dit Dominic. Un petit témoignage de mon estime pour ma promise.

Devant le geste insouciant de Dominic, Simon s'avança et déposa une broche dans la main d'Eadith. Elle suffoqua de manière audible en remarquant le poids de l'or et en voyant les deux pierres précieuses de couleur verte plus grandes que l'ongle de son pouce.

— Dieu, ils sont exactement de la même couleur que les yeux de Lady Margaret !

Instantanément, Dominic pensa à la jeune femme des fauconneries. Il plissa les yeux, en pleine spéculation. Meg était trop fière et avait trop de répartie pour une fille de paysan. Il s'en serait aperçu plus tôt, s'il n'avait été aveuglé par les courbes sensuelles de ses lèvres et de sa poitrine.

— Est-ce une chose commune parmi les vassaux de Blackthorne ? demanda Dominic négligemment.

— Non, seigneur. Personne à part elle, si ce n'est sa mère avant elle, ne possède de pareils yeux verts. C'est la marque du sang des Druides de la Vallée.

Dominic fronça davantage les sourcils.

Simon observa son frère, mal à l'aise. Il avait déjà vu à de nombreuses reprises ce regard de froide évaluation, dans les moments précédant une bataille. Pourtant, il n'y avait pas d'ennemis armés présents, pas de cors de bataille appelant les chevaliers à défendre la ville de Dieu.

— Ils sont si lourds, monseigneur, dit Eadith. C'est là un précieux cadeau que toute dame serait fière de porter.

Les doigts de la servante caressèrent la broche avec une envie qu'elle ne pouvait dissimuler.

Dominic regarda Simon et fit un léger signe de tête.

Sans un mot, Simon se retourna et se dirigea à nouveau vers le coffre. Pendant un moment, il en fouilla le contenu. Le son léger et caractéristique des chaînes et des pièces d'or glissant les unes sur les autres flottait musicalement dans le silence.

Simon grogna lorsqu'il trouva ce qu'il cherchait. Il se tourna vers son frère et lui montra une autre broche.

Dominic hocha la tête impatiemment.

Simon s'avança, prit la main vide d'Eadith, et fit tomber le bijou au creux de sa paume. Il n'y avait pas de pierre sur cette broche, mais son poids témoignait de sa valeur. Ébahie, elle leva les yeux et rencontra les yeux froids couleur argent de Dominic.

— Pour vous, dit Dominic.

Eadith en fut bouche bée.

— Il est assez évident que le château et son peuple n'ont pas été bénis depuis longtemps, dit Dominic aussi gentiment qu'il le pouvait à la femme aux yeux pâles et au mince sourire pour qui il avait ressenti de l'aversion au premier regard. La veuve d'un brave chevalier devrait jouir de quelques bijoux pour flatter sa vanité.

Eadith referma la main sur sa broche si férocement qu'un côté tranchant coupa visiblement sa chair.

— Merci, Lord Dominic.

— Ce n'est rien.

Il remarqua la direction des yeux d'Eadith lorsqu'elle inclina la tête vers lui. Son regard bleu pâle était rivé au coffre comme le fer à un aimant. Simon le remarqua également. Il ferma le coffre d'un geste désinvolte alors même que, les yeux à demi clos, il lançait un regard de désapprobation à son frère.

— Avez-vous besoin d'autre chose ? demanda Eadith.

— Non. Portez simplement la broche à Lady Margaret avec mes salutations. Et faites entrer mon écuyer avec mon souper.

Simon regarda la servante se hâter et passer la porte comme si elle craignait d'être rappelée et d'être forcée à rendre la broche. Lorsqu'il fut certain qu'on ne pouvait l'entendre, Simon se tourna vers son frère.

— À présent, tous les paysans sauront ce qui se trouvait dans les coffres qu'ils regardaient passer par les portes du château, dit Simon d'un ton neutre.

— C'est une bonne chose que les vassaux sachent que leur nouveau seigneur n'est pas pauvre au point de devoir les tuer à la tâche pour pouvoir nourrir et armer convenablement ses chevaliers.

— Et les futures épouses ? demanda Simon. Est-ce également une bonne chose qu'elles le sachent ?

— Particulièrement les futures épouses, dit Dominic avec une âpre satisfaction. Je n'ai pas encore vu de femme dont les yeux ne s'illuminent pas à la vue de bijoux en or.

— Toujours le stratège à l'œuvre.

Dominic sourit d'un air plutôt grave au souvenir de la jeune femme aux yeux émeraude qui l'avait presque déjoué dans la fauconnerie.

— Pas toujours, Simon. Mais j'apprends de mes erreurs.

4

Un vent piquant souffla à travers le mur d'enceinte, soulevant les jupes et les vestes courtes et faisant grimper la fumée provenant des cuisines haut dans le ciel gris. Même si Meg appréciait habituellement une vive brise de printemps parfumée par l'apparition des premières plantes, à cet instant, elle était trop énervée pour remarquer quoi que ce soit à part le garde-chasse qui se tenait devant elle.

— Que voulez-vous dire par « il n'y aura pas de venaison » ? demanda Meg, la voix inhabituellement aiguë.

Le garde-chasse regarda ailleurs et se tordit nerveusement les mains.

— Impensable, madame. Cela s'est tellement effondré par endroits qu'un lièvre ne pourrait y bondir, encore moins un cerf. Les biches… elles ont pris la fuite.

— Depuis combien de temps le parc aux cerfs est-il dans un tel état ?

Regardant ses pieds, le garde-chasse marmonna quelque chose.

— Parlez, dit-elle. Et regardez-moi quand vous parlez.

Meg prenait rarement un ton semblable avec les vassaux du roi, cependant ils lui mentaient rarement.

Ce n'était pas le cas, à présent. Les mensonges du garde-chasse étaient si gros qu'ils lui entravaient la gorge, tels des os de poulet.

— Je… les vents… euh…, dit-il.

Ses yeux bleu pâle suppliaient Meg, provoquant en elle une compassion forcée.

— Brave homme, qui vous a demandé de me mentir ? demanda-t-elle gentiment.

Ses mains rendues rêches par les cordes d'arc, les pièges, les couteaux à dépecer, imploraient silencieusement Meg de faire preuve de bonté.

— Le propriétaire, chuchota finalement le garde-chasse.

— Il est trop faible pour quitter son lit. Êtes-vous allé dans sa chambre, dans ce cas, pour qu'il vous ordonne de mentir à la maîtresse du château ?

Le garde-chasse secoua si vivement la tête que ses cheveux gras se soulevèrent.

— Monsieur Duncan, maîtresse. Il me l'a dit.

Meg retrouva son calme.

— Qu'est-ce que Duncan vous a dit ?

— Pas de venaison pour le Normand.

— Je vois.

Elle voyait clairement.

Cela fit frissonner Meg. Elle avait été ravie de voir Duncan rentrer de croisade, étant donné que son cousin Rufus n'était pas intéressé par le maintien de la paix avec Henri. Peu importe qu'elle aime peu l'idée d'être promise à un chevalier normand inconnu, Meg aimait la perspective de moins de sang versé. Le harcèlement incessant et les attaques contre le roi d'Angleterre — et parmi les saxons ambitieux alors que leurs chefs tout comme Duncan étaient partis mener une sainte croisade — avaient épuisé les gens du château de Blackthorne, ses champs, et l'espoir d'un futur meilleur.

Les vassaux attribuaient leur mauvaise fortune à leur seigneur ainsi qu'à la revanche d'une sorcière des Druides de la Vallée offerte au mauvais homme. Meg reprochait les champs dévastés à l'inattention de son père, un homme obsédé par sa volonté d'arrêter l'avance des Anglais en mariant sa fille à un comte nommé Duncan de Maxwell, le Fléau Écossais.

« Ah, Duncan. Ne succombez pas aux ruses de mon père. Elles mèneront à la peste et à la famine, à des prairies ensanglantées et à une tombe prématurée. »

— Madame ?

La voix du garde-chasse était incertaine. La fille du seigneur le regarda, le teint blême et les traits tirés, l'air bien trop vieille, même pour une jeune femme célibataire de dix-neuf ans.

— Vous pouvez vous en aller, dit Meg fermement. Merci de m'avoir dit la vérité, même si elle est arrivée presque trop tard. Arrangez-vous pour tuer un cerf. Il y aura de la venaison à ce banquet de mariage, même si la viande sera dure faute de faisandage.

Les doigts sales du garde-chasse touchèrent son front, mais il ne partit pas.

— Y a-t-il autre chose ? demanda-t-elle.

— Duncan, dit-il simplement.

— Il n'est pas le seigneur du château de Blackthorne. Il ne le deviendra pas non plus. Moi, par contre, je suis la châtelaine. *Et je le resterai.*

Le garde-chasse lança un regard aux yeux verts plissés qui le regardaient et décida de laisser les lords et les ladies se quereller entre eux. Il devait partir à la chasse.

— Oui, madame.

Meg regarda le garde-chasse trottiner et traverser le mur d'enceinte jusqu'à la guérite d'un air satisfait. Mais la satisfaction, tout comme la vitesse de l'homme, était passagère.

« Les combats doivent cesser, pensa silencieusement Meg. Il ne restera plus personne pour enterrer les morts, ni de nourriture pour les survivants. Une année supplémentaire de piètres récoltes entraînera la fin du château de Blackthorne. »

Une pression glissante et mouvante sur les chevilles de Meg la tira de ses pensées. Lorsqu'elle regarda vers le bas, Black Tom la regardait avec une intensité féline.

— Pas encore, le chat. Je dois d'abord parler à Duncan.

Black Tom se mit à bouder une nouvelle fois et partit en direction de la grange. Meg lui souhaita bonne chance. Elle craignait qu'il n'y ait assez de graines à l'intérieur du bâtiment pour appâter une souris en comparaison de la maigre nourriture des brûlis des prairies.

Retenant son simple fichu sur la tête et le bandeau de cuir contre le vent pénétrant, Meg se mit en route pour le château.

— L'Église acceptera votre mariage, dit Lord John d'une voix enrouée. Tout ce que tu as à faire est de prendre l'or du Normand. Et sa vie, dans un même temps !

Un sourire maléfique transforma le visage de Duncan, révélant les origines vikings qui coulaient dans son sang écossais comme un éclair en plein orage.

— Ce sera fait, dit-il.

Alors Duncan se mit à rire.

Les lèvres pâles de John se muèrent en un sourire qui était plus glacial que les pierres du château. Son fils bâtard lui ressemblait d'une manière qui allait au-delà des yeux noisette et des cheveux de la couleur de la terre fraîchement retournée ; les deux hommes étaient des guerriers qui ne faisaient pas de quartier et qui n'en demandaient pas.

— Envoie un message aux mercenaires, dit John. Fais en sorte qu'ils se mêlent aux invités dans la chapelle lors du mariage. Ensuite…

Soudain, les mots se perdirent dans une quinte de toux qui secoua le frêle corps de John.

Duncan s'avança vers le lit et glissa son bras autour de son père, le maintenant relevé jusqu'à ce que la toux s'arrête. Il tint une tasse de bière contre ses lèvres sèches jusqu'à ce qu'il en ait bu une grande partie.

— Vous devriez vous reposer, dit Duncan.

— Non. Écoute-moi. Que je sois vivant ou mort, il faudra laisser le mariage suivre son cours jusqu'à ce que plus de Normands arrivent ! Il le faut ! C'est seulement à ce moment-là que…

La toux avala à nouveau ses mots et la volonté de les prononcer. Lorsque John fut calmé, Duncan lui fit boire plus de bière ; mais cette fois-ci, il y ajouta deux gouttes du remède que Meg avait préparé pour soulager la douleur de John.

— Détendez-vous, dit Duncan. Je vous écoute. Quel est votre plan ?

D'une main étonnamment douce, Duncan remit en place une mèche qui avait viré au gris entre deux hivers alors que la maladie avait dévoré les forces de John.

— Fais venir Meg, dit John d'une voix rauque. Je ne pourrai le dire qu'une seule fois.

— Je vais envoyer la…, commença Duncan.

— Cela ne sera pas nécessaire, dit Meg depuis l'embrasure de la porte. Je suis là.

Elle ne portait plus les vêtements d'une fille de paysan. Elle portait une longue tunique de laine rose sous une tunique vert foncé qui était galonnée d'une bande de tissu richement brodée. Contrairement aux tuniques que beaucoup de femmes portaient, celles de Meg étaient ajustées au corps, car elle ne supportait pas les vêtements aux pans flottants. Sa taille étroite était enveloppée d'une large ceinture qui s'enroulait vers l'arrière autour de ses hanches pour revenir vers l'avant où elle était nouée, empêchant ainsi les pans de tissu de se mettre dans son chemin pendant qu'elle travaillait dans son jardin de plantes. Les manches de la tunique supérieure étaient longues et étroites, ornées également de broderies.

— Que me vouliez-vous ? demanda Meg.

Ses intenses yeux verts passèrent du corps musclé et en bonne santé de Duncan à l'ombre flétrie qu'était son père. Elle nota le bouchon posé à côté de la petite bouteille de médicament et regarda immédiatement Duncan.

— Seulement deux gouttes, dit-il, se rendant compte de son inquiétude.

Meg revêtit un air dépité.

— Il en a déjà eu autant avant la messe.

Chacun dans la pièce savait que la potion était très puissante. Six gouttes avaient la capacité d'envoyer un patient dans un sommeil sans rêve. Trois fois cette dose pouvait tuer un homme ordinaire. Il fallait donner le remède à une personne aussi fragile que son père avec grande précaution.

— Peu importe, dit son père d'une voix éraillée. Si je dois mourir plus tôt, que cela soit ainsi. Écoute-moi bien, fille d'Anna des Druides de la Vallée. Tu seras mariée demain, avant le banquet.

— Quel banquet ? demanda sèchement Meg. Duncan a interdit au garde-chasse de…

— Silence ! cracha John, bien que faiblement. Lorsque le prêtre te demandera si tu acceptes ton époux, tu répondras non.

— Mais…

John parla par-dessus ses paroles, sa voix aussi sèche et frêle que son corps ; et à l'instar de ses yeux, sa voix brûlait du feu intense d'une obsession proche de la folie.

— La confusion règnera parmi les Normands lorsque tu refuseras l'union, dit John. Duncan lancera l'attaque, et les Normands périront. Ensuite, tu épouseras Duncan avant que le sang ne sèche dans l'allée centrale.

— Vous ne pouvez penser ce que vous dites, murmura Meg.

Accablée, elle regarda Duncan. Ses yeux noisette étaient aussi durs que des agates. Aucune aide ne viendrait de ce côté-là.

— L'Église a déjà refusé notre mariage il y a six ans, dit-elle précipitamment. Pour une bonne raison, Duncan. Vous êtes mon demi-frère.

Pendant un long moment, seul régna le silence à peine perturbé par la respiration faible et rapide d'un homme qui s'accrochait à la vie.

Duncan regarda John.

— Dis-lui, lâcha le vieil homme.

À contrecœur, Duncan se tourna pour faire face aux intenses yeux verts de la femme qui avait, en réalité, peu de liens du sang avec les hommes dans la chambre.

— Je suis, douce Meggie, tout au plus votre cousin par alliance.

— C'est absurde, rétorqua-t-elle. Vous êtes un fils illégitime de John de Blackthorne. Chaque personne ayant des yeux le voit.

— Oui. Je suis son fils. *Mais vous n'êtes pas sa fille.*

Meg fit un pas en arrière avant de pouvoir accuser le choc. Elle redressa sa colonne vertébrale et se tint fièrement.

— Que voulez-vous dire ? demanda-t-elle.

Avant que Duncan ne puisse parler, John le fit.

— Ta mère était enceinte lorsque nous nous sommes mariés, dit-il platement. Tu pourrais être la fille de mon demi-frère. Et il se pourrait que tu sois la progéniture d'un palefrenier, pour peu que je sache. La salope est morte, et cela m'importe peu, étant donné que je vais mourir d'ici peu.

— Je ne vous crois pas, répondit sèchement Meg. Vous pouvez aveugler les prêtres avec des mensonges et de l'or en offrande, et appâter Duncan avec des promesses que vous ne pourrez tenir, mais pas moi. Je suis la fille du château de Blackthorne. Je le sais de la même manière que je sais que les plantes se tourneront vers le soleil.

John lutta pour s'asseoir, mais dut se contenter de se tourner sur le côté de façon à faire face à la fille dont la naissance fut le plus grand affront qu'ait vécu le fier comte saxon.

— Regarde-moi, sorcière du clan des Druides de la Vallée, dit-il d'une voix rauque. Sache la vérité d'un mourant. Tu n'es pas de mon sang. Duncan l'est. Malgré l'ingérence des rois anglais et la perfidie des femmes des Druides de la Vallée, *mon fils héritera de mes terres.*

Meg sentit que John ne mentait pas.

Pendant un instant, elle ne put respirer. Elle combattait la glace qui se formait juste sous sa peau, lui donnant des frissons jusqu'à la faire frémir. Elle avait toujours su que son père supportait à peine de la voir.

À présent, elle savait pourquoi.

— Votre fils héritera uniquement de la mort, dit Meg d'une voix basse et claire.

— Je n'écouterai pas tes malédictions, sorcière ! siffla John.

— Malédictions ? Quelle absurdité, dit Meg sèchement. Il s'agit là uniquement de bon sens.

Elle se tourna vers Duncan, qui la regardait d'un air malheureux.

— Je suis désolé, ma chère, dit-il. Je ne voulais pas que vous l'appreniez de cette manière.

— Ma bâtardise ou mon manque de bâtardise importe peu pour le moment. Écoutez-moi, John est trop proche de la mort pour se soucier de ce qui arrivera aux vivants.

— Meggie…

Elle posa les mains sur ses hanches et l'interrompit fermement.

— Ne m'appelez pas Meggie, Duncan de Maxwell. Je jure que nous devons avoir un lien du sang, puisque je suis insensible à votre charme écossais !

Un sourire en coin marqua le visage de Duncan.

— Vous l'êtes. C'est pour cette raison que vous me plaisez tant. Cela sera agréable d'être mari et femme.

— Dieu me préserve, dit Meg entre ses dents, choquant les deux hommes. John a l'excuse d'être gravement malade pour expliquer son manque de bon sens. Quelle est votre excuse, Duncan ? L'ambition obscurcit-elle votre esprit comme la mort obscurcit le sien ?

Duncan ouvrit la bouche pour répondre, mais Meg continua à parler, sa voix à la fois en colère et implorante.

— Le roi Henri n'acceptera pas le meurtre perfide de ses chevaliers, dit Meg. Les grands barons aussi…

— Ils ont suffisamment à faire avec les Celtes dans le sud, interrompit sèchement Duncan, lorsqu'ils ne sont pas en train de s'entretuer ou de comploter à l'encontre du roi. Ils ont tenté de prendre les frontières nordiques. Ils ont échoué.

— Ils n'avaient aucune raison d'y parvenir. Il y a des terres bien plus faciles au sud.

— Exactement. Ils ne vont…

— Ils le *feront*, interrompit-elle passionnément. Vous leur donnerez une bonne excuse !

— Pas plus qu'ils n'en avaient auparavant. Cela n'était pas suffisant, à l'époque.

— Dites-moi, Duncan, dit Meg d'un ton cinglant, si votre bras droit était tranché par un bandit, vous rendriez-vous compte de sa perte et chercheriez-vous à vous venger ?

— Oui, mais je ne suis pas le roi d'Angleterre.

— Ah, vous en avez conscience, n'est-ce pas ? C'est une chose qu'il faut garder à l'esprit pendant que vous planifiez la mort de nobles Normands.

— Meggie…

— Les barons normands se querellent entre eux parce qu'ils n'ont pas mieux à faire, continua Meg sans s'arrêter. Tuez Dominic le Sabre et vous offrirez aux barons le meilleur moyen de s'amuser. *La guerre.*

Duncan haussa les épaules.

— C'est un jeu que nous remporterons.

— Vous ne le remporterez pas ! Si je peux voir cela, pourquoi ne le voyez-vous pas ?

— Vous êtes une fille au cœur tendre qui ne connaît rien à la guerre, dit Duncan en souriant. C'est là une autre de vos qualités, Meggie.

— Gardez la pommade pour les jeunes paysannes, dit-elle, sarcastique. On ne me manipule pas aussi facilement. Le roi d'Angleterre non plus. Lorsque la nouvelle du massacre atteindra Londres, le roi et ses barons s'uniront et apporteront l'atrocité à nos frontières, ce dont on parlera encore à voix basse d'ici mille ans ! Vous ne disposez que de douze chevaliers…

— Seize.

— … et une bande de brutes uniquement capables de massacrer des femmes et des enfants.

— Cela suffit ! ordonna Duncan.

— Non ! Cela ne suffira pas tant que vous ne comprendrez pas que vous ne pouvez l'emporter !

Les mains de Duncan enveloppèrent les épaules de Meg, la maintenant tandis que ses mots la frappaient comme l'aurait fait une pierre.

— Comprenez ceci, dit-il platement. Si vous épousez ce bâtard normand, je veillerai à ce que mon droit de naissance…

— Non ! ragea-t-elle. Les bâtards n'ont pas de droit de naissance !

— … ne passe pas entre les mains d'un autre homme, continua Duncan avec acharnement, de même qu'à la sorcière aux yeux verts des Druides de la Vallée, que les vassaux du château de Blackthorne aiment plus que tout, après Dieu. C'est la raison pour laquelle, John, tout comme le roi d'Angleterre, ne vous a pas déshéritée. Les vassaux auraient abandonné leurs charrues et se seraient enfuis des terres comme d'un endroit maudit.

Pâle, tremblant de l'intérieur, Meg tenta de se défaire de l'emprise de Duncan. Il remarqua à peine qu'elle se débattait.

— Sachez ceci, Lady Margaret. J'aurai des terres et une femme noble pour porter mes enfants. Que je doive tuer dix chevaliers normands ou dix mille, *j'aurai mes terres.*

Bouleversée, Meg s'arracha de la poigne de Duncan. Déchirée entre la compréhension du besoin de son ami d'enfance d'avoir une place dans une société dans laquelle il n'y avait pas de place pour les bâtards, et la certitude que son plan entraînerait la ruine du domaine et des vassaux qu'elle aimait, Meg regarda Duncan, les yeux remplis de larmes.

— Vous me demandez d'amener la guerre à Blackthorne, murmura-t-elle.

— Je vous demande de ne pas épouser un brutal seigneur normand. Est-ce donc là une si grande faveur à vous demander ?

La seule réponse de Meg fut ses larmes.

— Ne demande pas de faveurs à une sorcière des Druides de la Vallée, grogna férocement John. Je t'en donne l'ordre, Margaret. Je suis le seigneur de ce château, et tu fais partie de mon bétail tout comme le cochon qui s'installe dans ma forêt. Tu m'obéiras ou bien tu regretteras le jour de ta naissance aussi souvent et aussi profondément que je le regrette.

— Ne vous inquiétez pas, Meggie, dit doucement Duncan, tiraillant une de ses longues tresses. Je veillerai à ce qu'on ne vous fasse pas de mal dans l'église.

Meg ferma les yeux et lutta pour ne pas crier sa colère devant l'ambition des deux hommes dans la pièce. Que sa vie et son corps soient utilisés comme gages au nom du roi anglais était le devoir que l'on attendait, même s'il était difficile, d'une femme issue de la noblesse.

Que sa vie et son corps soient utilisés pour déclarer une guerre, elle ne pourrait le supporter.

— Je ne peux pas, dit-elle.

— Tu le feras, siffla John. Tu deviendras l'épouse de Duncan ou bien la catin des mercenaires, cela m'est égal.

— Lord John…, commença Duncan tristement.

— Silence ! Il serait de loin préférable que tu aies une autre épouse qu'une descendante aux yeux verts des Druides de la Vallée ! Sur ton empressement, j'ai accepté de demander à la sorcière de s'allier à nous. Elle a refusé. Va-t'en maintenant et dis aux mercenaires de se soulever et de tuer…

— Non ! dit Meg. Père…

— *Je ne suis pas ton père.*

Meg arrivait difficilement à respirer tandis qu'elle cherchait un moyen d'échapper au piège que Duncan et John avaient posé autour d'elle.

Il n'y avait aucune issue. Meg entrecroisa les doigts et les serra si fort qu'elle bloqua le sang dans ses mains et la sensibilité de ses doigts.

— Je…, commença-t-elle, mais sa voix se brisa, laissant place au silence.

Les deux hommes aux yeux noisette, à la fois pareils et subtilement différents, la regardèrent. Dans ceux de John se lisait une haine aussi ancienne que la trahison de sa mère. Dans ceux de Duncan se trouvait un espoir aussi ancien que la compréhension de qui était réellement son père.

— Meggie ? demanda calmement Duncan.

Elle baissa la tête.

— Je ferai ce qu'il faut.

5

Meg quitta la chambre de son père tellement rapidement que sa cape de laine se souleva et tournoya derrière elle. Elle avait beaucoup à faire avant de fuir le château. Tout d'abord, elle devait préparer une grosse quantité de médicaments pour les vassaux qui dépendaient de son aide. Ensuite, elle devrait dérober discrètement assez de nourriture et de couvertures pour tenir pendant deux semaines.

« Et ensuite, quoi ? » se demanda-t-elle.

Il n'y avait pas de réponse si ce n'est l'évidence : tout serait plus supportable que d'être la pierre sur laquelle on détruirait son Blackthorne bien-aimé.

La flamme de la chandelle s'inclina et tournoya tandis que Meg se dépêchait, les pieds volant dans l'air, descendant les marches de l'escalier en spirale à une allure imprudente. Au moment où elle atteignait le grand hall, Eadith l'aperçut et s'avança afin de l'intercepter malgré la hâte évidente de Meg.

— Madame…

— Pas maintenant, l'interrompit Meg.

— Mais Lord Dominic veut…

— Plus tard. Je dois préparer des médicaments.

Étonnée de l'attitude brusque de Meg, Eadith resta, pour une fois, sans voix alors qu'elle regardait la silhouette de sa maîtresse disparaître rapidement.

Comme si elle craignait qu'Eadith ne la poursuive, Meg redoubla de vitesse. Une fois l'étage sous le grand hall atteint, elle ne trouva personne au rez-de-chaussée, à part quelques servantes. Elle ralentit le pas. Même ainsi, son manteau ondulait et volait derrière elle.

De petites pièces obscures — plus des cabinets que de véritables pièces — s'ouvraient de chaque côté de Meg alors qu'elle dévalait le couloir. Les odeurs de racines entassées et de tonneaux de bière s'infiltraient dans l'obscurité, tout comme les odeurs de poisson salé ou fumé et d'anguilles dans leurs fûts, et de volailles suspendues par leurs pattes froides légèrement recouvertes d'écailles. Sous les odeurs de toute cette nourriture, se percevait le parfum aride et complexe de l'herboristerie qui avait été créée par Lady Anna pour le séchage de ses plantes et la préparation de ses remèdes médicinaux.

Les souvenirs que Meg avait de sa mère étaient précis. Beaucoup d'entre eux étaient à propos de l'herboristerie ou des moments passés au jardin avec Anna à écouter sa voix mélodieuse décrivant chaque plante et ses propriétés de guérison ou d'apaisement des petites douleurs ou des grandes souffrances des vassaux. L'herboristerie, les jardins et la baignoire avaient été élaborés selon les volontés exactes d'Anna puisqu'ils avaient tous leur importance pour les rituels et le bien-être d'une personne élevée selon les préceptes des Druides de la Vallée.

Tout près de l'entrée de l'herboristerie se trouvaient deux tables servant à broyer, découper et moudre des feuilles, des tiges, des fleurs, des racines et des écorces. Tous étaient utilisés dans les remèdes de Meg. De petits coffres, des pots, des bols, des mortiers ainsi que des pilons, des couteaux et des cuillères étaient rangés soigneusement à l'arrière des tables.

Sur douze pas à flanc de colline, soutenus par de la roche plutôt que par du bois, se côtoyaient des tas de casiers remplis de choses qui séchaient ou qui étaient conservées hors de portée de la lumière. Des bassines attendaient d'être remplies d'eau de source fraîche qui remontait en surface au milieu du château, car l'eau était au centre de nombreux rites des Druides de la Vallée.

Meg inspira profondément, laissant le mélange familier d'odeurs l'envahir et chasser l'air vicié de la chambre du malade. Après quelques inspirations, ses mains arrêtèrent de trembler, et la glace au creux de son estomac commença à fondre. Meg aimait la sérénité et la générosité de l'herboristerie qui promettait silencieusement d'apaiser les douleurs et de guérir les maladies.

« Cependant, rien dans cette pièce n'est capable d'empêcher la guerre, ni la famine et l'effusion de sang qui l'accompagnent. »

La triste pensée fit que de la glace se forma à nouveau au creux de l'estomac de Meg.

— Je ne peux envoyer mon peuple dans cette gueule sanguinaire, chuchota-t-elle, parcourant l'herboristerie du regard, ses yeux ne voyant que le désastre. Et pour quoi ? Pour rien. Duncan ne peut pas gagner. Oh mon Dieu, faites-lui prendre conscience de cela !

Bien que la prière ait été prononcée par ses lèvres, elle savait qu'elle ne changerait pas ce qui avait été planifié. Duncan aurait le château de Blackthorne ou bien il rejoindrait sa tombe prématurément.

— Oh, Duncan, murmura-t-elle, enfouissant son visage dans ses mains. Je ne veux pas vous voir mort. De toutes les personnes ayant fait partie de mon enfance, seuls vous, Mère et Gwyn avez réellement pris soin de moi. Que vais-je faire ?

Comme si Anna appartenait encore aux vivants, des mots lui parvinrent.

« Fais ce que tu peux, ma fille. Laisse le reste entre les mains de Dieu. »

Au bout d'un moment, Meg se redressa, sécha ses larmes et tenta de se concentrer sur les tâches qui l'avaient toujours apaisée par le passé. Une de ses activités préférées était de créer des bouquets parfumés d'herbes, à la fois agréables pour les sens et qui empêchaient également les vermines de s'installer dans les matelas et les paillasses. La femme de Harry était alitée à cause d'une grossesse difficile et avait un réel besoin de quoi que ce soit qui puisse soulager ses journées.

Tout ce dont Meg avait besoin se trouvait devant elle, puisqu'elle avait eu à préparer des sachets pour le matelas nuptial qui était, encore aujourd'hui, composé de paille fraîche, un matelas sur lequel elle se serait allongée vierge et duquel elle se serait levée, le matin suivant, changée. Elle n'aurait plus été une jeune fille.

Spontanément lui vint à l'esprit l'image des doigts de Dominic rassurant le faucon de manière tellement douce que l'oiseau farouche s'était calmé. Meg s'était alors demandé ce que l'on devait ressentir à être touchée avec tant de précaution. Elle avait connu peu de tendresse dans sa vie de la part de l'homme qui était son père, du moins qui en portait le titre.

Cependant, même si elle avait senti que la retenue de Dominic avait été un froid calcul de stratège pour atteindre plus rapidement la victoire, sa caresse avait fait naître en Meg le désir ardent d'être encore touchée de cette manière.

« Si nous nous étions mariés, Dominic m'aurait-il traitée comme si j'étais un faucon ou comme un adversaire à vaincre ? »

Meg se rappela de la pointe de la langue de Dominic parcourant avec chaleur sa lèvre inférieure, une sensation aussi légère qu'un souffle, une caresse si douce et inattendue qu'y penser la faisait trembler. Le souvenir tactile envoyait des vagues de frissons vibrer dans chaque parcelle de son corps. Elle n'avait, au cours de sa vie, jamais rien ressenti de pareil à la caresse de Dominic. Elle n'avait jamais rien imaginé de pareil dans ses rêves.

« Si c'est ce qu'offre le mariage, il n'est pas surprenant que les femmes s'y résoudent au bout d'un moment. »

Ensuite, elle se remémora les paroles de Dominic adressées à la jeune femme de la fauconnerie qu'il avait si nonchalamment offert de posséder.

« Petit faucon, le mariage n'a rien à voir avec ceci. »

Pour Dominic, le mariage résultait d'un froid calcul. Il n'avait rien à voir avec l'espoir des Druides de la Vallée, encore moins avec l'affection entre un homme et une femme.

Elle inclina un pot, et des feuilles séchées tombèrent de ses mains soudainement hésitantes. Le bouquet d'herbes se disloqua telle une volée de canards se dispersant à la vue de l'ombre d'un faucon pèlerin volant au-dessus d'eux.

— Continue comme ça, ma fille, et je t'envoie désherber le jardin comme si tu avais à nouveau six ans.

La voix familière de Gwyn fit sursauter Meg. Davantage d'herbes s'éparpillèrent.

— Es-tu malade ? demanda la vieille femme, la voix soudainement plus sincère qu'ironique.

— Non. C'est juste…

La voix de Meg s'éteignit.

— Juste quoi ?

— De la maladresse.

— Pouah. Il serait mieux d'accuser les chats de Blackthorne d'aboyer plutôt que de t'accuser de maladresse.

Souriant, Meg se retourna et prit la vieille femme dans ses bras avec un besoin qui allait bien plus loin que les mots. Le visage ridé de Gwyn, ses cheveux blancs et ses yeux vert délavé étaient aussi familiers à Meg que ses propres mains.

— Qu'y a-t-il, mon enfant ? finit par demander Gwyn.

— Mon père…

La voix de Meg fléchit lorsqu'elle repensa à la façon dont son père avait catégoriquement démenti sa paternité.

À la mention de John, suivie par le silence, les yeux vert pâle de Gwyn se posèrent sur l'étagère où une seconde fiole de son remède était conservée en cas de besoin. L'étagère était vide.

— Son état s'est-il empiré ? demanda Gwyn.

— Pas vraiment.

— Oh. Comme le reste de son remède n'est plus là, j'en avais déduit qu'il faiblissait.

— Son remède ?

Meg regarda par-dessus son épaule. Sa respiration s'accéléra.

— Il n'en reste plus !

— Tu ne le lui as pas apporté ?

— Non.

Meg se déplaça, inquiète, jusqu'à la table et chercha entre les pots. Elle ne trouva que des feuilles et des fleurs séchées. Les étagères ne révélèrent rien d'inattendu lorsqu'elle les fouilla avec empressement, déplaçant les fioles à la recherche du remède manquant.

— C'est étrange, finit par dire Meg.

Fronçant les sourcils, elle se dirigea vers l'allée, se saisit d'une bougie de cire sur son support et revint dans l'herboristerie. Gwyn l'observa, les yeux plissés, tandis que Meg se mettait à fouiller de fond en comble les recoins, les étagères, les casiers et les bassines de la pièce.

Lorsque Meg abandonna enfin, la peur qu'elle avait ressentie dans la chambre de Lord John revint, deux fois plus forte.

— Elle n'est plus là ? demanda Gwyn.

— Non. Et l'antidote non plus. Peut-être Duncan est-il venu chercher les deux ? John a eu une crise de quintes de toux, et j'étais aux fauconneries.

La vieille femme dit quelque chose dans une langue ancienne. S'il s'agissait d'un sort ou d'une prière, Meg n'aurait su le dire. Elle n'avait pu entendre les mots assez clairement.

— Je n'aime pas cela, murmura finalement Gwyn.

Elle regarda Meg.

— N'en parle à personne. Nous n'avons pas besoin de plus d'ennuis.

Meg hocha la tête.

— Oui.

— Peux-tu en préparer plus ? demanda Gwyn.

— Pour ce qui est du remède, oui. J'ai une réserve suffisante de graines. L'antidote sera bien plus difficile à remplacer. La plante pousse uniquement sur un sol non retourné. Cette année, toutes les terres ont été labourées dans l'espoir d'une bonne récolte.

Gwyn grogna et frictionna ses articulations endolories.

— Le vent humide te fait du mal, dit doucement Meg. As-tu pris le médicament que j'ai fait pour toi ?

La vieille femme sembla ne pas entendre.

— Gwyn ?

— Mes rêves ont été perturbés, mais pas à cause d'engelures, murmura-t-elle.

Un souffle froid d'inquiétude parcourut la colonne vertébrale de Meg. Sans un mot, elle attendit d'entendre ce que la vieille femme des Druides de la Vallée avait glané dans le monde uniquement visité pendant le sommeil.

« Ce qui a été écrit dans le passé prendra place dans le futur. Personne, seigneur ou vassal, n'y échappe. Le vent du changement souffle, transportant avec lui l'appel du cor de guerre et le hurlement du loup. »

Gwyn cligna des yeux tandis que la vision s'effaçait. Elle vit l'expression sur le visage de Meg et soupira.

— Parle-moi de ton père, dit Gwyn à voix basse.

— Il nie être mon père.

Étrangement, Gwyn sourit. Il y avait pourtant peu de chaleur ou d'humour dans la courbe de ses lèvres. Malgré son âge avancé, la vieille Druide de la Vallée avait toute une rangée de solides dents blanches. Elles brillaient tout comme étincèlent les dents d'un loup, en avertissement.

— A-t-il menacé de te rejeter et d'installer Duncan à ta place ? demanda Gwyn.

— Uniquement si je ne me marie pas avec Duncan.

— Et qu'en est-il de Dominic le Sabre ?

— Il doit être tué alors même que nous nous tiendrons devant le prêtre, dit Meg sans mâcher ses mots.

Gwyn relâcha l'air de ses poumons en un long sifflement.

— L'Église ne tolèrera pas cela.

— L'Église recevra une abbaye.

— Une bien petite récompense pour une si grande trahison.

— Pas vraiment, dit Meg d'un ton grave. L'Église cherche des moyens pour diminuer le pouvoir d'Henri. Duncan sera redevable à l'Église plutôt qu'au roi. Aucun cri d'excommunication ne sera élevé. Si moi je peux saisir cela, John, bien sûr, le peut également.

— Du plus profond de l'enfer, John est un homme intelligent, murmura Gwyn. Si seulement il pouvait aussi avoir de la compassion.

— À présent, il ne reste plus en lui que le besoin brûlant de voir son fils hériter de ses terres.

Gwyn siffla à nouveau, secouant la tête.

— Que comptes-tu faire, fille des Druides de la Vallée ? Vas-tu prendre Duncan pour époux ?

— J'ai refusé.

— Bien.

— Alors John a ordonné à Duncan de commencer le massacre immédiatement…

La vieille femme tendit l'oreille comme si elle écoutait quelque chose.

— Je n'entends rien dans la cour, si ce n'est des jeunes filles parlant entre elles de leur bien-aimé.

Meg prit une profonde inspiration et tendit les mains.

— Je lui ai dit que je ferais ce que je devais faire.

S'ensuivit un silence si profond que le faible grésillement des flammes faisant couler la cire des bougies pouvait s'entendre. Après un long moment, Gwyn soupira.

— Est-ce la vérité ? demanda finalement Meg.

— Que tu n'es pas la fille de John ?

— Oui.

— C'est la vérité, répondit nonchalamment Gwyn. Il n'est pas ton père. Son demi-frère était un homme très souriant, adepte des fous rires. Anna était allée le rejoindre un mois avant son mariage.

— Pourquoi ? demanda Meg, choquée.

— Elle ne recevait pas d'amour de la part de John, mais elle savait que l'héritier du Loup des Druides de la Vallée devait naître d'une façon ou d'une autre.

— L'héritier du Loup des Druides de la Vallée ? demanda Meg. De quoi s'agit-il ?

— Un homme qui serait assez sage pour ramener la paix sur nos terres.

— Aaah, le légendaire *mâle* des Druides de la Vallée. À sa place, c'est moi qui suis née. Une femme. Une déception pour tous.

Gwyn sourit et toucha la joue de Meg d'une main aussi douce et sèche que la flamme d'une bougie.

— Tu étais précieuse pour ta mère, Meg. Elle appréciait le demi-frère de John, mais elle ne l'aimait pas. Elle ne ressentait ni passion ni amour non plus pour John. Mais toi, elle t'aimait. Pour toi, elle a supporté John jusqu'à ce que les vassaux apprennent à t'aimer, eux aussi.

— Ensuite, elle est partie rejoindre le lieu hanté et n'en est jamais revenue.

— Oui, dit simplement Gwyn. Cela fut une bénédiction pour elle, Meg. L'enfer n'avait plus rien à lui apprendre après avoir vécu avec Lord John.

Se détournant, Gwyn regarda l'herboristerie sans réellement la voir.

— Puissions-nous être bénis à cet instant, murmura Gwyn au bout d'un moment. Je crains que lorsque naîtra l'homme capable de porter le Loup des Druides de la Vallée, il ne restera plus rien de l'héritage, à part du vent.

— Qu'est-ce, le Loup des Druides de la Vallée ? demanda Meg, perplexe. J'ai entendu, occasionnellement, les vassaux en parler à voix basse, mais ils se taisaient lorsqu'ils se rendaient compte que je les écoutais.

— C'est une broche. Une broche datant de mille ans.

— À quoi ressemble-t-elle ?

— Le moulage d'une tête de loup en argent dont les yeux sont des pierres précieuses incolores tellement résistantes que même l'acier ne peut les rayer, répondit Gwyn. La broche a la taille de la main d'un homme.

— Tu ne m'en avais jamais parlé auparavant.

— Cela n'était pas nécessaire. Il n'y avait rien à faire.

— Et maintenant ? demanda Meg.

— Des changements arrivent. Une femme sage espère le meilleur et se prépare au pire.

— Quel est le pire ?

— La guerre. La famine. La maladie. La mort.

Meg put à peine contenir un frisson en entendant ses pires craintes prononcées à voix haute par Gwyn.

— Et le meilleur ? demanda-t-elle dans un murmure.

— Que l'homme qui porte le Loup des Druides de la Vallée apporte la paix avec lui.

Une onde d'espoir parcourut Meg à la pensée qu'un jour, les terres ne soient plus déchirées par des conflits. Le sentiment n'était pas différent de celui qu'elle avait connu en observant Dominic manipuler avec une douceur parfaite le faucon pèlerin.

— Dis-moi tout ce que tu sais au sujet de la broche, demanda Meg.

— J'en sais bien peu.

— Ce sera déjà mieux que rien, rétorqua Meg.

Gwyn sourit légèrement. Le sourire s'évanouit lorsqu'elle commença à parler.

— Le Loup des Druides de la Vallée était porté par le chef de notre tribu depuis l'aube des temps. Tant qu'il fut porté, la paix régna, ainsi que la prospérité.

— Que s'est-il passé ?

— La jalousie d'un frère. Une femme séduite. Un amour trahi.

D'un air grave, Meg sourit.

— Cette histoire me semble familière.

— Les Druides de la Vallée sont des êtres humains. Le chef de la tribu a été tué lors d'une embuscade. La broche a été arrachée de sa cape.

Meg attendit.

Gwyn ne dit rien de plus.

— Que se passa-t-il, alors ? demanda Meg.

— À partir de ce jour, les conflits régnèrent. Et à partir de ce jour, les femmes des Druides de la Vallée conçurent peu de bébés, car il y avait peu de plaisirs dans leur vie, et sans plaisir, aucune femme ne stimule la semence d'un homme.

— Pourquoi notre peuple n'est-il pas parti à la recherche du talisman, si cela signifiait tant pour lui ?

La vieille femme haussa les épaules.

— Ils ont cherché. Ils n'ont trouvé que leur propre cupidité. La broche n'a plus jamais été vue. On raconte qu'elle est cachée dans un des anciens tertres entre ici et la montagne, gardée par le fantôme de la femme adultère.

Meg eut l'étrange sensation qu'il y avait davantage à dire à propos de cette histoire. Cependant, alors qu'elle était sur le point d'interroger la vieille Druide de la Vallée, elle regarda au fond des yeux de cette dernière et sut qu'elle n'en dirait pas plus.

— J'aimerais avoir cette broche dans le creux de ma main à cet instant, finit-elle par dire.

— Il ne faut pas vouloir cela.

— Pourquoi ?

— Si tu donnais, à cet instant, le talisman à Dominic le Sabre ou à Duncan de Maxwell, le sang coulerait dans les prairies de Blackthorne plutôt que de l'eau claire.

Meg émit un long gémissement de détresse.

— Je crains que tu n'aies raison. Mon pauvre peuple. Lorsqu'un pays est en guerre, les nobles peuvent gagner ou perdre, mais les gens ordinaires perdent toujours.

— Oui, murmura Gwyn. Toujours.

— Pourquoi les hommes ne peuvent-ils voir que les terres ont davantage besoin de panser leurs plaies que de nouvelles douleurs ? demanda Meg.

— Ils n'appartiennent pas aux Druides de la Vallée et ne peuvent comprendre le respect de l'eau et des choses en pleine croissance. Ils ne connaissent que l'utilisation du feu.

— Le plan de John causera la ruine du château de Blackthorne et de son peuple, dit Meg. Si nous venions à semer du sang à la place de graines ce printemps, les survivants ne vivraient assez longtemps que pour mourir de famine l'hiver suivant.

— Oui. Si le roi Henri ne les tue pas avant cela. Si John met son plan à exécution, le roi et ses grands barons ne laisseront pas une seule pierre au-dessus d'une autre dans tout Blackthorne.

Meg ferma les yeux. Elle n'avait plus que jusqu'au lendemain pour trouver comment sauver les terres et les gens qu'elle aimait plus que tout dans sa vie.

— Que vas-tu faire, Meg ?

Elle regarda fixement Gwyn, se demandant si la vieille femme avait, d'une manière ou d'une autre, pu lire dans son esprit.

— Vas-tu mettre le seigneur normand en garde ? demanda Gwyn.

— Dans quel but ? Il serait préférable, et plus rapide, de tuer Duncan avec du poison. Je ne pourrais supporter de le voir pendu. Ou pire. Non, je ne pourrais pas.

La bouche de Meg se rétrécit lorsqu'elle poursuivit.

— De toute manière, la mort de Duncan ne changerait rien. Les mercenaires massacreraient les Normands en représailles, et Blackthorne serait perdu.

Gwyn acquiesça.

— Tu es la fille de ta mère, Margaret. Rusée et gentille à la fois. Que comptes-tu faire ? Fuir dans la forêt et rejoindre le lieu hanté ?

— Comment l'as-tu deviné ?

— C'est ce que ta mère a fait. Mais cela ne servira à rien. Duncan est aussi rusé que tu l'es.

— Que veux-tu dire ? demanda Meg.

— Il a placé un de ses hommes en faction devant la guérite à l'entrée. Tu es captive, et le château est ta prison.

6

Dominic regardait son frère marcher à grandes enjambées dans la chambre située en haut du château. L'écuyer Jameson s'y trouvait en train d'aider Dominic à s'habiller. À cet instant, l'unique vêtement qu'il portait était une cape pour le maintenir au chaud et le protéger des éclaboussures d'eau de son récent combat avec son rasoir. Ses cheveux étaient coupés courts de façon à rester en place sous un heaume, et sa barbe avait disparu. Cela avait pour effet de le rendre plus impressionnant, et non moins. Sans l'effet adoucissant de la barbe, il n'y avait rien pour dissimuler les traits anguleux de ses pommettes ou le sévère V inversé de ses sourcils noirs.

— Les préparatifs sont-ils achevés ? demanda Dominic en se séchant le visage.

— La chapelle est prête, répondit Simon. Tes chevaliers attendent de se présenter, à tes côtés, devant Dieu et la foule normande, et les hommes d'armes attendent impatiemment le vin et les jeunes femmes.

— Qu'en est-il de la future mariée ? demanda Dominic. Quelqu'un l'a-t-il vue ?

— Pas en chair et en os. Sa servante court de tous les côtés, comme une poule à qui l'on aurait coupé la tête, poussant des cris perçants contre la lavandière à cause d'un vêtement encore mouillé ou contre la couturière pour un ourlet mal cousu, ou encore contre le tanneur à cause de chaussures trop rigides pour de nobles pieds.

Dominic émit un grognement et frotta son corps puissant avec le linge pour se sécher.

— Il me semble que je ne devrai pas me déplacer pour traîner Lady Margaret hors de ses appartements, dit-il.

— J'espère que la lady sera habillée somptueusement, dit Simon après quelques instants.

— Cela n'a pas d'importance. Ce ne sont pas ses habits que je vais épouser.

— Oui. Mais la future mariée est censée être mieux vêtue que toutes les autres jeunes femmes lors de son mariage, n'est-ce pas ?

Dominic haussa un sourcil noir en direction de son frère en signe de demande muette.

— Marie porte la soie écarlate que tu lui as offerte, continua malicieusement Simon et, sur son front, le bandeau en or serti de précieux rubis que tu lui as offert après la chute de Jérusalem.

— Si Lady Margaret désire porter de telles babioles, il faudra qu'elle montre davantage de courtoisie envers son mari, dit Dominic à voix basse.

Il jeta nerveusement le linge sur la table.

— Beaucoup plus de courtoisie.

Simon ricana.

— Peut-être devrais-tu l'envoyer voir Marie afin que cette dernière l'instruise.

Dominic ignora son frère pour s'intéresser à Jameson.

— Non, dit-il à l'écuyer. J'ai besoin d'une chemise beaucoup plus lourde que cela. Habille-moi de la même façon que pour le combat.

L'écuyer le regarda, ébahi.

— Seigneur ?

— Le haubert, dit impatiemment Dominic.

L'écuyer paraissait choqué.

— Pour votre *mariage* ?

Le regard qui s'affichait sur le visage de Dominic fit monter le rouge aux joues lisses de l'écuyer. Avec empressement, le garçon alla chercher, dans l'armoire, la cotte de cuir de son maître et la rapporta. Ensuite, vinrent les chausses dont les bandes en métal protégeaient les tibias de coups durant une bataille.

D'un mouvement sec de la tête, Dominic refusa les chausses. Soulagé, Jameson alla chercher, dans l'armoire, la tunique en cotte de mailles. Le vêtement était fendu à l'avant et à l'arrière pour monter à cheval et était vraiment lourd. À chaque mouvement, les maillons métalliques du haubert chantaient doucement la bataille et la mort.

— Oh mon Dieu, chuchota Simon comme il regardait l'écuyer de Dominic mettre la tunique métallique flexible en place. Je n'ai jamais vu de marié se présenter à son mariage vêtu d'un haubert.

— Peut-être vais-je lancer une nouvelle mode.

— Ou enterrer une ancienne ? demanda doucereusement son frère.

Le sourire de Dominic faisait penser à une épée dégainée.

— Veille à suivre ma mode, frère.

— Le porteras-tu dans la chambre à coucher ?

— Lorsqu'il faut manipuler un rapace, dit Dominic d'un air pince-sans-rire, la précaution prévient beaucoup de regrets.

Simon éclata de rire devant la comparaison faite par Dominic entre sa future épouse et un jeune faucon récemment capturé n'ayant jamais connu le toucher d'un homme.

— Elle est loin d'être un jeune volatile à plumes arraché de la branche, dit Simon. Elle a à peine quelques années de moins que toi.

— Exact. Ce que tu oublies, c'est qu'à la chasse, nous faisons plutôt voler les faucons femelles que les mâles parce que, non seulement la femelle est plus grande que le faucon mâle, mais elle est aussi plus féroce.

Dominic mit son haubert en place d'un haussement d'épaules musclé qui témoignait de ses dix ans d'expérience au combat. La lourde capuche reposait sur ses épaules, les mailles flexibles formant des plis brillants.

— Sven n'a rien entendu qui suggère que Lady Margaret soit si redoutable, fit remarquer Simon. Plutôt le contraire. Les vassaux l'aiment énormément pour sa gentillesse.

— Les faucons sont toujours gentils avec les leurs.

— Votre heaume, monseigneur, dit le garçon d'un ton neutre.

— Je ne pense pas, dit Dominic. La capuche du haubert suffira.

L'écuyer mit le heaume en métal clair de côté avec un soulagement visible.

— Est-ce que John assistera à la cérémonie ? demanda Simon.

— J'ai entendu dire que l'on installerait une couche dans l'église, dit Dominic avec indifférence.

— Votre épée, monseigneur, dit Jameson qui portait la lourde épée de ses deux mains.

L'expression de l'écuyer laissait totalement paraître qu'il espérait que son maître refuse l'arme puisqu'il revêtait un haubert et des chausses.

Jameson allait être déçu. Dominic mit l'épée en place en quelques mouvements rapides. Le poids effroyable de celle-ci sur son côté gauche lui était aussi familier que l'obscurité l'était à la nuit.

— Mon manteau, dit-il.

Jameson apparut rapidement aux côtés de Dominic avec un manteau damassé richement brodé. Des pierres précieuses et des perles brillaient et chatoyaient sur le tissage recherché, évoquant des rires cachés entre les plis luxueux. Le manteau était digne d'un sultan. En fait, il s'agissait bel et bien du cadeau d'un sultan au chevalier qui avait empêché ses hommes de souiller les cinq femmes du sultan après que le palais ne fut tombé.

— Pas celui-là, dit Dominic. Le noir. Il se porte plus facilement sur la cotte de mailles et une épée.

Poussant un soupir, Jameson changea la cape raffinée par la lourde cape en laine noire. À sa façon presque secrète, la cape avait exactement autant de valeur, car son large bord était rempli de sable provenant d'une forêt située à mille lieues.

Dominic fit tournoyer sa cape et la plaça sur ses épaules d'un geste habile. La laine et la fourrure s'adaptaient aux formes de son corps avec élégance, mais la cape ne pouvait dissimuler le scintillement sporadique de la cotte de mailles ni l'extrémité brillante de la lourde épée de Dominic. Jameson maintint la cape en place en fixant la sobre épingle d'acier que Dominic portait au combat.

Observant le manège, Simon secoua la tête, ressentant à la fois de l'amusement et du regret. Même nu, Dominic était un homme impressionnant. Vêtu comme il l'était à cet instant, il lançait un avertissement catégorique à tous les habitants du domaine qu'un nouveau seigneur était arrivé.

Un seigneur qui entendait être obéi.

— La jeune femme s'évanouira d'effroi en t'apercevant, dit Simon.

— Cela serait un changement d'attitude bienvenu, murmura Dominic.

Cependant, il ne le prononça pas assez fort pour être entendu. Il n'avait parlé à personne de sa rencontre furtive avec la dame du château habillée comme une fille de paysans. La facilité avec laquelle elle l'avait dupé lui avait laissé un goût amer, et sa fierté en avait pris un coup.

Les cloches de l'église se mirent à retentir. Le son passa au-delà du mur d'enceinte, avertissant le peuple du château de Blackthorne qu'il était temps de se rassembler pour les noces. Avant que n'ait retenti le dernier coup de cloches, Dominic avait quitté ses appartements et était monté sur un cheval dans la cour.

La future mariée ne semblait pas aussi impatiente de voir la cérémonie débuter.

— Eadith, arrêtez de trépigner comme un faucon pèlerin à la recherche de nourriture, dit Meg.

En dépit de ses paroles, la voix de Meg était douce. Pour une fois, elle appréciait le bavardage et les va-et-vient incessants de la servante ; cela permettait à l'esprit de Meg de penser à autre chose qu'à la suite des événements.

« Duncan, que votre intelligence soit à la hauteur de votre courage. Soyez clairvoyant sur ce qui doit être. Acceptez-le.

» Pardonnez-moi. »

— Vous avez entendu les cloches, dit Eadith. C'est l'heure. Dépêchez-vous, maîtresse.

Meg jeta un coup d'œil à l'horloge à eau de sa mère. Le bol d'argent martelé muni d'un support en ébène et d'un réceptacle avait été transmis de mère en fille depuis des années sans aucune indication. Avec le bol était venue la connaissance de la manière de l'utiliser afin de délimiter le temps exact pour la macération des médicaments.

Meg avait rempli le récipient à son maximum il y a quelques instants à peine, lui avait-il semblé, l'eau débordant et étincelant tel un clair de lune dans la pièce ombragée. À présent, l'eau contenue dans le récipient supérieur n'atteignait plus que l'épaisseur d'un doigt.

— Pas tout à fait, dit Meg. Il reste encore un peu d'eau, tu vois ?

— Vous et vos coutumes des Druides de la Vallée, dit Eadith en secouant la tête. Pour savoir où en est le passage du soleil, je me réfère aux cloches de l'église.

Comme pour renforcer les paroles de la servante, les cloches se mirent à retentir à nouveau. Meg inclina la tête et toucha la croix en argent qui pendait sur sa poitrine nue.

— Madame ?

Eadith attendit que Meg lui prête attention. Les bras de la servante étaient surchargés des vêtements argentés peu communs que Gwyn avait apportés le jour où le roi avait décrété que Lady Margaret de Blackthorne épouserait Dominic le Sabre. La robe n'était pas neuve. Lady Anna la portait le jour de son mariage, de même que la mère d'Anna. De la même manière que l'eau qui subsistait dans le bol d'argent des Druides de la Vallée, le vêtement scintillait délicatement comme s'il avait infusé dans un clair de lune antique.

Meg regarda la robe et se souvint de ce qu'avait dit Gwyn : « Puisses-tu donner naissance à un fils. »

À présent, Meg se demandait si la robe de mariée, tout comme l'horloge, avait été transmise de mère en fille au cours de toutes ces années, et si chaque fille qui la recevait, espérait être celle qui donnerait naissance à un fils des Druides de la Vallée.

« Mon Dieu bien-aimé, accordez-nous la paix. »

— Lady Margaret, il faut vraiment que nous nous dépêchions.

À contrecœur, Meg se détourna et arrêta de contempler le ruissellement modéré de l'eau du bol en argent vers le récipient en ébène.

— Le prêtre est toujours lent, dit-elle distraitement. Il s'habille avec plus de soin qu'une mariée.

— Avec plus de soin que vous, c'est certain !

— Dominic le Sabre épouse le château de Blackthorne, pas moi. Il se marierait avec moi même si j'arrivais vêtue de sac de toile et de cendres.

— Même si c'est le cas, vous devez vous faire plus belle que cette catin normande.

Meg détacha son esprit de l'écoulement constant de l'eau depuis le bol argenté vers le noir, les gouttes glissant dans l'obscurité aussi sûrement que le château de Blackthorne dans la guerre.

— Qu'y a-t-il ? demanda-t-elle.

— La Marie, marmonna Eadith, donnant à la femme le surnom que les servantes qui devaient constamment répondre à ses exigences lui avaient attribué. Les hommes ne peuvent la quitter des yeux, qu'ils soient des porcs normands ou de nobles saxons.

— Si les hommes sont pareils à des pies, éblouis par tout ce qui brille, laisse-les glisser dans le puits de l'amante.

— Ce sont des chiens, pas des pies, dit Eadith avec amertume. Un sourire aux lèvres écarlates, une poitrine parfumée faisant de l'œil, une jambe dévoilée de temps à autre lorsqu'elle monte les escaliers… Ils la suivent comme des chiens derrière une chienne en chaleur. Et Duncan est à la tête de la meute.

— S'il tombe malade à cause de son puits surutilisé, dit Meg avec calme, j'ai une lotion qui le remettra sur pied une fois de plus.

Eadith ne dit rien.

Lorsque Meg lut la peine sur le visage de sa servante, elle se rendit compte à quel point Eadith avait espéré attirer le regard de Duncan.

— C'est mieux ainsi, dit Meg en touchant le bras de sa servante. Votre père était un comte. Votre mari l'était également. Vous méritez bien mieux dans la vie que de devenir la maîtresse de Duncan.

Les courbes aigries de la bouche d'Eadith laissaient paraître son désaccord. Avec des gestes rapides et secs, elle tapota le vêtement argenté.

— Si Duncan n'avait pas tant d'ambition, j'aurais pu devenir sa *femme*, dit amèrement Eadith. Mais il aspire à posséder des terres, et je n'ai ni fortune ni terres à lui offrir. Je deviendrai donc la femme d'un homme pauvre. Pouah. Autant devenir la maîtresse d'un homme riche !

— Mieux vaut être un faucon indompté, libre des hommes et de la fortune de la même manière.

— C'est facile pour vous de dire une chose pareille, rétorqua Eadith. Un peu plus loin dans l'église vous attend un chevalier qui possède des pierres précieuses et de l'or qui valent trois fois votre poids lorsque vous êtes complètement habillée. Avant que les cloches ne sonnent la fin de la journée, vous deviendrez une des femmes les plus riches de toute l'Angleterre.

— Il s'agit là de la première parole gentille que vous prononcez à propos de Dominic le Sabre.

— S'il doit s'agir d'une ordure normande, autant que ce soit une riche ordure normande. Ainsi, les prêtres seront grassement payés pour les mensonges qu'ils devront psalmodier devant le cadavre de Dominic le Sabre. Puisse sa tombe être proche et aussi profonde que l'Enfer lui-même.

La haine dans la voix d'Eadith fit tressaillir Meg. Eadith n'avait jamais pardonné aux Normands d'avoir assassiné son mari, son père, ses frères et ses oncles et d'avoir pris leurs biens.

Le silence pesant était jalonné du lent ruissellement de l'eau. Le son donna la chair de poule à Meg. Elle se rendit compte qu'elle retenait son souffle tandis qu'elle comptait les gouttes qui tombaient de manière inexorable, un écoulement qu'elle aurait aimé arrêter.

Le silence se fit.

Le bol d'argent était vide.

— Vite, dit Meg, levant les bras. Qu'on en finisse.

En l'espace de quelques instants, Meg fut vêtue de volants de tissu qui attiraient le regard comme un clair de lune éclairant une rivière. Eadith tira sur les lacets à l'arrière afin que le tissu épouse le corps de Meg. Aussi léger que le brouillard, le vêtement se collait et virevoltait en mouvements argentés qui soulignaient les formes féminines qui se trouvaient dessous.

Lorsqu'Eadith eut terminé, Meg fit un tour complet sur elle-même. Le vêtement se souleva et retomba parfaitement comme s'il avait été confectionné pour elle plutôt que pour sa mère avant elle.

— Êtes-vous certaine que vous ne porterez pas la broche que Lord Dominic vous a offerte ? questionna Eadith.

— Avant son mariage, une jeune fille des Druides de la Vallée ne porte que de l'argent. Après, elle ne porte que de l'or. Je porterai la broche bien assez tôt.

« Si je survis. »

— Sottises, marmonna Eadith. Vous ressemblerez à une créature terne à côté de la catin normande.

Eadith lui tendit une chaîne très longue et élaborée, composée d'argent et de cristal pur. Comme l'horloge, la chaîne avait été transmise de génération en génération. Pas plus large que le petit doigt de Meg, presque aussi flexible que l'eau elle-même, la chaîne encerclait sa taille, se croisait à l'arrière sur ses hanches et repassait sur l'avant telle une ceinture étincelante.

L'extrémité de la chaîne atteignait l'ourlet en une cascade silencieuse et élégante. De la même façon que l'eau, les cristaux de la chaîne transformaient la lumière en de furtifs éclats colorés, des fragments d'arc-en-ciel aperçus un court instant.

Meg leva ses mains dépourvues de toute bague et passa le peigne à travers sa chevelure amassée sur le haut de son crâne. Ses cheveux retombèrent sur ses épaules et sur sa poitrine, et glissèrent jusqu'à ses hanches, et même au-delà. Ses cheveux de feu contrastaient avec la couleur argent éthérée de la robe. Ils brûlaient de toutes les passions qu'elle n'avait jamais ressenties.

— Bien, dit Eadith avec réticence, cela rend votre chevelure éclatante.

La servante tendit le sobre bandeau en argent qui serait la seule chose que Meg porterait pour tenir ses cheveux et dégager son visage. D'anciennes runes étaient incisées sur la face intérieure du bandeau.

— Je pourrais également épingler la broche à…, commença Eadith, avant d'être interrompue.

— Non.

Meg rassembla sa chevelure pour la laisser entièrement retomber dans son dos. Sans un mot, elle tendit la main dans l'attente de son manteau à capuche argenté qui s'attachait à l'arrière de sa robe grâce à deux fermoirs en argent sur les épaules. Le tombé fluide du vêtement se répandit dans son dos, toucha le sol et continua au-delà telle une traîne ondulée couleur argent.

D'un mouvement rapide, les mains de Meg relevèrent la capuche qui recouvrait à présent sa chevelure. Eadith posa le bandeau sur sa maîtresse et observa le résultat d'un air réprobateur.

— Vous n'éclipserez pas la catin, dit-elle sans mâcher ses mots.

— Imposez le silence à votre langue, ordonna Gwyn depuis l'embrasure de la porte. Vous n'avez pas conscience de ce qui est en jeu aujourd'hui.

Lorsque Meg pivota vers la porte, de subtils courants d'argent coururent le long de la robe, et les cristaux diffusèrent des éclats d'arc-en-ciel. Néanmoins, ce furent ses yeux qui attirèrent l'attention de Gwyn. Les yeux de Meg brûlaient telles des flammes vertes qui contrastaient avec le nuage gris de son manteau.

Gwyn aspira une bouffée d'air en un sifflement audible. Elle toucha son front en signe de révérence silencieuse à la jeune Druide de la Vallée qui se consumait devant elle, absorbée par des rites et croyances aussi vieux que l'aube des temps.

Avant que Gwyn n'ait eu le temps de parler, les cloches de l'église se mirent à sonner, convoquant Meg au mariage.

Et à la guerre.

7

De l'encens et du parfum embaumaient le silence sacré de l'édifice en bois. Les bancs luisaient à la suite d'une application récente de cire d'abeille. Une myriade de lueurs de lumière émanait des bougies rassemblées. Des broches, des colliers, des bandeaux, des ceintures et des bagues, tous de grande valeur, scintillaient comme de lointaines étoiles au sein de l'église, reflétant la danse des flammes des bougies.

Des comtes écossais, de nobles saxons, l'aristocratie normande et des chevaliers de toutes sortes se côtoyaient avec la méfiance propre aux animaux sauvages forcés à la proximité après une inondation de printemps.

Les yeux gris hivernaux de Dominic jaugèrent l'assemblée. Comme il s'y était attendu, les épées abondaient de façon évidente sous les manteaux de ces messieurs. Certaines épées avaient leur poignée sertie de pierres, ce qui signifiait que l'arme était destinée à des fins cérémoniales plutôt que militaires. D'autres épées étaient comme celle de Dominic. Elles brillaient d'un éclat d'acier guerrier à la place de l'argent ciselé.

En dépit de la cohue au sein de l'église, personne ne se tenait à proximité de Dominic, y compris la femme aux cheveux noirs dont la gracieuse robe écarlate et les coûteux bijoux avaient attiré beaucoup de regards. Pas même la tentatrice au regard sombre n'osait approcher

Dominic à cet instant. Il y avait en lui quelque chose qui faisait penser à un aigle. Son empressement, pareil à celui d'un prédateur, émanait de lui aussi certainement que la chaleur du feu.

Seul Simon eut le courage d'approcher son frère. Seul Simon savait que l'intelligence prenait le dessus sur les passions de Dominic et non le contraire.

— Tout est prêt, sauf la future mariée, murmura Simon, s'avançant pour se tenir juste derrière Dominic afin que personne ne puisse l'entendre.

Dominic acquiesça.

— Le prêtre a-t-il émis une objection ?

— Il s'est plaint de la foule dans le chœur. J'ai fait remarquer que nous avions peu de choix. Je ne pouvais pas placer mes hommes à côté des nobles, n'est-ce pas ?

Le résumé ennuyeux de Simon fit sourire Dominic.

— Les hommes de Duncan sont armés jusqu'aux dents, dit Simon.

— Oui.

— C'est tout ce que tu as à dire ?

— Les mercenaires sont en haillons.

— Ils prennent bien soin de leur ferraille, rétorqua Simon.

Dominic grommela.

— Lorsque Duncan fera son apparition, tiens-toi très près de lui. Sois comme son battement de cœur. Proche.

— Que fait-on pour John ? objecta Simon, jetant un coup d'œil au premier banc sur lequel le seigneur de Blackthorne était allongé, enveloppé dans de coûteux vêtements de cérémonie. Les ennuis viendront de lui.

— Il a la volonté de me fendre en deux avec une épée, mais il n'en a pas la force, dit sèchement Dominic. Duncan a les deux. Il a été fiancé à Lady Margaret jadis.

Simon fronça ses yeux sombres. Il prononça dans sa barbe quelque chose qui aurait fait tressaillir le prêtre si le brave homme l'avait entendu.

— Tu feras pénitence pour cela, dit Dominic en souriant légèrement. Néanmoins, je suis d'accord avec tes sentiments à l'égard d'un homme qui serait capable de marier sa fille avec son fils bâtard.

— Peut-être n'est-elle pas sa fille.

— Dans ce cas, pourquoi ne pas l'avoir répudiée et ne pas avoir proclamé Duncan héritier ? riposta Dominic. Aucun homme ne désire voir ses terres passer aux mains du mari de sa fille pendant que son propre nom et sa propre lignée s'éteint par manque de fils.

Un émoi secoua l'église. La mariée venait de faire son apparition dans l'embrasure de la porte. L'illumination vacillante de l'église faisait en sorte que Meg semblait être enveloppée d'un brouillard argenté de la tête aux pieds, une fille aussi céleste qu'un clair de lune. Un homme imposant se dressait derrière elle. Il bloquait quasiment la lumière provenant du ciel nébuleux.

— Va, dit tout bas Dominic.

Sans un mot de plus, Simon retourna se faufiler dans la foule agglutinée aux premiers rangs.

Puisque l'héritière de Blackthorne n'avait pas de parents masculins capables de se tenir à ses côtés et de remettre sa chaussure à Dominic en signe de transfert du domaine de son père à celui de son mari, Duncan de Maxwell accompagnait Lady Margaret à la place de John.

La vue du comte écossais marchant aux côtés de Meg qui s'appuyait contre son bras fit en sorte que quelque chose de vraiment semblable à de la rage remua profondément en Dominic. Cette férocité le surprit, car il n'avait jamais été un homme possessif. Pourtant, il savait du plus profond de son âme qu'il devait être le seul homme à pouvoir l'approcher d'aussi près, à respirer le doux parfum épicé de son souffle et de sa peau, à sentir sa chaleur si proche, à être touché de la même façon qu'il l'avait touchée.

Ensuite, Dominic aperçut les yeux de Meg et oublia la présence de Duncan, oublia le prêtre qui attendait, oublia les épées enfoncées dans leur fourreau, attendant qu'un mot soit ou ne soit pas prononcé. Dominic pouvait uniquement regarder sa future femme approcher et il commençait à comprendre pourquoi les gens ordinaires du château de Blackthorne regardaient leur maîtresse avec de telles expressions d'espoir déchirant qui transformaient leurs visages burinés.

« Si le printemps était fait de chair et pouvait marcher parmi les mortels à la fin de l'hiver, il aurait les yeux de cette couleur ; et ils brûleraient de cette façon, deux flammes vertes jumelles rayonnant de l'espoir que tous les hommes déposent aux pieds du printemps. »

Le silence suivit la lente progression de Meg le long de l'allée centrale. Elle ne le remarqua pas. Son regard s'était arrêté sur la femme étrangère dont le corps séduisant et les vêtements coûteux laissaient deviner combien Dominic avait dû payer pour coucher avec elle. Marie ne se rendit pas compte de l'œillade que lui lançait Meg, car l'amante regardait Dominic avec appétit.

La mariée suivit le regard de l'amante. Meg s'arrêta de respirer. Dominic était en train de la regarder approcher, son corps parfaitement détendu bien que manifestement puissant. Immobile, il attendait à l'avant de l'église, suivant son cheminement et la regardant fixement tel un aigle ou un dieu. Il était vêtu de manière semblable à la nuit, et comme dans la nuit, des éclats de lumière jaillirent de son obscurité. À la place des étoiles, sa cotte de mailles scintillait.

Avec un lointain sentiment de choc, Meg se rendit compte que Dominic portait un haubert sous sa cape noire. La tension qui irradiait du bras de Duncan sur lequel elle avait posé la main lui fit comprendre que lui aussi avait remarqué l'inhabituelle tenue nuptiale.

« Un mariage ou une guerre, pensa Meg. Qu'en sera-t-il ? »

La question se consumait tant en elle qu'elle pouvait à peine se concentrer sur la cérémonie. Comme dans un rêve, elle s'agenouilla, se releva, s'agenouilla, laissant les chants religieux de la chorale dissimulée couler en elle jusqu'à ce que le prêtre la regarde sévèrement.

— Je répète, Lady Margaret, entonna le prêtre, c'est votre droit de refuser ce mariage si tel est ce que vous désirez, car le mariage est un saint sacrement dans lequel on entre librement. Acceptez-vous Dominic le Sabre en tant que véritable époux devant Dieu et devant les hommes ?

Meg déglutit, la gorge sèche, et tenta de forcer un mot à passer l'étranglement de sa gorge.

Derrière elle s'éleva une agitation qui débuta par Duncan et se répandit dans la foule. Dans son sillage, on put entendre de silencieux murmures comme si de l'acier avait été dégainé. Elle se tourna et regarda le sombre chevalier normand qui l'observait comme si sa seule volonté pouvait forcer l'acceptation à sortir de ses lèvres.

Mais il ne le pouvait pas. Rien ne le pouvait.

Dominic en était conscient tout comme Meg. C'était là l'unique instant au cours de la vie d'une femme pendant lequel ses désirs pouvaient réaliser ou détruire les projets des hommes.

« Mariage ou guerre ? »

Soudain, il fut facile pour Meg de parler.

— Oui, dit-elle d'une voix rauque. J'accepte cet homme comme époux devant Dieu et devant les hommes.

Le cri surpris de Duncan fut interrompu.

Le cri d'indignation de son père ne le fut pas. Cependant, avant qu'il ne puisse s'exprimer de façon cohérente, un des hommes de Simon surgit aux côtés de John. Seule une personne vit le couteau dans la main du chevalier, et cette personne était John. Il n'émit plus aucune objection à la poursuite de la cérémonie.

Duncan ne le fit pas non plus. Il avait senti le froid de l'acier glisser dans son dos le long de la fente de son haubert et s'arrêter entre ses jambes. Une menace silencieuse pressait la chair la plus vulnérable d'un homme. Une sueur humide coula le long de son corps. Mourir lors d'un combat honorable était une chose ; être castré comme un chapon en était une autre.

— Ne bougez pas, dit Simon tout bas à Duncan.

Duncan ne bougea pas.

— À moins que vous ne vouliez décevoir Marie cette nuit, continua Simon, et chaque nuit après celle-ci, vous ne direz rien. Faites un signe de la tête si vous avez compris.

Avec beaucoup de précaution, Duncan fit un signe de tête.

— Tendez la chaussure de Lady Margaret à mon frère comme la tradition l'exige, ordonna Simon. *Lentement.*

Avec grand soin, Duncan remit à Dominic une chaussure délicate brodée de fil d'argent. Après cela, Duncan ne bougea plus, pas même pour jeter un coup d'œil aux bruits bizarres qui émanaient de l'assemblée derrière lui. Il suspectait que ses hommes connaissent les mêmes difficultés que lui, et pour les mêmes raisons — un couteau entre les cuisses.

Trente hommes armés sortirent de derrière la paroi où l'on avait dissimulé la chorale qui avait chanté pendant la messe. Même si aucun des hommes ne leva l'arbalète qu'il portait, il était clair que les armes étaient chargées et prêtes à tirer.

Meg regarda les hommes de Dominic, sentit les effluves de rage étouffée et de frayeur qui parcoururent la salle, et comprit que Dominic avait prévu la possibilité d'une embuscade dans l'église.

Prévu et contourné.

De la glace se matérialisa sous sa peau alors qu'elle attendait avec terreur le bain de sang qui suivrait certainement une telle trahison. Tremblant de peur pour son peuple, elle regarda Dominic avec des yeux tourmentés.

Le regard glacial de Dominic balaya l'église tel un vent d'hiver. Personne ne bougea. De nombreux Saxons et Écossais se tenaient bien droit, comme s'ils avaient peur que le moindre mouvement puisse être leur dernier. Et cela aurait été le cas puisque l'acier des Normands était posé contre leur chair vulnérable.

— Bon travail, Simon, dit Dominic.

— Ce fut un plaisir.

— Je n'en doute pas.

Ensuite, Dominic tourna le dos à tout le monde et ne regarda que Meg.

— Puisque mon cadeau de fiançailles en or ne vous a pas plu, dit nonchalamment Dominic, je vous offre aujourd'hui un présent d'une autre sorte : je ne tuerai aucun homme ayant pris part à cette trahison. Acceptez-vous ce présent ?

Incapable de parler, Meg hocha la tête.

— Un homme sage comprendra que son seigneur est clément et non faible, continua Dominic. Un homme fou mettra à nouveau ma patience à l'épreuve. *Et mourra.*

Bien que Dominic n'élevait pas du tout la voix, ses mots portèrent clairement dans toute l'église. Un murmure de soulagement se fit entendre au moment où les hommes de Duncan comprirent qu'ils ne seraient pas emmenés à l'extérieur et sommairement pendus pour leur rébellion avortée.

Meg voulut remercier Dominic pour sa clémence inattendue, mais son propre soulagement face au carnage évité était tellement fort, qu'elle sentit sa tête lui tourner. L'église se mit à tournoyer doucement autour d'elle. La lumière des bougies s'estompa comme si quelqu'un avait posé un voile sur son visage. Le sol remua sous ses pieds.

Avec un faible cri de désarroi, Meg tendit la main vers Dominic afin de se stabiliser.

Dominic entendit le petit cri de Meg et vit la couleur quitter ses joues. Il l'attrapa dans ses bras avant qu'elle ne tombe. De l'argent tourbillonna et s'agita contre le tissu noir avant de retomber gracieusement. Le vêtement souple de la Druide de la Vallée s'accordait parfaitement à chaque pli de la cape de guerre de Dominic comme s'il avait été confectionné dans ce seul but.

Le ferme battement de cœur de Meg contre sa main fit comprendre à Dominic que le soulagement plutôt que quelque chose de bien plus sinistre avait temporairement chassé ses forces. Son regard passa d'elle au prêtre.

Le visage de l'homme était aussi pâle qu'un lys fané. La sueur sur son front rendait sa culpabilité clairement visible.

— Terminez, dit calmement Dominic.

— Je… je ne peux pas.

— Lady Margaret a fait ce qu'elle avait à faire. À votre tour, ou vous mourrez.

Le prêtre commença à parler. Sa voix tremblait tellement que les mots étaient inintelligibles. Il acheva la cérémonie avec une hâte indécente.

Meg entendait les mots de façon lointaine. Rien ne lui paraissait réel à part le fait de savoir qu'elle avait trahi John et Duncan, et par ce fait, qu'elle avait sauvé le château de Blackthorne et son peuple de la destruction.

Progressivement, la puissance de l'homme qui la tenait pénétra les sens de Meg, lui donnant une chose tangible à laquelle s'accrocher dans un monde qui lui semblait encore insaisissable. Elle releva la tête vers le visage de Dominic. Elle tentait de jauger le destin auquel elle avait consenti : être l'épouse du sombre seigneur normand.

La lueur de la bougie n'adoucissait pas les traits de Dominic. Elle lui donnait des reliefs nets, formait des ombres sombres sous ses pommettes et le long de la ligne dure de sa mâchoire. Ses yeux étaient aussi clairs et incolores que les yeux du légendaire Loup des Druides de la Vallée. Tout cela était entouré du sinistre scintillement de la cotte de mailles qui reposait sous la sombre cape fluide.

L'église vacilla à nouveau autour de Meg, mais cette fois-ci, ce n'était pas le tumulte de son propre sang qui en était la cause. La cérémonie s'était achevée. Dominic s'était retourné et traversait à grands pas l'allée centrale. Il tenait sa femme dans ses bras comme si elle ne pesait pas plus lourd que la brume à laquelle ressemblait sa robe.

Juste avant que Dominic n'atteigne la porte d'entrée de l'église, il s'arrêta dans la pénombre afin d'évaluer la réaction des gens du château de Blackthorne. Il ne savait pas si, tout comme le prêtre, ils désiraient que Duncan de Maxwell devienne leur nouveau seigneur.

Un bruit d'incertitude se fit entendre parmi les habitants lorsqu'ils virent leur lady portée par l'effroyable guerrier normand à l'intérieur de l'église, comme s'il avait mis une ville à sac et l'avait emmenée en guise de trophée. Voyant les traits sévères du visage de Dominic, Meg pouvait clairement comprendre l'hésitation de son peuple. Elle-même pouvait difficilement croire que Dominic ait levé la sanction de mort que Duncan et son père avaient méritée.

Pourtant, Dominic avait fait preuve de clémence. Duncan et son père étaient toujours en vie. Dominic avait pris l'avantage du choc causé par son consentement au mariage et avait utilisé ces précieux instants non pas pour tuer, mais pour imposer la paix.

Alors qu'ils étaient cachés dans l'obscurité à l'entrée de l'église, Meg toucha la joue de Dominic juste au-dessus de la froide cotte de mailles, afin de s'assurer qu'il était bien fait de chair et non d'acier, et qu'elle-même était bien en vie puisqu'elle sentait sa chaleur.

Dominic baissa son regard et plongea dans les yeux qui étaient le printemps en personne, d'un vert clair et brûlant.

— Merci de ne pas les avoir tués, dit Meg.

— Je ne l'ai pas fait du plus profond de mon cœur, répondit franchement Dominic. Autant j'aurais pris un malin plaisir à pendre les hommes qui auraient voulu m'imposer la guerre et qui auraient voulu vous imposer l'inceste, autant je n'ai pas l'intention de devenir le seigneur d'un château en ruine.

Refroidie, Meg ôta ses doigts.

— John n'est pas mon père.

— Dans ce cas, pourquoi ne vous a-t-il pas déshéritée ?

En prononçant ces paroles, Dominic s'était avancé, portant Meg dans la faible lumière du jour grisâtre. À nouveau, un murmure inquiet parcourut la foule de vassaux rassemblés.

— Le peuple, dit simplement Meg. Voilà la raison.

— Quoi ?

— Ceci.

Meg toucha Dominic une nouvelle fois.

Cette fois, le peuple du château de Blackthorne vit les doigts de leur maîtresse se poser sur la joue du chevalier, à l'endroit où sa chair n'était pas couverte par la cotte de mailles. C'était là un geste que leur maîtresse adressait librement à son nouvel époux.

Si elle était sa prisonnière, elle était consentante.

Un grand cri s'éleva du peuple lorsque celui-ci comprit que ce printemps, ils allaient semer et cultiver pour les vivants plutôt que creuser des tombes pour les morts ; *et dans leur joie ce fut le nom de Meg qu'ils scandèrent et non celui de leur nouveau seigneur.*

Lorsque les ondes de joie atteignirent Dominic, il comprit pourquoi John n'avait jamais désavoué la jeune femme qui n'était pas sa fille.

8

Le banquet qui se déployait devant les vassaux du château de Blackthorne était d'un luxe qu'ils étaient loin d'avoir pu imaginer. Des senteurs à la fois familières et exotiques embaumaient l'air froid. De la bière forte, et même de l'hydromel fort attendaient dans des tonneaux qui venaient juste d'être ouverts. Il y avait du poisson, du frais et également du salé, de la volaille de deux sortes, de la fraîche et de la fumée, des cochons entiers rôtis, des colombes disposées sur des lits de légumes frais, des pains aussi bien traditionnels que parfumés avec des épices importées tellement chères que les serviteurs du château n'avaient jamais eu l'occasion d'en goûter auparavant. C'était un festin digne de la noblesse, pourtant il était offert aux petites gens du château de Blackthorne.

Lorsqu'ils se rapprochaient des tables à tréteaux surchargées, une assiette creuse était remise à chaque personne. Au fond de l'assiette se trouvaient une pièce d'argent et une tranche de citron confit. Des cris d'émerveillement et de plaisir se propagèrent dans la foule. Personne ne pouvait dire ce qui était le plus agréable, l'argent ou le bonbon. La plupart des gens ordinaires vivaient et mouraient sans jamais avoir tenu l'un des deux dans leur paume.

D'un air grave, Duncan observait Dominic et Meg se balader parmi les habitants du château, recevant leurs bons vœux. Pour chaque vassal, Meg avait une question ou un compliment. Avec Dominic, les gens étaient réservés et respectueux. Avec Meg, ils étaient à la fois révérencieux et joyeux.

Tous les espoirs que le Fléau Écossais avait pu avoir, à savoir que les vassaux refusent de servir leur nouveau seigneur, moururent lorsque Duncan vit Dominic se prélasser dans la lumière renvoyée par l'amour que les habitants avaient pour Meg. Alors qu'il l'observait, Duncan ne pouvait qu'admirer à la fois l'intelligence du nouveau seigneur du château de Blackthorne, et le caractère impitoyable que Dominic gardait dans un fourreau avec autant de précaution que son épée; mais qu'il était capable de dégainer et d'utiliser, tout comme son épée, en un claquement de doigts.

— Êtes-vous en train de dire adieu à vos ambitions? demanda une voix d'un ton acerbe.

Duncan n'avait pas besoin de se retourner pour savoir qui piquait sa fierté. Simon ne s'était jamais éloigné de Duncan d'une distance supérieure à une main, ou un couteau, durant toute la cérémonie.

— Votre frère est un homme intelligent, dit Duncan d'un ton posé. Il a fait la seule chose qui pouvait lui faire gagner l'estime des habitants de Blackthorne.

— Épargner la vie de John?

Duncan secoua la tête.

— Non.

— Le banquet?

Souriant légèrement, il secoua encore la tête.

— C'était astucieux mais pas suffisant.

— L'argent?

— Non.

— Quoi, alors ?

— D'une façon ou d'une autre, votre frère a convaincu Meg qu'il était le seul chemin vers la paix pour son peuple. Quand est-elle venue vous trouver et vous exposer les projets de John ? La nuit dernière ?

Simon lança à Duncan un regard étrange.

— Lady Margaret n'est pas venue nous trouver.

— Bon sang, je ne suis pas complètement stupide ! Quand Meggie nous a-t-elle trahis ?

— Vous l'avez appris en même temps que nous, rétorqua Simon. En ce qui concerne la trahison, la seule qui ait eu lieu aujourd'hui est venue de John. Et de vous, bien sûr.

— Je suis un comte écossais, répondit Duncan avec froideur. Je ne plie le genou devant personne si ce n'est mon propre roi. Henri n'est pas ce roi !

— N'êtes-vous pas reconnaissant que votre vie ait été épargnée ?

— Elle a été épargnée pour les objectifs de Lord Dominic, pas les miens.

Simon haussa les épaules.

— Bien sûr. Il a fait cadeau de votre vie à Lady Margaret. J'espère qu'il n'aura pas à regretter sa générosité.

Pendant un instant, Duncan jaugea le frère de l'homme qui avait causé sa défaite aussi facilement. Duncan avait rencontré des hommes tels que Simon et Dominic en Terre Sainte, des chevaliers qui avaient peu de choses à apporter à la vie, si ce n'est leur sagesse et leur bravoure.

Duncan était lui-même un homme de cette trempe.

« La prochaine fois, utilise plutôt l'intelligence que la bravoure », se conseilla Duncan d'un ton sarcastique.

« Dominic l'a fait, et vois ce que cela lui a rapporté : la main de Meggie et tout le château de Blackthorne comme domaine. »

— Ai-je la permission de voir Lord John ? demanda Duncan.

— Dominic n'empêcherait pas un fils de voir son père mourant.

Duncan le regarda, les yeux plissés.

— Écoutez-vous souvent les ragots d'arrière-cuisine ?

— Énormément, lui assura joyeusement Simon. Cela permet d'éviter les mauvaises surprises. Vous devriez d'ailleurs être reconnaissant que Dominic les écoute, lui aussi.

— Pourquoi ? demanda sèchement Duncan. Cela m'a fait perdre le château de Blackthorne.

— Non. Dominic avait élaboré ses plans pour le mariage bien avant que nous ne prenions la route en direction du château.

Les yeux de Duncan s'arrondirent, et il ne chercha pas à dissimuler sa surprise.

— Comment a-t-il su ?

— Il ne le savait pas. Il savait simplement que s'il devait rencontrer des problèmes, l'endroit que l'on suspecterait le moins serait l'église elle-même. C'est pour cela qu'il s'est renseigné sur les parents du prêtre. Il a cherché à savoir si ses frères étaient des vassaux de John, si ses sœurs étaient mariées à des Saxons ou à des Normands, si Lord John avait payé son éducation au sein de l'église. Nous avons rapidement découvert que le prêtre était bien plus redevable aux Saxons et aux Écossais qu'au roi Henri.

Duncan se tourna et fixa ouvertement Simon.

— Ensuite, poursuivit Simon que cela amusait, nous avons entendu parler du bâtard de John, un chevalier courageux et irascible, un bon guerrier connu sous le nom de « Fléau Écossais », et un homme qui avait été fiancé à la propre fille de John jusqu'à ce que le roi presse l'Église de refuser l'union. Toutefois, l'Église fut vraiment réticente. C'est révoltant de voir ce que certains hommes de Dieu font en Son nom.

— Amen, dit Duncan.

Et il le pensait. Certaines des choses qu'il avait vues accomplies par des hommes de Dieu à d'autres hommes de Dieu durant la Guerre Sainte le hanteraient jusqu'à la fin de ses jours.

— Je soupçonne, dit doucement Simon, que ce soit à cet instant que Dominic ait décidé de tuer John. L'idée qu'un homme puisse marier son fils illégitime à sa propre fille a rendu mon frère malade. Dominic n'en pensait pas moins de l'ambitieux bâtard qui allait se marier avec sa propre demi-sœur. Une fois les faits divulgués, le roi Henri n'opposerait aucune objection aux pendaisons.

Un léger sifflement se faufila entre les dents de Duncan quand il comprit qu'il était encore très proche de la mort.

— Meggie n'est pas ma sœur.

Ce fut au tour de Simon d'être surpris. Et soulagé. Il admirait l'audace et le courage du Fléau Écossais. En d'autres circonstances, ils auraient pu devenir amis.

— Cela me fait plaisir de l'entendre, dit simplement Simon.

— Faites en sorte que votre frère l'entende également.

Simon regarda attentivement Duncan et sourit légèrement.

— Vous commencez à comprendre, dit Simon tout en acquiesçant. Dominic est l'homme le plus féroce que j'aie jamais vu pendant un combat, car il considère que la guerre est un manque d'intelligence qu'il faut taillader aussi vite que possible. Il est toujours beaucoup plus utile d'être en paix, voyez-vous.

— Non, je ne vois pas.

— Moi non plus, admit Simon.

Les deux hommes se regardèrent et se mirent à rire.

Dominic se retourna au son de l'éclat de rire masculin. Il vit Duncan et Simon et secoua la tête.

— Que se passe-t-il ? demanda Meg.

— Mon frère et le Fléau Écossais.

Meg le regarda, perplexe.

— Ils rient ensemble comme des amis, expliqua Dominic. Pourtant, ils étaient à un doigt de se tuer l'un l'autre dans l'église.

— Peut-être est-ce la raison pour laquelle ils rient. Ils sont vivants, et c'est le printemps. De plus, un banquet attend dans le grand hall. Que pourraient-ils attendre de plus de la vie en ce moment ?

Des yeux gris se concentrèrent sur Meg. Doucement, Dominic hocha la tête alors qu'il réfléchissait à ce qu'elle avait dit.

— Vous êtes très sage, pour une jeune femme.

Elle lui adressa un regard vert et dit d'un air pince-sans-rire :

— Plus sage que beaucoup d'hommes, je vous l'assure.

Un coin de la bouche de Dominic se releva en un sourire.

— Je m'en souviendrai.

Dominic et Meg poursuivirent leur chemin dans la cour parmi la foule de vassaux, progressant lentement. Il semblait que chaque locataire, paysan, propriétaire foncier et serf voulait s'assurer en personne du bien-être de Meg. Eadith attendait plutôt impatiemment aux confins de la cohue, désirant manifestement atteindre sa maîtresse.

— Qu'y a-t-il, Eadith ? finit par demander Meg. Venez par ici.

Les vassaux se séparèrent pour laisser passer la servante. La lumière du jour ne convenait pas aussi bien à ses vêtements qu'à ceux de Meg. La pauvreté d'Eadith, et celle du château de Blackthorne lui-même, se voyait clairement à son manteau usé jusqu'à la corde car trop porté.

— Lord John ressent vivement les tensions de la journée, dit Eadith. Il aimerait porter le toast pour les noces rapidement.

Meg ferma les yeux pendant un instant. Elle appréhendait d'avoir à faire face à John.

Dominic remarqua la réticence de Meg. Il posa son bras autour de sa taille sous son manteau. La chaleur et la fermeté de son corps sous le tissu argenté projetèrent un éclair de feu en lui.

— Dites à John, dit Dominic, que nous le rejoindrons d'ici peu.

Surprise, Eadith regarda Dominic. Son expression lui fit comprendre qu'il valait mieux qu'elle s'habitue à recevoir ses ordres. Elle hocha la tête précipitamment et traversa péniblement la foule. L'orange pâle de sa robe et le chatoiement de ses longs cheveux blonds contrastaient nettement avec les pierres humides du château tandis qu'elle grimpait l'escalier pour rejoindre l'avant-corps.

Dominic plongea dans les yeux ombragés de Meg et devina la raison de son malaise.

— Vous êtes ma femme. Je protège ce qui est mien. Les ambitions de votre père ne vous importuneront plus.

De longs cils auburn s'abaissèrent un instant, cachant les yeux de Meg. Elle se demandait si Dominic continuerait à vouloir la protéger de la même manière lorsqu'il comprendrait qu'il avait été piégé dans une union avec une Druide de la Vallée à la fertilité douteuse.

— Mais n'essayez pas de me décevoir à nouveau comme vous l'avez fait dans la fauconnerie, ajouta-t-il froidement. Nul ne peut me duper deux fois.

— Vous m'avez surprise. Je n'étais pas habillée décemment pour faire la connaissance de mon futur époux. Et puis, mon père avait interdit que nous nous rencontrions avant le mariage lui-même.

Meg ne regardait pas Dominic, néanmoins elle pouvait sentir qu'il pesait ses mots avec autant de soin qu'un meunier pèse les graines de blé qu'il doit enterrer dans le sol. L'inquiétude se répandit en elle. Il était un homme très puissant; s'il choisissait de la battre, elle ne pourrait rien y faire, il n'y aurait aucun endroit où fuir. Elle se trouvait dans la même situation que sa mère.

Piégée.

Au bout d'un moment, Meg posa sa main sur le bras de Dominic et leva les yeux, maîtrisant ses émotions une nouvelle fois. Son but le plus important avait été accompli. Le château de Blackthorne avait échappé à une guerre désastreuse. Pour le reste, elle s'attaquerait simplement à chaque difficulté au fur et à mesure de leur survenance, et elle prierait pour que Dominic montre autant de modération dans le reste de sa vie qu'au combat.

Dominic et Meg montèrent ensemble l'escalier en pierre abrupt. Ensuite, ils se tournèrent afin de répondre à un dernier chœur de bons vœux de la part du peuple. Une fois à l'intérieur de l'avant-corps obscur, Meg se tourna, hésitante, vers Dominic.

— Allez-vous vous rendre à notre banquet nuptial en cotte de mailles ? demanda-t-elle.

— Oui.

Lorsque Meg eut l'intention de parler à nouveau, Dominic posa délicatement le pouce sur ses lèvres. Étonnée, elle se tint tranquille, le regardant avec des yeux lumineux même dans la semi-obscurité du bâtiment principal du château. Sa robe scintillait de lumière, comme si le mystérieux vêtement avait été tissé de brume, de clair de lune et d'étoiles.

— N'ayez pas peur, jeune épouse, dit Dominic avec intensité. Je ne porterai pas de haubert ni d'épée dans la chambre nuptiale.

Le souffle de Meg diffusa une vague de chaleur sur le pouce de Dominic. Un sourire étrange transforma son visage, le rendant à la fois beau et irrésistible.

— En fait, peut-être une épée, dit-il d'une voix rauque. Elle sera bien dure, mais elle n'aura aucun bord tranchant. Elle glissera en douceur dans votre chaleureux fourreau.

Meg fut tellement surprise par la transformation que le sourire sensuel avait opéré sur le visage de Dominic qu'il lui fallut quelques instants avant de saisir le sens de ses mots. Lorsqu'elle comprit, la chaleur lui monta au visage. Il remarqua qu'elle avait rougi et rit doucement.

— Nous allons bien nous entendre, tous les deux, dit Dominic avec une satisfaction évidente. Je m'attendais à devoir accomplir mon devoir avec ma femme, mais je ne m'attendais pas à apprécier cela. Je remarque que je me suis trompé. Planter ma graine en vous sera en fait une tâche très plaisante.

— Plaisante pour qui, monseigneur ?

— Pour chacun de nous.

— Ah, je vois que vous désirez des héritiers.

— Bien sûr que je veux des héritiers, dit-il. Il n'y a pas d'autre raison de se marier.

— Les terres et un château ? suggéra Meg avec un sourire froid. Ne valent-ils pas un mariage ?

— Sans héritiers, les terres sont une charge exigeante et le mariage, un canular cruel, dit Dominic de manière succincte.

Avant que Meg ne puisse reprendre la parole, Simon et Duncan entrèrent dans le bâtiment principal. Lorsque Duncan vit Meg, il s'arrêta brusquement. Simon regarda Dominic qui fit signe à son frère d'entrer seul dans le château. Mais lorsque Duncan s'adressa à Meg, Dominic parla en premier.

— Avant que vous ne réprimandiez ma *femme*, dit Dominic d'un ton glacial, sachez que vous jouissez de la vie uniquement grâce à sa souffrance.

Duncan jeta à l'autre homme un long regard, prit une profonde inspiration afin de calmer sa colère et dit :

— Meggie n'a rien à voir avec nos projets.

— J'ai juste servi de pion, dit-elle avant que Dominic ne puisse parler.

Les deux hommes regardèrent Meg, surpris. Il y avait quelque chose de tranchant dans sa voix, ce qui était inhabituel chez elle. Elle continua à parler sur le même ton amer.

— Mon père — à moins qu'il ne soit mon oncle par alliance, ou peut-être que nous n'avons aucun lien du sang — a passé énormément de temps à planifier les façons de m'utiliser. Pourquoi Duncan devrait-il s'excuser d'avoir agi de même ?

Le Fléau Écossais bougea, mal à l'aise. Ce que disait Meg était la vérité, cependant l'entendre à voix haute rendait la chose désagréable.

— Meggie, dit-il d'une voix profonde, je ne vous aurais pas fait de mal. Vous devez certainement le savoir ?

— Est-ce pour cette raison que vous aviez planifié de déclarer la guerre alors qu'elle se tenait au centre du champ de bataille ? demanda Dominic d'un ton sarcastique.

— Mes hommes avaient reçu des ordres, rétorqua Duncan. Si un seul d'entre eux n'avait ne serait-ce que bousculé Meggie, je l'aurais tué.

— Et *mes* hommes ? Quels ordres leur aviez-vous donnés ? demanda sauvagement Dominic. Comment alliez-vous les empêcher de taillader une traîtresse pour se venger de mon meurtre ?

Duncan pâlit de façon visible.

— Meggie, protesta-t-il. Cela ne se serait pas passé de cette manière. Je vous aurais protégée !

— Pourquoi ? La mort aurait été une bénédiction.

Il fallut un certain temps avant que les paroles amères de Meg ne pénètrent la colère des deux hommes. Lorsque ce fut le cas, ils la dévisagèrent.

— Que dites-vous ? murmura Duncan, horrifié.

— John a voulu m'utiliser afin de déclarer la guerre aux Normands depuis que j'ai l'âge de huit ans, dit Meg. S'il avait réussi, je n'aurais pu supporter de savoir que j'avais été la cause de la souffrance de mon peuple. J'aurais accueilli le souffle mettant fin à ma vie avec soulagement.

— Vous ne pouvez dire cela, Meggie.

— Je le peux. Je le dis.

Dominic ne doutait pas que Meg ait réellement pensé chaque mot. Il avait vu les flammes vertes du printemps brûler dans ses yeux et il avait senti l'espoir fou que les gens du château de Blackthorne plaçaient en elle. Vivre sous le poids de cette attente, et ensuite décevoir la confiance des gens, l'aurait détruite.

Perturbé par les mots de Meg, Duncan passa sa main immense dans ses cheveux châtains, totalement incapable de prononcer un mot. Lorsqu'elle remarqua sa détresse, elle soupira et toucha son bras d'une main douce.

— Je vous crois quand vous dites que vous ne vouliez pas me faire du mal, dit-elle.

— Merci, dit Duncan d'une voix basse et tendue. Je…

Il secoua la tête et posa sa main sur la sienne.

— Je n'aurais pas voulu vous perdre, Meggie. Je n'ai jamais eu l'intention de vous faire courir de risques.

— Je ne vous blâme pas, dit-elle avec un faible sourire. Vous êtes seulement un homme. Vous faites ce que les hommes ont toujours fait.

— Qu'est-ce que les hommes ont toujours fait ? demanda froidement Dominic, ôtant la main de Meg du bras du Fléau Écossais.

— Chercher un domaine et des fils, dit-elle.

Dominic haussa les épaules.

— Cela revient à dire que le soleil se lève et se couche.

— Oui.

Curieusement, la réponse de Meg ne plut pas à Dominic. Il n'appréciait pas être placé dans la même catégorie que John, un homme qui avait offensé l'Église et le roi, de la même manière, par sa volonté de faire hériter son bâtard du château de Blackthorne.

— Certaines choses ne sont pas dignes même d'hommes ambitieux, dit Dominic.

— Vraiment ? rétorqua Meg. Nommez-m'en une seule.

— Épargnez-moi le bord tranchant de votre langue, femme. Je n'ai rien fait pour mériter cela, sauf accorder ma clémence aux hommes qui ont voulu m'assassiner.

Meg baissa les cils, se cachant du regard gris glacial de Dominic.

— Mes excuses, cher époux. Je crains que les événements de la journée ne m'aient perturbée. Je ne vous placerais en aucun cas au même niveau que de simples mortels.

— Vos excuses sont encore plus âpres que vos insultes.

Duncan ricana, appréciant l'embarras de Dominic. Les lèvres de Meg imprimèrent un sourire qu'elle parvint à peine à refouler.

— Si vous voulez bien m'excuser, dit Duncan à Dominic. Je vous laisse vous familiariser avec votre nouvelle épouse.

— Je ne pense pas, dit instantanément Dominic.

Ébahi, Duncan se retourna.

— Vous entrerez dans le grand hall à nos côtés, poursuivit Dominic. Ainsi, tous les hommes pourront voir que vous n'êtes pas contraint par un couteau tenu entre vos cuisses.

Meg émit un bruit d'étonnement et fixa Duncan. Du rouge colorait ses joues. Il paraissait mal à l'aise face à ce souvenir.

— Donnez-lui le bras, dit-il à Meg. Et ensuite, *ne le touchez plus jamais devant moi.*

La violence contenue dans la voix de Dominic poussa Meg à se retourner rapidement pour le regarder. Ce qu'elle vit dans ses yeux la fit tressaillir. Sans un mot, elle posa le bout des doigts sur le bras de Duncan.

Pas un mot ne fut prononcé jusqu'à ce que les trois aient franchi le seuil du grand hall, où des feux étaient allumés et des tapisseries resplendissaient dans des tons chauds le long du mur. Des assiettes et des coupes en argent brillaient de toutes parts sur les tables à tréteaux.

Les Saxons et les Normands étaient répartis avec précaution le long des tables du bas. Ils étaient surveillés par des hommes qui se tenaient le long des murs au côté des domestiques. Néanmoins, les hommes n'étaient pas chargés du service ; ils tenaient des arbalètes complètement chargées.

Cela avait un effet pesant sur les festivités.

John attendait Meg et Dominic. Un geste faible, bien qu'impérieux, les convoqua sur l'estrade où les tables du seigneur étaient installées, surplombant le reste du grand hall. Trois assiettes d'or martelé brillaient à la table de John. À son signal, une servante s'avança et versa du vin dans une coupe incrustée de pierres.

— Un toast pour les jeunes mariés, dit John.

Malgré son évidente faiblesse, lorsque John prit la parole, il éleva la voix afin d'être entendu dans toute la pièce. Les faibles conversations s'interrompirent alors que les chevaliers et leurs dames se tournaient en direction de l'estrade.

— Voyez le grand seigneur normand, dit John d'une voix pleine de mépris. Voyez l'idiot qui a fait confiance au roi Henri et a été trahi par lui.

Des soubresauts et des murmures gênés s'élevèrent des tables.

Dominic souriait férocement.

— Vous avez une grande connaissance de la trahison, étant donné que vous l'avez pratiquée tout au long de votre vie. Dites-moi, je vous prie, la façon dont le roi Henri a trahi son épée.

— Mais c'est simple, voire simplissime. Votre roi ne vous aimait pas suffisamment pour vous offrir un mariage avec une noble Normande.

Dominic dirigea un regard en biais vers Meg. Sa bouche était pâle et pincée. Il plaça la main sous son menton et tourna son visage vers lui.

— Non, mon roi m'aimait plus que cela, riposta Dominic distinctement. Il m'a donné la plus belle femme de tout son royaume.

— Il vous a offert l'enfer sur terre ! dit John d'une voix éraillée.

— Vous êtes malade, vieil homme. Portez votre toast et laissez-nous poursuivre le festin.

John rit. Le son de la folie qui perçait sous le rire fit trembler Meg en silencieuse protestation.

— Je vais le faire, dit John. Nous allons boire à la santé du roi qui vous haïssait tant qu'il vous a offert une fille des Druides de la Vallée pour épouse.

— Cela n'est pas un gros fardeau, rétorqua Dominic sèchement.

— Ah ! Vous êtes aussi ignorant qu'une pierre. Il s'agit là de la plus grande malédiction qu'un homme puisse supporter. *Tout comme moi, vous n'aurez pas de descendance.*

Le sourire sardonique s'évanouit sur le visage de Dominic.

— Que dites-vous ? Votre fille est-elle stérile ?

— C'est une sorcière des Druides de la Vallée, cracha John. Si vous la prenez sans la satisfaire, il n'y aura pas de fruit.

Dominic haussa les épaules.

— On dit la même chose de toutes les femmes.

— Mais dans le cas des Druides de la Vallée, c'est la vérité !

Sans le vouloir, Dominic fut touché par ce mélange de folie, de désespoir et de triomphe qui brillait au fond des yeux noisette de John pendant qu'il parlait.

— De mémoire d'homme, aucune fille des Druides de la Vallée n'a jamais donné naissance à un fils, dit John.

Un regard rapide lancé à Duncan et Meg lui montra qu'ils estimaient que les propos de John étaient la vérité. Les chevaliers du château le croyaient également. Ils étaient assis, silencieux, regardant Dominic avec grand intérêt, se demandant ce que ferait le mari de Lady Margaret lorsqu'il comprendrait qu'il avait été dupé en acceptant un mariage qui ne tenait pas ses promesses.

— Toutes les unions des Druides de la Vallée ont donné naissance à des filles, et en petit nombre, continua John.

— Si ce que vous dites est la vérité, pourquoi donc étiez-vous avide à ce point de marier votre fils à Lady Margaret ? rétorqua Dominic.

— C'était le seul moyen de donner le château de Blackthorne à Duncan. Et…, la voix de John s'éteignit.

Dominic patienta.

John lança un regard vide à Duncan et Meg.

— Il y a de l'affection entre eux deux, finit par dire John. Cela a toujours été le cas.

Cette considération ne plaisait pas à Dominic.

— Et alors ? demanda-t-il d'une voix tendue.

— Alors, il y avait une chance d'avoir un héritier, dit simplement John. Et si cela n'avait pas été le cas, il y aurait toujours eu des jeunes filles pour accepter de porter les bâtards d'un grand homme. D'une manière ou d'une autre, le fruit de mes entrailles aurait hérité de mes terres !

Les yeux de Dominic se plissèrent tels des éclats de glace au moment où il entendit son propre rêve sortir de la bouche d'un homme qui le haïssait.

— Mais, poursuivit John, aucun homme n'est capable de séduire une sorcière, car il n'existe que peu de passion en elle; et si une sorcière venait à ressentir la passion, ce serait pour un autre homme que son mari. Le fruit qu'elle porte est féminin et ne vient pas des reins de son mari!

Des bruissements se firent entendre partout dans la salle alors que les gens observaient Meg avec précaution.

— C'est la vérité, dit amèrement John. La sorcière Margaret n'est pas le fruit de ma semence.

Il se tourna et pointa une main tremblante en direction de la femme aux cheveux couverts d'argent qui le regardait depuis le bout de la table.

— Raconte à ce bâtard de Normand ce qui l'attend, dit John. *Dis-le-lui maintenant.*

Gwyn monta sur l'estrade avec une grâce inattendue pour une femme de son âge.

— John dit la vérité, dit simplement Gwyn. Madame portait l'enfant d'un autre homme lorsqu'elle s'est mariée.

Gwyn ne dit rien de plus.

— Dis-lui! cria John. Dis-lui ce qui arrivera s'il force une sorcière afin d'obtenir son propre enfant!

Gwyn demeura silencieuse.

— Vieille femme, dit Dominic avec une intense retenue, il serait préférable de me le dire de votre plein gré.

— Si vous violez Meg dans votre empressement d'obtenir des descendants, vos récoltes et vos troupeaux déclineront et vos vassaux tomberont malades, dit Gwyn.

Le sourcil gauche de Dominic se releva en une arche, signe silencieux de son scepticisme.

— Si vous êtes suffisamment habile pour la satisfaire dans le lit conjugal, vous pourriez être récompensé par une fille.

— Continue, dit Dominic alors que le silence s'éternisait.

— Dans le cas d'un grand amour, il y a une chance de procréer un fils.

Un murmure parcourut la foule amassée, des mots identiques répétés encore et encore : « Le Loup des Druides de la Vallée. Le Loup des Druides de la Vallée. Le Loup des Druides de la Vallée. »

— Que Dieu putréfie toutes les sorcières des Druides de la Vallée ! cria soudain John. Elles sont aussi froides qu'une tombe dans la montagne ! Elles ne tombent jamais amoureuses !

Avec la force que lui procurait la démence, John se hissa et se tint sur ses pieds. Il leva sa coupe en direction de Dominic.

— Ainsi, je vous porte un toast, mon cher ennemi, dit John avec une satisfaction féroce. Je vous donne une vie sans fils. Je vous donne une vie dans laquelle vous ne pourrez imposer l'obéissance à votre femme froide par crainte de perdre vos récoltes et vos troupeaux. Je vous offre une vie dans laquelle vous ne pourrez chasser votre femme infertile par peur que vos vassaux ne quittent vos terres. Je vous donne une vie au cours de laquelle vous vivrez chaque minute en sachant que votre lignée mourra avec vous. *Je vous donne Lady Margaret, sorcière des Druides de la Vallée.*

John but rapidement, renversa sa coupe et l'écrasa sur la table. Soudain, il suffoqua, chancela et s'effondra en avant, envoyant valser l'assiette en or.

Lorsque Dominic le toucha, John de Cumbriland, seigneur du château de Blackthorne était mort.

Et il souriait.

9

— Que comptes-tu faire ? demanda Simon à son frère.

Impassiblement, Dominic regardait les tapisseries qui étaient accrochées au mur de la petite pièce qui donnait sur le grand hall. Le feu crépitait dans le brasero, réchauffant les murs de pierres encore froids à la suite de l'hiver encore proche. Depuis le grand hall parvenaient des bruits ordinaires, mais pas de manifestations de joie. Les tables s'étaient vidées des invités depuis un moment.

À présent, les servantes s'activaient dans le grand hall bruyant. Elles rangeaient les tables à tréteaux et les bancs, ne laissant que la table permanente du seigneur. L'excédent de nourriture était distribué aux plus pauvres des vassaux. Les miettes étaient réclamées par les minces lévriers de Dominic.

Il leur souhaita bon appétit. Personne n'avait certainement autant apprécié le festin qu'eux.

Au moins, personne n'avait contesté lorsque Dominic avait froidement décrété qu'il n'y aurait pas de signes apparents de deuil jusqu'aux funérailles d'ici dix jours, car la joie du mariage prévalait sur le chagrin causé par la mort d'un homme détruit depuis bien longtemps par la douleur.

— Dominic ? insista Simon.

— Cette pourriture aura droit à un enterrement chrétien. Y a-t-il autre chose ? dit-il sèchement.

— Je ne pensais pas à cela.

Le silence s'installa. Doucement, la main couverte de mailles de Dominic se ferma en un poing. Il s'abattit sur la table avec une force qui secoua le solide bois.

— Je regrette de n'avoir pas tué le Fléau Écossais quand j'avais une bonne raison de le faire, siffla Dominic entre ses dents.

— Pourquoi ? demanda Simon, étonné. Il est parti sans querelles et a emmené les mercenaires avec lui.

— L'usage et la politesse m'obligeront à devoir le supporter une nouvelle fois le jour des funérailles.

Dominic émit un son remarquablement identique à celui de ses lévriers.

— Cependant, d'ici là, d'autres chevaliers et mercenaires seront arrivés, dit Simon. Le château sera à l'abri de quoi que ce soit, sauf du roi en personne.

D'un mouvement impatient, Dominic se détourna de sa contemplation du grand hall et fit face à son frère.

— Tu as entendu John, dit-il froidement. Il y a de l'« affection » entre ma femme et cet Écossais, rejeton du diable. Doux Jésus, elle porte peut-être son bâtard dans son ventre en ce moment !

— Oui, acquiesça Simon à contrecœur. C'est pour cette raison que je te pose à nouveau la question : Que comptes-tu faire ?

— J'attendrai le bon moment avant de planter ma semence au sein de ma belle épouse appartenant aux Druides de la Vallée.

— J'aurais pensé que tu te hâterais, marmonna Simon. Il semble qu'il soit difficile de faire un enfant à la jeune femme.

— Quand les saignements mensuels de ma femme commenceront — ou *s'ils* commencent —, articula Dominic, je serai certain de connaître la paternité de tout bébé qu'elle portera.

Les yeux de Simon s'agrandirent en signe de compréhension.

— Jusqu'à ce qu'arrivent ces premiers saignements, je partirai en reconnaissance de la légendaire forteresse fortifiée de ma femme, Druide de la Vallée. Je découvrirai ses vérités, dénicherai ses mensonges, trouverai ses secrets, évaluerai ses faiblesses ; et enfin, je l'assiégerai comme je l'ai déjà fait à de nombreuses reprises auparavant.

— Avec succès.

— Oui, et crois-moi, ajouta catégoriquement Dominic, j'éprouverai une grande satisfaction à voir la sorcière des Druides de la Vallée agenouillée en face de moi. *De l'affection entre eux.* Parbleu !

Simon sourit assez sauvagement, se sentant mieux qu'au moment où John avait craché, agonisant, sa malédiction au visage de Dominic.

— J'ai presque de la peine pour la jeune femme, dit Simon.

Le haussement du sourcil noir et anguleux de Dominic fut la seule question posée, ou la seule nécessaire.

— Elle n'a pas conscience du démon qu'elle a convoqué en te lançant un défi, expliqua Simon.

Avec un haussement d'épaules, Dominic reprit sa contemplation du grand hall où chaque chevalier avait pu entendre son nouveau seigneur maudit par l'ancien.

Une malédiction ressemblant à ses dernières volontés. Ce n'était pas une chose à laquelle on pouvait penser avec tranquillité, même pour un homme aussi impressionnant que Dominic le Sabre.

— Dominic ?

Il regarda Simon de côté.

— Que se passera-t-il si elle met au monde le bâtard de Duncan ? demanda Simon sans mâcher ses mots.

Dominic haussa les épaules.

— L'enfant sera placé dans une famille en Normandie. Et ensuite…

Simon attendit, fixant son frère avec de sévères yeux noirs.

— Et ensuite, j'apprendrai à ma femme que, sorcière ou non des Druides de la Vallée, elle me sera désormais fidèle. Si je m'apercevais du contraire, elle n'aurait plus qu'à prier Dieu de la délivrer de l'enfer que je lui ferai vivre sur terre.

— Qu'en est-il de la malédiction des Druides de la Vallée ?

— Quoi donc ? rétorqua amèrement Dominic.

— Les gens y croient, que ce soit le cas pour toi ou non. Si tu la ridiculises ouvertement…

La voix de Simon mourut.

— Si la sorcière ne me donnait pas de fils, je détruirais les récoltes et les troupeaux de ma propre main, dit Dominic d'un ton sec. Les terres et la fortune ne servent qu'à ridiculiser un homme qui n'a pas de descendance pour récolter les fruits de son labeur.

Une nouvelle fois, le poing de Dominic s'abattit sur la table avec une force qui fit trembler le bois épais.

— Mon Dieu, j'ai été abusé de façon féroce. *Être aussi proche de mon rêve, et ensuite tout voir partir en fumée !*

Dans le silence tendu qui suivit les paroles de Dominic, les bruits habituels du château parurent anormalement élevés. Le grincement de l'eau que l'on remonte du puits situé juste en dessous, les servantes faisant des va-et-vient pour demander quelle était la meilleure place pour ranger un banc ou un plat, ou bien quelle personne avait négligé le feu de cheminée, et les bougies crépitant de manière maussade dans leurs supports. Accompagnant ces bruits, on pouvait entendre les milliers de bruissements des gouttes de pluie à la rencontre de la terre, un murmure liquide tellement familier que personne ne le remarquait sauf lorsqu'il s'arrêtait.

Le bruissement fluide remémora à Dominic le souffle de Meg lorsqu'il l'avait touchée.

Soudain, il se redressa et quitta la pièce. Il grimpa deux à deux les marches de l'escalier en spirale, vira vers la droite, et se dirigea vers les appartements de Meg. Pendant qu'il attaquait les marches, Dominic récita méticuleusement, pour lui-même, quelques versets choisis des ecclésiastes, se souvenant que d'autres hommes avant lui avaient livré de petites batailles et de grandes guerres, et en étaient ressortis remplis de sagesse.

Répéter les versets était devenu un rituel qui n'avait jamais manqué de calmer la rage qui bouillonnait en Dominic. Il avait acquis son sang-froid de manière cruelle, dans la prison d'un sultan. La discipline fut la seule chose qui l'empêcha de devenir fou. Il avait appris à suivre les chemins glacés de son intellect plutôt que la chaude violence du sang viking qui coulait dans ses veines aussi sûrement que dans celles de Duncan de Maxwell.

Pourtant, ce soir, l'ecclésiastique énumération stoïque des défauts humains et des inévitables cycles de la vie maîtrisa difficilement l'impatience de Dominic. Alors qu'il affichait une apparence extérieure calme, la rage se consumait en lui telle une flamme primitive identique à celle qu'il avait vue au fond des yeux de Meg, Druide de la Vallée.

Le souvenir de la vision de Meg s'avançant vers lui, drapée de brume argentée et de feu étouffé, envoya une bouffée de chaleur dans les reins de Dominic, durcissant son corps à une vitesse qui le consterna. Il ne s'était pas rendu compte à quel point son sang-froid était mince.

Il n'avait pas non plus vraiment compris combien il désirait la sorcière.

Si Dominic n'avait remarqué le feu silencieux et farouche dans les yeux de Meg, il aurait pu utiliser des menaces afin de l'acculer et la mettre dans son lit. Mais il ne serait pas possible de la dominer par la peur, pas plus que lui. Elle s'était tenue à ses côtés, inébranlable, et avait consenti à devenir sa femme, et durant tout ce temps, elle s'était attendue à sentir la morsure de l'acier dans sa chair, peu importe ceux qu'elle trahirait dans l'église.

Peu d'hommes auraient été capables de faire ce que Meg avait accompli sans trembler. Dominic n'avait jamais connu de femme d'un tel courage.

Cette prise de conscience le poussa à s'arrêter à quelques pas de la chambre de sa femme.

« Réfléchis, se conseilla sévèrement Dominic. Quel sera le meilleur moyen de vaincre ses fortifications, un assaut inattendu ou un siège acharné ? Aucune des deux options, se dit-il brutalement. Elle se protège tellement qu'il ne serait possible de la prendre sans risquer de basculer d'une brève victoire à une défaite à vie. Quoi, alors ? Réfléchis. La meilleure façon de prendre une forteresse est la trahison menée depuis l'intérieur. »

L'idée foudroya l'esprit de Dominic. Alors que le raisonnement de cette constatation s'atténuait, l'étau qui comprimait la poitrine de Dominic, depuis la malédiction proférée lors du dernier souffle du seigneur, commença à s'alléger de manière infime.

« Trahison. De l'intérieur. Oui ! J'ai senti son souffle surpris et j'ai vu la couleur lui monter aux joues. Il y a de la passion dans le ventre de la sorcière. Je l'utiliserai pour mes propres desseins. »

Lorsque Dominic monta les dernières marches menant aux appartements de Meg, il avait totalement repris la maîtrise de lui-même, une fois de plus. Il partait au combat et il en était conscient. L'apprivoisement et l'éventuelle séduction de sa sorcière des Druides de la Vallée seraient la plus importante et laborieuse victoire de toute sa vie.

Mais tout d'abord, il lui fallait franchir sa porte.

À la différence de nombreuses autres pièces ouvertes sur le hall, la chambre de Meg disposait d'une porte épaisse et d'une tenture qui pouvait être tirée afin de protéger des courants d'air si on laissait la porte ouverte. La porte, toutefois, était fermée. Au vu des lourdes charnières en laiton, une hache de guerre et un vassal robuste seraient nécessaires pour arriver à ouvrir la porte sans le consentement de la maîtresse.

Le bruit du poing enveloppé de mailles de Dominic cognant le bois de la porte était audible dans le couloir vide. Grimaçant, il frappa à nouveau, mais plus légèrement.

— Qui va là ? cria Eadith.

— Un mari à la recherche de sa femme, rétorqua Dominic.

À l'intérieur de la chambre, Meg sursauta subtilement, car elle avait perçu le résonnement d'une colère enfouie dans la voix de Dominic.

— Ouvrez la porte, dit Meg. Ensuite, laissez-nous.

Eadith la regarda, incertaine.

— C'est le droit d'un mari d'être avec sa femme, dit Meg avec une sérénité qu'elle était loin de ressentir. Allez.

La servante hésita avant de se tourner. Elle ouvrit la porte, fit un signe de tête à Dominic et passa devant lui. La rapidité avec laquelle elle traversa le hall fit comprendre à Dominic que l'expression de son visage n'était pas des plus rassurantes.

— Est-ce que j'effraie votre bonne? demanda-t-il d'un ton neutre, entrant dans la chambre.

— Oui.

— Mais pas vous.

Les lèvres de Meg formèrent un sourire incertain. Vêtu de son haubert et de son épée, la cotte de mailles scintillant, comme animée par chaque mouvement de son corps puissant, Dominic ressemblait à un diable ayant pris forme humaine. Elle baissa les yeux vers ses mains. Elles reposaient, avec un calme feint, sur ses genoux. Les événements de la journée avaient presque engourdi son habilité à sentir les choses.

Presque, mais pas complètement. Elle se souvenait de la parfaite retenue de Dominic avec le faucon pèlerin et de la chaleur qui avait ombragé ses yeux gris lorsqu'il lui avait parlé tout bas de son épée reposant dans son fourreau.

Engluée entre la malédiction de John et l'espoir d'une Druide de la Vallée, la possibilité de trouver de la chaleur chez Dominic l'attirait irrésistiblement. Elle désirait qu'il cherche la même chaleur en elle, qu'il vienne à elle sans le calcul et la froide maîtrise de soi d'un stratège planifiant une bataille.

— Vos invités sont venus, dit Meg.

Elle parlait d'un ton formel, rapportant au nouveau seigneur l'état de son château comme elle l'avait fait autrefois à John.

— Mes invités ? demanda Dominic d'un air doucereux. Ce n'est pas moi qui ai invité les mercenaires à mon mariage.

— L'intendant aura des comptes à vous présenter demain, poursuivit Meg, à moins que vous ne désiriez que je le fasse pour vous comme je le faisais pour mon pè... disons, pour John.

Dominic grommela.

— Je vois que vous vous en êtes bien sortie afin d'étouffer votre chagrin causé par sa mort.

— Il n'y a pas de quoi s'apitoyer sur son sort. Il a beaucoup souffert depuis la moisson. À présent, il ne souffre plus.

— Les gens de Blackthorne semblent penser la même chose que vous à propos du départ de leur seigneur. Seul Duncan était réellement attristé.

— Oui. Pè... John s'est toujours comporté différemment avec Duncan. Plus gentiment.

Meg haussa fermement les épaules.

— Maintenant, je sais pourquoi.

Dominic ne dit rien. Pendant quelques instants, il observa simplement sa femme avec l'impitoyable regard fixe d'un aigle.

Même si Meg ne dit rien de plus, il lui était impossible de rester tout à fait calme sous le regard glacial de son mari. Sans s'en rendre compte, elle attrapa un des doux galets de rivière qu'elle gardait dans un plat près de sa table. La forme et la texture ainsi que le poids léger de la pierre la rassuraient.

En silence, Meg attendait que Dominic prenne la parole. Alors qu'elle attendait, elle laissa rouler doucement le galet de sa paume vers l'extrémité de ses doigts et inversement, retenant dans son sillage les souvenirs rafraîchissants des heures qu'elle avait passées à écouter la rivière de Blackthorne s'écouler, limpide et éclatante, depuis son lac des montagnes. À travers la forêt et la vallée, et jusqu'aux champs du château de Blackthorne, l'eau chantait, et puis, elle continuait sa route vers la mer mystérieuse.

— Comment est la mer, monseigneur ? demanda Meg avec mélancolie.

La question inattendue et l'intensité du sourire de Meg surprirent Dominic.

— Agitée, dit-il simplement.

Ensuite, se remémorant la mer, il ajouta :

— Sauvage. Belle. Dangereuse.

Meg laissa échapper l'air de ses poumons en un long soupir. Pour la première fois depuis que Dominic était entré dans sa chambre, elle rencontra son regard.

Et pour la première fois, Dominic comprit que Meg avait peur de lui malgré son apparent courage. Il se demandait pourquoi. Il n'y avait rien qu'il puisse lui faire sans que cela se répercute deux fois plus sur lui, ses rêves, ses espoirs. Tel un loup pris au piège, quelle que soit la direction qu'il prendrait, le piège se refermerait encore plus.

— Craignez-vous que la malédiction des Druides de la Vallée ne suffise à vous protéger ? demanda Dominic.

Le tranchant de sa voix ne put être complètement dissimulé.

— Me protéger ?

— D'un viol, répondit franchement Dominic. Par moi.

La main de Meg serra le caillou. Il n'était plus frais et apaisant. Doucement, elle força ses doigts à se détendre.

— Je connais mon devoir en tant qu'épouse, dit-elle à voix basse. Il ne sera pas nécessaire de me battre jusqu'à ce que je ne puisse plus fuir.

— Est-ce donc ce à quoi vous vous attendiez ?

Meg haussa à nouveau fermement les épaules.

— Oui.

— Est-ce là ce que John a fait subir à votre mère ?

— Une fois.

— Mais pas plus.

— Non. Une seule fois.

— Que s'est-il passé ? demanda Dominic avec douceur. La foudre a-t-elle fendu le château en deux ?

— Elle est partie dans les bois. Peu après, une tempête est arrivée. La grêle a détruit les récoltes dans les champs et le fourrage dans les pâturages. Comme les moutons avaient faim, ils ont mangé des herbes toxiques, ils sont tombés malades et sont morts.

— Tout cela parce que votre mère avait été solidement battue pour avoir cocufié son seigneur ? grommela Dominic.

Les traits de Meg adoptèrent des lignes sévères et indéchiffrables.

— Le prêtre n'a jamais trouvé l'odeur nauséabonde du diable sur les terres. Pas une seule fois, peu importe le nombre de fois que mon père a payé pour un exorcisme !

— La tempête est donc une pure coïncidence.

— Certains le pensent.

— Mais les petites gens du château… ils croient que leur destin est lié à celui de leur lady, la sorcière des Druides de la Vallée.

— Oui, concéda Meg.

— Et vous ? insista Dominic, curieux de connaître la jeune femme qui était dorénavant son épouse.

Elle haussa les épaules et repoussa la capuche argentée de son manteau, oppressée par le passé, par le présent, par le futur ; et surtout par son mari qui rôdait semblable à une menace au-dessus d'elle, telle une tempête qui menace avant de déferler sauvagement.

— Peu importe ce que je crois, dit-elle faiblement.

Dominic regarda les cheveux de feu de Meg tomber en cascade sur le tissu argenté de sa tunique. Spontanément, il tendit la main pour toucher une mèche soyeuse.

Meg recula avant de pouvoir se maîtriser.

— Vous a-t-il également battue ? demanda Dominic.

Elle ne dit rien. Elle n'eut pas à le faire. La rigidité de son corps comme si elle attendait qu'un coup tombe, expliquait tout ce qu'il y avait à comprendre.

— Bon sang, marmonna Dominic. Il est préférable qu'il soit mort. Cela m'évitera les ennuis que je me serais attirés en l'envoyant en enfer de mes propres mains.

Le silence emplit la chambre pendant que Dominic étudiait la jeune femme qui semblait si fragile, et pourtant…

Et pourtant, d'une certaine manière, ce roseau gracile avait réussi à confondre les espoirs d'un puissant seigneur saxon. Malgré le fait qu'elle ait tressailli devant le geste inattendu de Dominic à son égard, elle avait rapidement repris la maîtrise d'elle-même. La sorcière était loin d'être intimidée. Elle était assise le dos droit et la tête haute, le mesurant de la même manière qu'il la jaugeait.

À contrecœur, Dominic se rendit compte qu'il admirait l'esprit de Meg, même s'il savait que cela lui apporterait des ennuis en tant qu'époux.

« Celle-là viendra de son propre gré ou ne viendra pas. Mon Dieu, quelle épreuve pour un homme qui ne veut que la paix ! »

Ensuite, presque secrètement, lui vint une autre pensée.

« Elle, j'apprécierai de l'apprivoiser encore plus que le faucon pèlerin. Entendre de doux cris de plaisir sur ses lèvres alors que j'inonderai chaque partie de son corps de mon souffle, de mon toucher… Et savoir grâce à chaque gémissement que la sorcière me donnera des fils ! »

Délibérément, Dominic ôta d'abord un gant de mailles, ensuite l'autre, et les jeta sur la table. Ils cognèrent violemment contre le bol de cailloux de la rivière et une boîte qui contenait des bobines de fil de soie colorée et fragile utilisée pour la broderie. Un regard rapide autour de la pièce lui apprit qu'il n'y avait pas d'autre véritable fauteuil sauf celui sur lequel était installée Meg.

— Il faudra remédier à cela, murmura-t-il.

— Je vous demande pardon ?

Dominic regarda les yeux verts qui le fixaient avec méfiance.

— Il n'y a pas de place où un homme puisse s'asseoir, dit-il.

Gracieusement, Meg se leva et fit un geste vers sa chaise vide.

— Je ne suis pas un rustre qui prend le fauteuil d'une dame, dit Dominic.

— Je préfère me tenir debout plutôt que rester assise pendant que vous rôdez autour de moi, vos poings sur les hanches.

La bouche de Dominic se tordit alors qu'il se rendait compte que Meg avait raison. Ses poings étaient, en effet, posés sur ses hanches comme s'il était sur le point de réprimander un chevalier pour avoir maltraité un cheval de bataille ou un écuyer de ne pas suffisamment prendre soin de l'armure d'un chevalier.

— La journée a été…

La voix de Dominic s'évanouit.

— Éprouvante ? proposa Meg.

— Oui. Cela et bien plus encore. C'est comme avoir à se lancer à nouveau dans une bataille que vous pensiez avoir gagnée.

Lorsque Meg vit la lassitude profonde de son esprit cachée sous la discipline de Dominic, son cœur sentit pour lui la même compassion que celle qu'elle avait pour les gens du château de Blackthorne, puisqu'il était l'un d'eux dorénavant.

— Votre haubert est lourd, cher mari. Puis-je vous aider à l'ôter ?

Dominic lui lança un regard étonné et hocha la tête.

Les attaches n'étaient pas familières pour Meg. Pendant qu'elle secouait le haubert et tirait dessus, Dominic observait sa tête penchée. Des effluves d'épices et de roses émanant de ses cheveux flottèrent jusqu'à lui, lui rappelant le savon qu'il utilisait depuis son arrivée au château.

— Vous avez le même parfum qu'un jardin, dit Dominic.

Le changement dans sa voix, passant de la lassitude à une obscurité de velours, étonna Meg. Elle leva son regard tellement vite que ses cheveux bougèrent et scintillèrent pareils à une flamme balayée par le vent.

— C'est mon savon.

— Oui. Ai-je moi aussi le même parfum qu'un jardin ? demanda-t-il.

L'humour pointant dans la voix de Dominic était aussi inattendu que sa question. Meg sourit et baissa la tête.

— Vous sentez la bataille, dit-elle. La cotte de mailles et le cuir, et l'urgence. Et la puissance. Surtout cela.

— La prochaine fois, j'utiliserai plus de votre savon.

Meg leva les yeux, des yeux verts emplis de curiosité.

— Plus, seigneur ?

Il émit un grognement, signe d'acquiescement.

— Lorsque je prendrai mon bain.

— Ah, c'est donc vous qui avez laissé la salle de bain sens dessus dessous. Dire que je blâmais le pauvre Duncan.

Sous ses mains, le corps de Dominic se rigidifia jusqu'à ce que ses muscles se gonflent et collent à son haubert. Elle sentit le retour brutal de sa colère à la mention du nom de Duncan.

— Vous baignez-vous fréquemment avec le Fléau Écossais ? demanda Dominic.

La séduction de velours dans la voix de Dominic s'était évanouie comme si elle n'avait jamais existé. Les mains de Meg se contractèrent et tressaillirent, écorchant la jointure de ses doigts à une attache rebelle. Elle céda tout à coup.

— Voilà, dit-elle. C'est détaché.

Elle se tenait sur la pointe des pieds pour ôter un côté du haubert du corps de Dominic. Il se tourna subitement et se débarrassa du reste du vêtement. Le poids de celui-ci fit vaciller Meg. Instantanément, Dominic tendit le bras et lui prit le haubert des bras, d'une seule main.

Meg fixa tour à tour l'armure et l'homme qui supportait son poids avec une telle aisance. Elle avait toujours su que Dominic était grand et certainement fort, mais jusqu'à cet instant, elle n'avait pas compris à quel point il était plus fort qu'elle ne l'était. Les courbes musclées de son corps étaient visibles sous la cotte de cuir souple, le seul vêtement qu'il avait sur le corps.

Elle sentit un besoin pressant de toucher sa puissance avec le bout de ses doigts, ses ongles… ses dents. Cette pensée l'étonna alors même qu'un curieux frisson de chaleur se mit à vibrer en elle.

— Le faites-vous ? demanda sèchement Dominic.

— Je fais quoi ? répéta Meg, reportant difficilement son attention sur ses mots.

— Vous baigner avec le bâtard écossais.

Elle fronça les sourcils.

— Pourquoi ferais-je cela ? Nous avons chacun des aides pour cela.

Ce fut au tour de Dominic de froncer les sourcils.

— Pourquoi ? demanda-t-il. Pour le plaisir, bien sûr.

Les joues de Meg se colorèrent.

— Je ne suis ni une servante ni une maîtresse pour assister au bain de Duncan, dit-elle explicitement.

— Ce n'est pas ce que j'ai entendu.

— Dans ce cas, vous écoutez derrière les mauvaises portes.

Dominic grogna.

— Ce sont derrière les mêmes portes que l'on entend parler des sorcières des Druides de la Vallée.

— L'hiver a été long. Il n'y avait pas grand-chose à faire si ce n'est répandre des commérages et attendre que les tempêtes passent.

— Avez-vous couché avec Duncan de Maxwell ? demanda Dominic sans ménagement.

— Quelle petite opinion vous avez de votre femme.

— Votre mère s'est mariée alors qu'elle était enceinte. Vous avez été fiancée à Duncan, autrefois. Vous connaissiez les projets de trahison de Duncan et vous n'avez pas protesté. Quelle opinion devrais-je avoir de vous, *ma femme* ?

10

Meg prit une profonde inspiration, ce qui, à la lumière de la bougie, fit briller et scintiller la longue chaîne de cristaux des Druides de la Vallée qu'elle portait.

— Si vous aviez les yeux des Druides de la Vallée, vous ne me verriez pas d'une façon aussi négative, dit-elle.

— J'ai les yeux que Dieu m'a donnés, et ils voient de façon très nette.

— Si vous m'estimez si peu, pourquoi avez-vous accepté le mariage ?

À l'instant où les mots quittèrent sa bouche, Meg connut la réponse.

— Un domaine et un château, dit-elle avant que Dominic ne puisse le faire.

— Et des héritiers.

— Ah, oui. Des héritiers.

— À la différence de John, dit sèchement Dominic, je ne souhaite pas engendrer un autre bâtard, ni me disperser à travers la campagne comme la paille sous le vent.

Meg se détourna tellement rapidement que le tissu mystérieux de sa robe se leva et virevolta, à l'image de la brume. La main libre de Dominic s'avança, lui attrapant le bras avant qu'elle ne puisse être hors de portée.

— Je vous le demande pour la troisième fois, ma femme. *Portez-vous le bâtard de Duncan ?*

Meg ouvrit la bouche pour répondre, mais aucun mot n'en sortit. Si elle avait été à la place de Dominic, et si la vue des Druides de la Vallée lui faisait défaut, elle aurait été aussi méfiante que lui. N'empêche que cela l'exaspérait.

— Non, répondit Meg, gardant la tête tournée de côté.

Sa voix était basse, chevrotante. La même tension vibrait en elle.

Lorsqu'il se souvint du traitement cruel que Meg avait subi entre les mains de John, la poigne de Dominic sur son bras se modifia délicatement, se transformant en une caresse et l'apaisant en même temps que ses paroles.

— N'ayez pas peur de moi, petit faucon, dit-il. Je n'ai jamais maltraité ni un cheval, ni un écuyer, ni une femme.

La tête de Meg se releva d'un coup. Un seul regard à l'embrasement vert de ses yeux fit comprendre à Dominic que ce n'était pas la peur qui l'avait fait trembler.

C'était la fureur.

— Je ne suis pas une maîtresse aux lèvres rouges qui se couche à chaque ordre d'un homme, siffla Meg entre ses dents. Je me suis tenue à vos côtés devant Dieu aussi pure que la neige fraîchement tombée, pourtant je n'ai entendu que des injures sur vos lèvres.

Un sourcil noir se releva. Avec une force nonchalante qui parlait d'elle-même, Dominic renversa le haubert d'une seule main sur le dos du fauteuil de Meg. Les attaches métalliques brillèrent et cliquetèrent lorsque le vêtement toucha le bois.

Ensuite, le silence s'installa pendant que Dominic observait sa réticente épouse, une jeune femme qui se tenait près de lui uniquement parce qu'il la retenait par le bras, de sa main droite recouverte d'acier. La main avec laquelle il maniait l'épée.

— Vous n'avez entendu que des vérités prononcées par mes lèvres, aucune insulte, dit Dominic d'une voix saccadée. Votre mère était-elle enceinte lorsqu'elle s'est mariée ?

— Oui, mais…

— Avez-vous, autrefois, été fiancée à Duncan de Maxwell ?

— Oui, mais…

Dominic passait sans arrêt outre les mots de Meg.

— M'avez-vous averti de l'embuscade dans l'église ?

Un frisson secoua son corps élancé sur toute sa longueur.

— Non, chuchota-t-elle.

— Pourquoi ? L'*affection* qui existe entre vous et ce bâtard est-elle si forte que vous ne pouviez vous convaincre de prévenir votre fiancé de la violence meurtrière qui avait été planifiée ?

La main captive de Meg bougea en un geste d'impuissance et fut presque aussitôt immobilisée.

— Vous auriez pendu Duncan, chuchota-t-elle.

— Oui, madame, au plus grand chêne de la forêt.

— Je n'aurais pu supporter d'avoir causé sa mort.

La bouche de Dominic se durcit quand il entendit ses peurs confirmées : sa femme éprouvait effectivement de l'affection pour Duncan de Maxwell.

— Pendre Duncan aurait entraîné la guerre, dit Meg, une guerre à laquelle les habitants du château de Blackthorne n'auraient pas survécu.

Dominic grogna.

— Mon peuple…

La voix de Meg s'éteignit.

Un léger frisson parcourut son corps. Elle était comme un fil fermement tendu et, ensuite, encore plus serré, tremblant, sur le point de craquer.

— Mon peuple mérite un temps de paix pendant lequel il pourra faire pousser des récoltes et élever des enfants, dit Meg, faisant face à Dominic une fois de plus. Il le faut. Pouvez-vous comprendre cela ?

Silencieusement, Dominic fixa les yeux verts troublants de la jeune femme qui se tenait, fière, devant lui, et plaidait pour la vie de ses gens. Pas pour sa vie à elle. Ni pour la vie de Duncan.

« Pour son peuple. »

— Oui, répondit finalement Dominic. Cela, je peux le comprendre. Toute personne ayant connu la guerre peut comprendre le baume de la paix. C'est pour cette raison que je suis revenu en Angleterre. Pour cultiver la terre et avoir des enfants. La paix, pas la guerre.

L'air s'échappa des lèvres de Meg en un long souffle.

— Dieu soit loué, dit-elle. Lorsque vous avez touché le faucon, avec tant de précaution, j'ai ressenti l'espoir…

Ses mots s'évanouirent sous le léger crépitement des flammes dans la cheminée. Les doigts de Dominic, rendus rugueux par les combats, se posèrent sur le visage de Meg et le firent pivoter vers le sien.

— Qu'avez-vous espéré ? demanda-t-il.

— Que vous ne soyez pas le diable sanguinaire que les rumeurs disaient que vous étiez. Qu'il y ait de la gentillesse en vous. Que…

La voix de Meg s'interrompit sous la douce pression du pouce de Dominic sur sa lèvre inférieure.

— Que quoi ? demanda-t-il.

— Je ne peux pas réfléchir… quand vous…

— Faites ceci ?

Dominic répéta la lente caresse.

Elle acquiesça légèrement. Ce seul petit mouvement suffit à déplacer sa caresse vers sa lèvre supérieure. Ses yeux s'élargirent face à cette sensation inattendue. Sans réfléchir, elle recula, pour se rendre compte que l'autre bras l'avait encerclée, l'obligeant à ce contact.

— Ne luttez pas contre moi, petit faucon. Je suis votre époux. Ma caresse vous déplaît-elle tant que cela ?

— N… non. Je ne m'attendais simplement pas à ce que vous me traitiez avec gentillesse.

— Pourquoi ?

— Vous pensez du mal de moi, dit Meg.

— Je pense comme un homme qui ne connaît pas la femme qu'il vient d'épouser. S'il faut que je change d'opinion, dans ce cas, il faudra que j'apprenne à mieux vous connaître, n'est-ce pas ?

Meg écarquilla les yeux. Dominic pouvait presque la voir retourner les mots dans son esprit, les analysant pour tenter de démêler le vrai du faux… le jaugeant avec autant de soin qu'il mesurait chacune de ses propres actions.

— Vous en avez le droit, admit-elle après un moment. Il faut que vous me connaissiez mieux. Ensuite, vous comprendrez que vous pouvez me faire confiance avec toute votre estime.

Dominic émit un son neutre et frotta à nouveau son pouce contre les lèvres de Meg. De nouvelles sensations la firent frémir, la troublant. Elle ne savait pas que son corps recelait de soyeux rayons de chaleur.

— Tellement douce, dit Dominic d'une voix profonde.

— Vous ne l'êtes pas.

Il haussa le sourcil gauche ainsi que le coin de sa bouche en signe d'acceptation amusée. À cet instant, aucune partie de son corps ne pouvait se prévaloir d'être douce. Être aussi proche de sa réticente épouse avait un effet certain sur lui.

— Votre main, expliqua Meg qui ne comprenait pas le triste amusement de Dominic. La guerre l'a durcie. Pourtant, elle est attentive. Je me sens comme le faucon pèlerin.

— Cette pensée m'est venue à l'esprit, admit Dominic, un léger sourire aux lèvres.

Meg plongea le regard dans des yeux gris qui brûlaient d'un feu totalement masculin. La vue était tellement envoûtante qu'elle n'y plongea pas plus profondément, car elle ne voulait pas y voir les calculs du guerrier. La tête lui tournait de soulagement ; de toutes les choses qu'elle avait imaginées à propos de sa nuit de noces, aucune ne consistait à être touchée avec douceur par Dominic comme si elle était un faucon indompté et récemment captivé.

— Êtes-vous encore mal à l'aise en ma présence ? demanda Dominic.

— Oui, chuchota-t-elle.

— Il va falloir vous habituer à votre nouvelle situation, dit-il. Devrais-je vous enfermer dans une fauconnerie obscure, les paupières maintenues soigneusement closes, afin que votre seule réalité soit ma voix, mon toucher, mon souffle ?

Alors que Meg allait répondre, le dos de la main de Dominic frôla ses lèvres aussi légèrement qu'un souffle, dispersant ses pensées avant qu'elle ne puisse parler.

— Non, dit-il en réponse à sa propre question. Je ne permettrais pas que le moindre fil, même le plus fin des fils de soie, ne gâche la beauté de vos yeux.

Au contact de la main de Dominic sur la gorge de Meg, elle laissa échapper un bruit de stupéfaction.

— Je ne vous ferai pas de mal, dit-il sur un ton apaisant. Tout comme mon faucon pèlerin, vous êtes bien trop gracile, fragile et courageuse pour être abîmée par manque de précaution. Fermez vos yeux de Druide de la Vallée et ressentez uniquement, ma femme. Laissez-moi vous toucher jusqu'à ce que vous n'ayez plus peur de ma main.

Tout en continuant à parler, Dominic poursuivait les caresses qui étaient à la fois apaisantes et perturbantes, diffusant de vibrants frissons sur sa peau.

Doucement, les paupières de Meg se fermèrent, privant la Druide de la Vallée de sa vue qui lui permettait de déchiffrer clairement l'âme humaine. Durant de longs moments, seuls existaient le murmure des flammes et le doux halètement entre des lèvres entrouvertes de stupéfaction. Meg n'avait jamais rien connu de semblable aux caresses de Dominic, pourtant il lui semblait qu'elle avait connu cela. Cette impression familière la tourmentait.

— Ma foi, c'est comme un rayon de soleil, finit par chuchoter Meg, se souvenant quand elle avait déjà ressenti cette chaleur peu exigeante.

— Quoi donc ?

— Votre toucher.

Le sourire de Dominic était loin d'être aussi doux que le bout de ses doigts, mais les yeux de Meg n'étaient pas ouverts pour voir la différence.

— Il est équitable que mes caresses soient aussi douces qu'un rayon de soleil, dit-il, puisque votre peau est aussi délicate que tous les pétales de rose que j'ai connus.

Un sourire transforma les lèvres de Meg. Ensuite, sa bouche s'entrouvrit légèrement avec une rapide inspiration alors que les doigts de Dominic glissaient du creux de sa gorge à sa chaîne étincelante de cristaux des Druides qui s'enroulait autour de son corps juste en dessous de sa poitrine.

— Doucement, faucon, dit Dominic à voix basse. Bientôt, vous aurez confiance en mon bras.

— Même avec votre force, votre poignet ne pourrait supporter tout mon poids.

Dominic éclata de rire et plongea comme un aigle, soulevant Meg d'un seul bras. Surprise, elle ouvrit les yeux.

— Sera-t-il nécessaire de mettre un cache sur vos yeux ? demanda Dominic. Fermez les yeux et voyez de la même manière qu'un faucon récemment capturé voit.

Tandis qu'il parlait, Dominic se pencha et toucha les paupières de Meg avec la pointe de sa langue pour lui fermer les yeux.

Les caresses inattendues coupèrent le souffle de Meg. Avant qu'elle n'ait pu s'en remettre, Dominic était déjà installé dans le grand fauteuil qui avait jadis appartenu au grand-père de John, et elle était à moitié allongée sur les genoux de son époux, ses jambes déposées sur un bras du fauteuil. Elle remua nerveusement, pour finalement se faire maîtriser par les mains de son mari.

— Vous êtes un faucon, vous en souvenez-vous ? demanda-t-il. Ce sera la façon dont nous allons apprendre à nous connaître.

Petit à petit, la tension se relâcha en Meg. Dominic libéra ses cheveux de leur captivité. Ils tombèrent en cascade sur le bras du fauteuil et jusqu'au sol, où ils reposaient identiques à des braises attendant d'être attisées.

Meg haleta, signe de rire nerveux ou de souffle frémissant, ou les deux à la fois. L'intimité feutrée et les caresses inattendues continuaient de la surprendre. Ils faisaient en sorte que son corps se sentait à la fois crispé et langoureux, et fiévreux. En l'espace de quelques instants, Dominic lui avait procuré plus de plaisir que ce qu'elle n'avait jamais espéré d'un homme.

Pourtant, Meg sentait qu'elle désirait plus. Aussi certainement qu'elle avait senti la douleur sous l'impitoyable sang-froid de Dominic, elle sentait désormais que brûlait en elle un feu effervescent, tournoyant et affamé. Elle n'avait jamais soupçonné qu'une telle chose puisse exister en elle. C'était comme de regarder dans le miroir et d'y voir un étranger, troublant et captivant à la fois.

Sans s'en rendre compte, Meg s'enfonça un peu plus dans l'étreinte de Dominic. Le fléchissement révélateur de son corps contre celui de Dominic provoqua chez ce dernier une onde à la fois de triomphe froid et de désir brûlant. Il était dense, complet, violent et vibrait avec chaque battement rapide de son cœur.

Meg souriait comme si, même à travers ses yeux fermés, elle pouvait remarquer l'évidence de son excitation déformant le cuir souple de sa tenue.

— Avez-vous jeté un coup d'œil ? demanda Dominic d'une voix rauque.

— Non, mais j'aimerais bien.

Cette pensée le séduisait également.

« Doucement, s'avertit-il. Je ne peux la prendre avant qu'elle ne saigne, peu importe avec quel acharnement elle nie avoir couché avec mon ennemi. Cependant, ce serait effectivement délicieux d'être nu à ses côtés, qu'elle me touche comme elle a touché le faucon pèlerin. »

Imaginer les mains pâles et fines de Meg le caresser lui arracha un grognement de désir et d'anticipation.

— Êtes-vous en train de rire ? demanda-t-elle.

— Non. Devrais-je rire d'un farouche faucon envoûté par la caresse de son maître ?

Le plaisir enroulé dans la voix de Dominic charma Meg. Elle sourit à nouveau et se laissa aller contre sa poitrine. La chaleur qui émanait du corps de Dominic irradia dans le sien, la leurrant aussi vivement que son propre plaisir, puisque les pierres du château retenaient encore la fraîcheur de l'hiver. Sans comprendre pourquoi, Meg se décrispa encore plus dans les bras de l'homme qui était en train de tisser un jeu prémédité de plaisir tout autour d'elle.

— Vous êtes comme le soleil, d'une certaine façon, murmura Meg.

Dominic baissa les yeux vers les longs cils auburn de Meg, sa peau crémeuse et ses lèvres couleur fraise légèrement entrouvertes. La jeune femme se laissait aller contre lui avec une douce sensualité aussi surprenante que le désir farouche qu'elle provoquait chez lui. Le désir l'agrippa avec des serres acérées qui menaçaient d'entailler son sang-froid.

Il avait besoin d'elle de la même manière que le feu avait besoin de brûler.

Dominic combattit farouchement la passion violente que Meg avait éveillée en lui de manière tellement inattendue.

— De quelle manière suis-je comme le soleil ? demanda Dominic une fois qu'il fut certain que sa voix ne trahirait pas son désir brut.

— La chaleur, monseigneur. Vous êtes comme le feu.

— Est-ce que je vous brûle ?

— Pas de façon douloureuse. Vous me réchauffez comme un rayon de soleil après le long siège de l'hiver.

— Alors, venez plus près, petit faucon. Posez votre tête contre moi. Apprenez à connaître mon odeur, mon goût et le grain de ma peau.

Après un moment d'hésitation, Meg s'abandonna à la douce pression de sa main sur sa tête. Silencieusement, elle installa sa joue contre la poitrine de Dominic revêtue de cuir. La texture de son vêtement était aussi fine et souple qu'un gant de chevreau, et il s'ajustait à son corps comme sa propre peau. Lorsqu'elle comprit qu'elle pouvait clairement sentir chaque courbe et renflement de muscle, un tremblement étrange se propagea en elle.

— Vous avez froid, dit Dominic. Laissez-moi vous réchauffer.

L'épaississement de son sang, alourdi par la passion, avait rendu sa voix basse, presque rêche. Il craignait que cela ne rende Meg méfiante. Il ne voulait pas de cela. Pas alors qu'elle se rangeait peu à peu à ses côtés dans une lutte sensuelle sans un seul combat, tombée dans une embuscade grâce aux caresses expertes d'un homme duquel elle avait uniquement attendu des coups.

Le contact de la bouche de Dominic sur la sienne surprit Meg. Ses yeux s'ouvrirent, avant d'être à nouveau fermés par de minuscules baisers rapides. Dans un silence feutré, ses lèvres vagabondèrent sur son visage tout comme l'avaient fait ses doigts.

— Vous avez le goût du propre, chuchota Dominic. Comme une chaude pluie.

— Gwyn dit que je suis une créature de l'eau et des choses en pleine croissance.

« Druide de la Vallée. »

Meg retint sa respiration, car Dominic avait attrapé sa lèvre inférieure entre ses dents et glissé sa langue à travers elles. Presque aussitôt que commença l'étrange caresse, Dominic se retira, ne laissant pas plus qu'une envoûtante esquisse de son goût. La pointe de la langue de Meg traça l'endroit où ses dents et sa langue l'avaient touchée.

Les serres de la passion se crispèrent, durcissant l'entièreté du corps de Dominic alors qu'il combattait le désir qui, à toute vitesse, était en train de devenir ingérable. Il avait attendu beaucoup de choses de son épouse, mais pas une passion naturelle qui avait allumé le feu en lui comme aucune femme ne l'avait fait.

— Cela vous a-t-il fait mal ? demanda-t-il.

— Non.

— Vous avez commencé.

— Vous êtes plein de surprises, dit simplement Meg. Je ne sais pas à quoi m'attendre ensuite.

Le sourire de Dominic formait une ligne féroce de victoire ; un adversaire qui était facilement surpris était facilement vaincu.

— Cela vous a-t-il déplu ? demanda-t-il.

Elle secoua la tête en même temps qu'elle léchait à nouveau doucement sa lèvre inférieure.

— Vous avez le goût de la Terre Sainte, dit Meg.

— Vraiment ? demanda-t-il d'une voix enrouée. Comment cela ?

— Du citron infusé avec du sucre.

— C'est juste le bonbon turc.

— Le mien n'avait pas aussi bon goût, dit-elle.

— La prochaine fois, choisissez celui qui est aussi jaune que le soleil.

— La prochaine fois, vous le goûterez pour moi.

— Et ensuite, vous me goûterez moi ? demanda-t-il.

L'idée étonna Meg et l'intrigua en même temps. Elle ouvrit les yeux. Dans la lumière tamisée de la chambre, la couleur de ses yeux était d'un vert tellement sombre qu'ils en étaient presque noirs. Elle ne pouvait rien voir de Dominic, néanmoins la puissance de ses épaules et de sa mâchoire se dessinait, reflétée par le feu mourant.

— Est-ce… convenable ? demanda-t-elle.

Dominic allait dire que la fréquentation de Duncan de Maxwell avait dû être une liaison plutôt grossière, mais il ravala son commentaire juste à temps. La dernière chose que Dominic voulait faire en ce moment était d'hérisser les plumes qu'il avait caressées avec tant de précaution et de patience. Il n'était pas certain que son sang-froid résisterait à un deuxième tour d'approche subtile cette nuit.

« Bon sang, mais je souffre. Depuis mon enfance, alors que j'étais encore un garçon joufflu, je n'ai jamais été aussi dur ! »

— Ce n'est pas juste convenable, dit Dominic alors qu'il bougeait discrètement Meg sur ses genoux, cela procure un grand plaisir.

— Comment donc ?

— Léchez vos lèvres.

Elle s'exécuta. Il la regarda avec une intensité qui n'aidait pas à ralentir le battement sauvage de son sang dans ses veines.

— Qu'avez-vous ressenti ? demanda-t-il.

— Euh…

Meg fronça les sourcils et admit :

— Rien, en fait. Ma lèvre était sèche et, ensuite, elle est devenue mouillée.

Dominic sourit sombrement alors qu'il se penchait vers Meg.

— Maintenant, voyez comment vous ressentez *ceci*, chuchota-t-il.

Avec grand soin, Dominic promena le bout de sa langue sur le bord de sa bouche. Il n'avait pas l'intention de faire davantage que cela, cependant le bruit de surprise qu'elle émit, l'écartement de ses lèvres et l'accélération de sa respiration chaude furent une tentation trop difficile à nier.

Sa langue glissa dans sa bouche, plus douce qu'il ne l'aurait voulu, et moins douce que ce qui était conseillé à cette étape de la séduction de son faucon très spécial.

Le glissement de la langue de Dominic la surprit un instant. Ensuite, elle se rendit compte que, bien qu'inattendue, la caresse était plutôt plaisante. Il avait le goût des bonbons exotiques qui lui semblait à la fois familier et chaud, avec une pointe de sel, et également d'un parfum complexe qu'elle ne pouvait définir. Afin d'essayer d'en goûter davantage, elle répondit à la douce agression de sa langue avec la sienne.

Les doigts de Dominic agrippèrent les cheveux de Meg et tirèrent sa tête en arrière, la forçant à ouvrir la bouche pour qu'il puisse s'en emparer profondément, à maintes reprises.

Au début, elle fut trop surprise pour bouger, mais le rythme primal du baiser, la pénétration et le repli sensuels de sa langue propagèrent rapidement des cascades de frissons et des sensations flamboyantes dans tout son corps. La chaleur se faufila profondément en elle, un feu à la fois tendre et féroce allumé par le doux frottement, langue contre langue.

Un gémissement sourd sortit de la gorge de Dominic. Il désirait passer la main sous le tissu argenté et sentir la courbe des seins de Meg changer à son contact, mais la chaîne d'argent et de cristal était attachée trop habilement pour qu'il puisse la défaire sans interrompre le baiser. Et cela, il n'en était pas question.

La main de Dominic abandonna la frustrante chaîne des Druides de la Vallée et à sa place, chercha l'ourlet de la robe de Meg. Il n'y avait pas d'obstacle de ce côté-là. Il releva le vêtement mystérieux et vaporeux et sentit sous sa paume la chaleur vivante de la chair de son épouse.

Avec la même patience que Dominic avait montrée pour le faucon, il cajola sa femme, encore et encore. Il stoppait son toucher et le reprenait. Les caresses remontaient de plus en plus haut sur ses jambes, pendant qu'il l'admirait avec des yeux qui l'évaluaient alors même que le feu se consumait dans ses os.

Ensuite, Dominic baissa la tête et séduisit la bouche de Meg avec des caresses lentes et efficaces qui faisaient écho aux caresses de sa main. Finalement, sous les baisers profonds et les chaudes caresses, Meg se mit à frémir d'impatience. Les lents tremblements qui s'emparèrent d'elle n'étaient pas dus à la peur, mais plutôt à la sensualité feutrée de la main qui la caressait pendant que le baiser s'approfondissait en une rencontre élémentaire.

Alors même que Dominic pensait qu'il ferait mieux de s'arrêter au plus vite, qu'il aurait déjà dû s'arrêter, que le séducteur était rapidement en train de devenir le séduit, il ne put se refuser une caresse supplémentaire glissant sur la chaleur du mollet de Meg, sur le pli caché à l'arrière de son genou, une lente caresse le long de ses cuisses intérieures soyeuses.

Il savait qu'il fallait s'arrêter là comme il l'avait fait auparavant, mais il trouva la tentation de pousser plus loin, irrésistible. Lorsqu'il atteignit le sommet de ses cuisses, il courba la main autour d'elle, recueillant sa chair la plus douce dans le creux de sa large main. Dans un même geste, il titilla sa chaleur secrète de son pouce.

Choquée de l'intimité de la main de Dominic entre ses cuisses, Meg se raidit de manière soudaine et se libéra de la bouche de Dominic. Il remarqua à peine son mouvement, car elle était tel un brouillard voluptueux contre sa paume. Un triomphe violent parcourut son corps tendu, et un grognement sourd de désir se dégagea de ses lèvres.

« Trop tôt. Je ne dois pas la prendre. »

Avec réticence, Dominic relâcha le feu séduisant qu'il avait touché si brièvement et regarda sa femme étonnamment sensuelle.

Meg le regardait fixement avec de grands yeux verts qui brûlaient encore de la passion récemment allumée. Ses lèvres étaient rouges, brillantes, entrouvertes à la suite du choc et du plaisir combinés. Sa poitrine se soulevait et retombait à chaque inspiration saccadée qu'elle prenait.

Dominic aspirait à voir Meg comme elle était maintenant, allongée sur ses genoux, mais sans la robe dissimulant son désir de le sentir en elle. Rien que la pensée de la voir nue, plongée dans un désarroi langoureux, fut suffisante pour le mener au bord de l'explosion. Lentement, il commença à remonter les plis argentés de sa robe, voulant voir la souple moiteur de son corps à son contact, sa chair rouge et luisante, parfumée par la passion.

— Dominic…

— Je suis votre époux, dit-il d'une voix basse. Vous ne pourrez vous habituer à être ma femme si vous vous couvrez et serrez les jambes comme les mâchoires d'un piège à ressorts. Vous ai-je fait mal d'une façon ou d'une autre ?

— N… non.

— Croyez-vous que j'aie l'intention de vous faire du mal ce soir ?

— Non, murmura-t-elle.

— Dans ce cas, donnez-moi ce que tout autre époux prendrait tout naturellement.

Lentement, les jambes de Meg se détendirent, mais elle ne put s'empêcher de trembler.

À nouveau, le vêtement argenté reprit son ascension sur le corps de Meg. Le doux avant-goût de triomphe entraîna le rire rauque de Dominic alors qu'il regardait l'arc gracile du pied de Meg, la courbe féminine de son mollet, le genou à fossettes dépassant du nuage gris de sa robe, les cuisses crémeuses, et le bosquet luxuriant qui avait la couleur du feu.

Elle reposait dans son étreinte ; tout reposait dans son étreinte : la terre, les héritiers et le rêve de sa vie qui l'avait maintenu sain d'esprit durant la Guerre Sainte.

— La malédiction de John était vaine, dit Dominic d'une voix grave. Vous me donnerez des fils, finalement.

« Des fils. »

Même si la raison de Meg lui disait que c'était son devoir de porter les héritiers de son époux si elle le pouvait, sa fierté lui hurlait qu'elle n'était rien de plus qu'un instrument pour les ambitions de Dominic.

Elle avait senti un feu sauvage et doux brûler dans son âme. Il n'avait senti que du triomphe à l'avoir séduite.

— Non !

Meg ne s'était pas rendu compte qu'elle avait bougé jusqu'à ce qu'elle voie ses propres mains tirant sèchement sur sa robe de mariée, essayant de redescendre les plis légers du vêtement sur ses jambes.

— Ne soyez pas timide, dit Dominic en riant doucement. Laissez-moi voir la vengeance de John ouverte, gonflée par la passion, implorant de connaître l'épée enfoncée dans sa douceur.

— Ne comptez pas vos victoires avant d'avoir franchi les portes ! rétorqua Meg.

La froideur de sa voix poussa Dominic à lever la tête et à la regarder dans les yeux. Durant l'espace d'un souffle, deux souffles, trois, l'époux et la mariée furieuse se mesurèrent.

« C'est mieux ainsi. Il ne faut pas que je la prenne, se rappela-t-il. Pas encore. Il est peu probable qu'une jeune femme aussi ardente soit intouchée. Une chose est certaine. Sa porte souple n'a pas souvent été franchie. Close de manière étroite… Ah, bon sang, cela doit être un avant-goût de paradis de se glisser dans ce fourreau soyeux. »

Le désir martela le sang de Dominic, menaçant sa maîtrise. Comprendre à quel point il était proche de ses propres limites le choqua comme rien d'autre ne l'aurait pu. Il baissa le vêtement argenté comme s'il lui brûlait les doigts.

— À présent, vous savez, dit-il sauvagement.

— Que vous voulez de mon corps uniquement pour engendrer des héritiers ? Oui, mon froid seigneur normand, je le sais parfaitement !

Dominic regarda le visage furieux de Meg et dut se retenir de lui écarter les jambes et de prendre ce que, manifestement, elle avait consenti à lui donner.

— Non, ma sorcière passionnée, dit-il. À présent, vous connaissez la magie d'un certain type de baiser.

— Qu'est-ce ? demanda-t-elle d'un ton sarcastique.

Une fois de plus, sa main glissa rapidement sous sa robe, l'empêchant de se débattre avec une facilité nonchalante.

— Ceci, siffla Dominic entre ses dents. Ce qui fut sec, est désormais mouillé !

11

— Qu'est-ce que Sven peut bien avoir d'autre à raconter ? demanda Dominic sans se lever de son lit. Mis à part ce qui est évident, bien sûr.

Simon lança un regard en biais à son frère et réussit difficilement à ravaler une riposte tranchante. Quoi qui ait mis Dominic d'une telle humeur, cela avait certainement à voir avec le fait que, lors de la nuit qui aurait dû être sa nuit de noces, le jeune marié avait dormi dans les appartements de John, rapidement rénovés… seul. Son épouse Druide de la Vallée était probablement en train de dormir seule dans ses appartements de jeune fille qui étaient situés dans la partie éloignée du château de Blackthorne.

Probablement. Simon n'était pas assez stupide pour aborder le sujet ouvertement. Il avait été réveillé pendant la nuit par le bruit de son frère qui regagnait les appartements seigneuriaux. Sa frustration s'était entendue dans le claquement de ses talons sur le plancher.

Apparemment, la nuit de noces n'avait pas vraiment été couronnée de succès. Non seulement elle s'était terminée tôt, mais elle avait également laissé Dominic dans une humeur féroce. Simon avait entendu son frère arpenter la pièce pendant un bon moment. Ensuite, le silence s'était installé, suivi par le son d'un objet métallique qui frappait le sol avec une grande force.

Ne pouvant s'endormir lui-même, Simon était parti faire son rapport à Dominic sur l'état d'esprit des gens du château et sur l'avancement de Duncan et des mercenaires.

— Alors que Duncan et certains de ses hommes manqueront aux gens du château, dit Simon, ce ne sera pas le cas pour la plupart des mercenaires. Ils valent à peine mieux que des voyous et des bandits.

— Cela ne demande pas énormément d'intelligence pour remarquer cela, rétorqua Dominic.

— Duncan et sa suite arriveront au domaine de Carlysle demain.

Dominic n'accueillit pas mieux cette deuxième information qu'il n'avait accueilli la première.

— Bon sang, dit-il avec hargne. Même l'idiot du village aurait pu me raconter cela.

— Ta maîtresse commence à s'agiter, dit doucement Simon. Peut-être devrais-tu aller chercher quelque soulagement auprès d'elle ?

Dominic adressa à son frère un regard de biais.

— Est-ce si flagrant que cela, Simon ? demanda-t-il avec un sourire triste.

Simon éclata de rire et fit un geste en direction de la couverture qui ne couvrait pas vraiment son frère.

— J'ai vu des étalons moins imposants que toi lorsqu'ils montent une jument, dit Simon. Tu as dû l'effrayer terriblement. Va voir ta maîtresse. Ensuite, tu auras davantage de patience avec…

— Je n'ai pas envie de labourer un autre des champs de Duncan, l'interrompit sèchement Dominic.

— Un autre ?

Le sourire de Simon s'évanouit.

— C'est donc vrai ? Lady Margaret a une liaison avec Duncan ?

Un mouvement brutal de la main de Dominic fut sa seule réponse.

— Il n'y a pas moyen d'en avoir la certitude, dit-il après un moment. Elle jure que non.

Le grognement de Simon manquait d'enthousiasme.

— Oui, consentit Dominic de façon acerbe. Je peux difficilement m'attendre à ce que ma noble épouse me divertisse avec le récit de ses précédents amants.

— Donc tu l'as laissée dormir seule ?

— Jusqu'à ses menstruations. De cette manière, je serai certain de ne pas agir comme John, d'élever ce qui appartient à un autre homme.

Simon grimaça.

— Je demande alors une faveur à mon seigneur.

Dominic haussa le sourcil gauche, témoin de son interrogation silencieuse.

— Envoie-moi dans la forêt afin que j'en ramène un chat sauvage à mains nues, dit Simon.

— Pardon ?

— Cela sera moins épuisant que de marcher sur des œufs dans ton sillage au cours des quinze jours ou du mois à venir pendant que tu attendras, expliqua Simon.

Dominic se renfrogna.

— Encore mieux, poursuivit Simon, prends-t'en à Duncan et aux mercenaires. Ils t'offriront certainement la bataille que tu désires.

— Je préfèrerais avoir mon épouse.

— Ta maîtresse serait moins pénible.

Dominic haussa ses larges épaules, signe qu'il écartait Marie.

— Dans ce cas, une des filles de joie de la région, dit Simon.

— Je n'ai pas besoin de prostituées.

— Tu n'en as jamais eu besoin auparavant, acquiesça Simon. Mais…

— *Assez.*

Personne, pas même un homme qui était à la fois son ami et son frère, ne pouvait contrarier la détermination de Dominic lorsqu'il prenait ce ton. Simon se tut et attendit.

— Sven a-t-il rejoint les mercenaires ? demanda Dominic au bout d'un moment.

— Pas encore. Il faudra du temps pour les approcher. Ils forment un clan fermé.

— Garde-le ici, dans ce cas. Qu'il tende l'oreille en quête de tout signe d'agitation parmi les quelques chevaliers de John.

— Je doute qu'ils te cherchent des ennuis. Ils sont trop vieux pour chercher des ennuis à qui que ce soit, y compris leurs femmes.

— Néanmoins, veille à ce que chaque chevalier reçoive une propriété assez grande pour subvenir à ses besoins et à ceux de sa famille d'une manière qui convienne à son rang et à ses années de service.

— Comme tu voudras. Tu as assez de terres, et probablement plus.

— Oui. Veille à ce que chacun reçoive un bœuf et une charrue, du bois de mes forêts pour les constructions, quatre brebis, une vache, des graines, de la volaille et quelques lapins dès que ceux que nous avons apportés de Normandie se seront reproduits. C'est stupide de manquer de nourriture.

Simon écoutait Dominic poursuivre sa liste des biens nécessaires pour mettre une tenure sur pied. Comme toujours, la façon dont son frère maîtrisait les détails fascinait Simon. Que cela concerne la guerre ou l'agriculture, Dominic analysait à fond la situation, rassemblait ce qui était nécessaire à la réussite et, ensuite, attaquait avec une rapidité époustouflante.

— N'oublie pas les chaudrons. Ils ont plus de valeur que l'or, conclut Dominic.

— Tout ce qui garde une femme satisfaite, vaut davantage que de l'or.

Dominic lança à son frère un regard perçant. Les yeux noirs de Simon reflétaient à la fois de la compréhension et de l'amusement dissimulé avec soin.

— Y a-t-il autre chose ? demanda Simon.

— Oui. Dis à Sven de garder un œil sur mon épouse. Je veux vraiment être certain qu'elle ne rencontre personne au-delà du château.

— Crois-tu vraiment qu'elle essaiera de rejoindre Duncan après le mariage ?

— Elle est la clé de tout ce que j'ai toujours désiré dans la vie, dit Dominic d'un ton monocorde. Jusqu'à ce que je sois certain qu'elle porte mon enfant dans son ventre, je la surveillerai aussi attentivement qu'un aigle observe un lapin stupide.

Le rêve prit lentement forme, inexorablement, ruinant le sommeil difficilement trouvé de Meg.

« Danger. »

Meg gémit et se tourna de l'autre côté comme pour échapper à quelque chose qu'elle seule pouvait voir. Mais il n'y avait pas d'échappatoire puisque le rêve était emprisonné en elle, et elle était emprisonnée dans le rêve.

Sombre, incolore, froid, le cauchemar l'engloutissait.

« Mort. »

Un cri silencieux se figea dans la gorge de Meg, la déchirant avec des griffes de glace.

« Désastre. »

Muette, Meg s'agrippa au silence, demandant ce qu'elle devait faire.

La réponse fut tout aussi muette. Du vert s'éleva dans la solitude qui l'entourait. Des formes se matérialisèrent dans le vide. Des plantes, qui poussaient secrètement et buvaient des gouttes de pluie, ouvraient leurs feuilles à la lumière d'un soleil invisible. Les plantes avaient toutes la même couleur, la même forme, les mêmes feuilles, le même sens du silence et poussaient sur une terre ancienne et paisible.

« Va. »

Les yeux toujours clos, Meg s'assit précipitamment, le cœur cognant dans sa poitrine. Sa tête vibrait à la suite de la violence de son rêve. Une seule certitude résonnait dans son esprit et dans son corps.

« Danger. »

Avec un cri étouffé, Meg ouvrit les yeux, courut à la fenêtre et ouvrit les volets.

Rien ne vint l'accueillir, à part le silence inquiétant qui précède l'aurore. Dans quelques instants, un coq annoncerait le lever du soleil et, ensuite, irait se pavaner devant ses poules, fier de ses prouesses et de la certitude qu'il engendrerait les futures générations. Dans les instants qui suivraient le chant du coq, les paysans et les serfs s'activeraient, des feux seraient allumés pour la cuisine, des hommes crieraient dans la cour où ils discuteraient des tâches à effectuer et des jeunes filles à courtiser.

Dans les instants à venir…

Mais pas à cet instant. À présent, seul régnait un sublime silence tandis que la terre attendait l'arrivée du soleil.

Retenant sa respiration, Meg regarda par la fenêtre étroite, tendue vers le brouillard fantomatique qui s'élevait au-dessus du bassin de retenue et du bassin aux poissons, ainsi qu'au-dessus des prairies et du lac. Aucun mouvement n'était visible. Aucun bruit d'armures ou de brides ne fendait le silence, aucun claquement de sabots, aucun ordre sourd donné à des hommes qui rampaient dans l'aurore.

Pourtant, le danger existait. Meg en avait la certitude de la même manière qu'elle savait que ses yeux avaient la couleur verte propre aux Druides de la Vallée.

La certitude de ce danger était comme un couteau planté dans son cœur. Elle avait cru que le mariage mettrait fin aux risques de guerre. Elle avait cru que son mariage assurerait la sécurité à son peuple et la survie du château de Blackthorne.

Et à présent, elle avait pour seule certitude que quelque chose ne tournait pas rond, et cela de manière féroce.

« Mort. »

Meg frissonna.

« Désastre. »

Elle n'avait plus rêvé de façon aussi réelle depuis la nuit où sa mère avait rejoint la forêt sans en revenir. Jamais.

« M'appelles-tu, mère ? Vais-je enfin connaître les secrets de l'ancien tertre ? »

Dès le moment où la clairière hantée lui vint à l'esprit, la certitude de devoir s'y rendre grandit en Meg. Cet endroit où la terre n'était pas tourmentée par l'homme, où les plantes poussaient sur un sol ancien, recelait des secrets médiévaux ; là-bas, elle récolterait la clé de ce qui séparait le château de Blackthorne de la destruction.

Elle ne savait pas pourquoi elle en était certaine.

Elle savait uniquement que c'était aussi vrai que la mort.

Sans bruit, Meg ôta sa chemise de nuit et enfila les vêtements de roturière qu'elle mettait pour travailler dans son jardin de plantes ou dans les fauconneries. Ses doigts engourdis par le froid et la terreur coiffèrent maladroitement ses cheveux pour former des nattes fluides qu'elle attacha avec des liens de cuir.

Revêtue d'un foulard tout simple et d'un bandeau sur la tête, de chaussettes en laine aux pieds et de bottes à la main, Meg se faufila à pas de loup le long des couloirs en pierre du château et dévala l'escalier en spirale. Elle fit une seule halte, suffisamment longue pour attraper un peu de pain et de fromage dans le garde-manger et enfiler ses bottes. Ensuite, elle se dirigea à toute vitesse vers l'avant-corps.

Un étranger aux cheveux blonds gardait l'entrée. Il autorisait les domestiques à aller et venir entre le château et le mur d'enceinte puisqu'ils vaquaient à leurs corvées matinales. L'homme lui jeta à peine un coup d'œil lorsqu'elle sortit précipitamment.

Dans la cour, de la fumée s'élevait de la cuisine, se mélangeant à l'aube brumeuse. Les pavés des chemins souvent empruntés étaient glissants et froids. Meg s'y déplaça comme si elle marchait sur des œufs. La guérite à l'entrée était froide et sombre malgré la torche qui brûlait à côté de la chaise du gardien.

— Bonne journée à vous, dit Harry, se redressant sur ses pieds. Vous vous êtes levée et êtes prête bien tôt.

— J'ai négligé mon herboristerie et mes jardins, dit Meg.

— Oui, dit gravement Harry. J'ai entendu les plantes implorer gentiment leur lady toute la journée d'hier. J'ai envoyé Black Tom leur dire que vous étiez débordée à cause de vos devoirs en tant qu'épouse du nouveau seigneur du château, mais le chenapan s'est contenté de se rouler dans les herbes à chat et n'a eu aucune parole de réconfort pour les petites plantes.

Le pétillement dans les yeux de Harry était évident même dans l'obscurité de la guérite. Meg lui sourit malgré l'urgence qui la taraudait. Elle toucha la main de Harry lorsqu'il lui ouvrit la porte.

— Vous illuminez ma journée, murmura-t-elle.

— Non, madame. C'est vous qui illuminez nos journées. Il n'y a aucun de vos sujets qui n'ait d'histoire à raconter à propos de votre gentillesse.

Avec un sourire, Meg secoua la tête en signe de désaccord.

— Je ne peux me plaindre d'aucun de vous pour ce qui est d'avoir reçu des preuves de gentillesse.

— Êtes-vous…

La voix de Harry s'éteignit. Une coloration rouge qui n'avait rien à voir avec la lueur de la torche apparut sur ses joues patinées.

— Est-ce que tout va bien, madame ?

Lorsque Meg comprit que Harry la questionnait quant à son nouveau statut d'épouse plutôt que celui de jeune femme, elle rougit jusqu'à la racine des cheveux.

— Les gens…

Harry s'éclaircit la gorge et réessaya.

— Votre mère était une étrangère lorsqu'elle est arrivée ici. Nous avons vu… C'est que, votre père était un homme rude lorsqu'il avait bu. Et lorsqu'il était…

— Oui, chuchota Meg.

Harry trépigna, mal à l'aise.

— Vous n'êtes pas une étrangère pour nous, madame, dit-il d'un souffle. Si ce Normand, ce bât… euh… si le seigneur vous fait du mal, nous ne l'accepterons pas. Si vous avez besoin de nous, il vous suffira de crier, et nous accourrons et formerons un bouclier devant ce diable. Vous n'avez pas besoin de vous réfugier dans la forêt, comme votre mère, afin de trouver la paix. Un homme peut subir toutes sortes d'accidents pendant la chasse. Je vous le promets.

Des larmes brillèrent dans les yeux de Meg, les rendant immenses. Elle déposa un baiser rapide sur la joue de Harry qui rougit davantage devant ce signe d'affection.

— Dites aux gens qu'ils se tranquillisent, dit Meg. Lord Dominic ne s'est pas montré peu aimable avec moi de la manière que vous redoutez.

Avant que Harry ne puisse parler, Meg était partie. Elle se hâta de passer la porte et le pont-levis tel un spectre volant. Des frissons, qui n'avaient rien à voir avec la matinée glaciale, firent frémir son corps, lui coupant le souffle. En effet, Dominic n'avait pas forcé son épouse Druide de la Vallée. Il l'avait simplement laissée goûter au paradis sur ses lèvres et lui avait ensuite annoncé qu'elle était seule dans ce paradis ; puisque de son corps, il n'attendait que des fils.

« Vous trouvez-vous en enfer, John ? Riez-vous devant l'enfer que vous avez érigé pour les autres sur terre ? Dominic désire uniquement un fils, un héritier. Rêve futile. Dominic n'a pas d'amour en lui, uniquement un besoin brûlant de fonder une dynastie ainsi que l'intelligence d'un stratège rusé devant la bataille qui s'annonce. »

Le chemin sillonnait entre de basses clôtures en pierre sèche qui délimitaient les champs des pâturages. Les sillons profonds et brun foncé glissaient à cause de l'humidité. Des lignes parallèles de couleur vert clair témoignaient de la première et fragile croissance de la future récolte. Des merles sautaient de crête en crête parmi les sillons à la recherche de graines ou d'insectes. Comme de pâles nappes de brume, les moutons rôdaient dans les pâturages, et leurs lèvres noires habiles cherchaient de nouvelles pousses entre les brins de paille formés par l'herbe de l'année passée.

Les cloches de l'église retentirent dans le silence, annonçant l'heure et indiquant qu'il était temps de rejoindre les champs. En temps normal, le son des cloches réjouissait Meg. Ce matin, il la provoquait simplement, amplifiant le besoin pressant qui grandissait à chacun des pas qui l'éloignaient du château.

« Danger. »

12

— Elle est partie, dit Simon d'un ton catégorique.

Dominic leva les yeux de la lance terne et très abîmée qu'il venait de trouver dans l'arsenal de Blackthorne.

— Elle ? demanda-t-il d'un ton absent.

— Lady Margaret.

— *Bon sang!* rugit Dominic.

Il tourna le regard vers le pitoyable intendant dont la journée ne s'était pas améliorée jusqu'alors. Il avait dû faire face à des commentaires désobligeants de la part de Dominic sur l'état déplorable du château, en général, et de l'arsenal, en particulier.

— Veillez à ce que chaque domestique balaie et récure tous les sols du château, dit sèchement Dominic à l'homme. Veillez ensuite à ce qu'ils disposent des plantes odorantes et de nouveaux joncs jusqu'à ce que tout le château soit aussi propre que les appartements de Lady Margaret. M'avez-vous compris ?

— Oui, monsieur.

— Dans ce cas, allez-y.

L'homme obéit à une vitesse remarquable. Le bruit de ses pas retentit dans la grande salle et sur les marches de l'escalier en spirale de la tour d'angle, au rythme d'un rapide battement de tambour.

— Quand ? demanda Dominic, décochant un glacial regard gris vers son frère.

— Je ne sais pas.

— Où se trouve sa servante ?

— En train de flirter avec tes chevaliers.

Les yeux de Dominic se plissèrent tandis qu'il jouait avec la lance rouillée, d'un air absent.

— Quelle est la dernière personne à avoir vu Meg ? demanda-t-il.

— Harry. Il l'a laissée sortir par la guérite d'entrée, avant l'aube.

Le fait que Meg n'ait pas bien dormi, elle non plus, était une maigre consolation pour Dominic qui avait passé la nuit à se consumer d'un désir insatisfait.

— Qui l'accompagnait ? demanda-t-il.

— Personne.

La maigre consolation de Dominic s'évanouit.

— Elle était seule ? demanda Dominic d'un air incrédule.

— Oui.

La voix de Simon était âpre.

— Qu'a dit Sven pour se justifier ?

— « Un homme doit dormir de temps à autre, je vous prie de me pardonner, monsieur. » Il pensait qu'elle resterait plus tard au lit ce matin, davantage que tous les autres jours.

L'exacte imitation de la voix de Sven faite par Simon soutira un léger sourire à Dominic.

— Harry, proposa Simon, a pensé qu'elle allait simplement voir ses jardins, comme elle le fait habituellement.

— Qu'y a-t-il donc à voir là-bas ? objecta Dominic. Les champs sont dénudés.

— Ses jardins ont été plantés bien avant que John n'ait des fermiers pour travailler les champs seigneuriaux avec charrues et bœufs.

Dominic grommela.

— Envoie quelqu'un dans les jardins de Meg pour la ramener. Avec tous ces mercenaires expropriés dans le coin, il n'est pas prudent pour une femme seule de s'éloigner.

Simon lança à son frère un regard incrédule.

— Penses-tu que j'aie si peu de cervelle pour ne pas avoir envoyé quelqu'un la chercher ? Je te dis qu'elle est *partie* !

— Et les paysans ? Est-elle partie au chevet d'une femme en train de donner naissance ?

— Non. Aucun vassal ne l'a vue depuis qu'elle a disparu dans le brouillard ce matin. Les gens du village ne l'ont pas vue non plus.

Dominic jeta la lance dans un coin de l'armurerie avec une telle force que des éclats de rouille et des morceaux de pierre se détachèrent.

— Va chercher les chiens, dit sèchement Dominic. Dis à Harry d'ouvrir complètement les portes.

Avant même que les mots ne franchissent la bouche de Dominic, l'aboiement excité et le hurlement de ses lévriers démontrèrent que Simon avait devancé le désir de son frère. Les chiens avaient été emmenés par le maître-chien et attendaient à l'extérieur, impatients de partir à la chasse.

— Crusader est sellé et prêt pour toi, dit Simon avant que Dominic ne puisse le demander.

— Prépare également ton propre destrier, dit Dominic.

— Que fait-on pour le château ? Qui en sera responsable ?

— Thomas le Puissant le gardera pour nous. Dis-lui de rappeler les paysans pour qu'ils rentrent des champs et de remonter le pont après notre départ. Tout ceci est peut-être une combine pour prendre le château.

— Tu ne penses certainement pas que ta propre femme…

— Je crois, l'interrompit brutalement Dominic, que ma propre femme a pu être enlevée afin qu'une rançon, dont le prix détruirait tout espoir de transformer le château de Blackthorne en la forteresse qu'il devrait être afin de pouvoir survivre, soit réclamée.

Les yeux noirs de Simon se rétrécirent.

— Et ce sont précisément les paroles que tu vas répandre autour du château, conclut Dominic. Me comprends-tu ? Il n'y aura aucune allusion à ce que je pense qu'il se passe réellement.

— Et qui est ?

— Duncan de Maxwell et ma maudite épouse Druide de la Vallée !

Le silence résonna de tout ce que Dominic n'avait dit, trahison et tromperie, ainsi que la fin des rêves.

— Veux-tu que quelqu'un d'autre nous accompagne ? demanda Simon au bout d'un moment.

— Non. Ni mon écuyer. Ni le tien. Ni même le maître-chien. Ce qui se passera aujourd'hui restera entre nous.

— Tu ne crois pas réellement…

— Je suis un stratège, Simon. La trahison de l'intérieur est la meilleure façon de prendre un château. Si je le sais, le Fléau Écossais le sait certainement.

Simon plongea son regard dans les yeux de son frère et ressentit un frisson d'appréhension.

« Que Dieu vienne en aide à la jeune femme si elle devait être en compagnie de Duncan lorsque Dominic la trouvera, pensa Simon, mal à l'aise. Que Dieu nous vienne en aide. »

Dominic sortit du château au bout de quelques minutes, vêtu de chausses, d'un haubert, d'un heaume et de son épée. Dans une main gantée de mailles, il tenait une arbalète. Dans l'autre se trouvait la chemise de nuit que Meg avait portée et abandonnée dans sa hâte de partir.

Les chiens trépignaient et gémissaient, avides d'être libérés de leurs laisses. Hauts sur pattes, de corpulence mince, la langue étroite, se déplaçant tels des fantômes dotés de crocs, les chiens bouillonnaient d'impatience tandis qu'ils attendaient qu'on leur fasse renifler l'odeur qu'ils poursuivraient aujourd'hui.

L'écuyer de Dominic tenait la bride de Crusader, calmant l'étalon agité. Simon attendait non loin, chevauchant son propre destrier. S'il avait eu un doute quelconque quant à l'humeur meurtrière de son frère, celui-ci s'évanouit au moment où Dominic sauta pratiquement sur la selle, dédaignant l'étrier. Il s'agissait d'une manœuvre que tous les chevaliers bien entraînés pouvaient exécuter en tenue complète de combat, mais peu y avaient recours lorsqu'un écuyer se trouvait là, prêt à donner un coup de main.

Dès qu'il saisit l'humeur de son cavalier, l'étalon noir se cabra à moitié, les oreilles aplaties sur le crâne. Dominic maîtrisa l'étalon sans effort, semblant ne pas remarquer le tempérament fougueux du cheval.

— Harry se trouve dans la guérite, dit Simon.

Dominic hocha brusquement la tête et traversa la cour en direction de la guérite d'entrée. L'étalon immense et musclé avançait de côté, s'ébrouait et se pavanait, et se trouvait pris en étau entre l'humeur de Dominic et le mors d'acier qui le réfrénait. Quand les destriers foulèrent les pavés de la cour, leurs gros sabots frappèrent le sol au rythme de l'urgence contenue.

Harry attendait devant la guérite. Il se toucha le front et attendit.

— Quand avez-vous vu votre maîtresse pour la dernière fois ? demanda Dominic sans ménagement.

— Avant que le soleil ne se lève sur le rocher de Blackthorne.

— Vous a-t-elle parlé ?

— Oui. Elle semblait se diriger vers son jardin de plantes.

— *Semblait ?* demanda sèchement Dominic.

— Oui. Cependant, là où le chemin se divise, elle a pris l'embranchement à droite.

— Les jardins se trouvent sur la gauche, dit Simon à voix basse.

Dominic grommela.

— Pourquoi pensiez-vous qu'elle se rendait dans ses jardins de plantes ?

Harry paraissait être mal à l'aise.

— Répondez à votre seigneur, dit Simon d'un ton sec. Votre maîtresse pourrait être en danger.

— Meg — Lady Margaret — se rend fréquemment dans ses jardins, lorsqu'elle est soucieuse.

Le regard que Dominic lança au gardien ne risquait pas de mettre l'homme plus à l'aise.

— Soucieuse ? demanda Dominic en douceur. Comment cela ?

Harry parut encore plus gêné. Avant que Harry n'ait pu choisir ses mots, une vieille dame sortit de la guérite.

Dans la lumière de la matinée tardive, ses cheveux étaient tellement blancs qu'ils paraissaient transparents.

Dominic se tourna vers Gwyn. Pour la première fois, il se rendit compte que les yeux de la vieille femme, bien que délavés par l'âge, étaient du même vert pur du printemps que ceux de Meg.

— John, dit Gwyn sans préambule, avait une main lourde lorsqu'il avait bu. Meg a appris à se tenir loin de lui.

— Vu la crasse qui règne dans le château, dit Dominic, je me risquerais à dire qu'il était ivre la plupart du temps.

— Oui.

— Je ne suis pas John.

— Oui, acquiesça-t-elle. Si vous l'étiez, les flancs de votre cheval auraient été lacérés par vos éperons, et sa bouche durcie par un mors utilisé de façon brutale.

— Vous avez un œil aiguisé.

— Tout comme vous, Dominic le Sabre, seigneur du château de Blackthorne. Utilisez-le, lorsque vous serez en route. Vous verrez que Meg est simplement sortie cueillir des herbes médicinales comme à son habitude.

— Sans sa servante ?

Gwyn souffla.

— Eadith peut être agaçante.

— Lady Margaret a-t-elle pour habitude de se promener dans la campagne sans être accompagnée ? demanda Dominic d'une voix tranchante.

— Non, répondit prudemment Gwyn. Eadith l'accompagne, ou je le fais, ou encore un des hommes armés.

Dominic regarda Harry. Le gardien secoua la tête d'un air malheureux.

— Elle était seule, dit Harry.

— Emmenez les chiens chercher une piste près de la bifurcation, ordonna Dominic au maître-chien.

L'homme traversa rapidement le pont en compagnie des lévriers très agités et bruyants. Lorsque Dominic se mit en route pour le suivre, Gwyn parla rapidement.

— N'ayez crainte. Aucun homme ni aucun animal ne ferait de mal à une Druide de la Vallée.

L'éclat glacial des yeux de Dominic balaya la vieille femme.

— Lady Margaret n'est plus une jeune femme qui peut se promener dans les champs comme une fille de paysans, dit-il d'une voix froide et précise. Elle est l'épouse d'un grand seigneur et la maîtresse d'un château puissant. Elle est un trophée que tout homme serait fier de ravir.

— Il y a danger, admit Gwyn.

Ensuite, tellement bas que la plupart des hommes n'auraient pu l'entendre, elle ajouta :

— Mais pas pour elle. Pas encore.

— Que voulez-vous dire ?

La vieille femme fixa Dominic pendant un long moment.

— Je sens le danger, dit-elle finalement. Meg a dû le sentir, elle aussi. Mais le danger ne la concerne pas. Il s'agit du château. Des temps périlleux approchent, monsieur. Les présages…

Les mots de Gwyn furent interrompus brutalement au moment où Crusader se cabra à moitié et piaffa d'impatience. Malgré la rage froide de Dominic qui courait en lui, il maîtrisa l'étalon sans cruauté. Crusader piétinait sur ses pattes, fléchissant son cou puissant et son arrière-train.

— Épargnez-moi ces absurdités des Druides de la Vallée, dit Dominic d'un ton mordant. Il y a toujours du danger. Il y a toujours des présages. Il y a toujours des tromperies. Ce qui importe, c'est ce qu'un homme en fait.

Sur ce, Dominic relâcha l'étalon. Le cheval fit un bond en avant comme poussé par une catapulte. Simon suivit rapidement. Le claquement des sabots sur les pavés se mua en un grondement caverneux tandis que les chevaux traversaient le pont. Le soleil reflétait des jets de lumière sur les hauberts et les heaumes, les faisant briller froidement.

Quand Dominic atteignit la bifurcation sur le sentier, les chiens attendaient avec une impatience égale à la sienne. À l'instar de l'homme, les chiens étaient disciplinés. Malgré leurs gémissements, témoins de leur empressement, ils étaient bien éduqués. Ils se tenaient prêts à répondre au son de la voix ou du cor.

— Donnez ceci à Leaper, dit Dominic en tendant la chemise de nuit de Meg.

Le maître-chien prit la chemise et la tint devant la femelle gris argent. La chienne renifla, gémit et renifla à nouveau. Après quelques instants, elle releva la tête et gémit d'impatience.

— Elle a enregistré l'odeur, monsieur.

— Lâchez-la, et uniquement elle, ordonna Dominic. Si elle trouve la piste rapidement, laissez les autres attachés. Je ne veux pas de bruit superflu dans la campagne.

Le maître-chien détacha la laisse en cuir du collier de Leaper. À son signal, elle bondit en avant à la recherche de l'odeur qu'on lui avait fait sentir. Il ne lui fallut qu'un court instant avant de repérer l'odeur, car le sol était humide, l'idéal pour trouver une piste. Le lévrier se mit précipitamment à suivre la piste.

Dominic et Simon suivirent au galop, leurs cottes de mailles scintillant dans la lumière voilée par les nuages. Derrière eux, les chiens tenus en laisse hurlaicnt leur déception.

Doucement, Meg se releva et s'étira, essayant de détendre les muscles de son dos. Elle avait passé les dernières heures sur les mains et sur les genoux, fouillant entre les rochers bombés et à la base des pierres levées qui encerclaient la clairière hantée. Le petit sac qu'elle utilisait pour recueillir les plantes s'était finalement bien rempli de sa récolte laborieuse. Il rebondissait joyeusement sur sa hanche alors qu'elle sortait du bois sacré de chênes.

Récolter les nouvelles feuilles et tiges ainsi que quelques racines amères d'une plante qu'elle appelait « pantoufle fantôme » avait pris beaucoup plus de temps qu'elle ne l'avait imaginé. Elle avait même trouvé quelques autres plantes utiles et quelques graines pour son jardin. Il y en avait d'autres qu'elle aurait pu cueillir, mais les plantes auraient pu mourir si elle en avait volé les feuilles. On était encore trop tôt dans la saison pour pouvoir espérer beaucoup de feuillage. Seules les jonquilles avaient totalement poussé, leurs têtes jaunes recherchant le soleil dans les clairières et sur les rives des ruisseaux.

La clairière hantée se trouvait déjà loin derrière Meg, quand le soleil parvint enfin à percer le ciel couvert printanier. Une pâle traînée de lumière jaune se répandit, enflammant légèrement les chênes éparpillés et les rochers couverts de mousse. La pierre et les branchages dénudés brillaient sombrement comme s'ils avaient vu le jour récemment. Loin, aux extrémités des bras déployés des chênes, le premier murmure verdoyant bourgeonnait, annonçant l'abondance de feuilles de l'été qui arrivait.

La promesse silencieuse de futures pousses et de soleil libéra la tension contenue dans le corps de Meg. Comme si le rayon lumineux du soleil était un faucon qu'il fallait dompter, elle tendit les bras vers le haut et sifflota une jolie mélodie, s'imprégnant du soleil.

Depuis la crête de la colline lui parvint un sifflement comme réponse.

Quelques instants plus tard, un lévrier courait en direction de Meg à une allure vertigineuse, foulant le sol avec des mouvements rapides et graciles. Alors que le chien ne se trouvait plus qu'à quelques pas de Meg, un cor fendit le silence. Le chien s'arrêta, pivota et repartit dans la direction d'où le bruit avait été émis.

Le cœur battant la chamade, Meg plaça la main en visière et observa la vallée drapée de brume où le soleil reflétait des étincelles de feu dans les gouttes d'eau. Deux destriers apparurent sur la crête de la colline. Un des chevaux avait un cavalier. L'autre n'en avait pas.

Au moment où Meg saisit que c'était l'étalon de Dominic qui n'avait pas de cavalier, la voix de son époux lui parvint derrière elle.

— Où êtes-vous allée, madame ?

Elle pivota.

— Vous m'avez fait peur.

— Je pourrais faire encore bien plus que cela, si vous ne répondez pas à mes questions. *Où êtes-vous allée ?*

— Je cueillais des plantes.

Dominic regarda les vêtements simples de Meg. Ils étaient tachés, froissés et montraient tous les signes d'avoir été malmenés. Ils paraissaient, en fait, avoir été utilisés en position couchée pendant un rendez-vous galant illicite.

— Cueillir des plantes, dit-il d'une voix sans timbre. Étrange. Vos vêtements font penser que vous vous êtes roulée sur le sol.

Meg baissa les yeux, frissonna et regarda à nouveau Dominic. Malgré son ton neutre, elle sentait la colère glaciale en lui. Chercher une excuse lui donna l'impression qu'une avalanche lui tombait sur la tête.

— C'est pour cette raison que je porte ces loques, dit-elle, tendue. Cela ne sert à rien d'abîmer une des tuniques que je possède pour me traîner sur les mains et sur les genoux.

Dominic émit un autre son neutre. Il balaya les alentours du regard. À part les jonquilles éclatantes, il y avait un sérieux manque de plantes. Il se tourna et fixa Meg d'un air inquisiteur.

— En avez-vous cueilli ici ?

— Non.

— Où, dans ce cas ?

Meg était peu disposée à parler de l'ancienne clairière. Elle avait conscience que même les vassaux qui l'aimaient pensaient que l'endroit était au mieux, hanté — et au pire, maudit.

— Qu'est-ce que cela peut faire ? demanda Meg. J'ai trouvé ce dont j'avais besoin.

La colère de Dominic explosa presque. Il parvint à la canaliser avec difficulté.

— Vraiment ? demanda-t-il d'une voix doucereuse. Et de quoi manquiez-vous ?

Une nouvelle fois, Meg était réticente à l'idée de devoir s'expliquer. Si elle parlait de l'antidote, elle devrait dans ce cas parler également du médicament manquant. Elle avait promis à Gwyn de ne pas le faire.

Le silence fut brisé par les chants lointains des oiseaux et le bruit beaucoup plus proche des étalons qui s'approchaient tandis que Simon chevauchait dans leur direction, ramenant également le cheval de Dominic. Le lévrier trépignait pour marquer sa présence, sa longue langue étroite pendant sur le côté après sa course.

— Madame, dit Dominic d'une voix saccadée, de quoi manquiez-vous de manière si urgente au point de partir seule dans la campagne sans en avertir qui que ce soit?

— De semis, répondit Meg, détournant les yeux. Pour mes jardins.

— Vous mentez plutôt mal.

— Je ne mens pas. Je récoltais des semis pour mon jardin.

— Montrez-les-moi.

— Pas avant que je ne les aie plantés. Trop les manipuler les rend...

Les paroles de Meg s'interrompirent, car elle eut le souffle coupé au moment où, par surprise, le sac lui fut arraché des mains, retourné et secoué vivement. Des plantes entières et de la terre se déversèrent sur le sol. De petites feuilles voltigèrent et tombèrent à l'image d'une pluie verte.

— Non, dit Meg désespérément.

Elle arracha le sac des mains de Dominic, se mit à genoux en prenant appui sur ses mains et commença à fouiller le sol à la recherche des petites feuilles. On aurait pu penser qu'elle ramassait de toutes petites pièces d'or.

Fronçant les sourcils, Dominic l'observa. Il avait mis les propos de Meg en doute mais, à présent, il ne doutait plus de sa sincérité. De toute évidence, elle vérifiait les végétaux tombés de son sac.

— Simon.

— Oui, monsieur.

— Retournez sur ses pas.

— D'accord.

— Cela ne vous servira à rien, murmura Meg sans lever la tête.

— Ce que Simon ne peut voir, Leaper peut le sentir.

— Pas dans l'ancienne clairière. Aucun chien n'y entrerait, ni aucun cheval.

— Pour quelle raison ? demanda Dominic.

— Je ne suis ni un chien ni un cheval pour être capable de répondre à cette question, rétorqua Meg tandis qu'elle remettait les feuilles dans le sac. Je sais simplement que c'est la réalité. Manifestement, les animaux ressentent davantage certaines choses que les hommes.

— L'ancienne clairière, répéta Dominic avec une question dans la voix plutôt que dans ses paroles.

Meg marmonna quelque chose et continua à ramasser des feuilles.

L'instant suivant, une main gantée de mailles lui tint le menton, le releva et la força à rencontrer les yeux sinistres de son époux.

— Vous n'êtes pas effrayée par cet endroit ? demanda Dominic.

— Pourquoi le serais-je ? Je ne suis pas une chienne de chasse à la langue pendante.

Simon toussa — ou bien, tenta de camoufler un rire.

Sans se détacher des yeux verts emplis de colère de Meg, Dominic fit signe à son frère de retourner sur les pas de Meg.

— Non, vous n'êtes ni un chien ni un cheval, dit clairement Dominic. Vous êtes une sorcière des Druides de la Vallée. Quel mauvais tour avez-vous manigancé ici ?

— Je suis une Druide de la Vallée, mais je ne suis pas une sorcière.

— Pourtant, vous êtes allée dans un endroit que les gens considèrent comme maudit.

— Il ne perturbe pas la croix que je porte, dit Meg. Si l'ancienne clairière appartenait au diable, comme le pensent certaines personnes, ma croix brûlerait. Ce n'est pas le cas. Elle repose froide et sereine sur ma poitrine.

Dominic regarda sa femme tandis que le bruit des sabots s'éloignait, faisant place au silence uniquement troublé par des chants d'oiseaux et la brise qui venait de se lever. Quand il relâcha son menton, de petites taches rouges marquaient son teint crémeux, à l'endroit où la cotte de mailles avait été en contact avec sa peau. Il aurait davantage culpabilisé de lui avoir brièvement fait mal si la certitude qu'elle venait de rencontrer un amant ne lui broyait pas les tripes comme le ferait une nourriture froide et indigeste.

« Pas étonnant que mon épouse ait répondu aussi vivement à notre jeu sensuel la nuit dernière. Elle n'est pas un jeune oisillon fraîchement capturé, mais bien une femelle faucon déjà habituée au toucher d'un homme. Elle me donnera des fils, c'est certain. Elle ne peut pas davantage résister à l'envol sauvage dans les bras d'un homme qu'un faucon ne peut résister à l'appel du ciel sauvage. Cependant, peu importe à qui elle a pu appartenir dans le passé, à présent, elle est mienne. Et mienne, elle restera. »

Dominic regarda d'un air grave les végétaux éparpillés sur le sol. Du bout des doigts, Meg avait pratiquement tout ramassé avec soin, à part quelques semis qui étaient en train de se dégrader rapidement. Il n'était ni herboriste ni jardinier, mais les semis lui paraissaient familiers. Il était certain d'en avoir vu pousser beaucoup plus près du château.

S'attendant à ce que Meg proteste, Dominic ramassa plusieurs semis.

Aucune objection ne se fit entendre, même pas quand il fourra sans ménagement les semis dans la bourse attachée à la selle de Crusader. Pourtant, lorsqu'il se pencha pour aider Meg à ramasser le peu de feuilles, de tiges et de petites racines restantes, elle repoussa ses mains avec force.

— Non, dit Meg. Vos mains sont trop maladroites avec ces gants. Si vous abîmez les feuilles avant que la potion ne soit préparée, celle-ci ne sera pas assez puissante pour être utile.

— Est-ce pour cette raison que vous n'avez emmené ni Eadith ni aucun homme d'armes ? demanda doucement Dominic. Ils sont trop maladroits ?

Meg ne répondit rien.

— Répondez-moi, *chère épouse.* Dites-moi pourquoi vous êtes venue seule dans la forêt.

Les mains de Meg s'immobilisèrent.

— Je…

Dominic attendit avec la certitude grandissante que quoi qu'il entende par la suite, il s'agirait d'un mensonge.

Ce qu'il entendit fut le silence.

— À quelle distance se trouve le domaine de Carlysle ? demanda-t-il, prenant soin d'adopter le ton d'une conversation banale.

Meg laissa échapper un soupir de soulagement face à ce changement de sujet de conversation. Tout en parlant, elle continua à ramasser les dernières petites feuilles.

— Il se situe à plus d'une fastidieuse journée de marche, dit-elle. La lune aurait fait son apparition bien avant que vous ne puissiez apercevoir le domaine depuis le Vieux Col.

— Moins que cela si l'on fait à cheval la route que vous avez faite à pied ?

— Oui, même si peu de gens le font. Pourtant, le chemin est un raccourci par rapport aux routes destinées aux carrioles, dit rapidement Meg, soulagée de pouvoir aborder un sujet anodin. Le chemin est plus court, mais ardu par endroits. La plupart des gens préfèrent prendre les routes. Avant que John ne s'affaiblisse, nous voyagions par la route depuis le château jusqu'aux différents domaines, et cela, plusieurs fois par année.

— Les routes sont-elles en mauvais état ? Est-ce pour cette raison que vous avez emprunté ce chemin ?

— Non. À son retour, Duncan a envoyé des hommes pour remettre les routes en bon état.

Dominic plissa les yeux. Si Meg avait vu son regard, elle ne se serait pas souciée de ramasser les derniers fragments de feuilles et aurait pris ses jambes à son cou. Mais son attention était entièrement portée sur la collecte de chaque précieux morceau de verdure.

— Est-ce que tous les gens ordinaires préfèrent contourner les collines même s'il faut parcourir une plus grande distance par la route ? demanda Dominic.

— Oui. Ils évitent la clairière hantée.

— C'est bien commode.

L'arrogance dans sa voix faisait penser à une épée dégainée. Les mains de Meg sursautèrent et s'immobilisèrent.

— Commode ? demanda-t-elle. Comment cela ?

— Pour les rendez-vous galants, répondit Dominic de manière concise.

Meg regarda Dominic et soutint son regard.

— Il s'agit donc de cela, dit-elle. Vous pensez que je suis sortie pour me rouler dans l'herbe en compagnie d'un homme ?

— Pas d'*un* homme, répondit sèchement Dominic, mais de Duncan de Maxwell. Regardez-vous… les joues rouges et les yeux brillants, et vos vêtements sont couverts de brindilles.

— Mes joues sont rouges et mes habits sont sales, car j'ai passé mon temps la tête en bas afin de cueillir mes plantes !

— Peut-être. Ou peut-être êtes-vous une jeune femme que l'on vient de culbuter.

— Non !

— Duncan a-t-il pensé qu'une fois que je vous aurais eue, je ne remarquerais pas que vous vous donniez à lui également ? A-t-il l'espoir de m'imposer un bâtard comme votre mère l'a fait avec John ? continua Dominic sans s'arrêter.

Meg releva fièrement la tête.

— Je vous en fais le serment, cher époux. Je n'ai connu aucun homme.

— C'est ce que vous prétendez, ma chère épouse.

— Couchez avec moi, dit-elle sans réfléchir. Ici et maintenant, Dominic le Sabre. Vous aurez la confirmation d'être le premier.

La froide courbe du sourire de Dominic n'encouragea pas Meg.

— Bien joué, Lady Margaret, dit-il doucement.

— Je ne joue pas !

— Moi non plus. Si je couche avec vous, que je découvre que vous n'êtes plus vierge et que vous tombiez enceinte, je ne pourrais pas avoir la certitude d'être le père de l'enfant, n'est-ce pas ?

Meg était trop surprise pour pouvoir répondre.

— Non, ma chère petite femme intelligente, je ne coucherai pas avec vous tant que vos menstruations ne seront pas arrivées. Ensuite, je vous garderai à mes côtés. Lorsque vous grossirez, il n'y aura aucun doute quant à la paternité de l'enfant que vous porterez.

Meg crut recevoir une gifle en saisissant ses propos.

— En fait, vous vous souciez peu de savoir si je suis vierge ou une dévergondée, murmura-t-elle, scandalisée. La seule chose qui vous importe est que je vous donne un fils.

— Oui. Mais si vous étiez une catin jusqu'à cet instant, votre dévergondage arrive à son terme.

— Je pourrais être une menteuse, une tricheuse, une voleuse, une criminelle… tout cela n'a aucune importance pour vous. Un utérus conviendrait aussi bien qu'un autre, du moment qu'il soit servi avec le château de Blackthorne.

Les yeux de Dominic se plissèrent pour ne plus laisser apparaître que deux fentes glacées.

— Croyez-moi, madame, peu importe ce que vous étiez par le passé, j'attendrai de vous que, en tant que mon épouse, vous soyez un exemple de droiture morale. Vous regretteriez âprement de déshonorer mon nom.

La lueur tenace d'espoir que Meg avait nourrie dans son âme s'évanouit face à la sombre réalité de Dominic le Sabre. Il n'était pas le diable normand qu'Eadith avait décrit, ni le cœur généreux qu'elle avait espéré voir battre sous sa cotte de mailles. Il ne voulait d'elle ni son rire ni sa tendresse. Il ne se montrait pas davantage curieux de ses espoirs et de ses rêves, ni de son désir de construire une meilleure vie pour les gens de son peuple — et pour elle-même, de ne pas avoir à goûter aux déchets amers du mariage comme l'avait fait sa mère.

Dominic le Sabre était simplement un homme, tout comme John de Cumbriland avait été un homme. Et lorsqu'il serait entravé dans sa volonté de créer une dynastie, Dominic deviendrait une personne aigrie, tout comme John.

Les zones sombres qu'elle avait décelées dans l'âme de Dominic étaient aussi réelles qu'une nuit d'hiver et beaucoup plus tenaces. Elles apporteraient le froid dans la vie de Meg tout comme elles avaient fait de Dominic une personne froide.

Un cri silencieux de protestation face à ce qui aurait pu exister tourbillonna en elle, mais aucun son ne sortit de sa bouche.

Quand Dominic prononça à nouveau son nom d'un ton brusque, les yeux de la Druide de la Vallée l'ignorèrent. Meg évaluait silencieusement l'arrivée du printemps qui prenait peu à peu possession des terres, célébrant le retour à la vie, fête à laquelle elle ne participerait pas.

— Un visage tellement vieux pour une si jeune femme, dit Dominic en colère. Est-ce une trop grande épreuve pour vous de mettre fin à vos actes immoraux ?

Meg ne répondit rien. Elle n'avait pas le cœur à parler, elle n'avait pas besoin non plus qu'un homme qui n'avait pas de sentiments se moque des siens.

— Je vais vous proposer un marché, dit-il d'une voix glacée. Donnez-moi deux fils et, ensuite, je vous enverrai à Londres. Là-bas, vous trouverez certainement les distractions qui plairont à vos mœurs frivoles.

Des larmes difficilement contenues brillèrent dans les yeux de Meg.

— Vous ne savez rien de ce qui me plaît ou me déplaît.

— Je sais que hier soir, vous avez refusé à votre mari ce qui lui appartient de droit, rétorqua férocement Dominic.

— J'ai su toute ma vie qu'il était de mon devoir d'épouser l'homme qui aurait été choisi pour moi, dit Meg, ignorant les derniers propos de Dominic. J'ai toujours su que je serais une épouse fidèle et dévouée. J'ai toujours su que je serais capable de donner bien d'autres choses si mon mari et moi nous entendions bien. Et à présent…

Sa voix s'éteignit en un silence douloureux.

— Et à présent ? questionna Dominic. Parlez.

— Je sais que cela ne sera jamais le cas, murmura Meg. Le printemps est arrivé, mais il n'y aura pas de printemps pour les Druides de la Vallée, ni pour moi.

— Arrêtez de vous languir de Duncan, dit sèchement Dominic.

— Duncan ? Que…

— À présent, vous êtes mon épouse, poursuivit Dominic, lui coupant la parole. Je suis l'unique époux que vous aurez.

— Oui. Et je serai votre seule épouse. Jusqu'à ce que la mort nous sépare. Allez-vous m'entraîner vers une mort prématurée pour vous assurer d'être encore fertile au moment où vous vous marierez à nouveau ? Est-ce donc cela le danger qui m'a sortie de mon sommeil, pour me réveiller glacée et tremblante ?

— Vous divaguez ? demanda-t-il.

Soudain, Meg se mit à trembler. Le sang quitta ses pommettes tandis que des frissons parcouraient son corps moite.

— Avez-vous entendu cela ? murmura-t-elle.

— Quoi donc ?

— Un éclat de rire.

Dominic tendit l'oreille attentivement.

— Je n'entends rien du tout.

— C'est John.

— Quoi ?

— Il rit. Il sait que sa malédiction sera plus puissante que lui-même ne l'a jamais été.

Ses yeux verts baignés d'ombres fixèrent Dominic.

— Vous allez mourir sans avoir eu de fils.

Dominic tendit rapidement les mains, s'accrochant aux épaules de Meg comme s'il pensait qu'elle allait prendre la fuite.

— *J'aurai des fils !*

— Non, murmura Meg, ignorant les larmes froides argentées qui coulaient le long de son visage. Pour avoir un fils Druide de la Vallée, il faut de l'amour. Il n'y a pas d'amour en vous, Dominic le Sabre.

13

Lorsque Simon fut de retour au château, Dominic avait eu le temps d'ôter ses vêtements de combat et de se changer. Il était à présent confortablement assis dans le bureau du seigneur à côté de la grande salle. Ce qui avait été autrefois un lit de malade, avait été transformé ce matin en divan pour Dominic afin qu'il puisse s'entretenir en privé avec quiconque, ce que la grande salle ne permettait pas.

Le sujet de discussion — ce que Simon avait trouvé en suivant les traces de Meg — exigeait sans aucun doute cette discrétion. Le visage pâle et marqué de Meg, ses yeux brumeux et le fait qu'elle ait gardé le silence durant leur retour au château, assise sur la croupe de son cheval, avaient troublé Dominic d'une manière qu'il pouvait difficilement s'expliquer, et encore moins comprendre.

En plus de l'intimité que Dominic recherchait, le bureau du seigneur des lieux offrait une chaleur capable de calmer les frissons du cœur ou du corps. Le feu flambait et rougeoyait dans la grande cheminée de la pièce, chassant le froid dû à la combinaison de la pluie printanière et des pierres de construction qui recelaient encore le froid de l'hiver. Même si on avait fermé les volets devant les fenêtres étroites et hautes pour se protéger de cette pluie d'après-midi, le bureau parvenait d'une manière ou d'une autre à être davantage aéré et agréable que toute autre pièce du château.

— Tu ressembles à un chien trempé, dit calmement Dominic au moment où Simon entra dans la pièce, laissant traîner des ruisselets de pluie derrière lui.

— J'ai l'impression d'en être un.

— Réchauffe-toi. Nous parlerons dans un moment.

Pendant que Simon ôtait ses gants et son manteau mouillé et s'approchait du feu, Dominic se tourna vers le domestique qui se tenait devant la porte pour répondre aux besoins du seigneur.

— De la bière pour mon frère, dit Dominic. Du pain et du fromage également. Quelque chose de chaud… De la soupe ?

— Oui, accepta Simon.

— Et par la même occasion, voyez donc ce qui retient Gwyn. J'ai envoyé quelqu'un la chercher il y a déjà un bon moment.

— Oui, monsieur.

Assis, Dominic patientait, à l'écoute des pas qui s'éloignaient. Alors qu'il attendait que le domestique soit assez éloigné pour ne pas pouvoir entendre ce qui serait dit, Dominic tendit la main vers la table d'appoint toute proche sur laquelle reposait un petit tas scintillant de bijoux en or. D'un air absent, il tripota les babioles.

Un doux et pur tintement de clochettes s'éleva dans l'air, identique au chant d'oiseaux en captivité à la gorge tapissée d'or.

La délicate mélodie provenait de chaînes faites de petites clochettes en or qui avaient, un jour, décoré les poignets, les chevilles, les hanches et la taille de la concubine privilégiée du sultan. Après que Dominic eut pris la ville, la femme avait été rendue indemne à son sultan. Sans ses bijoux.

— Comment se porte le faucon pèlerin ? demanda Simon, le son des clochettes lui faisant penser au faucon.

Simon n'avait aucunement envie d'aborder le thème de Meg.

— Le faucon progresse à une rapidité étonnante, dit Dominic négligemment. Je lui ai enlevé le chaperon des yeux à mon retour de la forêt. L'oiseau n'a pas montré de signe de peur et n'a pas battu des ailes. Elle est venue sur mon bras et mon poignet comme si elle était née pour cela. Demain soir, je l'emmènerai quelques instants dans la cour. Bientôt, je ferai le tour du château avec le faucon sur mon poignet. Ensuite, nous irons chasser dans les cieux ensemble.

— Excellent, dit Simon, soulagé qu'une chose au moins se passe bien.

— Oui…

Dominic ferma les yeux comme pour mieux entendre les mélodieuses clochettes d'or.

— On pourrait presque croire qu'elle a déjà été entraînée, dit-il au bout d'un moment.

— Est-ce le cas ? demanda Simon.

— C'est possible. J'ai entendu dire qu'elle a été capturée dans un filet plutôt que dans un nid. Mais le fauconnier m'a assuré qu'une telle intelligence est fréquente chez les oiseaux de Blackthorne… si Meg la sorcière s'occupe d'eux.

Simon émit un bruit neutre.

— Qu'as-tu trouvé en retournant sur ses pas ? demanda Dominic, le son de sa voix presque immuable.

Presque mais pas complètement. Le changement fut suffisant pour rappeler à Simon combien son frère se souciait profondément de son épouse réticente avec laquelle il était déterminé à fonder une famille qui survivrait à la fois à la cruauté passagère de la nature et aux plans machiavéliques de l'homme.

— Je n'ai rien trouvé, dit franchement Simon. Leaper a perdu la trace de l'odeur.

Le tintement des clochettes s'interrompit. Dominic regarda intensément Simon.

— Perdu la trace ? demanda Dominic. Comme c'est curieux. Leaper a le meilleur nez de tous les chiens que j'ai emmenés à la chasse.

— Oui, dit Simon.

— Y avait-il d'autres empreintes dans les alentours ?

— Il y a un grand cerf qui vit derrière le ruisseau qui descend vers la rivière de Blackthorne. Un renard avait attrapé un lièvre. Un aigle et cinq corbeaux se disputaient une proie.

Dominic grogna.

— Des traces de chevaux ?

— Pas la moindre, même pas de traces de chevaux sauvages des landes.

— Des traces de bœufs ? De carrioles ? D'empreintes de bottes ? persista Dominic.

— Non.

— Où as-tu perdu sa trace ?

— Précisément là où Lady Margaret a dit que je la perdrais, à l'endroit où se trouvent les dolmens qui entourent un lieu d'inhumation païen.

— Et il n'y avait de traces de personne d'autre ?

— Pas une seule odeur, dit Simon de manière succincte. Si Duncan de Maxwell — ou tout autre homme — était avec ton épouse ce matin, il est arrivé sur les ailes d'un aigle et reparti de la même manière.

Dominic grogna.

— Peut-être était-elle vraiment occupée à faire ce qu'elle a dit, cueillir des plantes, proposa Simon.

— Peut-être. Cependant, les semis auraient pu être cueillis bien plus près du château.

— Qu'en est-il des feuilles étranges ?

— Le jardinier n'en a jamais vu de pareilles, concéda Dominic.

C'était pour cette raison que Dominic se trouvait dans le bureau et Meg, dans ses appartements. Il avait besoin de temps pour réfléchir. Les premières escarmouches dans sa bataille pour s'assurer d'avoir des fils s'étaient mal passées. Dominic était trop bon stratège pour répéter ses erreurs.

Et si ce n'était pas le cas, il apprendrait et apprendrait rapidement. Il n'avait jamais pris part à une bataille aussi cruciale pour son avenir.

— Il se peut que j'aie mal jugé mon épouse, concéda lentement Dominic. Je l'ai très certainement malmenée.

— Comment donc ? Tout autre mari l'aurait battue sauvagement pour être partie seule dans la forêt et n'avoir dit à personne où elle allait.

— Comment sais-tu que ce n'est pas ce que j'ai fait ? rétorqua Dominic sans chaleur.

— Après t'avoir arraché de ce donjon turc, tu as fait le serment que lorsque tu possèderais ton propre domaine, tu ne permettrais qu'aucun coup de fouet ou de bâton ne soit donné. Tu es un homme qui respecte ses serments.

Soudain, Dominic se leva. L'horreur qu'il avait connue dans le donjon avait été tellement cruelle qu'il ne s'en souvenait plus que dans ses rêves. Et il oubliait ces rêves au réveil.

Il préférait que cela soit ainsi.

— T'ai-je déjà remercié pour cela, Simon ?

— Nous nous sommes mutuellement sauvé la vie trop souvent pour en garder des comptes, répondit sèchement son frère.

— Cette fois-là, ce n'est pas ma vie que tu as sauvée, mais mon âme.

Les grelots s'agitèrent mélodieusement tandis que la main de Dominic empoignait les froides chaînes d'or.

— J'ai une nouvelle tâche pour toi, dit Dominic au bout d'un moment. Que tu montes la garde.

Simon se détourna vivement du feu.

— Sven a-t-il eu connaissance de nouvelles menaces à ton encontre ?

— Ce n'est pas auprès de moi que tu devras monter la garde, mais de mon épouse.

— Bon sang, dit Simon, dégoûté.

— Quelle autre personne mériterait que je lui accorde ma totale confiance, à savoir qu'il ne tentera pas de séduire ma femme ou de se laisser séduire par elle ? demanda simplement Dominic.

— À présent, je sais pourquoi les sultans utilisent des eunuques comme gardiens.

— Je ne te demanderai pas ce sacrifice extrême.

— Tant mieux, rétorqua Simon, passant la main dans ses cheveux clairs. Je te dois énormément, mon frère, sauf ma masculinité !

Le rire de Dominic se mélangea à la douce mélodie des grelots qu'il caressait.

— Ta tâche sera de veiller à ce que personne n'entre dans les appartements de Meg, à part moi, dit Dominic.

— Et sa servante ?

— Sa servante ? dit Dominic sur un ton indifférent. Je peux habiller — et *déshabiller* — ma femme lorsque cela sera nécessaire.

Simon se maîtrisa pour ne pas éclater de rire, mais l'amusement était parfaitement visible sur son beau visage.

— Durant quelques jours, poursuivit Dominic, Meg sera traitée comme une nouvelle femelle faucon arrivée dans mes fauconneries. Ce qu'elle mangera viendra de ma main. Ce qu'elle boira lui viendra de mes lèvres. Lorsqu'elle dormira, cela sera à mes côtés. Lorsqu'elle se réveillera, mon souffle sera la première chose qu'elle entendra, et ma chaleur sera celle qui l'aura maintenue au chaud.

Simon haussa les sourcils, mais ne dit rien.

— Meg a dit que je ne la connaissais pas, poursuivit Dominic, pensant à haute voix comme il le faisait souvent en présence de Simon. Elle a raison. J'ai commis une erreur. Au premier abord, elle m'a paru suffisamment consentante, cependant, d'une manière ou d'une autre, elle est mieux protégée que n'importe quel château ou ville que j'ai eu à prendre.

En silence, Simon se demandait ce qui avait bien pu se passer après qu'il eut laissé son frère et Meg seuls dans la forêt. Mais Simon se tut. Il connaissait Dominic et savait qu'il valait mieux ne pas intervenir une fois qu'il commençait à planifier la façon dont il prendrait une forteresse.

Ou une femme.

— Lorsque ses menstruations seront arrivées, dit Dominic, j'aurai appris à la connaître bien mieux. Néanmoins, pas de la même manière qu'un époux connaît son épouse. Cela sera une autre sorte de connaissance.

— L'as-tu informée qu'elle sera prisonnière dans son propre château ? demanda Simon d'un ton neutre.

— Oui.

— Qu'a-t-elle dit ?

Dominic plissa les yeux.

— Rien. Elle ne m'a plus adressé la parole après m'avoir informé que je mourrai sans avoir de fils.

— Bon sang, dit Simon, scandalisé.

Avant que Dominic ne puisse reprendre la parole, le domestique était apparu. Gwyn se trouvait juste derrière lui. Le domestique posa la nourriture et la bière sur la table et se retira. Alors que Simon s'était avancé et commençait à manger avec voracité, Dominic avait fait signe à la vieille femme de s'avancer et de s'approcher du feu.

— Avez-vous mangé ? demanda-t-il poliment.

— Oui, monsieur. Merci.

Dominic fit une pause, réfléchissant à la meilleure manière d'aborder le thème de son épouse Druide de la Vallée, des malédictions et des espoirs, des superstitions et de la vérité ; et des connexions secrètes existant entre toutes ces choses. Finalement, il haussa les épaules et suivit l'exemple des gens du château de Blackthorne. John et Meg avaient pris le problème de front. Le nouveau seigneur n'en ferait pas moins.

— Parlez-moi des femmes Druides de la Vallée, dit tout simplement Dominic.

— Ce sont des femmes.

D'étranges sons s'élevèrent derrière Dominic tandis que Simon étouffait un rire ou un juron, ou encore les deux à la fois.

— En effet, dit Dominic avec un calme apparent. J'ai remarqué cela chez Meg. C'est tout à fait rassurant, puisque je suis un homme.

Les yeux délavés de Gwyn étincelèrent d'une lueur d'humour.

— Vouliez-vous savoir autre chose, monsieur ?

— Beaucoup de choses, répliqua-t-il. Dites-moi en quoi les femmes Druides de la Vallée diffèrent des autres femmes.

— Leurs yeux sont d'un ton vert inhabituel.

Dominic grogna.

— Continuez.

— Elles sont très douées avec les êtres vivants.

Il attendit.

Gwyn fit de même.

— Mon Dieu, dit Dominic, lançant un regard implorant vers le ciel, c'est comme arracher une dent. Parlez !

— Nous pourrions avancer plus rapidement, si vous me disiez précisément ce que vous voulez savoir, dit Gwyn en toute sérénité. Toutefois, le bureau est très agréable, et mes vieux os savourent la chaleur. Je serai ravie de commencer par la naissance de Lady Margaret et de poursuivre soigneusement jusqu'à ce jour.

Dominic posa ses poings sur ses hanches et étudia la vieille femme. Elle aussi l'étudia à son tour, mais avec moins d'agressivité. L'arrogance de Gwyn, par contre, égalait la sienne.

— J'ai su que les femmes Druides de la Vallée sont têtues, dit Dominic au bout d'un moment.

— Oui.

— Sans peur.

Gwyn inclina la tête sur le côté comme si elle évaluait l'affirmation.

— Nous ne sommes pas des lâches, dit-elle après quelques instants.

Elle fit une pause et ensuite ajouta :

— Ce n'est pas la même chose, monsieur.

— Oui, admit Dominic, étonné de la perspicacité de la vieille femme. Chez les hommes, on appelle cela « le courage ».

Il tendit le bras et remua les grelots d'or d'un air absent, réfléchissant à sa prochaine attaque. En entendant le petit tintement, Gwyn tourna la tête en direction des bijoux exotiques.

— Si les fleurs pouvaient chanter, dit-elle d'une voix enjouée, leurs voix ressembleraient à cela.

Dominic la dévisagea.

— Une fois de plus, vous m'avez surpris, madame.

— Ce n'est pas une prouesse de surprendre un homme qui ne s'intéresse qu'à une seule chose et ignore le reste des choses de la vie.

— Seriez-vous, par hasard, en train de me décrire ? demanda sèchement Dominic.

Gwyn hocha la tête.

— Et quel est donc mon unique intérêt ? demanda-t-il.

— Une dynastie.

— Pas davantage que les autres hommes.

— Non, objecta-t-elle promptement. Les autres hommes désirent de nombreuses choses. Certains désirent une chose après l'autre, d'autres les veulent toutes en même temps.

— Et ainsi, ils n'en obtiennent aucune.

Ce fut au tour de Gwyn d'être surprise.

— Oui, dit-elle. C'est ainsi. Mais vous n'êtes pas pareil aux autres hommes. Vous êtes obsédé par une et une seule chose. Un fils.

Les yeux de Dominic se rétrécirent en deux fentes nettes de glace.

— Dans tous les cas, dit-il mielleusement, je me retrouve avec une épouse infertile sur les bras.

— Ce n'est pas le cas !

La voix de la vieille femme ne laissait transparaître aucun doute.

— Dans ce cas, pourquoi Meg est-elle si certaine que je mourrai sans avoir eu de fils ? demanda Dominic.

Les yeux de Gwyn s'agrandirent et, ensuite, se rétrécirent tandis qu'elle étudiait le grand guerrier qui se tenait devant elle. Pour la première fois, elle se rendit compte de la colère profonde qu'il dissimulait.

— Est-ce ce qu'elle vous a dit ? demanda Gwyn avec précaution.

— Oui.

— Précisément ? Mot pour mot, monsieur. Il faut que j'en sois certaine.

Tout d'abord, Dominic pensa refuser. Pourtant, dans les yeux de la vieille femme se trouvait quelque chose auquel on ne pouvait s'opposer.

— Elle a dit : « Pour un fils Druide de la Vallée, il faut de l'amour. Il n'y a pas d'amour en vous, Dominic le Sabre. »

Le son qu'émit Gwyn aurait pu être un soupir ou un murmure de douleur atténué par les faibles bruits du feu dans la cheminée. Elle se frotta les yeux comme prise d'une indicible fatigue. Ensuite, elle observa l'homme qui ne désirait qu'une seule chose dans la vie.

— Ce n'est pas que Meg est infertile, Lord Dominic. C'est qu'aucun fils Druide de la Vallée ne peut être conçu s'il n'y a pas d'amour entre les parents.

— Comment cela est-il possible, vieille femme ?

— Je ne sais pas, dit-elle simplement. Je sais uniquement que c'est ainsi depuis la perte du Loup des Druides de la Vallée.

— Et quand cela s'est-il passé ?

— Il y a longtemps, très longtemps, monsieur. Si longtemps que seul Dieu s'en souvient et Il n'en a parlé à personne.

— Voyons, madame, dit Dominic d'une voix sarcastique. Me demandez-vous de croire que sur une si longue période, aucun homme n'a dupé une jeune femme Druide de la Vallée en lui faisant croire qu'il l'aimait ?

Gwyn haussa les épaules.

— Peu importe les mensonges qu'il proférera pour la mettre dans son lit. Au bout du compte, la malédiction repose sur l'amour de la femme, pas sur celui de l'homme. Beaucoup de femmes Druides de la Vallée ont désiré avoir des fils afin d'amener la paix dans leur monde. Aucune n'est arrivée à ressentir l'amour nécessaire pour concevoir un fils.

Dominic plissa les yeux. Rien de ce que venait de dire Gwyn ne le réjouissait. Mais il faut dire qu'il ne se réjouissait jamais de découvrir les pièges et fortifications d'une ville qu'il devait prendre.

— Lord John a donc dit la vérité, murmura Dominic. Les sorcières sont aussi froides qu'une tombe en montagne. Elles ne ressentent aucune passion.

Gwyn sourit d'une manière étrange.

— Croyez-vous John ou croyez-vous la chair d'une Druide de la Vallée vierge qui est venue à vous comme un faucon vient à son maître ?

Le corps tout entier de Dominic se raidit au souvenir du désir qu'il avait effectivement éveillé en Meg, et qui s'était uniquement éteint dans sa rage de devoir lui donner des fils.

— Dans ce cas, pourquoi les sorcières n'ont-elles pas aimé ? En sont-elles incapables ? demanda-t-il fermement.

— Certaines d'entre elles, oui. La capacité à aimer est rare dans chaque clan ou famille. Mais pas en Meg. Il y a énormément d'amour en elle. Demandez donc aux gens du château.

— Que s'est-il passé avec les sorcières capables d'amour ? persista Dominic. Se sont-elles mariées à des brutes indignes d'elles ?

— Des brutes ? Non. Elles ont simplement épousé des hommes, monsieur. Juste des hommes.

— Vos propos tournent en rond, dit-il impatiemment.

— Non. Vous avez simplement choisi de ne pas comprendre. Seriez-vous capable de donner votre âme par amour pour une femme si vous étiez convaincu qu'elle ne veut rien de plus que vous utiliser pour obtenir des terres, la fortune et des fils ?

— Bon sang, quelle sottise…

— Seriez-vous capable, poursuivit Gwyn sans s'interrompre, de vous autoriser à aimer une femme ? Pourriez-vous partager votre âme, si bien gardée, avec elle ?

Dominic lui lança un regard incrédule.

— Ai-je l'air d'un idiot, madame ? Je ne cèderai à personne ce genre de pouvoir sur ma destinée, homme ou femme !

Des larmes agrandirent les yeux de la vieille femme, mais elles ne coulèrent pas. Elle avait passé de trop nombreuses années sur terre pour croire que les larmes puissent changer quoi que ce soit.

— Dans ce cas, vous n'aurez pas de fils, et je serai condamnée à veiller à ce qu'une autre génération prie pour être délivrée de la malédiction.

— Je ne vous crois pas, rugit-il.

— Alors croyez donc ceci : les femmes Druides de la Vallée voient bien plus que les larges épaules et les beaux visages. Elles voient l'âme humaine. Être capable de voir si profondément, rend insurmontable la difficulté d'aimer, car les femmes Druides de la Vallée sont aussi des êtres humains. Comprendre quelqu'un, *et l'aimer malgré cette compréhension* est un trait de caractère que l'on rencontre plus fréquemment chez les anges que chez les humains. Meg est une femme, pas un ange.

Les yeux de Dominic se plissèrent en deux fentes glacées. Ils reflétaient le froid qui se matérialisait au creux de ses entrailles en même temps que la certitude et le chagrin de la vieille femme déferlaient en lui telle une vague sombre. Sans prévenir, son poing s'abattit sur la table. Les clochettes firent un bond et tintèrent. Après ce bruit bref et peu mélodieux, le silence emplit la pièce.

Personne ne le brisa.

Le regard de Simon passa de la vieille femme à son frère. Les yeux de Dominic étaient plissés. Il avait l'air d'un homme réfléchissant à toute vitesse.

Petit à petit, Simon se détendit. Une fois que son frère se concentrait sur un objectif, il n'y avait jamais eu aucun château, aucune ville ou aucune jeune femme que Dominic n'ait été capable de prendre par la force ou en toute discrétion.

Ou par la trahison, si c'était nécessaire.

Au bout de longues minutes de silence, Dominic se concentra une fois de plus sur la vieille Druide de la

Vallée. Ses yeux étaient pareils à de la glace, durs et très froids. Il en était de même pour sa voix.

— Merci, madame. Vous m'avez permis de clarifier le problème des descendants.

Il s'agissait d'un renvoi, et Gwyn le savait. Elle hocha légèrement la tête et se retira aussi légèrement que la fumée.

Dominic se tourna vers son frère et demanda sans ménagement :

— Crois-tu la vieille sorcière ?

— J'ai senti qu'*elle* croit que ses paroles sont vraies.

— Oui, dit Dominic amèrement. J'ai vu assez de choses durant la Guerre Sainte pour savoir que ce genre de foi peut produire des miracles.

— Ou bien répandre des malédictions ?

Le poing de Dominic s'abattit une fois de plus sur la table, faisant tinter les grelots comme pour témoigner de leur mécontentement face à l'homme qui ne devrait pas autoriser le moindre signe de mécontentement à échapper à son sang-froid inébranlable.

— Que comptes-tu faire ? dit Simon au bout d'un moment. Vas-tu demander l'annulation du mariage à cause de sa stérilité ?

— Non, promit Dominic. Jamais.

L'intensité de la réponse instantanée surprit les deux hommes.

— Nous pourrions garder le château même si les comtes et les vassaux se rebellaient, releva Simon. Si les habitants refusaient de travailler les terres pour vous, notre père a plus de paysans que ses terres en Normandie n'en ont besoin. Les serfs seraient ravis de venir ici, puisqu'ils recevraient chacun leur propre morceau de terre ainsi qu'un cochon.

— Oui.

Dominic n'en dit pas davantage. La solution que proposait Simon était jouable, mais il la refusa d'emblée. Il ne pouvait dire précisément pour quelle raison. Il savait simplement que son instinct s'insurgeait contre toute solution qui n'impliquait pas la sorcière des Druides de la Vallée qu'il avait pour épouse.

Fronçant les sourcils, Dominic observait les grelots qui tintaient musicalement au moindre toucher.

« Si les fleurs pouvaient chanter… Si les sorcières Druides de la Vallée pouvaient aimer… »

— Oui ! dit Dominic avec intensité. C'est cela !

— Quoi ?

— La solution, mon cher frère, est simple. Il faut que j'apprenne à la sorcière à m'aimer.

14

Dominic et Simon traversèrent la grande salle en direction d'un des escaliers de coin qui s'élevaient dans trois des quatre tours du château. La douce mélodie des bijoux dorés qui cliquetaient dans la main gauche de Dominic était étouffée par le bruit des domestiques qui balayaient et réparaient le parquet de la grande salle.

Dès que les planches avaient été dégagées, plus de domestiques, avec des seaux d'eau, du savon à récurer et des brosses dures, avaient été affectés au nettoyage. Des tas de joncs sales étaient empilés le long d'un mur dans l'attente d'être brûlés. Le feu projetait de hautes flammes dans la grande cheminée à mesure qu'il dévorait ce qui y était jeté.

L'intendant passait prestement de groupe en groupe de domestiques, les pressant de travailler plus et plus vite afin de contenter le nouveau seigneur du château de Blackthorne.

— Au moins, l'intendant a conscience de qui est son nouveau maître, marmonna Dominic.

— Ils savent tous qui est leur nouveau maître. Il y en a juste quelques-uns qui trouvent cela plus difficile à avaler que d'autres.

— Ils feraient mieux de ne pas mastiquer trop longtemps, rétorqua Dominic en commençant à monter les escaliers à grandes enjambées. J'ai peu de patience pour certaines choses. La paresse en fait partie.

Le rire de Simon résonna dans le couloir sinueux en pierre.

— Tes chevaliers le savent bien, Dominic. Je doute que ton épouse tarde à l'apprendre.

— Il ne sera pas nécessaire d'enseigner cela à Lady Margaret. Son souffle et son corps sont aussi doux que le printemps lui-même. La propreté qui règne dans ses appartements me fait comprendre que c'était John, et non elle, qui était responsable de l'état du reste du château.

Les bottes de cuir claquèrent en rythme sur la pierre tandis que les frères grimpaient les marches qui tournaient sur la droite. Si l'on avait essayé de prendre le château d'assaut, les attaquants auraient été ralentis du fait que tous les chevaliers étaient entraînés à utiliser leur main droite lors des combats à l'épée. Pour cette raison, il était plus aisé de défendre des escaliers que d'arriver à les prendre d'assaut, puisque lorsqu'on se battait en montant les marches, le mur de pierre entravait constamment les coups d'épée des attaquants. Les défenseurs qui se repliaient en haut des escaliers n'avaient pas cet handicap. Ils pouvaient couper et taillader la peau à volonté, car leurs lames ne pouvaient rencontrer que leurs ennemis et non les murs du château lui-même.

Dominic grimpa les trois dernières marches d'une seule enjambée et emprunta le couloir qui menait aux appartements de son épouse. Il ignora les deux petites pièces qui donnaient dans le couloir. Il s'agissait des chambres des servantes de la maîtresse de maison. Puisqu'une seule des pièces était occupée par Eadith, il avait donné la seconde à Marie.

Il n'avait aucune envie de voir l'une ou l'autre des deux femmes en cet instant. Il jugeait qu'Eadith était une séductrice avide qui avait peu de bons côtés à part ses mains propres. Marie n'était pas de bonne compagnie non plus. Elle faisait la tête parce qu'il n'avait plus fait apparaître aucun cadeau en or ou en pierres précieuses depuis Jérusalem.

D'une manière plutôt ironique, Dominic comprit que ce qui l'attirait en partie chez Meg, était le fait qu'elle ne trépignait pas d'impatience de découvrir le contenu des petits coffres qu'il avait apportés à son arrivée au château. En fait, il semblait qu'elle ne se montrait enthousiaste par rapport à rien qui venait de lui.

À l'exception de ses satanées plantes.

Elle les lui avait reprises vivement des mains. Il avait encore de la difficulté à croire qu'elle était partie à pied dans les marais et les landes — et risquer à coup sûr de mécontenter son époux — uniquement pour cueillir quelques bouts étranges de verdure. Cependant, il semblait ne pas y avoir d'autre explication à ce qui s'était passé.

Dominic était curieux de découvrir si les quelques heures passées dans le silence avaient rendu Meg plus encline à lui adresser la parole. Il se demandait également si les bijoux en or qu'il avait dans les mains illumineraient ses yeux en signe de bienvenue malgré la colère qu'elle ressentait parce qu'il ne s'était pas laissé envoûter *a contrario*, manifestement, de tous les autres habitants du château de Blackthorne.

La porte de la chambre de Meg était fermée. Dominic frappa impatiemment d'un coup sec.

— Ouvrez, madame, dit-il. C'est votre époux.

Aucune réponse ne se fit entendre.

Dominic frappa à nouveau plus fort.

— Lady Margaret. Ouvrez la porte.

Personne ne répondit.

La force du poing de Dominic fit trembler la porte.

— Ouvrez cette satanée porte, ou je vais la sortir de ses gonds !

La porte s'ouvrit.

— Chère épouse, vous et moi allons arriver à un accord quant aux marques de politesse élémentaires que j'attends de…

La voix de Dominic s'éteignit quand il se rendit compte que c'étaient ses poings puissants plutôt que les mains plus graciles de son épouse qui avaient ouvert la porte. Il entra dans la pièce.

Elle était vide.

— Bon sang, gronda-t-il en jetant les bijoux sur le lit de son épouse. La sorcière n'est pas ici !

Dominic entra dans la pièce attenante qui avait autrefois été une nurserie. D'après l'agencement, il semblait évident que Meg y passait beaucoup de temps près de la fenêtre à broder et à écouter les domestiques vaquer dans la cour en contrebas.

— Vide, dit Dominic avant que Simon n'ait pu le questionner.

Les deux hommes vérifièrent rapidement les quartiers des femmes du château, la salle de bain et les latrines. Toutes les pièces étaient vides.

Comme un seul homme, les frères dévalèrent les escaliers en direction de l'avant-corps. L'homme de service paraissait s'ennuyer, ce qui était probablement le cas.

— Lady Margaret est-elle sortie ? demanda Dominic.

— Non, répondit le chevalier, surpris. Vous m'avez dit de ne pas la laisser sortir du château à moins que vous ne l'accompagniez.

Dominic grogna.

— Et la servante de la maîtresse ? demanda Simon. Est-elle sortie du château ?

— Non. Seules quelques servantes de cuisine sont sorties, et j'ai soigneusement observé chacune d'entre elles.

— Je n'en doute pas, dit Dominic.

Tous deux savaient pertinemment que les chevaliers ressentaient encore la douleur intense des paroles tranchantes de Dominic lorsque celui-ci leur avait reproché de ne pas s'être rendu compte que la jeune servante qu'ils avaient laissée sortir plus tôt ce matin était en fait Lady Margaret.

— Que fait-on, maintenant ? s'enquit Simon. Partons-nous à la recherche d'Eadith ?

Dominic grimaça. Même s'il n'appréciait pas du tout la jeune femme aux yeux emplis de cupidité, Eadith était la personne la plus à même de savoir où se trouvait Meg que toute autre personne dans le château.

— Où cherchons-nous en premier lieu ? demanda Dominic sans joie. Les remparts de la garnison ?

— Il y a de l'orage.

— La garnison, dans ce cas, dit Dominic. Batifoler est du goût d'Eadith, mais pas sous une pluie froide.

— Quelle jeune femme aime cela ? rétorqua Simon.

Dominic grogna.

Dans un silence pesant, car la frustration qui bouillonnait en Dominic était palpable, les deux hommes se dirigèrent vers les quartiers des chevaliers. Depuis le départ de Duncan et des mercenaires, Eadith avait passé beaucoup de temps à inspecter les remparts — et à batifoler avec les chevaliers en faction.

Lorsque le temps était trop venteux pour apprécier le grand air, elle passait son temps près du puits, soi-disant afin de vérifier que les domestiques portaient l'eau avec précaution. En réalité, elle traînait près de la garnison qui se trouvait au même étage que le puits.

Le second étage était animé par le bruit des chevaliers et des écuyers dans les quartiers de la garnison, et le chant des domestiques qui remontaient l'eau du puits dans des seaux en bois pour les besoins du château. Au milieu des sons masculins, il fut facile de repérer le rire féminin taquin.

Au moment où Dominic et Simon atteignirent le haut de l'escalier de la tour et émergèrent dans la garnison, la première chose qu'ils aperçurent fut Eadith qui se tenait très proche de Thomas le Puissant. Juste derrière elle se trouvait Marie. Les deux femmes semblaient vouloir captiver les yeux libidineux du chevalier — ainsi que ses mains.

— Peut-être aurais-tu pu limiter les coûts avec Marie, ainsi qu'avec son acolyte, dit Simon.

Dominic répondit simplement :

— Dorénavant, Marie travaillera comme couturière.

— Et Eadith ?

— Certaines femmes sont nées pour devenir des catins.

Thomas entendit Dominic approcher avant les deux femmes. Il se tourna, vit le visage de son seigneur et comprit qu'il allait avoir des ennuis.

— Sir Thomas, dit Dominic sans préambule, l'armurerie n'est qu'un tas de ferraille rouillée. Lorsque vous ne serez pas en train d'exercer les hommes à sauter en selle et à manier le glaive d'une seule main, vous superviserez le nettoyage minutieux de l'armurerie.

— Oui, monsieur, dit Thomas d'un ton peu enthousiaste tout en ôtant sa main dodue de la hanche d'Eadith. Quand devrai-je commencer ?

— Maintenant. Dressez une liste de tout ce dont vous aurez besoin et présentez-la-moi demain matin.

— Bien, monsieur.

Thomas rattacha son manteau qui s'était défait sous les doigts experts de Marie, fit un clin d'œil aux deux femmes et se retira.

— Marie, dit Dominic.

La femme aux cheveux sombres le regarda avec des yeux aussi noirs que ceux de Simon. Elle ne put dissimuler à Dominic l'espoir qu'il éveillait en elle lorsqu'elle s'avança gracieusement vers lui.

— Oui, monsieur ? Désirez-vous enfin quelque chose de votre loyale Marie ?

— Vous êtes très douée pour la confection de vêtements. Vous veillerez à combler la pénurie de vêtements dans la garde-robe de mon épouse. Je vous autorise à piocher comme bon vous semble dans les soieries que j'ai ramenées de Jérusalem. Il y a également les tissus ramenés de Normandie et de Londres. Si vous manquez de quoi que ce soit, venez me voir immédiatement.

La bouche pulpeuse de Marie se contracta, cependant, tout ce qu'elle dit fut :

— Oui, monsieur.

— Vous n'aurez pas beaucoup à faire, dit Eadith à Marie lorsque la femme normande se tourna pour s'en aller. Lady Margaret ne se soucie que de son herboristerie et de ses jardins.

— Marie, dit Dominic.

Il n'avait pas élevé la voix, mais Marie s'arrêta au moment où elle allait se détourner de lui.

— Utilisez vos petites mains habiles pour coudre, et je vous récompenserai avec de la soie pour vous-même, dit Dominic.

Marie sourit de plaisir et dit :

— Il n'y a pas de soie plus douce que la bouche de mon seigneur sur mon corps.

Il éclata de rire.

— Allez-y, jeune femme.

Le regard que lança Marie à Dominic était plein de souvenirs. Elle se pencha vers lui et parla tout bas, mais pas suffisamment pour que les autres ne puissent l'entendre.

— Lorsque vous serez fatigué de votre épouse-jardinière, venez donc me voir. Mon corps aura le parfum de la passion plutôt que de la saleté. Et si mon odeur ne vous plaît pas, vous pourrez me baigner de la vôtre.

— Partez, dit Dominic.

Toutefois, sa voix n'était pas sévère.

Souriant légèrement, il observa Marie quitter la garnison. Le fin tissu de laine de sa cotte épousait son corps, révélant les courbes féminines et mûres. À chacun de ses pas, ses hanches dansaient en une invitation silencieuse et manifeste.

— À votre tour, dit Dominic en se tournant vers Eadith. Où se trouve votre maîtresse ?

— Je ne sais pas, monsieur, répondit Eadith avec insouciance. L'avez-vous perdue une fois de plus si rapidement ?

Simon grimaça devant l'inconscience de la jeune femme. Ce n'était pas parce que Dominic voulait bien traiter les gens que cela signifiait qu'on pouvait prendre ses propos à la légère.

— Avez-vous de la famille ? demanda poliment Dominic.

— Au château de Blackthorne ?

— Oui.

Eadith secoua la tête.

— Ressentez-vous l'envie de rejoindre un monastère ? demanda-t-il.

— Non, répondit-elle, surprise.

— Dans ce cas, je suppose que je devrai continuer à payer votre pension par pure charité chrétienne. Dorénavant, jeune femme, vous superviserez la cuisine ainsi que l'arrière-cuisine.

Le choc s'imprima sur le visage d'Eadith.

— Est-ce là ce que Meg a demandé que je fasse ?

— Comment le saurais-je ? demanda Dominic d'une voix doucereuse. Je la perds constamment de vue, comme vous l'avez si bien fait remarquer. Toutefois, peu importe ce que ma femme a dit ou n'a pas dit. Lorsqu'il s'agit du château, je suis le chef absolu.

Les joues d'Eadith devinrent aussi blanches que du sel. Des larmes apparurent dans ses yeux.

— J'ai outrepassé les limites, monsieur. Pardonnez-moi. Ces derniers jours ont été bouleversants, dit-elle à toute vitesse, avec la mort de Lord John, le mariage, le bannissement de Duncan et le fait de voir des Normands circuler librement où…

La voix d'Eadith s'éteignit au moment où elle saisit ce qu'elle venait de dire.

— Avoir un seigneur normand est difficile pour vous, dit posément Dominic, puisque votre père a été tué par les Normands.

— Oui, monsieur, murmura-t-elle. Mes frères et mon mari, également.

Les doigts d'Eadith jouèrent avec la broche en or que Dominic lui avait offerte.

— La guerre est terminée, dit-il d'un ton catégorique. Si vous désirez continuer cette guerre, il faudra que vous vous trouviez un autre château.

Avec un cri de détresse, Eadith s'agenouilla et saisit la main de Dominic.

— Non, je vous en prie. Permettez-moi de rester jusqu'à…

Elle s'interrompit.

— Jusqu'à ? s'enquit Dominic.

— Je n'ai pas d'autre maison. Je n'en veux pas d'autre. Je vous en prie, monsieur. Permettez-moi de rester. Je vous prouverai que je le mérite, de la manière qui vous plaira.

Dominic avait la furieuse envie de soustraire sa main aux baisers d'Eadith, car son intention était plutôt un geste de séduction que de conciliation. Cependant, Dominic ne se détacha pas, car il avait appris que les gestes impulsifs n'aidaient pas à mettre de l'ordre dans sa vie.

— Comme il me plaira ? répéta-t-il d'une voix douce.

— Oui, répondit-elle sans le regarder.

— Dans ce cas, levez-vous et dites-moi quels sont les endroits où mon épouse aime se rendre.

Eadith resta à genoux, pressant la main de Dominic contre sa poitrine généreuse.

— Le jardin, dit-elle, les fauconneries, le…

— À *l'intérieur* du château, l'interrompit Dominic, libérant sa main avec un dégoût difficilement dissimulé.

— L'herboristerie, la chapelle et la salle de bain, dit Eadith.

Ensuite, elle ajouta :

— Duncan et elle appréciaient particulièrement la salle de bain. C'est un endroit tranquille, et le savon de la maîtresse est aussi doux que le duvet d'un cygne.

Ensuite, Eadith capta le regard de Dominic et comprit qu'elle n'avait pas réussi à attendrir le nouveau seigneur.

— Je suis désolée, monsieur, dit-elle précipitamment. Tout cela était tout à fait innocent, j'en suis certaine.

— Va à la chapelle, dit Dominic à Simon entre ses dents. Emmène Eadith avec toi.

Avant que l'un d'eux ne puisse contester, Dominic tourna les talons et quitta la garnison. Les escaliers qui menaient à l'herboristerie étaient sombres et froids, car ils se trouvaient à l'arrière du château. À cet endroit, le bâtiment fusionnait avec le sommet rocheux de la colline. Il décrocha une torche et la tint devant la bougie que l'on maintenait allumée à l'entrée des sous-sols du château. La torche s'enflamma et diffusa une sombre lueur orangée qui révélait la construction négligée.

L'air était froid, humide et riche des senteurs du garde-manger et des herbes aromatiques. Dominic parcourut rapidement le couloir en tentant de maîtriser la rage qu'il ressentait en imaginant les jeux sensuels de Meg et Duncan dans la salle de bain. Il se dit que ce qu'elle avait fait avant de devenir son épouse importait peu.

Il n'en croyait pas un seul mot.

Dominic prit conscience d'un fait, au point de lui faire oublier sa colère. Meg avait été fiancée à Duncan. Le roi avait refusé ce mariage ainsi que tous ceux que John avait proposés. Sachant cela, il était tout à fait naturel qu'elle ait cherché du plaisir, comme elle le pouvait, auprès de l'homme pour qui elle avait de « l'affection ».

Dominic n'était pas, lui non plus, un saint et ne pouvait donc jeter la pierre à son épouse parce qu'elle avait suivi sa nature sensuelle. Néanmoins, imaginer Meg s'abandonnant sur les genoux de Duncan qui pillait le trésor étendu devant lui faisait croître en Dominic une rage meurtrière.

Afin de se maîtriser, il se força à prendre note de l'état des pièces qui s'ouvraient de chaque côté du couloir. Ces pièces étaient parfaitement propres, et cela même avant qu'il ait donné ses ordres.

« L'œuvre de Meg, je parie, admit Dominic silencieusement. Elle est aussi propre qu'un chat. Malheureusement, elle est également aussi indépendante que celui-ci. Il lui est impossible d'obéir à un ordre, aussi petit soit-il. »

Dominic baissa la tête sous le bas linteau de l'herboristerie. À peine s'était-il redressé que la voix de Meg lui parvint. Elle tournait le dos et martelait, à l'aide d'un mortier et d'un pilon, une longue table de pierre qui semblait émerger de la terre sous ses pieds.

— Qui que ce soit, dit-elle sans se retourner, laissez la torche à l'extérieur. Elle souille l'air à l'intérieur de l'herboristerie. Combien de fois devrai-je encore répéter cela aux habitants du château ?

— Autant de fois que je devrai vous répéter de ne pas quitter vos appartements, peut-être ? rétorqua Dominic.

Meg se retourna. À la lumière de la torche vacillante, ses yeux étaient écarquillés, signe d'étonnement. La lumière donnait à sa peau la couleur de l'or des bijoux que Dominic avait jetés, dégoûté, sur son lit là-haut.

— Vous ! dit-elle. Que faites-vous ici ? C'est mon endroit à moi !

— Non, madame. Le château et tout ce qui s'y trouve m'appartiennent, rétorqua sèchement Dominic. C'est un fait dont vous feriez mieux de vous souvenir.

Ses vêtements tournoyèrent lorsque Meg se retourna pour recommencer à marteler avec le mortier. Elle jeta un rapide coup d'œil à l'horloge à eau et accéléra le rythme de ses coups.

— Je vous parle, dit Dominic, mettant un frein à sa colère avec un effort qui le poussa à pincer les lèvres.

— Je vous entends.

— M'avez-vous entendu lorsque je vous ai demandé de ne pas quitter vos appartements à moins que je ne sois avec vous ?

Le silence.

— Répondez-moi, aboya Dominic.

— Oui, je vous ai entendu.

— Dans ce cas, pourquoi êtes-vous ici ?

— L'herboristerie fait partie de mes appartements, rétorqua Meg.

— Ne mettez pas ma patience à l'épreuve.

— Comment le pourrais-je ? marmonna-t-elle. Vous n'en avez aucune.

Dominic, qui était fier d'être une personne patiente, se rendit compte qu'il était hors de lui. Il traversa la pièce en trois grandes enjambées et attrapa le bras de Meg d'une seule main.

— C'en est assez de ces sottises, dit-il sèchement. Vous vous êtes tenue devant Dieu et avez promis d'obéir à votre époux. Et au nom de Dieu, il en sera ainsi. Allez dans votre chambre, madame.

— Dans un instant, dit-elle, cependant je dois préparer les feuilles pendant encore un petit moment.

Dominic ne discuta pas. Il se tourna simplement pour s'en aller, emmenant Meg dans son sillage.

Lorsque Meg sentit qu'elle était arrachée à la table, elle ne tenta pas de discuter, elle non plus. Elle ne réfléchit même pas. La peur qu'elle avait ressentie depuis son réveil explosa et se mua en une sombre bousculade irréfléchie. Elle secoua brusquement son bras et se tortilla fortement d'un côté à l'autre pour essayer d'échapper à la poigne de Dominic.

— Bon sang, que…, marmonna-t-il.

Meg lâcha le pilon et griffa la main de Dominic afin de le forcer à la lâcher. Ses doigts ne se relâchèrent pas du tout, c'est pourquoi elle tenta de les décoller un à un.

C'était inutile. Il était beaucoup plus fort qu'elle.

— Arrêtez donc ces âneries avant de vous blesser, ordonna Dominic.

— Lâchez-moi !

— Pas avant que vous ne soyez dans vos appartements.

— Non, répondit Meg d'une voix enrouée. Il faut que je termine ce que j'ai commencé.

Dominic changea sa prise à la vitesse d'un éclair. En l'espace d'un instant, Meg se sentit soulevée du sol, ses pieds se débattant, aussi impuissante qu'un oiseau attrapé dans un filet. Ne pensant qu'aux feuilles irremplaçables qui devaient être préparées immédiatement sous peine de n'être plus utilisables, elle se battit avec une furie pour le moins étonnante, car silencieuse.

La torche s'inclina et s'arqua frénétiquement tandis que Dominic tentait de maîtriser Meg d'une seule main. Les flammes maussades s'approchaient d'une manière stupéfiante de ses yeux, de ses cheveux, de ses joues. Elle ne s'en rendait pas compte. Son foulard de tête et son bandeau tombèrent, laissant ses cheveux tomber sauvagement en cascade.

— Bon sang, siffla Dominic. Petite idiote, vous allez finir par vous brûler.

Meg ne semblait pas entendre. La flamme de la torche oscilla le long de son poignet découvert alors qu'elle essayait désespérément d'agripper le visage de Dominic.

Poussant un juron féroce, il lâcha la torche et l'ensevelit sous ses pieds.

Une fois les deux mains libres, Dominic mit rapidement fin à la lutte. Avant que Meg n'ait pu se rendre compte de ce qui s'était passé, il l'avait plaquée au mur, les poignets bloqués au-dessus de sa tête dans une des mains de Dominic, le menton dans son autre main, et les genoux calés entre les siens. Peu importe l'intensité avec laquelle elle se débattait, elle ne pouvait rien faire d'autre que respirer.

Dominic fixa le visage affolé de son épouse et se demanda ce qui l'avait possédée au point de vouloir l'attaquer. Quand il avait insisté pour qu'elle lui obéisse, il s'était attendu à ce que Meg discute ou l'implore, ou peut-être qu'elle traîne les pieds, ou encore qu'elle boude le long des couloirs du château. Il ne s'était pas attendu à ce qu'elle s'en prenne à lui comme un chat sauvage acculé.

Petit à petit, la furie de Meg faiblit. Elle le regardait avec des yeux féroces tandis qu'elle se débattait afin de pouvoir faire entrer de l'air dans ses poumons malgré le poids de son corps qui la comprimait contre le mur.

— Avez-vous fini ? demanda Dominic d'une voix polie et acerbe.

Meg hocha la tête.

— Dans ce cas, nous allons nous rendre à vos appartements et…

Dominic s'interrompit lorsqu'il sentit, à nouveau, la tension monter en Meg.

— Si je vous relâche, vous allez recommencer à vous battre avec moi, n'est-ce pas ?

Meg ne répondit rien. C'était inutile. La tension féroce de son corps parlait pour elle-même.

Perplexe, Dominic observa son épouse à la lumière des bougies parfumées qui se consumaient dans l'herboristerie. Meg était clairement vaincue dans ce concours de force, et elle en avait totalement conscience, tout comme lui. Il était tout aussi évident qu'elle continuerait à se battre s'il relâchait son emprise.

Il y eut un long silence empreint de rage pendant lequel Dominic étudia les yeux verts vigilants de Meg. Tout à coup, il se souvint de ce qui avait engendré le conflit.

— Étiez-vous, par hasard, en train de préparer les feuilles que vous avez récoltées ce matin ? demanda Dominic avec curiosité.

— Oui, murmura-t-elle.

Ensuite, dans une avalanche de mots pleins d'espoir :

— S'il vous plaît, laissez-moi terminer. C'est plus important que vous ne le pensez. Il faut que je les prépare avant qu'elles ne perdent leur puissance.

— Pourquoi ?

— Je ne sais pas, admit Meg. Je sais simplement qu'il faut que je le fasse, ou bien quelque chose d'affreux arrivera au château de Blackthorne.

Dominic pencha la tête comme s'il écoutait une voix intérieure. Ce qu'il entendit fut le faible ruissellement qui s'écoulait lentement à proximité. Il se tourna et aperçut le bol argenté suspendu au-dessus du récipient en ébène. L'eau ruisselait à une vitesse calculée.

— Est-ce un problème qui relève des Druides de la Vallée ? demanda-t-il en se retournant vers son épouse qui se révélait être, pour lui, une énigme grandissante d'heure en heure.

— Oui.

— Gwyn a mentionné un danger, ce matin. Quelque chose qu'elle sentait. Elle a dit que vous l'aviez probablement ressenti, vous aussi.

Meg hocha la tête énergiquement.

— Quel danger ? demanda-t-il.

— Je ne sais pas.

Dominic grogna.

— Il me semble que vous ne savez pas grand-chose, ma sorcière des Druides de la Vallée. Ou bien peut-être ne voulez-vous rien me dire ?

— Je… j'ai rêvé, dit-elle tout bas. Il y avait un danger que je ne pouvais définir. Ensuite, j'ai vu les feuilles de cette plante. J'ai su qu'il fallait que j'aille en cueillir pour empêcher un désastre. S'il vous plaît, Lord Dominic. Permettez-moi de terminer ce que j'ai commencé. Je ne pourrai remplacer ces feuilles avant deux semaines, peut-être un mois. *Je vous en prie.*

Avec inquiétude, Meg regardait Dominic, sachant que son bien-être — ainsi que le futur du château de Blackthorne — dépendait de son bon-vouloir après qu'elle eut poussé les limites de sa patience bien plus loin que la plupart des hommes ne l'auraient supporté.

Avant même que Dominic ne parle, Meg décela sa réponse. Le contact de son corps changea de manière subtile alors qu'il se détendait contre elle sans toutefois la libérer. Son emprise devint sensuelle plutôt que furieuse. Soudain, elle devint consciente des courbes viriles de son corps pressé tout le long du sien.

— Allons-nous négocier, dans ce cas ? demanda Dominic d'une voix rauque. Que me donnerez-vous en retour, si je vous laisse terminer de préparer votre potion des Druides de la Vallée ?

— Tout ce que vous voulez de moi est un fils, répondit Meg en tentant de dissimuler le ton amer de la déception dans sa voix. Cela ne relève pas de mon pouvoir de vous en donner un.

Les yeux de Dominic se plissèrent dans un mélange de colère, de tristesse et de spéculation.

— Il y a davantage entre un homme et une jeune femme que le simple fait de faire des bébés, fit-il remarquer.

— Vraiment ? Vous ne m'en avez jamais parlé.

— Oui, dit-il doucement. J'ai commis une erreur à ce sujet.

— Monsieur ? demanda Meg.

— Mon nom est Dominic, dit-il tout en frôlant les lèvres de Meg avec les siennes. Laissez-moi vous entendre le prononcer.

— Dominic…

Il absorba le souffle chaud de ce mot prononcé sur ses lèvres.

— Vous le prononcez joliment, ma douce sorcière.

Doucement, à contrecœur, Dominic relâcha la pression de son corps contre Meg.

— Vous me devez une faveur de mon choix au moment que je choisirai, dit-il d'une voix rauque. Marché conclu ?

— Oui.

— Si rapidement ? Ne vous inquiétez-vous pas de savoir ce que je pourrais demander ?

— Non, répondit Meg, anxieuse en jetant un coup d'œil à la table où l'eau s'écoulait implacablement dans le récipient. Je m'inquiète uniquement à propos des feuilles. Si je ne termine pas la préparation très vite, tout cela n'aura servi à rien.

— Un baiser pour sceller notre accord, dans ce cas.

— Maintenant ? demanda-t-elle, consternée.

— Pourquoi pas ?

Meg expliqua à la hâte, car elle ne savait pas de combien de temps elle disposait.

— Lorsque nous aurons fini de nous embrasser, il sera trop tard, et mon esprit sera embrouillé et je serai maladroite. Vous embrassez d'une manière qui m'empêche de me concentrer.

Quand Dominic saisit le sens de ce flux de paroles, il sourit de plaisir. Son pouce traça le léger tremblement de la lèvre inférieure de Meg.

— C'est également le cas avec Duncan ? murmura-t-il.

— Duncan ? dit Meg, déconcertée, en clignant des yeux. Au nom du ciel, qu'a-t-il donc à voir avec ce baiser ? Il ne m'a jamais fait tourner la tête un seul instant.

— Moi oui ?

— Vous savez bien que c'est le cas, répondit-elle, exaspérée. Je viens de vous le dire. Et si vous ne vous décidez pas à arrêter de promener votre pouce sur ma lèvre, je vous mordrai !

—. Où ? Ici ?

Tandis qu'il parlait, il porta une des mains captives de Meg à sa bouche, mordit la base de son pouce avec énormément de précaution et prit comme une récompense le fait que Meg retint son souffle de manière instantanée et sensuelle.

— Oh, arrêtez, implora-t-elle. Il ne faut pas que mes mains tremblent.

Dominic tenta de ne pas dévoiler son plaisir face à la réaction de Meg, néanmoins il n'y parvint pas. Il relâcha Meg et rit à en faire trembler les murs.

— Finissez votre travail, ma douce sorcière. Ensuite, nous nous rendrons dans vos appartements où nous discuterons des termes de votre captivité.

Avant même que Dominic n'ait fini de parler, Simon baissa la tête sous le linteau et entra dans l'herboristerie.

— Est-elle ici ? demanda-t-il.

— Oui, répondit Dominic, la voix encore rieuse. Viens, nous allons attendre à l'extérieur. La torche que tu portes souille l'air de l'herboristerie de Meg.

À l'extérieur, Simon lança à Dominic un regard inquisiteur.

— La jeune femme doit, en effet, être une sorcière.

Dominic marqua son interrogation par un son qui sonnait davantage comme un ronronnement de satisfaction.

— Je t'ai quitté suffisamment en colère pour la fouetter à vif, dit Simon, et l'instant d'après, je te retrouve en train de rire comme un gamin.

Le sourire que Dominic lui adressa mit Simon mal à l'aise.

— C'est sérieux, dit Simon.

— Pourquoi ? Ne puis-je pas rire comme les autres hommes ?

— Elle t'a ensorcelé, dit Simon sans mâcher ses mots, tout comme Eadith a dit qu'elle le ferait.

— C'est là un doux enchantement, rétorqua Dominic en souriant.

— Bon sang, tu es envoûté. Fais attention à ton âme, mon frère, ou bien Duncan de Maxwell obtiendra bientôt par la traîtrise ce qu'il n'a pu obtenir par la force !

15

Meg porta à deux mains le flacon soigneusement fermé dans le château, et remonta jusqu'à ses appartements. En temps normal, elle aurait laissé la potion infuser dans un endroit sombre de l'herboristerie, mais elle était effrayée à l'idée de quitter la bouteille des yeux.

Avec un mélange d'irritation et d'amusement, Dominic regarda Meg ouvrir un panneau dissimulé dans la paroi en bois qui divisait ses appartements en une chambre et un petit salon. Elle déposa la bouteille dans la cavité secrète, referma le panneau et poussa un long soupir de soulagement.

— Vous ne direz à personne où se trouve la bouteille ? demanda-t-elle avec anxiété en se tournant vers l'homme silencieux qui avait suivi chacun de ses pas depuis l'herboristerie.

Dominic haussa les épaules et ferma la porte derrière lui.

— Cela importe-t-il vraiment ?

— Si quelque chose devait arriver à cette bouteille, je ne pourrais remplacer le médicament avant au moins deux semaines. À ce moment-là, il pourrait être trop tard.

— Pourquoi ? À quoi sert-il ?

Meg réfléchit à toute vitesse, se demandant ce qu'elle pouvait dire à Dominic sans rompre la promesse qu'elle avait faite à Gwyn. Après une brève hésitation, elle se mit à parler, choisissant avec précaution les vérités à prononcer, car elle ne supportait pas de mentir.

— Certains de mes médicaments sont très puissants. S'ils sont donnés de manière abusive, ils peuvent tuer. Ceci, dit Meg en faisant un geste en direction de la bouteille cachée, est un antidote à une de mes potions les plus puissantes contre la douleur. Après la mort de John, j'ai réalisé une nouvelle bouteille de cette potion contre la douleur, il est donc plus prudent de faire également l'antidote.

— Pour qui ?

— Je ne comprends pas.

— John est mort. Pour qui préparez-vous donc ce médicament qui comporte de tels risques ?

La question franche fit tressaillir Meg. Une nouvelle fois, elle choisit ses vérités avec soin.

— J'ai remarqué que vos chevaliers s'entraînent vigoureusement. Tôt ou tard, vos hommes se blesseront. À présent, j'aurai ce qu'il faut pour les soulager.

Après mûre réflexion, Dominic fixa les yeux verts de la Druide de la Vallée qui le regardaient avec une anxiété à peine cachée. Il suspectait que toute la vérité ne lui avait pas été dévoilée et il savait qu'il n'y avait pas moyen d'en être certain.

— Je n'en parlerai à personne, excepté Simon, dit finalement Dominic, et il sait déjà que vous avez ramené la bouteille dans vos appartements.

— Veillez à ce qu'il n'en parle à personne.

Dominic hocha la tête. Ensuite, il sourit de manière plutôt sombre.

— Vous me devez deux faveurs dorénavant, chère épouse.

Les joues de Meg se colorèrent face à la sensualité et au triomphe qui se mêlaient dans le sourire de Dominic.

— Oui.

Nerveusement, Meg se tourna pour s'occuper du feu. Dominic l'observa tandis qu'elle se penchait pour attiser les braises. Plus il passait du temps avec son épouse, plus il était impatient de voir arriver ses menstruations et leur fin pour pouvoir planter les graines de sa dynastie dans son corps soyeux. La grâce de ses mouvements éveilla le désir en lui au point d'en ressentir de la douleur.

Et l'habilité de ses mains lui fit comprendre que s'occuper du feu était une tâche qu'elle exerçait fréquemment.

— Eadith ne mérite pas vraiment sa pension, dit-il d'une voix empreinte de dégoût.

— Comment cela ?

— Votre servante semble passer peu de temps à vaquer à ses tâches.

— Il est plus facile de faire certaines choses soi-même plutôt que de faire appeler une servante. De toute façon, Eadith n'aurait pas été une servante si son père ou son mari était encore en vie. Elle aurait été une dame avec une servante à son service. J'épargne sa fierté lorsque c'est possible.

— Que sont devenues les terres de sa famille ? demanda Dominic.

— Elles ont eu le même sort que ce qui s'est passé dans toute l'Angleterre… William ou ses fils ont pris les terres et les ont partagées entre leurs chevaliers normands.

Dominic écouta attentivement, mais ne perçut pas la même haine qu'il avait entendue dans la voix d'Eadith lorsqu'elle parlait des Normands — une haine que la plupart des domestiques du château de Blackthorne ressentaient malgré leur amour pour Meg. De même, il ne l'avait pas entendue refuser sa position de seigneur, ce qui avait pourtant été évident dans la voix de Duncan. C'était comme si Meg ne faisait que compter des moutons dans un champ. Elle n'avait même pas levé les yeux tandis qu'elle fouillait dans le bac en cuivre martelé qui contenait les bûches pour le feu.

— Ne haïssez-vous pas les Normands tout comme la majorité des gens du château ? demanda Dominic avec curiosité.

— Certains d'entre eux sont brutaux, avides de sang et cruels, répondit franchement Meg pendant qu'elle choisissait un morceau de chêne.

— Vous pourriez dire la même chose des hommes venant d'Écosse, de Normandie ou de Terre Sainte, fit remarquer Dominic.

— Oui, consentit Meg, qui couvait le feu du regard tandis que de toutes petites flammes attaquaient le bois qu'elle venait de déposer dans la cheminée. La cruauté ne connaît pas de frontières.

Dominic rejoignit le lit et ramassa les longues chaînes en or et leurs grelots mélodieux. Meg se tourna vers lui, émerveillée par cette mélodie.

— Qu'est-ce que c'est ?

— Un cadeau de mariage pour ma jeune mariée.

Meg se redressa et s'approcha de Dominic, répondant à l'appel mélodieux des grelots en or.

— Vraiment ? demanda-t-elle, surprise.

— Les porterez-vous, ou devrais-je l'exiger comme une des faveurs auxquelles j'ai droit ?

— Que voulez-vous dire par là ? Elles sont magnifiques. Bien sûr que je les porterai.

— Mais vous n'avez pas porté la broche que je vous ai offerte, fit-il remarquer.

— Les jeunes femmes Druides de la Vallée ne portent que de l'argent jusqu'à leur mariage.

Dominic regarda la longue tunique de Meg de manière insistante. Elle n'était ornée d'aucun bijou.

— Vous êtes mariée, à présent.

Meg délaça suffisamment son surcot pour montrer que la broche était accrochée sous celle-ci, sur sa tunique, juste en dessous du creux de sa gorge.

— Ah, dit Dominic. Je vois.

C'était le cas. Ce qu'il voyait était le fier renflement de la poitrine de Meg ainsi que le creux délicat de sa gorge.

— J'envie mon présent, dit-il.

Perplexe, Meg observa l'étranger qui était également son époux.

— Envier, monsieur… euh… Dominic. Comment cela ?

— Il peut librement reposer sur votre poitrine.

Le rouge monta aux pommettes de Meg. Elle rattacha les pans de son surcot plutôt maladroitement.

Dominic regardait ; il souriait d'une manière qui lui fit retenir sa respiration. Elle se racla la gorge et montra les longues chaînes qu'il tenait dans la main.

— Comment devrai-je porter celles-là ? demanda Meg.

— Je vais vous montrer.

Avec une élégance empreinte de virilité qui plut à Meg, Dominic s'assit sur ses talons face à elle.

— Posez votre pied sur ma cuisse, dit-il.

Après hésitation, Meg obéit. Sous son surcot, des doigts chauds et puissants se refermèrent délicatement sur ses chevilles. Elle poussa un petit cri de stupéfaction. Avant qu'elle ne puisse retirer son pied, la main de Dominic se referma fermement. La poigne la stabilisait et la retenait dans un même temps.

— Restez tranquille, dit-il. Il n'y a rien à craindre.

— C'est plutôt troublant, rétorqua-t-elle.

— D'être touchée ?

— Non. Se rendre compte qu'un homme que je connais à peine depuis quelques jours a le droit de me toucher comme bon lui semble et quand bon lui semble.

— Troublant, répéta-t-il d'un air pensif. Avez-vous peur de moi ? Est-ce pour cette raison que vous êtes partie dans les bois ?

— Je m'attends à ressentir de la douleur lorsque je vous appartiendrai, mais ce n'est pas pour cette raison que je suis partie dans les bois.

— Les petites feuilles pour votre potion ? demanda-t-il.

— Oui.

Les grelots tintèrent discrètement lorsque Dominic enroula la chaîne autour de la cheville de Meg et attacha le fermoir. Il testa la sécurité du fermoir et frotta sa paume contre son mollet. Elle inspira bruyamment. Le tremblement subtil de son corps fit murmurer les grelots de façon mélodieuse.

— Pourquoi vous attendez-vous à ressentir de la douleur lorsque vous m'appartiendrez ? demanda Dominic en la caressant doucement. Est-ce si difficile pour vous d'accepter un homme ?

— Accepter ? Comment donc ?

— Dans votre corps.

Le souffle de Meg se fit rapide.

— Je ne sais pas. Eadith m'a dit que ce n'était pas plaisant.

La main de Dominic s'immobilisa, et ensuite reprit ses lents et doux mouvements.

— Pourtant, elle batifole avec assiduité, souligna-t-il.

— C'est pour un but matériel, pas pour le plaisir. Elle cherche un mari. Tout comme vous cherchez à avoir un fils.

Dominic était un trop fin stratège pour nier la vérité. Il feinta simplement dans une autre direction, pour distraire son adversaire en continuant à la perturber.

— Aimez vous cela, lorsque je vous touche ? demanda-t-il en pressant sensuellement son mollet.

— Je…

Elle eut le souffle coupé lorsqu'il enflamma à nouveau son mollet.

— Je pense… C'est étrange.

— Quoi donc ?

— Votre main est très grande et forte. Vous me faites me sentir fragile en comparaison. Pourtant, je ne me vois pas du tout comme une personne délicate.

— Est-ce que cela vous effraie ? demanda-t-il.

— Cela devrait.

— Pourquoi ? Pensez-vous que je sois une personne brutale, finalement ? demanda Dominic.

— Je pense que je devrais être reconnaissante que vous ne battiez pas les faucons.

Il rit, mais n'interrompit pas la caresse qui se promenait le long de son mollet jusqu'à l'arrière de son genou. De délicats frissons parcoururent le corps de Meg.

— Vous étiez très en colère lorsque vous êtes venu dans l'herboristerie, dit-elle en tentant de ne pas se laisser distraire.

— Oui.

— Et vous êtes vraiment fort.

— Oui, admit Dominic, cachant son sourire contre le surcot de Meg. Mais vous vous êtes tout de même battue contre moi, petit faucon.

Doucement, il traça le pli sensible à l'arrière de son genou et la sentit répondre par un frémissement subtil et presque réticent. Avec précaution, il ôta son pied de sa cuisse et le déposa sur le sol.

— L'autre pied, à présent, dit Dominic.

Lorsque Meg bougea, les clochettes tintèrent sous son surcot. Elle attendit de nouvelles caresses bouleversantes avec un plaisir anticipé et crispé tandis que Dominic enroulait une deuxième chaîne autour de sa cheville et attachait le fermoir. Même si elle trouvait son toucher troublant, elle se rendit compte qu'elle aimait ces sensations enivrantes qu'il éveillait par ses caresses. Cela lui donna envie d'oublier ce dont elle avait bien trop conscience — sous le jeu de séduction attentionné de son époux, brûlait la froide ambition d'un guerrier plutôt que la torride passion d'un amant pour sa partenaire.

Dominic se redressa avec une élégance qui lui fit penser à celle de Black Tom. Il se tenait si proche d'elle que sa poitrine frôlait presque la sienne à chaque fois qu'elle respirait.

— Au tour de vos poignets, dit-il.

Sa voix basse titilla les terminaisons nerveuses de Meg presque autant que son toucher. Elle bougea nerveusement, ce qui fit tinter les grelots sous ses jupes. Timidement, elle tendit les deux mains.

Dans un silence qui était quelque part intensifié par la vibration assourdie des grelots d'or, Dominic enroula des bracelets autour de chaque fin poignet de Meg. Lorsqu'il eut fini, il leva tout d'abord une des mains de Meg et, ensuite, la seconde. Doucement, il embrassa le centre de chaque paume et, ensuite, la goûta d'un seul contact de sa langue.

Le son qu'émit Meg était une combinaison de surprise et de découverte sensuelle. Il monta à la tête de Dominic comme un vin chaud en hiver. Il désirait ardemment l'attirer dans ses bras pour un baiser profond, mais son corps s'était durci d'un coup, ce qui ne laissait rien présager de bon pour la bonne marche de son jeu de séduction prudent et inachevé, s'il voulait gagner la première bataille dans cette guerre visant à séduire la sorcière Druide de la Vallée.

« Un homme trop impatient dans le dressage de son faucon le perdra le premier jour qu'il détachera ses jets, se rappela Dominic. J'ai à peine réussi à mettre la laisse en place, et encore moins à lui apprendre à voler à ma demande et pour mon plaisir. La prendre maintenant reviendrait à perdre la guerre pour le simple plaisir de gagner une douce bataille. Seul un idiot se laisse mener par sa passion. »

La froide détermination fit barrage au feu flamboyant en Dominic, lui permettant de rester aux commandes de sa volonté et du combat de séduction.

Dominic lâcha les mains de Meg et la fit pivoter de façon à ce qu'elle lui tourne le dos. Il ôta le bandeau et le foulard qu'elle avait rapidement remis en place sur son crâne après leur lutte. Dans la lumière tamisée de la chambre, ses cheveux flamboyaient de manière somptueuse. La tentation de plonger ses mains dans sa chevelure opulente et soyeuse fut tellement intense qu'il y succomba presque. À la place, il coiffa rapidement ses cheveux en nattes, enveloppa chacun d'elles d'une chaîne et laissa pendre les grelots.

Lorsque Dominic eut terminé, il ne resta plus qu'une seule longue chaîne dans ses mains. Il l'enroula autour de la taille étroite de Meg, ramena l'or sur ses hanches rondes et attacha la chaîne comme s'il s'agissait d'une ceinture, permettant aux longues extrémités de descendre en cascade et de frôler le sol.

Meg se tenait debout, couverte de richesses élégantes et de sonorités voilées. À chacune de ses inspirations, à chacun de ses pas, les clochettes se faisaient doucement entendre.

— Vous ressemblez à un faucon fait de feu, dit Dominic en observant le jeu des flammes de la bougie dans la chevelure de Meg. Et vous portez des laisses d'or comme le ferait un faucon magique.

Posément, il fit pivoter Meg afin qu'elle se retrouve face à lui. Il baissa le regard vers elle, ses yeux aussi clairs et froids que l'eau printanière tandis qu'il lui prenait le visage dans ses deux mains.

— Avez-vous faim, chère épouse ?

— Oui, répondit-elle à voix basse. J'ai uniquement mangé un morceau de pain et de fromage depuis l'aube.

Avec un sourire étrange, Dominic se tourna et se dirigea vers la porte. Il l'ouvrit et vit le dîner froid qu'il avait demandé à Simon d'apporter.

— Du pain, des fromages, de la volaille, de la moutarde, de la bière…, énuméra Dominic.

Il ramassa le plateau, revint dans la chambre et ferma la porte derrière lui d'un mouvement de pied désinvolte.

— … des figues, des raisins, des noix, des amandes au miel, poursuivit-il, et un tas de légumes crus dont l'utilité m'échappe. Simon a-t-il pensé qu'un lapin se joindrait à nous pour le repas ?

Meg sourit.

— C'est Marta, la cuisinière. Elle sait que j'ai un faible pour les légumes frais au printemps.

— Vraiment ?

Un seul sourcil noir se releva tandis que Dominic fixait le petit tas de légumes d'un air sceptique.

— S'agit-il d'un rite des Druides de la Vallée ? demanda-t-il.

— Non, répondit Meg en riant et en tendant la main vers un morceau de verdure croquante. Même Gwyn me taquine parce que je grignote dans mon jardin comme un mouton.

Dominic se tourna sur le côté, bloquant la main de Meg avec son corps avant qu'elle ne puisse attraper un quelconque aliment.

— Patience, petit faucon. Certaines petites choses doivent être faites avant que vous ne mangiez.

Stupéfaite, Meg observa Dominic déposer le plateau sur la table à côté de son gros fauteuil et, ensuite, faire le tour de la chambre pour éteindre chaque bougie et lampe à huile. Et elles étaient nombreuses, car elle avait un besoin vital de lumière, le même besoin instinctif qu'elle avait de l'eau claire et des plantes.

— Quoi… ? demanda-t-elle, inquiète.

— Les fauconneries sont maintenues dans l'obscurité. Ou bien préférez-vous que je vous mette un bandeau sur les yeux ?

— Vous ne pouvez parler sérieusement.

— Je peux. Je suis sérieux. Des fauconneries obscures ou un bandeau de soie pour mon petit faucon. Je vous laisse le choix.

Le froid tranchant qui pointait sous le ton pragmatique de Dominic fit comprendre à Meg qu'elle avait mis la patience de son époux à mal. Les paroles que Dominic avait prononcées dans l'église résonnèrent dans sa tête de façon inquiétante : « Un homme intelligent comprendra que son seigneur est charitable plutôt que faible. Un homme fou mettra ma patience à l'épreuve. Et mourra. » Elle l'avait déjà défié devant les vassaux et les gens du château. Recommencer ne serait pas sage.

— Des fauconneries obscures, dit sombrement Meg.

Dominic ferma les volets comme s'il s'attendait à ce que les vents rudes de l'hiver fassent claquer le bois. Meg l'observa et ravala un cri de protestation. Même par les temps les plus agités, elle laissait les volets entrouverts. Elle adorait voir l'éclatante splendeur bleu argent de la lumière du jour se diffuser dans ses appartements.

Voir la chambre comme elle l'était maintenant, avec juste un petit feu dans la cheminée, lui donna l'impression… d'être en captivité.

Quand Dominic se dirigea vers le feu comme pour éteindre cette dernière source de lumière, elle ne put retenir un petit bruit de protestation. Il se tourna, l'observa l'air pensif, et ajouta quelques morceaux de bois dans la cheminée. Elle relâcha son souffle en un long et presque silencieux soupir de soulagement.

Dominic l'entendit et sourit pour lui-même, avec la certitude qu'il avait pu lire les pensées de son petit faucon. Il avait gagné la première bataille ; elle avait accepté sa captivité. À présent, il restait à négocier les termes de celle-ci.

Il s'assit dans le fauteuil et désigna ses genoux d'un geste.

— Asseyez-vous. Je vais vous servir.

Incertaine, Meg s'avança. D'innombrables clochettes remuèrent et se mirent à chanter.

— Oh, dit-elle, hésitante, et ensuite elle se remit à bouger tout en écoutant. C'est très joli.

— Comme des fleurs qui chantent ? demanda Dominic.

— Oui, répondit-elle en souriant malgré sa gêne, ou comme des papillons qui rient.

— Je suis heureux que mon cadeau vous plaise.

— C'est le cas, monsieur… euh… Dominic. C'est très gentil de votre part.

— Je suis ravi que vous me trouviez gentil, dit-il avec un sourire énigmatique.

Avec précaution, Meg s'assit sur les genoux de Dominic. Il la souleva et la réinstalla en travers de ses genoux de façon à ce qu'elle soit à moitié étendue sur son bras gauche. Meg s'émerveilla de l'éclat argenté de ses yeux. Dans la lumière tamisée, ils étincelaient tels des cristaux limpides.

De sa main droite, Dominic attrapa un pilon sur le plateau débordant de victuailles. Meg tendit la main vers la nourriture. Il la tint hors de sa portée.

— Non, dit-il. Je vais vous nourrir, petit faucon.

Elle lui lança un regard perplexe. Il sourit et arracha un morceau de viande du pilon, avec ses dents qui étaient aussi blanches et propres que celles d'un jeune chien. Ensuite, il attrapa le morceau qui se trouvait entre ses dents et le lui tendit du bout des doigts. Lorsqu'elle tendit la main pour attraper la viande, la nourriture lui fut soustraite une nouvelle fois.

— Non, dit doucement Dominic. Les faucons n'ont pas de doigts.

La bouche de Meg s'ouvrit d'étonnement. Adroitement, il glissa le morceau de viande entre ses lèvres.

— Voilà, murmura-t-il comme s'il parlait à son faucon pèlerin dans les fauconneries. Ce n'était pas si compliqué que cela, n'est-ce pas ?

Mâchant doucement, elle hocha la tête. Les clochettes aux extrémités de ses nattes tintèrent de la même façon que les laisses des faucons.

— Encore ? demanda Dominic.

Elle hocha la tête.

Il sourit sombrement.

— Certains faucons — ceux qui sont différents et magiques — parlent.

— De quoi ? demanda Meg tandis que Dominic arrachait un autre morceau de viande du pilon.

— De la nourriture, de l'eau, de la chasse, de la mise à mort de la proie, de l'aspect sauvage des envolées…

— De la liberté, chuchota-t-elle.

— Oui, dit-il en tenant le morceau de viande. Je soupçonne les faucons indomptés de parler énormément de cela.

Meg regarda Dominic dans les yeux pendant qu'elle mangeait ce qu'il lui donnait de la main. Il y avait une intimité étrange dans ce geste. Un lien aussi ténu qu'un seul fil de soie se tendant entre eux à chaque morceau de nourriture qu'elle acceptait ; et comme pour le fil de soie, lorsqu'il était posé à côté d'un autre fil, et puis d'un autre, et encore d'un autre, la fibre qui en résultait se fortifiait au point de ne plus pouvoir se rompre.

Alors que ces instants s'écoulaient en silence, rythmés par le tintement des clochettes d'or sans que cela ne rompe le silence, Meg comprit comme jamais auparavant, la raison précise pour laquelle les meilleurs chiens de chasse étaient exclusivement nourris par leur maître, et la raison pour laquelle les bébés apprenaient l'intimité en buvant le lait au sein de leur mère.

Et pourquoi les faucons — les créatures de Dieu les plus libres — étaient uniquement nourris de la main de leur seigneur, se promenaient uniquement sur leur poignet et répondaient uniquement à leur appel.

— La nourriture n'est-elle pas à votre goût ? demanda Dominic.

— C'est très bon.

— Dans ce cas, pourquoi avez-vous arrêté de manger ?

— Je pensais aux faucons et à leurs maîtres, dit Meg.

— Les faucons n'ont pas de maître.

— Ils chassent uniquement pour le plaisir de leur seigneur.

— Les faucons vont à la chasse pour leur propre plaisir, objecta Dominic en déposant un autre morceau de nourriture entre ses lèvres. Leurs seigneurs leur procurent simplement l'opportunité.

— Est-ce que tous les hommes voient cela de cette manière ?

Dominic haussa les épaules.

— Cela ne m'intéresse pas de savoir comment les autres hommes voient le lien entre faucon et homme. Si des hommes idiots veulent penser qu'ils font voler l'oiseau plutôt que l'inverse, qui suis-je pour déranger leur compréhension superficielle ?

Tout en mâchant d'un air pensif, Meg réfléchissait à ce qu'avait dit Dominic. Dès qu'elle eut avalé, du pain et du fromage apparurent devant ses lèvres. Elle ouvrit la bouche et reçut la nourriture — et sentit sur sa lèvre inférieure la caresse perceptible de son doigt lorsqu'il se retira.

— Mais les faucons sont en captivité et pas les hommes, dit-elle.

— Avez-vous déjà libéré un faucon ?

— Une seule fois.

— Pourquoi ? demanda-t-il.

— Elle n'avait jamais accepté ses laisses.

— Oui. Mais tous les autres faucons les ont acceptées.

Meg hocha la tête.

— Et de cette manière, poursuivit Dominic, vos sœurs farouches ont connu une liberté différente.

Les yeux verts reflétèrent une question muette.

— Elles ont appris la liberté d'être cajolées lorsque la glace recouvre les terres, dit Dominic, d'être nourries même sans sortie en forêt ou au-dessus des champs, ou de vivre confortablement deux ou trois fois plus longtemps que leurs sœurs sauvages. Qui peut dire quelle est la plus belle de ces libertés ?

Meg allait commencer à parler quand Dominic glissa, de ses doigts habiles, une figue entre ses lèvres.

— Tout dépend du fait que le faucon accepte ou non sa nouvelle vie, poursuivit-il.

Meg mâcha rapidement, ouvrit les lèvres pour dire quelque chose et se retrouva à nouveau la bouche pleine de nourriture. Lorsqu'elle lança à Dominic un regard de côté, elle remarqua qu'il souriait.

— De la bière ? demanda-t-il d'un air innocent.

Elle avala et hocha la tête intelligemment au lieu d'essayer de parler.

Quand Dominic attrapa la chope de bière et but, Meg s'attendit à ce qu'il tienne la chope devant ses lèvres comme si elle était une enfant apprenant à boire dans un bol.

Mais à la place de la chope froide, ce furent les lèvres chaudes de Dominic qui vinrent se coller aux siennes. Un flot de bière froide et forte coula sur sa langue. Elle avala de manière automatique. Dominic lui mordit les lèvres tout doucement, releva la tête et reprit une gorgée de bière dans la chope. Ensuite, il se tourna et laissa Meg boire la bière qu'il avait en bouche.

L'évidente intimité de ce geste la fit trembler. Les clochettes remuèrent presque secrètement, car la mélodie se fit plutôt sentir qu'entendre. Il but dans la chope, et elle but à petites gorgées sur ses lèvres jusqu'à ce qu'elle sente la tête lui tourner.

— Assez, chuchota Meg.

Les mots furent prononcés contre la bouche de Dominic. Elle respira le parfum capiteux de la bière sur son souffle, goûtant sa chaleur, sentant les contours de ses dents tandis qu'il mordillait doucement sa lèvre inférieure.

— En êtes-vous certaine ? demanda-t-il en la mordillant avec une précaution exquise.

— Je crains de ne pas bien supporter la bière. J'ai vraiment la tête qui tourne.

Le son du rire de Dominic était semblable à sa voix ; bas, velouté et très masculin.

— Ce n'est pas à cause de la petite quantité de bière que vous avez bue, murmura-t-il contre ses lèvres. C'est la façon dont vous l'avez bue qui vous étourdit.

Meg ne discuta pas. Elle savait que la bière ne lui était jamais montée à la tête aussi rapidement auparavant.

— Peut-être est-ce simplement dû à la faim, dit-elle en lorgnant le plateau de nourriture avec convoitise.

Riant en silence, Dominic se remit à nourrir Meg du bout des doigts plutôt qu'avec ses lèvres. Les battements de son cœur se calmèrent dès qu'elle s'accoutuma à cette nouvelle façon de manger. De la viande et des figues, du pain et du fromage — et les légumes croquants — se volatilisèrent à une vitesse surprenante.

— Vous n'avez rien mangé, protesta Meg lorsqu'il lui tendit un autre morceau de figue.

— Je ne suis pas un petit faucon.

— Même les aigles mangent, dit-elle catégoriquement.

Cependant, elle lui souriait. Ses yeux pétillaient tandis qu'elle le regardait par-dessous ses longs cils auburn.

Dominic éclata de rire et vola une miette de pain accrochée au coin des lèvres de Meg. Ensuite, il continua à la nourrir une petite bouchée à la fois jusqu'à ce qu'elle ne puisse plus manger.

Même à cet instant, Meg ne fut pas très enthousiaste à l'idée que cela s'arrête. L'homme qui s'occupait d'elle avec tant de précaution, qui la taquinait si gentiment et qui la nourrissait de manière si intime, fut une révélation pour elle. Son cœur la poussait à croire qu'il y avait bien plus au sein du sombre chevalier normand que son ambition et son habilité meurtrière avec l'épée et la lance.

L'espoir tenace qui avait maintenu vivantes des générations de femmes Druides de la Vallée se réveilla une nouvelle fois en Meg, lui murmurant qu'un homme qui était capable d'une telle tendresse et de rire de cette façon pouvait également être capable d'aimer. Elle n'était pas capable d'aimer un homme qui était trop froid et trop maître de lui pour pouvoir l'aimer en retour, néanmoins s'il était capable de l'aimer… si cela pouvait être possible…

Dans ce cas, tout serait possible.

« Même un fils Druide de la Vallée. »

Quand Dominic offrit à Meg un nouveau morceau de pain, elle secoua la tête pour marquer son refus ; mais en faisant cela, elle balaya le bout des doigts de Dominic d'un baiser fugace. Les yeux de celui-ci se plissèrent et sa respiration s'accéléra devant cette caresse qui avait été faite librement.

— Quelque chose de sucré ? demanda Dominic, la voix rauque.

Meg regarda le plateau et y vit la sélection de bonbons turcs qui avait été cachée sous le pain. Dans la lumière vacillante de la cheminée, elle ne pouvait dire lequel des bonbons avait le parfum qu'elle préférait.

— Quel est celui au citron ? demanda-t-elle.

— Nous allons le découvrir.

Avec une nonchalance feinte, Dominic saisit un des bonbons. Il le fit tomber dans sa bouche, le roula sur sa langue, et ensuite se pencha vers Meg.

— Goûtez-moi, petit faucon.

De délicates étincelles de feu firent frémir les nerfs de Meg tandis qu'elle fixait le contour net des lèvres de Dominic. Elles paraissaient fermes, comme taillées dans la pierre, bien qu'elle sache qu'elles étaient merveilleusement chaudes et souples.

Dominic observa son épouse. Il la comprenait avec la même impitoyable clarté qu'il comprenait les hommes, les lieux de combats potentiels et les villes fortifiées. Chaque chose avait ses points forts, mais c'étaient leurs faiblesses qui l'intéressaient. Dans la faiblesse gisait la défaite.

La faiblesse de Meg était son besoin de croire en l'amour.

« Venez vers moi, sorcière des Druides de la Vallée. Voyez en moi ce que vous avez envie de voir. Faites tomber votre forteresse vivante devant moi. Offrez-vous librement et sans défense pour que je puisse prendre possession de vous. Donnez-moi le fils que je dois absolument avoir. »

Doucement, Meg pressa sa bouche sur celle de Dominic. Quand il ne bougea pas, elle lui toucha le bout de la langue avec la sienne et se retira rapidement pour le regarder avec de grands yeux méfiants. Il arqua un sourcil, signe d'une interrogation muette.

— Sucré, mais pas au parfum de citron, dit Meg à voix basse.

— Ah, nous allons devoir essayer à nouveau, n'est-ce pas ?

Dominic se débarrassa du bonbon et en choisit un autre. Une fois que le goût eut empli sa bouche, il regarda Meg dans l'expectative. Cette fois, elle vint vers lui sans hésitation, le goûta avec moins de méfiance, et se retira moins rapidement.

— Meilleur ? demanda-t-il.

— Oui…

— Mais pas ce que vous cherchiez ?

Doucement, Meg secoua la tête.

— Dans ce cas, il ne nous reste qu'à continuer à chercher, dit-il.

Elle acquiesça, souriant légèrement.

Le sourire de Dominic était un tantinet féroce, mais Meg ne le remarqua pas, car il s'était retourné pour faire son choix parmi les bonbons restants. Dans un silence de plus en plus tendu, il en choisit un autre, offrit sa bouche pour qu'elle le goûte et sentit la chaude agitation de sa langue contre la sienne.

Meg soupçonnait Dominic de savoir parfaitement quel était le bonbon au parfum de citron. Cette impression grandissait au fur et à mesure que les bonbons étaient goûtés et rejetés. Cependant, elle ne protesta pas. Les baisers au miel créaient une dépendance, et le jeu sensuel était encore plus succulent que n'importe quel bonbon turc.

Finalement, il ne resta plus qu'un seul bonbon. Meg regarda, avec des yeux avides, Dominic mettre le bonbon entre ses lèvres qui brillaient de la chaleur de leurs baisers partagés. Il n'eut pas à lui demander de le goûter. Elle leva vers lui son visage avec autant d'impatience qu'un faucon lève la tête vers le ciel.

La saveur piquante du citron se répandit en Meg, lui tirant un gémissement de plaisir du fond de la gorge. Dominic bougea légèrement la tête.

— Est-ce celui-là ? demanda Dominic contre les lèvres de Meg.

— Oui.

— Partagez-le avec moi.

Tout en prononçant ses paroles, il pencha la tête. Cette fois, le baiser ne s'interrompit que lorsque le dernier morceau de bonbon eut fondu, et Meg ne put plus savoir si c'était elle qui l'embrassait ou si c'était lui qui l'embrassait, puisque leurs bouches étaient tellement unies qu'elle n'aurait pu dire où terminait l'une et où commençait l'autre.

Quand Dominic releva finalement la tête, Meg respirait rapidement, perdue face à ce baiser. Son corps avait rougi à cause du réseau de délicates étincelles de feu qui avaient éclaté sous sa peau. Elle ouvrit des yeux emplis de désir, langoureux, sensuels et elle remarqua qu'elle était observée par des yeux dont la froideur avait une intensité égale à la chaleur qu'elle ressentait.

— Vous avez goûté à ma clémence et l'avez trouvée douce, dit explicitement Dominic. Cependant, un homme sage ne fait preuve de clémence qu'une seule fois envers la même personne.

Meg ne bougea pas.

— Ne vous battez plus jamais contre moi, petit faucon. Voilà la faveur que je vous demande.

16

À chaque jour qui passait, la promesse de Meg de ne pas défier Dominic était de plus en plus difficile à respecter.

— Mais mon jardin, protesta-t-elle lorsque Dominic passa sa porte pour sortir. Je dois…

— Gwyn s'en occupe, l'interrompit Dominic.

Sur ces mots, il referma la porte derrière lui.

— Je serai de retour avant que les cloches ne sonnent midi.

— Et quand serai-je libérée ? cria-t-elle en direction des pas qui s'en allaient.

— Lorsqu'il ne sera plus possible de mettre en doute le fait que votre bébé est également le mien. Je serai bientôt de retour, petit faucon. D'ici là, n'oubliez pas la promesse que vous m'avez faite.

Avec un cri de frustration, Meg frappa la porte de son poing, faisant cliqueter ses clochettes d'or en signe de détresse.

— « N'oubliez pas votre promesse », l'imita-t-elle avec un air de dégoût. Pouah ! Comment pourrais-je l'oublier ? Je n'ai pas eu d'autre chose à laquelle penser pendant ces trois derniers jours !

Comme un faucon récemment arrivé dans des fauconneries, Meg avait été maintenue isolée dans la pénombre de sa chambre. Contrairement à un faucon, elle disposait d'un feu de cheminée pour atténuer l'obscurité et réchauffer les murs de pierre. Elle pouvait également marcher, un confort qui était refusé aux oiseaux de chasse.

Le seigneur du château de Blackthorne était le seul lien que Meg pouvait entretenir avec le monde extérieur à ses appartements. Sur les ordres de Dominic, personne ne venait dans ses appartements, personne ne lui parlait derrière la porte, personne ne lui apportait ni nourriture ni boisson : seul Dominic lui tenait compagnie.

Il était souvent avec elle durant la journée, entrant sans s'annoncer, apportant une fleur récemment éclose ou une douce pierre de la rivière à ajouter à sa collection. Il restait un moment pour parler des rapides progrès de son faucon pèlerin, de l'état des champs, de la rénovation de l'armurerie, de la portée de chatons qui ressemblaient à Black Tom et de l'évolution des jardins de Meg.

Si l'une des visites de Dominic avait lieu durant les heures de repas, il tenait Meg et la nourrissait avec une patience qui ne vacillait jamais même lorsqu'elle le rabrouait à cause de sa réclusion. Lorsqu'il était l'heure de dormir, ils partageaient le lit à baldaquin de Meg dans une intimité qui la troublait, mais qui avait l'avantage de la maintenir au chaud.

Et lorsqu'il était temps de prendre son bain…

Meg frissonna au souvenir de Dominic qui s'appuyait à l'embrasure de la porte et l'observait avec des yeux argentés et brillants pendant qu'elle se lavait dans un rite qui remontait à sa première initiation aux coutumes des Druides de la Vallée. Pourtant, malgré le regard embué de sensualité de son époux, malgré son évidente virilité lorsqu'ils dormaient dans le même lit, son sang-froid n'avait faibli à aucun moment. Il la touchait uniquement pour la nourrir, pour lui donner à boire, pour la réchauffer durant les nuits froides.

Pour la première fois de sa vie, Meg aurait voulu avoir les dons d'une maîtresse. Alors, elle aurait pu tenter son époux d'une façon si habile que son sang-froid se serait enflammé comme de la paille sèche dans le feu de la passion. Il l'aurait prise avant qu'elle ne saigne, et ainsi, il aurait compris que sa méfiance avait été injustifiée.

Si elle avait eu les dons d'une maîtresse… Cependant, elle ne les avait pas. Elle avait seulement la certitude que chaque jour de captivité supplémentaire augmentait le ressentiment des gens du château à l'égard de leur nouveau seigneur normand. Quand Harry lui avait parlé le lendemain des noces, il avait parlé au nom de tout le peuple de Blackthorne.

« Si le seigneur vous fait du mal, nous ne le tolérerons pas… Beaucoup d'accidents peuvent arriver à un homme pendant la chasse. Je vous le promets. »

La peur s'empara de Meg au souvenir des paroles de Harry. Un tel acte serait une catastrophe pour le château. Simon se méfiait déjà de l'affection des gens de Blackthorne pour Duncan de Maxwell. Si Dominic était blessé par des paysans rebelles, la vengeance de Simon serait bien plus rapide et sauvage que ce que son frère pouvait imaginer.

Les clochettes chantaient tandis que Meg arpentait ses appartements avec ses chaînes en or, inquiète pour le futur de son peuple. Finalement, des bruits provenant de la cour en contrebas détournèrent son attention. Des voix d'hommes s'élevaient sous forme de cris énergiques. Même à travers les volets fermés, le fracas et le bruit métallique de l'épée contre le bouclier étaient audibles.

Meg s'approcha de la fenêtre. Elle avait découvert qu'elle pouvait entrouvrir légèrement les volets sans que cela soit visible d'en bas. L'ouverture n'était pas assez grande pour laisser passer la lumière du soleil, mais elle pouvait jeter un coup d'œil par la fente et observer la cour en bas.

Sous la surveillance intense de Dominic, les chevaliers perfectionnaient leurs habilités au combat. Un haubert, un heaume, des chausses et des gants en mailles protégeaient les hommes alors qu'ils frappaient et tailladaient leurs adversaires avec des armes bien plus lourdes qu'une épée de combat, avec pour ainsi dire aucune lame tranchante.

Cela ne voulait pas dire que les armes n'étaient pas dangereuses. Aux mains d'un puissant chevalier, même une arme émoussée pouvait méchamment blesser un adversaire imprudent, inexpert ou malchanceux.

Eadith servait de la bière et lançait des encouragements à ses chevaliers préférés. Marie aux yeux noirs se promenait parmi les combattants, distribuant des chopes de bière moussante. Même du haut des appartements de Meg, le balancement et l'oscillation des hanches de la Normande étaient évidents.

Avec des yeux verts semblables à de la glace, Meg regarda la catin approcher de Dominic. Elle se tenait tellement proche de lui que la lumière du jour ne pouvait passer entre eux et elle inclina la tête vers l'arrière comme pour observer un dieu.

Lorsque Dominic rit à ce que venait de lui dire la catin, Meg serra les poings. Ce qui la retint d'ouvrir les volets et de verser le contenu de son pot de chambre sur la tête de Marie, fut la certitude que Dominic n'avait pas couché avec sa maîtresse récemment. Il n'en avait pas eu l'opportunité ; lorsqu'il ne s'occupait pas des affaires du château, il était avec son épouse.

Si elle était la prisonnière de Dominic, il était également *son* prisonnier. Cette pensée procura à Meg une intense satisfaction.

Malgré tout, elle fut ravie de voir Dominic se détourner de sa maîtresse pour répondre à une question de Simon. L'instant suivant, il hocha la tête et fit signe à son écuyer.

Bientôt, les deux frères furent complètement parés pour le combat. Lorsqu'ils s'avancèrent vers un endroit dégagé dans la cour, les combats des autres chevaliers ralentirent, et puis cessèrent. Même le chevalier le plus aguerri apprenait de nouvelles choses en observant les deux frères tester les capacités de l'autre.

À un signal imperceptible, Dominic et Simon sautèrent en avant, brandissant leurs lames lourdes avec une apparente aisance. Physiquement, les deux frères étaient bien assortis. Tous deux étaient plus grands que la moyenne, plus larges d'épaules, plus forts et plus rapides. C'était comme regarder un homme se battre contre lui-même.

Meg retint son souffle devant le sifflement cinglant de l'acier fendant l'air. Les coups que les frères portaient à l'autre auraient rapidement fait tomber des hommes plus petits. De prime abord, il semblait qu'un des deux hommes allait certainement s'écrouler face à l'assaut. Petit à petit, il devint clair qu'alors que Dominic avait un léger avantage en puissance, Simon était un brin plus rapide. La seule question qui demeurait était de savoir quel homme utiliserait son avantage de manière efficace.

Encore et encore, Meg ravala un cri lorsqu'il parut certain que Dominic allait être frappé sauvagement aux côtes ou à la tête. Chaque fois, il levait son bouclier au dernier moment, absorbant le coup. Ensuite, son épée scintillait de manière sauvage tandis qu'elle s'abattait sur son adversaire, et le coup était évité de justesse par Simon grâce à un mouvement agile de son corps. Les deux frères s'accroupissaient, se tournaient autour, feintaient et attaquaient encore et encore, jusqu'à ce que Meg pense que l'un d'eux allait certainement perdre de la puissance ou de la vitesse et donner la victoire à l'autre.

— Madame, l'appela doucement quelqu'un depuis le couloir. Êtes-vous là ? C'est Marta.

— Monsieur a interdit que quiconque ne me parle pendant un certain temps, dit Meg à contrecœur. Dépêchez-vous de vous en aller avant d'être vue et punie.

— C'est au sujet de la femme de Harry, madame. Le bébé essaie de sortir depuis presque deux jours maintenant, mais elle est trop faible pour pousser.

— Où est Gwyn ?

— Au village de Dale pour échanger des médicaments avec une femme d'une grande sagesse qui vient du sud. On a grandement besoin de vous, madame.

Meg commença à enlever les grelots d'or de ses poignets. Les bijoux la dérangeraient dans le travail qu'elle allait devoir accomplir.

— Je vais y aller, Marta. Partez avant que l'on ne vous voie.

— Oui, madame.

Il y eut une pause, puis :

— Devez-vous emprunter la sortie directe ? Il est certain que le garde de ce diable normand… euh… le chevalier de votre époux vous apercevra.

— Il y a un autre chemin. Maintenant partez !

— Dieu vous aime, ma gentille dame. Je m'en vais.

Meg attrapa un tablier spécial dans un coffre gravé d'étranges signes, prit la bouteille dans la cavité dissimulée et ouvrit la porte qui donnait dans le couloir. Lorsqu'elle passa la porte, l'avertissement de Dominic résonna dans sa tête.

« Vous avez goûté à ma clémence et l'avez trouvée douce. Mais un homme intelligent ne se montre clément qu'une seule fois envers la même personne. Ne vous battez plus contre moi, mon épouse. »

Pourtant, elle l'avait déjà fait, et elle devait recommencer.

Sans hésiter, Meg ferma la porte derrière elle et traversa rapidement le couloir. Elle n'avait pas d'autre choix. La femme de Harry allait certainement mourir si on ne l'aidait pas, et le bébé avec elle.

Ignorant les regards curieux des domestiques qui connaissaient très bien les ordres de leur seigneur, Meg dévala l'escalier en spirale, accompagnée par l'agitation nerveuse des clochettes restantes. Elle fouilla dans l'herboristerie, fourra des paquets d'herbes et des potions bien scellées dans un panier avec le tranquillisant, l'antidote et le tablier.

Au lieu de remonter l'escalier en direction de l'avant-corps et de la porte d'entrée en pierre gardée par le mercenaire blond de Dominic, Meg alluma une petite bougie et se dirigea vers la partie la plus profonde de l'herboristerie. Des casiers empilés d'herbes, d'écorces, de tiges, de graines et de fleurs étaient en train de sécher dans l'obscurité que l'unique flamme de la bougie paraissait amplifier au lieu d'atténuer.

Derrière le dernier casier, cachée dans l'obscurité totale et dissimulée derrière une lourde roue en bois, se trouvait une ouverture à peine assez grande pour laisser se faufiler un homme à genoux. Il s'agissait du passage secret du château, la dernière échappatoire pour que le seigneur et sa famille puissent fuir au cas où l'endroit serait un jour envahi par les ennemis.

Meg posa son épaule contre la roue, la poussa de côté et se mit à quatre pattes. Une lumière si faible qu'on aurait pu penser qu'elle était illusoire plutôt que réelle se profilait au bout du tunnel. Elle éteignit la bougie et la plaça dans le panier, et commença à ramper en poussant le panier devant elle. Elle avait déjà pris ce chemin de nombreuses fois auparavant, à l'époque où sa mère était encore en vie et empruntait le passage secret pour échapper à la furie de John qui ne supportait pas d'avoir épousé une femme incapable de lui donner des fils.

Le sol du tunnel était couvert de paillasses tissées en roseau qui craquaient et bruissaient, et protégeaient à peine du sol rocailleux. À l'endroit où le tunnel passait sous les douves, les murs et le sol étaient humides à cause d'infiltrations. Meg rampa aussi vite qu'elle le pouvait, car elle n'avait jamais aimé l'accolade moite du tunnel même si elle n'en avait plus peur comme lorsqu'elle était enfant.

Malgré le besoin de faire vite, Meg patienta au bout du tunnel comme on le lui avait appris, respirant l'air pur de l'extérieur et s'assurant qu'il n'y avait personne à proximité. Rien ne lui parvint à part le silence uniquement dérangé par le bruit du vent jouant avec les feuilles apparentes du buisson qui dissimulait la sortie du passage secret.

Meg écarta l'enchevêtrement de branches de l'arbuste et jeta un coup d'œil dans le pré. Dans un coin éloigné, des brebis mangeaient l'herbe abondante du printemps d'un air déterminé. Autour d'elles, des agneaux faisaient des bonds et se dispersaient comme des fleurs blanches s'agitant sur une mer verte. Il n'y avait ni berger ni chien en vue. Les brebis levèrent à peine la tête quand Meg émergea du buisson.

Elle passa la porte en vitesse. La maison de Harry se trouvait juste en haut de la colline, au milieu des champs dont la terre sombre et brillante faisait apparaître un vert glacé. Le chemin menant à la chaumière était entouré de murs de pierre sèche qui arrivaient à la hauteur de la taille et dont les parois rocheuses étaient recouvertes de lichen et de mousse dans un dégradé de vert, de noir et de riche couleur roussâtre. Aux endroits offerts au soleil et hors d'atteinte des moutons et des charrues, des ajoncs fleurissaient dans une profusion dorée. Dans les zones couvertes d'herbes, des jonquilles surgissaient du sol comme de jeunes enfants prêts à jouer.

En temps normal, Meg aurait apprécié la lumière nacrée et les contours élégants des chênes qui s'élevaient, nus, sur les collines vertes et pentues, le parfum fort des ajoncs et le rire silencieux des fleurs ; cependant, aujourd'hui, elle remarqua à peine les signes de la victoire du printemps sur l'hiver. Elle n'avait d'yeux que pour repérer les obstacles sur le chemin qui pourraient la faire trébucher et s'étaler sur le sol, et faire tomber les précieux médicaments de son panier.

La chaumière de Harry était faite de pierres et de bois, car son père avait été un des chevaliers préférés de John. À quatorze ans, Harry était devenu écuyer et bien parti pour devenir un chevalier, mais il avait été blessé au cours de la bataille pendant laquelle son père avait été tué et en était resté handicapé. Au lieu de devenir chevalier, Harry était devenu le gardien de Blackthorne et le propriétaire de son propre petit morceau de terrain.

La sage-femme de la localité devait être en train de regarder par la fenêtre, car elle accourut alors que Meg se trouvait encore sur le sentier.

— Merci, madame, dit-elle en attrapant la main de Meg qu'elle couvrit de baisers pour la remercier. La pauvre femme est au bout de ses forces.

— Y a-t-il de l'eau en quantité suffisante ?

— Oui, répondit la sage-femme.

Son ton énergique prouva qu'elle se souvenait clairement des précédentes naissances auxquelles elle avait assisté lorsqu'on avait appelé Meg à l'aide. La sage-femme pouvait ne pas comprendre les rites des Druides de la Vallée en rapport avec l'eau, cependant, elle ne posait plus de questions.

Meg pouvait à peine passer sous le linteau sans se baisser. À l'intérieur, l'apparence de la chaumière témoignait de la grossesse difficile d'Adela — du porridge froid renversé un peu partout, des restes de nourriture sur le sol que même les chiens avaient dédaignés, des navets à moitié pourris remontés de la cave et abandonnés, des semaines d'ordures empilées qui attendaient d'être enlevées. Après l'air pur de l'extérieur, l'odeur qui régnait fut un choc.

— Elle dort un peu, dit la sage-femme à voix basse.

Le lit d'Adela se trouvait sur le mur du fond. Le matelas était la seule chose qui sentait bon dans la chaumière étant donné que Meg avait donné des sachets de plantes aromatiques à Harry pour qu'il les ramène chez lui tous les quinze jours.

Même si elle n'avait que trois ans de plus que Meg, Adela paraissait deux fois son âge. Elle s'était mariée à treize ans et avait eu son premier enfant avant d'en avoir quatorze. Après neuf années de mariage, elle avait donné naissance à six enfants et trois mort-nés.

Meg s'approcha de la cheminée, remplit une bassine d'eau chaude et l'emporta à l'extérieur. Là, elle y ajouta trois sortes de plantes et quelques lamelles du savon qu'elle fabriquait elle-même. Chantonnant doucement mentalement, Meg ôta son surcot aux longues manches étroites et plongea les mains dans la bassine.

Débarrasse-toi de tes habits des champs et du château,
Lave-toi de tes vieux péchés et de tes chagrins profonds,
Revêts le tablier en profond respect des Druides de la Vallée
Touche la maladie avec des mains saines.
Apaise là où il faut ralentir la danse de la mort.
Porte secours à la richesse de la vie lorsque c'est possible.
Dieu protège tout ce qui se trouve entre le ciel et la terre,
C'est par amour pour Lui que nous portons la souffrance de la naissance.
Amen.

Meg toucha la croix qu'elle portait qui n'était plus en argent mais en or, la croix de sa mère. Celle-ci avait attendu dans une boîte gravée que sa fille se marie enfin.

« J'aurais aimé que vous soyez là, mère. Vos mains apaisaient tellement rapidement la douleur chez ceux qui souffraient. Néanmoins, il n'y avait personne pour vous enlever votre souffrance. »

Meg secoua les mains pour se débarrasser des dernières gouttes d'eau parfumées sur ses doigts et enfila le tablier des Druides de la Vallée. Il avait été confectionné récemment, car un tablier n'était utilisé qu'une seule fois lors d'une naissance ou au chevet d'un malade ; après cela, le vêtement était brûlé dans un rituel aussi ancien que celui de l'eau, de la bassine et des plantes.

— Où se trouvent les autres enfants ? demanda Meg à voix basse.

— Les deux plus jeunes sont avec sa sœur. Les autres se trouvent dans les champs.

— Personne n'est resté avec Adela ?

La sage-femme haussa les épaules.

— Les filles sont trop jeunes. On a besoin des garçons ailleurs pour labourer la terre et planter des graines à la fois dans le domaine de leur seigneur et dans celui de leur père. Il n'y a pas assez de bras pour s'en occuper. Dès que le travail sera fini dans les champs, quelqu'un viendra balayer et disposera de nouveaux joncs.

— Cela doit être fait maintenant.

La bouche de la sage-femme se crispa, mais elle ne protesta pas. Elle sortit simplement dans la cour chercher un balai.

Alors que Meg se penchait près du lit, les yeux d'Adela s'ouvrirent.

— Ah, madame, murmura-t-elle, désespérée. Je leur ai dit de ne pas aller vous chercher. Votre époux vous en voudra énormément.

— Cela importe peu en comparaison de vos soucis. Dites-moi, comment vous sentez-vous ?

Tandis qu'Adela se mettait à parler d'une voix saccadée, Meg se pencha davantage, passa les mains sous la couverture de lit et commença à toucher en douceur le corps gonflé de la femme.

— Beau combat, mon frère, dit Simon, appuyé contre le mur de pierre du château en reprenant son souffle.

— Je ne me suis pas aussi bien débrouillé que toi, admit Dominic à regret. J'entends les cloches sonner dans ma tête.

— Et mes côtes couinent comme un jeune cochon, rétorqua Simon.

Dans un éclat de rire, Dominic repoussa son heaume et l'ôta. Son écuyer s'avança pour le prendre. À l'autre bout de la cour, Thomas le Puissant dit à Eadith d'ouvrir un nouveau tonneau de bière. Au signal de Dominic, les chevaliers reformèrent des groupes de deux. Peu après, le château résonna à nouveau du bruit des épées contre les boucliers et des cris des hommes lorsqu'ils portaient avec succès un coup ou bien qu'ils l'évitaient.

Dominic s'étira et remit en place le lourd haubert d'un simple mouvement de ses épaules musclées. Il accompagna son geste d'un regard vers le dernier étage du château. Tous les volets étaient ouverts à l'exception de deux d'entre eux. Dans les appartements de Meg, le bois épais empêchait la chaleur de la lumière du jour d'entrer.

— Elle ne les a même pas entrebâillés pour me voir te battre, dit Simon en suivant son regard. Combien de temps encore comptes-tu la laisser enfermée ? Jusqu'à ses menstruations ?

Dominic sourit de manière étrange.

— Je n'ai pas encore décidé. Je prends plutôt plaisir à couper mon épouse du monde comme une concubine dans un harem. La nourrir de ma main est étonnamment agréable. Manger de sa main l'est encore plus.

Un regard de biais inquisiteur fut la seule réponse de Simon pendant un moment. Ensuite, il se tourna pour faire face à son frère.

— Marie a raison, dit Simon, le son de sa voix trahissant son inquiétude. La sorcière t'a ensorcelé. Tu ne connais pas encore ton épouse de manière charnelle, pourtant tu ne cherches la compagnie d'aucune autre femme.

— Je suis bien trop occupé à prendre soin de mon petit faucon.

La satisfaction masculine — et l'anticipation — dans la voix de Dominic, poussa Simon à lever les mains au ciel.

— Je n'attends pas de toi que tu me comprennes, dit Dominic, c'est pourquoi je vais te dire quelque chose que tu pourras comprendre.

— Je t'en prie, rétorqua Simon, vas-y !

— Pendant que mon épouse et moi-même sommes tous les deux isolés — et lorsqu'elle est enfermée seule —, je n'ai pas à redouter qu'elle soit séduite par un Saxon aux yeux noisette et aux paroles mielleuses et qui a une furieuse envie de me tuer, de me prendre mon épouse et mon château.

Simon grogna.

— Peut-être cela te plaît-il de la séduire, mais les gens du château commencent à s'impatienter, dit carrément Simon. Ils chuchotent à propos de Duncan de Maxwell qui viendrait délivrer leur maîtresse.

— Bon sang ! s'exclama Dominic, dégoûté. Je n'ai pas touché à un seul des cheveux de la jeune femme. Je l'ai traitée aussi précautionneusement que le plus précieux des faucons jamais arrivé dans les fauconneries.

— Dans ce cas, il faut que tu la leur montres afin qu'ils puissent voir d'eux-mêmes qu'elle est en bonne santé. Et fais-le au plus vite.

Dominic regarda son frère à travers ses yeux plissés. Simon se rendit avec la confiance d'un homme qui savait que son opinion était respectée même si elle n'était pas la bienvenue.

— Est-ce que Duncan rôde dans les parages ? demanda Dominic au bout d'un moment, se demandant si c'était cela qui se cachait derrière le conseil direct de Simon.

— Quelqu'un rôde, répondit Simon. Les chiens ont trouvé un cerf abattu au bout du domaine. Il ne restait que la tête et les sabots.

— Les braconniers sont assez fréquents.

— Des chevaux de bataille ? demanda Simon sarcastiquement. Ils ont aussi…

Dominic leva la main pour demander le silence tandis qu'Eadith approchait avec deux chopes de bière. Lorsque Simon tendit la main pour en attraper une, elle la porta hors d'atteinte.

— Non, monsieur. C'est au seigneur de boire en premier, dit-elle audacieusement. Il n'a pas beaucoup bu durant son repas avec son épouse.

Souriant à Dominic, Eadith lui tendit une chope.

— Merci, dit-il, lui renvoyant sa courtoisie malgré son aversion pour ses yeux pâles et cupides.

Dominic but, grimaça et finit rapidement sa bière. Simon expédia la sienne à la même vitesse.

— J'en ai rarement bu d'aussi mauvaise, murmura Dominic tandis qu'il rendait la chope à Eadith. Pouah. Même la bile aurait meilleur goût.

— Ce doit être un tonneau qui a tourné, admit Simon.

Il cracha.

— Plus amère que la jalousie d'une sorcière.

— Dois-je vous apporter de la bière fraîche ? demanda Eadith à la hâte.

— Pas pour moi, répondit Dominic.

Simon secoua la tête. Lui aussi avait eu assez de bière amère de Blackthorne.

Eadith emporta les chopes et traversa rapidement la cour. D'autres hommes l'appelaient pour recevoir de la bière. Ils mouraient de soif après s'être battus avec presque la moitié de leur poids en épée et armure sur le dos.

— Il y a des traces, poursuivit Simon comme s'ils n'avaient pas été interrompus, qui montrent que Duncan et ses mercenaires sont en train de construire un château illégal à moins d'une demi-journée d'ici. Les rumeurs avancent qu'ils construisent une muraille et un mur d'enceinte.

Silencieusement, Dominic leva la tête pour observer les nuages qui passaient au-dessus de l'enceinte en pierre sombre du château.

— Dominic ? l'appela Simon.

— Il n'y a rien que je puisse faire au sujet de Duncan avant l'arrivée de mes chevaliers supplémentaires, dit brutalement Dominic. J'ai suffisamment de chevaliers pour protéger le château de Blackthorne contre toute attaque, rien de plus. Si je détourne mon esprit de la sécurité du château à cause de nombreux cerfs abattus et des rumeurs de châteaux illégaux, je perdrai à la fois les terres et la vie.

Simon voulut protester, mais il s'abstint. Lorsqu'il s'agissait de stratégie, il s'en remettait aux compétences de son frère.

— L'accepter a un goût amer, dit Simon au bout d'un moment.

— Oui, dit simplement Dominic.

Sur ce, il traversa la cour.

— Où vas-tu ? lui demanda Simon.

— Voir mon petit faucon. Elle me lavera de cette amertume.

Le stimulant que Meg avait administré à Adela était puissant et dangereux, mais il n'y avait pas d'autre choix possible. Si le bébé ne venait pas à naître rapidement, ni la mère ni l'enfant ne survivraient à la nuit qui allait arriver.

— Je suis désolée, dit tristement Meg. Je ne peux rien vous donner pour soulager la douleur à part une simple pommade.

— Ce n'est pas… grave, haleta Adela. La force… est tout… ce que je demande.

Derrière la respiration saccadée et les gémissements étouffés, Meg entendit au loin le bruit de chevaux qui galopaient et d'hommes qui criaient. Tout à coup, le travail d'Adela s'intensifia, demandant toute l'attention de Meg. Elle n'avait aucune idée de ce qui se passait aux alentours, elle n'avait conscience que de la lutte d'une femme épuisée pour donner naissance.

— C'est bien ! dit Meg après un moment.

L'émotion lui faisait hausser la voix.

— La tête du bébé est sortie ! Juste un peu plus, chère femme courageuse. Juste encore un petit effort, et ensuite vous pourrez vous reposer.

La porte de la chaumière s'ouvrit brusquement derrière Meg et Adela qui donnait naissance. Ignorant les cris de protestation de la sage-femme, Dominic se baissa sous le linteau et entra dans la chaumière avec l'épée dégainée. Le tranchant affûté de la lame étincelait de manière malveillante.

Ses yeux couleur acier cherchèrent la chambre unique à la vitesse et avec la précision d'un aigle cherchant sa proie, mais ce fut son ouïe qui trouva en premier Meg dans la sombre chaumière. Le tintement étouffé de ses chaînes en or la trahit. Elle était agenouillée devant un lit et ne portait qu'une robe étrange.

La rage se répandit en Dominic devant cette preuve qui témoignait de l'exactitude des rumeurs. Meg s'était échappée de sa captivité entourée de luxe afin de pouvoir coucher avec Duncan de Maxwell, un homme qui n'avait ni titre de noblesse ni terres.

« Par Dieu, madame, vous allez regretter… »

Le premier cri tremblant d'un bébé interrompit la promesse silencieuse de Dominic. Il demeura comme pétrifié. Le soulagement balaya la folle rage qu'il avait ressentie et le fit se sentir presque faible. Ce fut à cet instant qu'il remarqua le goût amer qui collait à sa bouche.

Il déglutit, puis déglutit une nouvelle fois, cependant sa bouche était trop sèche pour pouvoir faire disparaître le goût de la bière infecte. Il rengaina son épée d'un mouvement maladroit qui aurait surpris Simon s'il avait été là pour le voir.

— Vous venez à nouveau de donner à Harry un beau garçon, dit Meg à Adela pendant qu'elle terminait de nettoyer la bouche et les narines du bébé. Prenez-le sur votre poitrine même s'il ne prendra sûrement pas le sein. Il est aussi épuisé que vous l'êtes.

— Merci, dit Adela d'une voix fatiguée. À présent, allez-vous-en… avant que votre époux… ne le découvre.

— Son époux s'en est déjà rendu compte, dit Dominic.

Le cri de stupéfaction de Meg fut étouffé par le cri de Simon dans la cour.

— Dominic ? cria à nouveau Simon. Tout va bien ?

— Je l'ai trouvée ! cria Dominic par-dessus son épaule.

Avant qu'il n'ait pu ajouter quoi que ce soit, Simon entra en trombe dans la petite pièce, son épée dégainée.

— L'alerte est finie, dit calmement Dominic. Tout va bien. Le faucon ne s'était pas envolé vers le poignet de Duncan.

— Dans ce cas, pourquoi a-t-elle brisé la promesse qu'elle vous a faite ? Pourquoi a-t-elle…

Toutes les questions de Simon trouvèrent leur réponse dans le cri chevrotant du bébé.

— Bon sang, s'exclama Simon, rangeant son épée d'un seul geste souple. C'est un nouveau-né.

La sage-femme poussa Simon pour pouvoir entrer dans la chambre, négligeant complètement sa supériorité sur le plan de la force, du statut et de l'armement.

— Non, dit-elle furieusement. C'est un miracle. Le travail de la pauvre femme avait commencé il y a deux jours. C'est uniquement quand je lui ai dit que le bébé allait mourir avant le souper — et elle en même temps — qu'elle a accepté que j'envoie chercher votre dame.

Dominic plissa les yeux en se tournant vers Meg.

— Est-ce la vérité ? A-t-elle connu un long travail ?

Adela gémit doucement.

— Oui, répondit Meg en se tournant à nouveau vers Adela. Maintenant, allez-vous-en, monsieur, et emmenez votre frère avec vous. Le travail de cette pauvre femme n'est pas encore terminé. Et c'est une affaire de *femme*.

Sous le regard hostile de la sage-femme, Dominic et Simon quittèrent la chaumière. La lumière à l'extérieur heurta Dominic comme s'il avait reçu un coup.

— Bon sang, murmura-t-il, se protégeant les yeux. Je n'ai pas vu de lumière aussi aveuglante depuis Jérusalem.

Simon lança à son frère un regard étrange.

— Tu dois avoir bu trop de bière. La lumière est la même que tous les autres jours nuageux dans le Cumbriland.

Lorsque Dominic ferma les yeux pour se protéger de la lumière douloureuse, il fut pris de vertige et d'une langueur étrange, lui ôtant toute force. Il se rendit compte vaguement que ses forces le quittaient à chacun de ses battements de cœur. Faire un pas était pénible.

Il trébucha et peina à se redresser.

— Dominic ? l'appela Simon, incrédule. Te sens-tu bien ?

— Non, répondit Dominic d'une voix pâteuse.

Tentant de dissiper l'exaspérante lenteur de ses pensées et de sa langue, il secoua nerveusement la tête.

Au lieu de l'aider, le mouvement intensifia le vertige.

— Simon, je…

Cette fois, ce furent uniquement les bras puissants de son frère qui empêchèrent Dominic de tomber à genoux.

— Est-ce ton crâne ? demanda Simon dans l'urgence. T'ai-je frappé trop fort ?

Dominic secoua la tête. C'était une erreur. Il émit un grognement et s'affaissa contre son frère.

— Peux-tu marcher ? demanda Simon.

— Oui…, répondit Dominic d'une voix rauque.

— Alors fais-le, ordonna Simon. *Maintenant.*

Avec un effort surhumain, Dominic se força à marcher en direction des destriers qui se trouvaient à trente mètres de la cour de la chaumière. Monter à dos de Crusader fut presque impossible, mais il y parvint finalement avec l'aide puissante de Simon.

Une fois en selle, Dominic chancela comme s'il se trouvait sur le pont d'un bateau en pleine tempête plutôt que sur le dos d'un cheval immobile. Alors que Simon l'observait avec une peur grandissante, le pied gauche de son frère glissa de l'étrier.

Dominic perdait rapidement ses facultés. Il n'était plus capable de parcourir à cheval la petite distance qui les séparait du château.

— Attends, Crusader, ordonna Simon alors qu'il attrapait l'unique rêne de l'étalon.

Sans manières, Simon sauta derrière son frère. Les oreilles de Crusader s'aplatirent à moitié sous la double charge, néanmoins, l'étalon ne protesta pas davantage. Tous les chevaux de combat étaient entraînés pour accepter deux et même trois cavaliers si nécessaire, puisque les survivants emmenaient leurs amis blessés même dans le feu de la bataille. Dominic avait un jour emmené Simon en sécurité sur le dos de Crusader.

— Tiens-toi, dit Simon.

— Attends, marmonna Dominic. Meg.

Il avait si peu articulé ces mots qu'il fallut un moment à Simon pour les comprendre. Lorsque ce fut le cas, ses lèvres se pincèrent en une mine hargneuse.

— Je m'occuperai de la sorcière plus tard, dit Simon.

— Pas… en sécurité.

Ignorant son frère, Simon guida rapidement Crusader en direction du château. Au bout de trois pas, le destrier frappait le sol au petit galop.

Un sifflement strident ordonna au cheval bien entraîné de Simon de les suivre au petit galop.

— *Meg*, répéta Dominic avec insistance.

— Au bûcher, la sorcière ! vociféra Simon. Maintenant, tu sais pourquoi il était important pour elle d'aller dans la clairière ensorcelée cueillir des feuilles.

— Meg… ? grogna Dominic.

— Oui, mon frère. Meg. D'une manière ou d'une autre, la sorcière diabolique t'a empoisonné.

Les éperons de Simon piquèrent Crusader pour le pousser au grand galop.

Quand ils arrivèrent au château, Dominic gisait dans un sommeil anormal.

17

— Que voulez-vous dire ? Pourquoi ne puis-je entrer ? demanda Meg. C'est mon époux !

— Oui, répondit amèrement Simon. Un époux dont vous ne vouliez pas. Vous avez usé de vos pouvoirs diaboliques pour vaincre Dominic.

— Ce n'est pas vrai !

Les clochettes en or chantèrent aux mouvements de violence contenue de Meg alors qu'elle pivotait rapidement pour contourner Simon. Il bougea très vite pour l'empêcher d'entrer dans les appartements de Dominic. Elle fit semblant de se diriger de l'autre côté et se précipita en avant. Des gants en mailles se refermèrent douloureusement sur ses poignets. L'anse du panier qu'elle portait lui coupa la paume de la main.

— Ne mettez pas ma patience à l'épreuve, sorcière, invectiva sauvagement Simon. Je sais à quel usage vous destiniez les plantes que vous avez cueillies dans la clairière maudite. C'était la maladie et la mort que vous cherchiez, pas la vie ni la santé.

Les yeux de Meg s'agrandirent comme deux étangs verts.

— Que dites-vous ?

— Du poison, satanée sorcière. Vous avez empoisonné mon frère !

— Non ! Jamais ! Vous m'entendez ? *Jamais !*

— Gardez vos mensonges pour votre amant, Duncan de Maxwell, cracha Simon.

Meg se mordit la lèvre pour retenir un cri de douleur. La force des doigts de Simon se refermant autour de ses poignets semblait l'écraser comme des rochers. Elle haletait, le souffle court, car elle avait couru tout le long du chemin depuis la chaumière de Harry, poussée par une peur qu'elle n'avait jamais ressentie à part dans ses rêves.

— Je suis allé dans votre chambre, poursuivit Simon sans s'arrêter. J'ai vérifié la cachette. La potion que vous avez faite et pour laquelle vous vous êtes battue avec mon frère n'est plus là.

— Je l'ai emportée, dit rapidement Meg. Je savais qu'Adela serait faible. J'avais peur que la sage-femme lui ait donné une trop forte dose de médicament pour apaiser la douleur et ait ainsi ralenti la naissance. La potion aurait contourné une telle faiblesse, elle ne l'aurait pas créée.

Simon observa les yeux clairs et anxieux de Meg et mourait d'envie d'étrangler de ses mains la sorcière des Druides de la Vallée comme une coquille d'œuf vide. Seule la certitude que Dominic — s'il survivait — ne pardonnerait jamais la perte de son épouse, parvint à contenir la rage de Simon.

— Vous mentez très bien, siffla-t-il entre ses dents.

— Je mens très mal, rétorqua-t-elle. Questionnez qui vous voulez. Maintenant, laissez-moi passer. Si Dominic est malade, je peux l'apaiser.

— Non. Vous ne vous approcherez pas de lui tant que je respirerai.

Meg ravala son envie de crier après Simon, car elle savait pertinemment que cela n'arrangerait rien à part raviver la rage qui brûlait visiblement en lui. Elle prit plusieurs inspirations avant d'oser parler calmement malgré l'urgence farouche qui martelait profondément son esprit.

— Tout ce que Harry a dit, c'est que vous étiez arrivés au galop au château comme si vous étiez poursuivis par le diable, dit Meg avec précaution.

— Nous avons laissé le diable dans la chaumière de Harry.

Elle continua à parler comme si Simon n'avait rien dit.

— Dominic n'était plus capable ni de parler ni de rester assis sur son cheval, poursuivit Meg. Thomas le Puissant et vous l'avez porté jusqu'à ses appartements. C'est tout ce que Harry a pu me dire.

Simon ne dit rien.

— Je vous en prie, murmura Meg. Je vous implore. J'ai senti le danger et j'ai couru jusqu'ici. On m'a dit que Dominic souffrait d'un coup de votre épée qu'il a reçu à la tête.

Simon tenta de maîtriser sa colère.

— Surveillez vos paroles, infâme sorcière.

« Infâme. Sorcière. »

Meg comprit que Simon ne la laisserait approcher Dominic, peu importe la manière dont elle l'implorerait. Une colère sauvage monta en elle.

— Pourquoi devrais-je surveiller mes paroles ? demanda-t-elle. La vérité vous blesse-t-elle ? Ou bien espérez-vous hériter du château si Dominic venait à mourir, et pour cette raison, vous ne voulez pas que je le soigne ?

L'accusation fut tellement inattendue qu'elle laissa Simon sans voix. Meg, quant à elle, ne souffrait pas de cet handicap. Elle arracha ses mains de son emprise et continua à l'écorcher avec ses paroles.

— Si c'est le cas, mon brave chevalier, dit-elle avec un fervent dédain, écoutez-moi bien. De mes mains, je retirerai une à une les pierres du château et j'empoisonnerai le puits avant de vous laisser profiter de la mort prématurée de votre frère !

— Sorcière diabolique, murmura Simon. J'aurais tué un homme pour avoir seulement suggéré que j'étais un lâche scélérat.

La voix de Simon rappela celle de Dominic lorsqu'il était dans une rage froide. À tout autre instant, elle se serait inclinée devant cette colère masculine et se serait retirée, mais pas maintenant. Dominic était en train de mourir. À côté de cela, rien n'avait d'importance.

« Sorcière diabolique. »

La main de Meg se leva et déchira le fragile tablier des Druides de la Vallée depuis le cou jusqu'à hauteur de la taille, révélant sa peau fine et crémeuse ainsi que le doux renflement de sa poitrine. Entre ses seins brillait la croix en or qui avait appartenu autrefois à sa mère.

— Une véritable sorcière pourrait-elle porter la croix de Dieu ? demanda Meg. Le pourrait-elle ?

Le silence régna le temps de trois longues inspirations.

— Non, admit finalement Simon.

D'une main gantée, il rassembla avec précaution les pans du tablier pour recouvrir complètement la poitrine de Meg.

Meg patienta, mais Simon ne fit aucun geste de côté.

— Laissez-moi passer, Simon le Fidèle. Utilisez votre intelligence au lieu de vos bras musclés afin d'aider votre frère. Qui d'autre dans ce château, à part moi, pourrait aider Dominic ?

Un silence tendu régna pendant que Simon fixait la jeune femme aux troublants yeux verts. Depuis son arrivée au château, il avait entendu les vassaux raconter à ceux qui voulaient bien l'entendre le don magique que Meg avait avec les malades ou les blessés. Ils l'appelaient la « sorcière des Druides de la Vallée ».

Une sorcière blanche.

Une croix reposait tranquillement sur sa poitrine. Dominic reposait, malade, et plongeait dans la mort.

Jamais Simon n'avait eu aussi peur pour son frère, pas même quand il s'était offert en rançon pour délivrer douze de ses chevaliers d'un sultan dont la cruauté envers les chrétiens devait être vécue pour le croire.

— Si mon frère meurt, jura calmement Simon, vous mourrez de mes mains dans l'instant qui suivra son dernier souffle. Je le jure devant Dieu.

— Qu'il en soit ainsi, dit Meg, acceptant la promesse.

La surprise apparut sur les traits cruels du visage de Simon.

Il s'était attendu à beaucoup de choses de la part de l'épouse-sorcière de son frère, mais pas qu'elle consente sans broncher au danger sur sa propre personne. Quoi qui puisse être dit à son sujet, elle ne manquait pas de courage.

Simon s'écarta de la porte. Avant qu'il n'ait eu le temps de se tourner complètement, Meg était déjà entrée dans la chambre et était penchée au-dessus du lit à baldaquin de Dominic. Un grand feu brûlait dans la cheminée, grâce auquel il faisait chaud dans la pièce.

— Il respire à peine, dit Meg à voix basse.

Elle toucha la peau de Dominic. Son souffle se coinça dans l'étau de sa gorge nouée.

— Mon Dieu… il est aussi froid que l'eau.

Se penchant fortement au-dessus de Dominic, elle aspira l'air qu'il venait d'exhaler. Elle s'immobilisa. Elle retint l'air dans ses poumons, et ensuite respira à nouveau profondément.

Simon se tenait debout sans bouger. Il écoutait les clochettes dorées de Meg murmurer et trembler entre elles comme si elles pleuraient pour leur seigneur perdant la vie.

Doucement, Meg se redressa, repoussant en arrière ses cheveux qui s'étaient libérés durant sa course débridée depuis la chaumière de Harry. Une cascade dorée de musique trembla dans le silence, émanant des longues chaînes de grelots toujours attachées à ses nattes défaites.

— Madame ? appela Eadith derrière la porte. Voici l'eau et le tablier que vous avez demandés.

— Prenez-les-lui, dit Meg à voix basse. Ne la laissez pas entrer. Elle a un goût prononcé pour les ragots. Si les mercenaires venaient à savoir que Dominic est malade…

Simon s'était tourné avant que Meg ne puisse terminer sa phrase. La porte se referma brutalement devant les questions anxieuses d'Eadith.

— Déposez le bol et le tablier devant le feu, dit Meg avec urgence. Ensuite, retournez-vous pendant que je me prépare.

Sans vérifier si Simon la regardait ou s'était retourné, Meg arracha le tablier usagé et le jeta dans le feu, chuchotant le vieux cantique dans un souffle. Elle jeta un mélange de savon et de plantes dans la bassine et se lava rapidement, chantant à une telle vitesse que les mots s'écoulèrent en cascade. Lorsqu'il ne subsista rien sur sa peau, si ce n'est l'âpre parfum des plantes, elle enfila le nouveau tablier et se retourna.

Le dos de Simon lui faisait face.

— J'ai fini. Maintenant, dites-moi ce qui s'est passé, dit Meg. Réfléchissez bien mais rapidement. La vie de Dominic ne tient qu'à un fin fil. Si je lui donne le mauvais médicament, il mourra certainement. Si je lui donne le bon médicament, il pourrait tout de même mourir. Quand vous êtes-vous rendu compte qu'il ne se sentait pas bien ?

Simon se tourna pour faire face à Meg. Il eut le souffle coupé. Ce n'étaient pas les paroles de Meg qui l'avaient surpris ; c'étaient ses larmes lentes et silencieuses qui coulaient le long de ses joues.

— Lorsqu'il est sorti de la maison de Harry, répondit simplement Simon. Dominic a dit que la lumière était aussi vive qu'à Jérusalem, mais ce n'était pas le cas. Elle était la même que lorsque nous sommes entrés dans la maison.

Meg pinça les lèvres, mais ne dit pas un mot, elle écoutait simplement comme si la vie de Dominic en dépendait.

— Ensuite, il a trébuché et a commencé à parler comme s'il était ivre, poursuivit Simon.

D'un geste sec de la main, Meg écarta cette possibilité. Elle connaissait suffisamment Dominic pour savoir qu'il n'abandonnerait jamais sa maîtrise de soi dans la bière.

— Il a titubé, s'est redressé et il serait tombé si je ne l'avais pas rattrapé, dit Simon. Ses yeux paraissaient vraiment bizarres.

— Comment cela ? demanda vivement Meg.

— Leur centre était tellement dilaté que ses yeux semblaient aussi sombres que les miens.

— A-t-il bu ou mangé quoi que ce soit en votre présence ?

— De la nourriture ? Non. Il a mangé avec vous. Nous avons bu une chope de bière.

Simon grimaça tandis qu'il se souvenait de son goût.

— C'était une bière amère.

— Avez-vous partagé la même chope ?

— Non.

— Que s'est-il passé ensuite ?

— Dominic a dit qu'il allait voir son petit faucon pour faire passer le goût amer dans sa bouche. Mais quand il est arrivé dans votre chambre, vous étiez partie.

— Vous avez dit que votre bière était également amère ?

— Oui.

— Mais vous n'avez pas ressenti de vertige ou de léthargie, ni de besoin de protéger vos yeux de la lumière ?

— Je suis fatigué et quelque peu lent depuis le léger entraînement avec l'épée et le bouclier. Et…

Simon fronça les sourcils.

— C'est étrange, mais mes côtes ne sont pas douloureuses alors que ce devrait être le cas. C'est plutôt agréable, en fait.

Meg ferma les yeux à cause de la frayeur qui serrait son cœur. Il y avait assez de potion dans la bouteille qui avait disparu pour tuer de nombreux chevaliers. Apparemment, Simon n'en avait pas bu suffisamment pour être en danger. La même chose ne pouvait être dite de Dominic.

— Envoyez quelqu'un rapidement à la garnison, dit Meg. Voyez si d'autres chevaliers sont malades. Je crains que la bière ait été empoisonnée.

Simon passa sa tête par la porte. L'écuyer de Dominic n'avait pas quitté la place à laquelle il s'était installé après avoir été éjecté de la chambre. Jameson était assis à terre au bout du couloir, la tête dans les mains, la peur lisible sur son jeune visage.

Alors que Simon donnait des ordres saccadés, Meg prit l'antidote dans son panier, ôta le bouchon de la bouteille et versa une maigre quantité dans un récipient d'eau qui se trouvait près du lit de Dominic. Au moment de reposer le bouchon sur la bouteille, elle hésita. Son époux était d'une stature hors du commun. Elle ajouta quelques gouttes supplémentaires de la potion de couleur ambre clair, et encore quelques-unes après cela, avant de replacer le récipient sur la table et de se concentrer sur l'homme qui reposait si calmement sur le lit.

— Dominic, dit Meg d'une voix claire et autoritaire. Levez-vous. Votre frère est en danger !

Il n'y eut pas de réponse de la part de Dominic. Il reposait pâle et immobile, son souffle lent et court.

— Suis-je en danger ? demanda calmement Simon derrière elle.

— Non. Mais de tout ce que Dominic affectionne, vous êtes celui qu'il chérit le plus. S'il doit exister un danger capable de le faire se lever, ce serait un danger vous menaçant.

Simon fut trop surpris de la perspicacité de Meg pour répondre. Il l'observa simplement s'incliner au-dessus de son frère et le secouer sans résultat.

Sans prévenir, sa main se leva. Le bruit de la gifle ressembla au claquement de la foudre dans la chambre. Simon se retint même s'il s'était avancé pour empêcher la main de Meg de frapper l'autre joue de Dominic. Même s'il n'aimait pas voir son frère impuissant roué de coups, il n'avait pas de meilleure idée pour le pousser à se réveiller.

— Dominic, dit-elle bruyamment en le frappant à nouveau. Écoutez-moi. Il faut vous réveiller ! Simon a le dos au mur ! Il a besoin de vous !

Pendant un instant, Meg crut que Dominic avait répondu, mais le mouvement qu'il fit fut trop léger pour en avoir la certitude. Les larmes coulant le long de son visage, elle leva la main et le frappa à nouveau bruyamment.

— Seigneur ! Votre frère est blessé ! Le château est assiégé ! Réveillez-vous maintenant ou vous n'aurez jamais de fils !

La main de Dominic tressauta comme pour attraper une épée, mais après cet unique mouvement vain, il demeura immobile. Retenant son souffle, Meg attendit un autre signe.

Il n'y en eut aucun.

— Cela ne sert à rien, murmura-t-elle. Sa conscience est trop profondément enfouie pour que de simples paroles ne puissent l'atteindre.

Simon cracha une phrase blasphématoire.

— Vite, ordonna Meg sans lâcher Dominic du regard. Relevez-le de façon à ce qu'il puisse boire.

Simon redressa son frère en position assise. Meg tint le bol devant ses lèvres et l'inclina. Du liquide coula depuis les coins de sa bouche. Sa tête roula sur le côté, gaspillant davantage le précieux médicament. Désespérément, Meg essaya encore, sans réussite. Le bol métallique claqua contre les dents de Dominic.

— Arrêtez, dit Simon d'une voix rauque en recouchant son frère sur le lit. Il est aussi mou qu'une anguille morte.

Meg ne prit pas la peine de répondre. Elle passa le doigt entre les lèvres de Dominic, le glissa le long de ses dents jusqu'au coin de sa bouche, et de là jusqu'à ses molaires comme si elle voulait forcer un cheval à accepter un mors.

La bouche de Dominic s'ouvrit légèrement. Meg y versa un peu de potion, mais il en coula une plus grande quantité du coin de sa bouche que la quantité qui passa derrière ses dents.

— Il a avalé, dit Simon avec enthousiasme.

— Oui, mais une trop grande quantité est gaspillée. Je n'en ai pas suffisamment pour lui faire du bien si nous en perdons autant chaque fois.

— Combien de temps cela prendra-t-il pour en fabriquer davantage ?

— Quinze jours. Les plantes doivent pousser. J'ai uniquement laissé assez de feuilles pour que les racines restent viables.

— Bon sang, siffla Simon. En êtes-vous certaine ?

La seule réponse de Meg fut le lent scintillement ininterrompu de ses larmes sur ses joues. Sous son calme apparent, la certitude que le château de Blackthorne vivrait ou mourrait avec Dominic rongeait son âme comme de l'acide.

« La guerre à nouveau. Pourtant, Dieu a promis à l'homme qu'il y avait un temps pour chaque chose sur terre. Nous avons connu le temps de la haine, des cultures pillées, des combats, de la maladie et de la mort. Il doit certainement y avoir un temps pour la récolte, pour les bébés, pour l'amour et le renouveau, pour la paix. »

Davantage de médicament s'écoula dans la bouche de Dominic… et coula hors de sa bouche.

Avec un juron, Simon enleva ses gants, les jeta par terre et commença à faire les cent pas comme un loup en cage.

— Réfléchissez, dit-il urgemment. Il doit y avoir un moyen pour le lui faire ingurgiter. Une cuillère ?

— Envoyez quelqu'un en chercher, répondit Meg.

Mais il n'y avait pas de réel espoir dans sa voix. Dominic avait besoin de plus de médicament, et plus rapidement que ce qui pourrait être versé avec une cuillère. Soudain, elle se souvint d'une autre façon de recevoir — et de donner — du liquide.

« Petit faucon. Buvez de mes lèvres. »

Un frisson parcourut la peau de Meg. Le médicament couleur ambre était puissant. Même le mettre dans sa bouche était un terrible risque. Si elle en avalait, elle mourrait certainement.

Et Dominic mourrait certainement si rien n'était fait. Rapidement.

— Restez avec moi, Simon, ordonna-t-elle.

Étonné, il s'avança vers elle.

— Aidez-moi à relever Dominic juste un peu, dit-elle.

Avec l'aide de Simon, Meg glissa un bras sous la tête et les épaules de Dominic. La fraîcheur de sa chevelure glissa le long de son poignet, et sa tête se cala lourdement dans le creux de son bras.

— Gardez sa tête penchée en arrière, dit Meg. Non, pas autant. Comme s'il levait les yeux vers l'horizon. Oui ! Gardez-la comme ça.

Toute la persistante appréhension que Simon avait pu avoir au sujet du médicament que Meg voulait administrer à Dominic s'évanouit lorsqu'elle-même prit une pleine gorgée du liquide. Elle ne l'avala pas. Elle ouvrit simplement la bouche de Dominic à nouveau et lui donna un petit peu de médicament de ses propres lèvres, versant quelques gouttes du liquide sur sa langue de façon à ce qu'il soit obligé d'avaler ou d'étouffer.

Dominic avala.

— Oui ! s'exclama Simon, excité. Bien joué !

Rapidement, Meg lui versa quelques gouttes supplémentaires depuis ses lèvres. À nouveau, les gouttes glissèrent sur sa langue, excitant son besoin d'avaler, ce qu'il fit sans hésitation.

La troisième fois, Meg fut plus audacieuse. Elle plaça sa bouche contre celle de Dominic partiellement ouverte, elle plissa les lèvres et laissa couler un flot modéré de médicament. Il avala et avala encore. Quand sa bouche était vide, elle reprenait rapidement une gorgée de médicament et recommençait à en donner à son époux, jusqu'à ce qu'il ne reste plus rien dans le bol.

Alors que Simon observait la douceur avec laquelle Meg donnait le médicament à Dominic, il admit en silence que son opinion avait été trop sévère envers elle. Comme les larmes qui n'avaient cessé de couler lentement, ses actes firent comprendre à Simon que, malgré les rumeurs, elle ne ressentait aucune haine envers son époux.

En fait, si Simon n'avait pas été certain que le mariage n'avait pas encore été consommé, il aurait juré qu'il existait une réelle affection entre son frère et la sorcière des Druides de la Vallée. Elle était aussi tendre avec Dominic qu'une mère avec son enfant.

— Sa respiration, dit Meg urgemment. Semble-t-elle plus lente qu'avant ?

L'espoir qui s'était éveillé en Simon se figea lorsqu'il se rendit compte que Meg avait raison. La respiration de Dominic ralentissait sans aucun doute.

— Je ne suis pas arrivée à temps ! pleura-t-elle. Mon Dieu, je ne suis pas arrivée à temps !

Meg fit voler le récipient par terre et tendit les mains pour secouer son époux.

— Vous devez respirer ! lança-t-elle urgemment. Vous le devez tout simplement !

Comme si elle allait lui donner de l'air de la même manière qu'elle lui avait administré le médicament, Meg se pencha une fois de plus au-dessus de son époux.

— Reprenez le souffle de la vie, murmura-t-elle. *Prenez-le.*

Elle colla sa bouche à celle de Dominic et expulsa son propre souffle dans le corps de Dominic encore et encore puisqu'il respirait trop faiblement et trop lentement par lui-même.

Stupéfait, Simon tint son frère et observa durant de longues minutes Meg se battre pour chaque respiration que Dominic prenait. Sa détermination pour qu'il reste en vie était tellement forte qu'elle en était presque palpable.

Une sensation de picotements parcourut la colonne vertébrale de Simon, une reconnaissance primitive d'une volonté aussi bien entraînée et disciplinée que celle de Dominic en personne. Excepté chez son frère, Simon n'avait jamais rencontré une telle détermination. Il n'avait même jamais cru que cela puisse être possible.

Simon sentit le frémissement de Dominic presque au même moment que Meg. Elle lui insuffla une dernière bouffée d'air et s'écroula sur ses genoux, la joue posée sur la poitrine de Dominic, tremblant à cause de l'effort aussi bien physique que mental.

— Est-ce qu'il… respire ? haleta-t-elle.

— Oui, lentement, mais de manière moins effrayante. Et il inspire plus profondément.

La respiration que prit Meg ressemblait davantage à un sanglot. Elle leva la tête. Dominic était moins pâle, à présent. Elle lui toucha la joue. Sa peau se réchauffait là où elle avait été froide il y a quelques instants. Pourtant, sa respiration était encore douloureusement lente.

Meg le regardait avec anxiété, car elle savait que l'antidote aurait dû avoir plus d'effet. Fait de nouvelles feuilles, il avait le double de la puissance de celui qui était fait en été.

— Monsieur, appela l'écuyer de Dominic depuis le couloir. Quelques chevaliers se sentent un peu lents, mais aucun ne s'en plaint. Ils disent simplement que la bière était plus forte que d'habitude.

Simon regarda Meg.

— S'ils avaient dû succomber, ce serait déjà arrivé à présent, dit-elle sans détourner le regard de Dominic.

— Retourne à ton poste, dit Simon. Nous t'appellerons si nous avons besoin d'autre chose.

L'écuyer hésita.

— Monsieur ?

— Dominic se sent mieux à chaque respiration, dit Simon avec un semblant de sourire. Dis aux gens du château que leur seigneur sera rétabli à l'aube.

Le soulagement de Jameson fut visible.

— Merci, monsieur.

L'écuyer tourna les talons pour s'en aller, puis se retourna.

— J'allais presque oublier. Thomas le Puissant voudrait savoir s'il devra baisser le pont-levis demain matin.

— Non, répondit catégoriquement Simon. Je veux que personne n'entre ou ne sorte.

— Bien, monsieur !

Sous le regard lugubre de Simon, l'écuyer se retira à une telle vitesse qu'il en oublia les manières. Quand Simon se tourna vers le lit, il remarqua la peur inscrite sur le visage pâle de Meg. Sa main reposait sur le cœur de Dominic, mais c'était sa respiration qui l'effrayait.

— Ce n'est pas suffisant, murmura-t-elle. Il mourra avant de se réveiller. Il faut que je prenne le risque.

— Quoi ? Vous ne semblez pas sensée.

Ignorant la question de Simon, Meg se remit sur ses pieds. Alors qu'elle tendait le bras pour prendre la petite bouteille bouchonnée, son pied cogna le bol qu'elle avait jeté sous la frayeur. Elle ramassa le métal froid, le remplit à moitié d'eau et vida la bouteille jusqu'à ce qu'il ne reste plus rien du brillant liquide couleur ambre.

Lorsque Meg se tourna à nouveau vers le lit, Simon s'écarta pour lui laisser plus de place. Son doigt glissa le long de la bouche de Dominic qui s'ouvrit plus facilement cette fois. Elle but le puissant médicament dans le bol, se pencha vers lui et versa le précieux liquide sur sa langue.

Après la première gorgée difficile, les choses s'accélérèrent, car Dominic était moins sous l'emprise du poison grâce à chaque battement de cœur qui envoyait le médicament dans son corps. Lorsque Meg se pencha au-dessus de lui pour la dernière gorgée, il but le médicament de ses lèvres aussi naturellement qu'un bébé se nourrit au sein de sa mère.

Même une fois le bol vide, Meg prit son temps avec les dernières gouttes, car Dominic lui avait appris à apprécier l'intimité et la chaleur de sa bouche.

Après la dernière pression furtive de sa langue sur la sienne qui caressa Dominic et lui administra par la même occasion la dernière goutte de médicament, Meg se redressa. Lorsqu'elle se rendit compte que Simon la regardait avec un mélange de compassion et de surprise, elle rougit. Sans un mot, elle se dirigea vers la cruche d'eau, rinça le bol et, ensuite, se rinça complètement la bouche.

Malgré la prudence de Meg, une quantité suffisante du puissant médicament s'était répandue dans son corps, ce qui fit en sorte qu'il lui était impossible de rester immobile. Elle fit les cent pas dans la chambre. Ses pas étaient rapides et firent chanter les grelots dorés. Comme ce ne fut pas suffisant pour la détendre, elle attrapa la bouteille en pierre et la roula entre ses paumes comme s'il s'agissait d'une pierre de rivière froide et apaisante.

Simon regarda Meg, puis son frère, et Meg à nouveau.

— Que fait-on, maintenant ? demanda Simon.

— On attend.

— Jusque… ?

— Jusqu'à ce que l'un des deux médicaments remporte la bataille, répondit simplement Meg.

Simon regarda la bouteille dans les mains de Meg. La manière négligente avec laquelle elle la manipulait lui fit comprendre qu'elle ne contenait plus rien de précieux. Il n'y avait plus de médicament à donner.

— Quand le saurons-nous ?

— Je ne peux le dire, murmura Meg. Tout homme moins fort serait déjà mort deux fois maintenant.

— Deux fois ?

— Oui, dit-elle sèchement. Une fois à cause du poison. Une autre à cause du médicament pour le contrer. C'est un stimulant assez puissant pour faire sauter un cochon au-dessus du plus haut mur du château.

— Est-ce pour cette raison que vous faites les cent pas comme un écuyer avant son premier combat ?

Meg hocha la tête.

— Êtes-vous en danger ? demanda Simon.

— Je ne sais pas. Si Dominic se réveille et que je ne suis pas…

Les mots de Meg s'interrompirent brusquement.

— Donnez-lui de l'eau et encore de l'eau jusqu'à ce qu'il ne puisse plus avaler une seule goutte. Cela aidera à éliminer toute trace de poison de sa chair.

Simon relâcha son frère et se dirigea rapidement vers Meg.

— N'y a-t-il rien que vous puissiez prendre pour vous aider ?

— Non. Je n'ai pas la forte puissance de Dominic. Je perdrais la lutte acharnée entre les deux médicaments les plus puissants que connaissent les Druides de la Vallée.

Lorsqu'elle vit l'inquiétude de Simon, Meg sourit malgré la respiration trop rapide que lui imposait le médicament. Son cœur s'accéléra de façon débridée.

— Ne vous inquiétez pas. Le stimulant… se dissipe… rapidement.

Les paroles et la respiration saccadées de Meg ne firent rien pour rassurer Simon.

— Vous auriez dû me demander de donner le médicament à Dominic, dit-il. Ou bien la méthode fait-elle partie des secrets des Druides de la Vallée ?

Elle éclata de rire de manière étrange et se mit à arpenter la pièce encore plus rapidement, faisant vibrer frénétiquement les grelots dorés.

— Des Druides de la Vallée ? dit-elle. Non. C'est Dominic qui me l'a apprise.

Simon parut surpris.

— Vous voyez, mon époux désire un fils plus que toute autre chose sur la terre ou dans les Cieux. Il planifie de me séduire avec le même soin qu'il a planifié ses batailles les plus ardues.

Les grelots tintèrent avec insistance au moment où Meg pivota pour se remettre à arpenter la chambre. Tout comme ses pas, ses paroles étaient rapides et presque déchaînées.

— Mais il n'est pas de mon pouvoir de donner ou de refuser un fils. Lorsque Dominic comprendra cela, il me haïra aussi férocement qu'aucun homme n'a jamais détesté une femme.

Des clochettes frémirent et se firent entendre par de petites mélodies dorées qui redressèrent les cheveux de Simon sur sa nuque.

— Druides de la Vallée, railla Meg. La malédiction et l'espoir en même temps. Chaque jeune fille des Druides de la Vallée a fait naître la malédiction. Aucune n'a fait naître l'espoir.

Avant que Simon ne puisse répondre, Meg se mit à respirer comme un destrier après une longue course vers le combat. Ses pas devinrent de moins en moins grands jusqu'à ce qu'elle finisse par courir sur place tandis que les grelots tremblaient et émettaient une mélodie effrayante. Le souffle court, prise de tremblements, Meg tentait de rester droite tandis que le stimulant se déchaînait en elle comme la foudre.

Simon attrapa Meg et la retint lorsqu'elle faillit tomber. Elle haletait, prise de convulsions, et semblait ne plus pouvoir respirer. Alors qu'il la regardait combattre, il se rendit compte combien il avait mal compris l'épouse de son frère.

— Pardonnez-moi, mon Dieu, implora Simon, bouleversé. J'ai pensé que vous vouliez voir Dominic mourir.

Pourtant, vous avez risqué votre propre vie pour lui donner une chance de vivre.

Meg ne l'entendit pas. Il régnait un vacarme étourdissant dans son cerveau. Elle leva les mains pour s'arracher les cheveux, mais Simon l'en empêcha. Elle se débattit avec une force incroyable avant qu'elle ne se rende compte de ce qu'elle faisait. Serrant les dents, elle cessa de se débattre et laissa le stimulant se déchaîner en elle.

La crise cessa aussi rapidement qu'elle avait commencé.

Meg gémit en frissonnant et s'effondra contre Simon.

— Meg ? l'appela-t-il, oubliant les bonnes manières à cause de son besoin de savoir si elle allait bien.

— Le pire est passé, dit-elle.

Une voix faible s'éleva du lit. Meg se détacha du soutien de Simon et se précipita aux côtés de son époux.

— Dominic ? dit-elle avec insistance.

Ses yeux s'ouvrirent, mais il ne la vit pas. Des sons s'échappaient de sa bouche, mais ils n'étaient que ça — des sons sans signification.

Meg émit un cri d'angoisse.

— Pardonnez-moi, mon Dieu. J'ai sauvé son corps, mais il n'a plus toute sa tête !

18

Pendant un instant, Simon ne saisit pas pourquoi Meg était tellement bouleversée. Lorsqu'il comprit, il réfréna un éclat de rire de soulagement et de triomphe, et tenta de l'apaiser.

— Non, Meg. Vous avez sauvé toutes ses facultés.

— Êtes-vous fou ? Ne pouvez-vous entendre ce bafouillage ?

— Si. Je n'aurais jamais pensé que j'apprécierais entendre la langue de mes ennemis, mais, mon Dieu, que c'est bon !

Meg regarda Simon comme si elle craignait que lui aussi ait perdu l'entendement.

— Il parle turc, dit Simon.

Et ensuite, il se mit à rire, et son rire résonna dans la pièce.

Meg sourit, plutôt incertaine devant le guerrier blond qui, par moments, lui rappelait presque douloureusement son propre époux.

— Turc ? demanda-t-elle lorsque Simon eut cessé de rire. Donc ses paroles ont un sens ?

— Oui.

— Que dit-il ?

Simon écouta, hésita et adressa à Meg un regard triste.

— Euh… il parle des ancêtres d'un certain sultan.

— Les ancêtres ?

— D'une certaine façon, oui. Les ânes, les babouins, la bave et… euh… les excréments.

— Je crains que le poison n'ait attaqué votre esprit, finalement, dit Meg d'un air malheureux. Vous ne paraissez pas plus sensé que votre frère.

Un sourire illumina le visage de Simon, accentuant sa ressemblance avec Dominic au point d'en couper le souffle de Meg. C'est seulement à ce moment-là qu'elle admit à quel point elle avait eu peur de ne plus jamais revoir le sourire de son époux. Elle accepterait de porter les grelots et d'être nourrie de sa main durant l'année à venir si cela signifiait que Dominic soit à nouveau lucide et en bonne santé.

— Le sultan était un homme désagréable, dit Simon.

— On dit la même chose de tous les Turcs.

Un torrent de paroles en provenance du lit firent en sorte que Meg et Simon se tournèrent vers Dominic. Le seul mot que Meg reconnut fut le prénom de Simon. La détresse de Dominic, pourtant, n'eut pas besoin de mots pour être comprise. Elle était assise sur le lit et serrait la main de Dominic entre les siennes.

— Reposez-vous, Dominic, dit Meg d'une voix claire et calme. Vous êtes sain et sauf.

— *Simon, Simon ! Il est prisonnier.*

Bien que prononcé à voix basse, le cri de Dominic était aussi pressant qu'un hurlement. Simon prit l'autre main de Dominic et la serra comme pour imprimer sa présence dans la chair de Dominic.

— Je suis là, dit Simon. Tu m'as délivré de cette fosse du diable grâce à une rançon. Je suis sain et sauf, mon frère, et tu l'es également.

Dominic cria à nouveau mais avec moins d'intensité. Ensuite, il resta immobile, mis à part les mouvements agités de son corps.

— Que s'est-il passé à Jérusalem ? demanda Meg à voix basse.

— Douze chevaliers ont été capturés. J'étais l'un d'entre eux. Nous avons été offerts en cadeau à un sultan dont aucun de nous ne pouvait prononcer le nom, c'est pourquoi nous l'avons appelé « Belzébuth ». Dominic a donné une rançon pour nous délivrer.

— Le prix a dû être élevé.

— Plus que ce qu'aucun de nous ne peut deviner.

Meg lança un regard vif à Simon, car elle avait perçu quelque chose d'effroyable sous ses mots simples.

— Que voulez-vous dire ? demanda-t-elle.

— Le sultan se souciait peu de douze chevaliers infidèles. Il n'y avait qu'un seul infidèle dont il voulait tester le courage.

— Dominic ? murmura Meg.

Simon hocha la tête.

— Oui, Dominic le Sabre.

— Que s'est-il passé ?

— Dominic s'est rendu au sultan contre notre libération.

Les yeux de Meg s'agrandirent.

— Mon Dieu.

— Dieu n'a rien à voir avec le sultan. Aucun homme plus cruel que lui n'a jamais vécu. Certains hommes aiment les femmes. Certains, les jeunes hommes. Certains aiment infliger la douleur. Belzébuth vivait pour briser des hommes plus puissants et plus honorables que lui. Il avait élaboré une variété plutôt étonnante d'instruments dans ce but.

Meg frissonna.

— La main que vous tenez porte la marque du sultan, dit Simon. Si votre mariage était normal, vous auriez remarqué davantage de cicatrices sur le corps de votre époux.

Meg se retourna vers Dominic. Sa main était beaucoup plus grande que la sienne, plus forte, rude à cause de la guerre ; pourtant, il l'avait touchée avec énormément de douceur.

Délicatement, Meg suivit du bout des doigts le dessin des cicatrices guéries depuis longtemps. Lorsqu'elle arriva aux doigts de Dominic, elle eut le souffle coupé. Elle avait vu suffisamment d'accidents avec des poutres ou des rocailles pour reconnaître les marques d'un doigt qui avait été écrasé et qui avait guéri mais pas complètement. Son petit doigt n'avait plus que la moitié de l'ongle qu'il aurait dû avoir. L'ongle suivant avait de profondes entailles.

— C'est pareil sur cette main-ci, dit Simon. Arracher les ongles de Dominic fut la moindre des choses que fit le sultan.

Meg émit un gémissement sourd de douleur. Elle prit la main de son époux et la caressa comme si ce simple contact pouvait, d'une manière ou d'une autre, effacer les cruautés du passé.

— Comment Dominic a-t-il réussi à se libérer ? demanda Meg au bout d'un moment.

— Quand la nouvelle de ce qui était arrivé s'est répandue, des chevaliers de tous les seigneurs et de toutes les régions se sont rassemblés. Quand nous eûmes terminé, plus aucune pierre du grand palais du sultan ne tenait debout.

— Et le sultan ?

— Il était mort, quand nous l'avons trouvé.

Une nouvelle fois, ce fut la voix de Simon plutôt que ses paroles qui racontèrent l'essentiel à Meg. Et son sourire ne semblait être qu'un aperçu de l'enfer.

— Comment ? demanda-t-elle carrément.

— C'est difficile à dire. Vous voyez, Belzébuth s'amusait avec son harem lorsqu'il n'y avait pas de nouveaux infidèles à torturer.

Meg attendit, n'osant respirer.

— Pendant que les gardes du sultan étaient occupés ailleurs, Dominic a attrapé le sultan, l'a jeté dans les appartements des femmes et a verrouillé la porte.

Simon vit le choc s'imprimer sur le visage de Meg et sourit à nouveau.

— Mon frère, dit doucement Simon, perçoit toujours les points faibles d'un homme. Dominic n'aurait rien pu faire au sultan qui soit à moitié aussi cruel ou créatif que la punition infligée par des concubines qui avaient attendu cette occasion toute une vie.

Dominic bougea nerveusement, grogna et agrippa son épaule. Il blasphéma en anglais et en turc, tempêtant contre un chevalier appelé « Robert le Cocu ».

— Qui est-ce ? demanda Meg en regardant Simon.

— Robert a épousé une jeune Normande élevée en Sicile. Elle avait un goût prononcé pour les hommes. Pour beaucoup d'entre eux. Robert pensait que Dominic en faisait partie, et nous a entraînés dans une embuscade.

— Dominic a-t-il été blessé ?

Simon hocha la tête.

— Il a tué Robert et a offert sa protection à Marie. C'était l'unique moyen de maintenir la paix parmi ses chevaliers.

La bouche de Meg se crispa lorsqu'elle comprit comment la catin s'était jointe à la suite de Dominic.

— Comme ce fut intelligent de la part de Dominic de se sacrificr pour l'honneur de ses chevaliers, dit-elle d'un ton sarcastique.

— Dominic pouvait difficilement vendre Marie comme esclave à un sultan, n'est-ce pas ?

— Pourquoi pas ? marmonna Meg. D'après ce que j'ai pu voir, la jeune femme est née pour vivre dans un harem.

— Vous devriez être reconnaissante envers elle.

Le regard de biais que Meg adressa à Simon l'incita à lutter pour ne pas sourire.

— Sans Marie — et l'avide Eadith, bien entendu — les chevaliers de Dominic auraient provoqué des dégâts parmi les jeunes filles réticentes du château. Les Normands ne sont pas très appréciés, ici.

— Laissez-nous le temps, dit Meg sèchement. Les chevaliers de Dominic sont de bons gaillards costauds, avec des bras musclés et une tête bien remplie. Je suis certaine que les jeunes filles faibliront bientôt.

— Vous le pensez ? demanda Simon avec nostalgie.

— Pourquoi pas ? Dans le noir, il est impossible de différencier un Normand d'un Écossais ou d'un Saxon.

Simon rit franchement.

— Vous allez égayer la vie de Dominic, Meg. Cela lui fera du bien. Il est trop froid depuis Jérusalem.

Souriant légèrement, Meg se tourna de côté et versa de l'eau dans le bol en métal. Quand le bord froid métallique toucha les lèvres de Dominic, il détourna la tête d'un mouvement brusque et impatient.

— Mon frère peut être agréable, dit Simon d'un ton sec, mais il n'est pas stupide. Il prendra plus volontiers du liquide de lèvres chaudes que du métal froid.

Le rouge monta aux joues de Meg alors qu'elle prit une gorgée d'eau, se pencha au-dessus de Dominic et lui offrit à boire de ses lèvres. Il ne fallut pas faire d'efforts pour gagner son attention. Dès que sa bouche frôla la sienne, il se tourna avidement vers elle. Ce ne fut qu'une fois qu'il eut bu deux bols qu'il se tint immobile et reprit ses divagations verbales.

Cette fois, ses mots étaient prononcés en anglais. Meg se rendit compte qu'elle aurait préféré que ce ne soit pas le cas.

— … interminable massacre ensanglanté. James, mort. John le Petit, mort. Ivar le Barbare, mort. Stewart le Rouge…

La voix de Dominic ressemblait à celle d'un moine psalmodiant une messe en langue étrangère. Pendant que les noms déferlaient les uns après les autres sur les lèvres de son époux, Meg était penchée au-dessus de lui et lui caressait la tête comme pour soulager un enfant fiévreux.

Pourtant, ce n'était pas la fièvre qui transportait Dominic, et il n'était pas non plus un enfant. Il était un homme qui avait connu l'extrême violence des épées qui tailladent et entaillent la peau, les dégâts de la lance et du cheval de bataille qui foncent sur les hommes à pied, le siège qui entraîne une lente dégénérescence et la maladie jusqu'à ce que des enfants meurent de faim et que des femmes se battent avec les chats pour attraper des rats aussi maigres que des fantômes.

Dominic récita à maintes reprises la liste des personnes affamées, des personnes mutilées et des morts jusqu'à ce que Meg pense qu'elle allait crier si elle entendait un seul nom supplémentaire.

— *Il faut que règne la paix !*

Meg pensa qu'il s'agissait de son propre cri jusqu'à ce qu'elle se rende compte qu'il s'agissait de la voix de son époux.

— *M'entends-tu, Simon ? Il faut que règne la paix !*

— Oui, répondit clairement Simon. Tu feras régner la paix sur tes terres, Dominic. Je le sais avec la même certitude que le soleil se lèvera à l'aube.

Quand Dominic cria à nouveau, Simon répondit de la même manière, essayant de dépasser le délire causé par le poison afin que son frère puisse se reposer.

La souffrance de Dominic, si bien camouflée lorsqu'il était maître de lui, fit souffrir Meg par compassion et autre chose encore, l'espoir persistant des Druides de la Vallée qui était à la fois un droit de naissance et une malédiction.

« Peu importe ses motivations, il m'a touchée avec une extrême douceur. Il a été mené par un besoin aussi grand que le mien, pourtant il a plutôt courtisé que demandé. Il aurait pu tuer chaque Saxon dans le château, pourtant il a réfréné sa main. La paix, pas la guerre. Mon Dieu, si j'avais le pouvoir d'exaucer le plus grand souhait de Dominic. »

Cependant, Meg ne l'avait pas et elle le savait : le légendaire fils des Druides de la Vallée naîtra de l'amour et uniquement de l'amour. Elle pouvait ressentir la passion courante d'une femme pour un homme, elle pouvait ressentir de la compassion pour les souffrances passées de son époux, elle pouvait respecter son intelligence, sa discipline et son ambition, elle pouvait avoir de la peine pour tout ce qui aurait pu exister entre eux si elle n'avait pas pu lire en lui aussi clairement et s'il avait pu voir davantage en elle ; mais *elle ne pouvait se forcer à aimer un homme qui ne l'aimait pas en retour.*

Ce serait trop demander de n'importe quelle femme. C'était simplement au-delà de ses capacités... Tout comme l'amour était au-delà des capacités de Dominic.

Meg porta la main de Dominic à ses lèvres et la garda à cet endroit alors que les larmes qu'elle ne pouvait retenir coulaient le long de ses joues jusque sur les doigts de Dominic. Tous les espoirs de Dominic étaient vains, tout comme ceux des Druides de la Vallée. Elle était comme toutes les femmes Druides de la Vallée avant elle.

Maudite.

— Dominic a changé après avoir été le prisonnier du sultan, dit Simon à voix basse. Il avait toujours été un soldat intelligent, mais il est devenu à la fois brillant et complètement impitoyable. Il planifiait chaque bataille avec grand soin. Pas uniquement pour gagner, mais pour détruire aussi peu que possible pendant les combats. Même si ce qu'il détruisait...

La voix de Simon s'évanouit, puis revint.

— Ce qu'il détruisait gisait inutile de manière à ce que cela ne puisse plus être reconstruit.

Meg caressa des lèvres la paume de Dominic.

— Il est dorénavant d'une froideur perturbante, poursuivit Simon. Peu importe la façon dont il sera provoqué, il montrera de la clémence envers une personne intelligente, car c'est une sage réaction. Aux idiots, il montrera uniquement la lame aiguisée de son épée, peu importe si l'offense est mineure.

Silencieusement, Meg embrassa à nouveau la paume de Dominic et se demanda s'il la considérerait comme une personne sage ou idiote après qu'elle eut brisé la promesse qu'elle lui avait faite de rester dans ses appartements.

— Lorsque Dominic quitta les terres vides qui avaient jadis constitué le domaine du sultan, dit Simon, il a fait le serment qu'il aurait son propre domaine dans les terres les plus reculées du monde civilisé, loin des ambitions des rois, des papes et des sultans. Qu'il gèrerait son domaine avec une telle attention qu'il n'y règnerait ni la famine ni l'indigence. Ensuite, Dominic a fait le serment de prendre une noble épouse et d'engendrer des fils robustes qui eux-mêmes élèveraient des fils robustes.

— De cette manière, une partie de ses réussites vivrait éternellement ? demanda Meg.

Simon secoua la tête.

— Dominic a appris que la paix est uniquement possible pour les puissants. Pour les faibles, la paix n'est rien si ce n'est un rêve cruel, et il n'aurait plus de rêves cruels.

« Des terres, une noble épouse, des fils… et la paix. Surtout la paix. »

La litanie des désirs de Dominic résonna dans l'esprit de Meg tandis qu'elle observait les rides que la douleur avait creusées sur le visage de son époux. En silence, elle s'emporta contre la malveillance des circonstances et des gens, contre l'ironie du mariage de Dominic à une Druide de la Vallée et ressentit une douleur pareille à un couteau remuant dans son cœur.

« Vous avez gagné la paix, des terres, une noble épouse… De toutes les femmes sur terre, pourquoi est-ce moi que Dieu vous a envoyée ? »

— Lui donnerez-vous des fils ? demanda Simon.

L'unique réponse de Meg fut le flot silencieux de ses larmes. Elle tenait la paume de Dominic pressée contre sa joue lorsqu'il se remit à parler, replongeant dans l'enfer soigneusement forgé du sultan.

Pendant un long moment, elle écouta le cauchemar de Dominic ainsi que son rêve de paix alors qu'il délirait. Les cris de douleur qui n'auraient jamais franchi ses lèvres s'il avait été éveillé, lui déchirèrent le cœur.

Regarder Dominic et écouter les échos de son agonie passée apprirent à Meg que le guerrier normand qui avait émergé du brouillard au-delà des murs du château de Blackthorne n'était pas la force froide et invincible comme elle l'avait cru. C'était un homme qui avait été brutalement écorché par la vie. Elle versait des larmes pour lui et pour le destin qui l'avait lié à une femme qui ne pouvait lui offrir le rêve qu'il avait si durement mérité.

Finalement, Dominic se tut. Lentement, sa respiration se fit plus profonde, et son corps se relâcha.

— Est-ce qu'il va bien ? demanda Simon.

— Oui. Il dort, à présent. Il dort réellement.

Simon observa la tension quitter les traits de Meg de la même façon que sur le visage de Dominic lorsqu'il s'était endormi. En récitant une prière de remerciement à voix basse, Simon repoussa les cheveux noirs de Dominic de son front. Ce geste en disait long sur l'affection qui existait entre les deux frères, un lien qui était bien plus profond que la fatalité d'avoir le même père.

— C'est tellement étrange, murmura Meg.

— Quoi donc ?

— Duncan a touché John de la même manière, dit-elle sans réfléchir.

La douceur qu'avait montrée Simon s'évanouit.

— Duncan, dit Simon d'une voix basse et féroce. Je lui arracherai le cœur pour ceci.

Meg prit une rapide inspiration.

— Pourquoi ?

— Avoir empoisonné mon frère.

— Duncan ne se trouvait pas à proximité !

— Ses sous-fifres l'étaient.

— Les mercenaires sont partis.

— Qu'ils aillent en enfer, dit froidement Simon. Je parle des espions de Duncan dans le château. L'un d'entre eux a empoisonné Dominic. Lorsque je trouverai de qui il s'agit, je le ferai pendre.

Meg parut affligée.

— Personne du château n'empoisonnerait…

Sa voix s'éteignit lorsqu'elle se rendit compte que quelqu'un *l'avait fait*. Elle ferma les yeux. Inconsciemment, elle frotta ses mains sur ses bras comme pour se protéger d'un vent froid d'hiver. Penser qu'une personne à l'intérieur de sa maison haïssait Dominic au point de vouloir le tuer lâchement la faisait littéralement frissonner.

— Avant de vous voir vous battre pour la vie de Dominic, dit Simon, j'étais certain que vous étiez la personne qui l'avait empoisonné.

Les yeux de Meg s'agrandirent, ils étaient aussi verts et durs que les émeraudes que lui avait offertes Dominic.

— Je suis une guérisseuse, répliqua-t-elle.

— Oui, répondit Simon en souriant d'une manière presque douce. Sans vous, Dominic serait mort. C'est pourquoi il est raisonnable de présumer que ce n'est pas vous qui l'avez empoisonné.

— Peut-être personne n'a-t-il voulu l'empoisonner. Peut-être que la personne qui a mis la drogue dans la bière a versé trop de gouttes dans une des chopes et que Dominic a joué de malchance en recevant cette chope.

Simon pencha la tête sur le côté comme pour réfléchir à cette éventualité.

— Peut-être, dit-il après un moment, mais il n'y avait pas d'enthousiasme dans sa voix. Il n'y a pas beaucoup de chances que ce soit le cas.

— Que pensez-vous qu'il soit arrivé ? demanda Meg.

— Je pense que quelqu'un a empoisonné le tonneau de bière et ensuite a rajouté du poison dans la chope de Dominic par sécurité.

— Qui ? Quand ?

— Le tonneau a pu être empoisonné à n'importe quel moment.

— Non. Seulement depuis la veille du mariage.

— Pourquoi dites-vous cela ?

— Ce fut à ce moment que j'ai découvert que la potion avait disparu, dit Meg.

— En avez-vous parlé à Dominic ? demanda Simon.

— Non.

— Bon sang, pourquoi pas ?

— Je n'étais pas certaine du genre d'homme que c'était, répondit franchement Meg. Dans tous les cas, cela aurait pu être un des vôtres qui avait volé le médicament.

Simon fit un geste de dédain de la main.

— Non. Les chevaliers sont loyaux. Dominic a vendu son âme pour rançonner leur libération.

— Et pour le reste de vos gens ? Combien d'entre eux connaissez-vous suffisamment pour pouvoir vous porter garant de leur honnêteté ?

— Arrêtez, ma sœur, dit impatiemment Simon. Quelle personne appartenant aux nôtres aurait pu connaître l'herboristerie et savoir quelles plantes vous y gardez ?

— Aucun habitant de Blackthorne ne va dans mon herboristerie, à part Gwyn l'Ancienne.

Simon plissa les yeux.

— Où est-elle ?

— Elle échange son savoir avec une femme sage qui vit dans un village au sud, à une journée de marche d'ici.

— Elle aurait pu empoisonner la bière.

— Si elle l'avait fait, tous les chevaliers seraient morts.

Il lança à Meg un rapide regard noir.

— Comment cela ?

— Gwyn connaît le dosage, dit Meg de manière succincte. La bouteille manquante ne contenait pas une quantité suffisante pour tuer quelqu'un une fois mélangée dans un tonneau de bière, sauf si trois ou quatre hommes s'étaient partagé le tonneau entre eux.

Simon sourit légèrement.

— La bière les aurait tués en premier. Donc… Gwyn l'Ancienne.

— Non. Gwyn ne pourrait tuer de cette manière, pas plus que moi. Elle est une Druide de la Vallée, une guérisseuse.

— Eadith connaît-elle le dosage ? demanda Simon.

— Non. Pourquoi ?

— Elle a distribué la plus grande partie de la bière. Et elle hait les Normands.

— Vraiment ? demanda Meg d'un ton sec. C'est pour cette raison qu'elle passe davantage de temps dans le lit de Thomas le Puissant que dans le sien ?

— Elle a distribué la bière, insista Simon.

— La catin en a distribué également, rétorqua Meg. La suspectez-vous ?

— Marie ? Bien sûr que non. C'est Dominic qui l'entretient.

— Et c'est moi qui entretiens Eadith. Elle peut être une commère agaçante, mais ce n'est pas une raison pour la suspecter d'un tel acte de haine.

— Elle est ambitieuse, riposta Simon.

— Oui. Elle désire un époux et une maison à elle. C'est ce que veut également la catin aux lèvres rouges.

Simon poussa un souffle d'exaspération et se passa la main dans les cheveux.

— Cela doit être un des chevaliers de John, conclut Simon.

Immédiatement, Meg voulut protester, mais fut interrompue par un geste impatient de Simon.

— Quelqu'un a empoisonné cette bière et presque tué Dominic, dit Simon froidement. Personne ne sera en sécurité dans ce château jusqu'à ce que nous ayons trouvé qui est cette vipère qui nous en veut.

Meg tourna le regard vers le lit où dormait Dominic. Même si elle détestait la conclusion de Simon, elle savait qu'il avait raison. Le château de Blackthorne vivrait ou mourrait avec Dominic le Sabre.

Et Dominic avait failli mourir.

19

Dominic se réveilla au milieu de la nuit avec la douce chaleur de Meg allongée contre lui et un mal de tête qui menaçait de lui briser le crâne. Quand il ouvrit les yeux, même le faible vacillement de la lumière du feu à travers les draperies du lit lui déchira les yeux comme un coup de couteau. Étouffant un gémissement, il pressa les mains contre ses tempes et se demanda ce qui lui était arrivé.

Instantanément, Meg se réveilla et tendit la main vers le panier de médicaments qu'elle avait gardé auprès d'elle durant les longues heures pendant lesquelles Dominic avait dormi. Avec des mouvements rapides, elle mélangea un sachet d'écorces en poudre dans une chope d'eau que Simon avait tiré du puits et personnellement apporté dans la chambre de Dominic.

— Tenez, dit-elle en donnant la chope à Dominic. Buvez ceci. Cela apaisera votre mal de tête.

Sans hésiter, il porta la chope à ses lèvres. Bien que la potion fût amère, il ne baissa pas la chope avant d'en avoir bu la dernière goutte.

Meg laissa échapper un soupir de soulagement.

— Pensiez-vous que je refuserais le médicament ? demanda sèchement Dominic.

— J'avais peur que vous n'ayez la même opinion que celle qu'avait Simon au début.

Un sourcil noir se leva en signe d'interrogation.

— Votre frère pensait que j'étais la personne qui vous avait empoisonné, expliqua Meg.

— *Empoisonné.*

Dominic s'assit précipitamment, grimaça et marmonna quelque chose en turc. Meg s'assit et appuya ses mains sur la poitrine de Dominic, pour le pousser à s'allonger à nouveau.

— Ne vous levez pas encore, dit Meg. Vous devez avoir l'impression qu'un pieu est enfoncé dans votre crâne.

— Oui, grogna-t-il. Bon sang, c'est exactement ce que je ressens.

— Chut, murmura-t-elle. Fermez les yeux. Cela vous aidera. Même la faible lumière de la cheminée doit vous sembler éblouissante, en ce moment.

Quand Meg se pencha pour masser les tempes de Dominic, les grelots dorés entrelacés dans ses nattes défaites chantonnèrent doucement.

— Donc, vous portez encore vos jets, dit-il, retrouvant davantage de souvenirs de ce qui s'était déroulé à chaque instant qui passait.

— Jusqu'à ce que vous les enleviez, admit Meg.

— Pourtant, vous avez brisé la promesse que vous m'avez faite d'une autre façon.

Les mains de Meg s'immobilisèrent. Elle était contente que les yeux de Dominic soient fermés; même à moitié mort sous les effets durables du poison, il aurait remarqué la peur en elle.

« Un homme intelligent ne montre de la clémence qu'une seule fois envers la même personne. Ne me défiez pas, petit faucon. »

Pourtant, elle l'avait fait.

— L'épouse de Harry…, commença Meg, frottant à nouveau les tempes de Dominic.

— Je m'en souviens, l'interrompit-il. Un accouchement long et pénible. Comment se porte-t-elle ?

— Je ne sais pas. Simon n'a autorisé personne à entrer ou sortir de cette chambre à part lui. En ce moment même, il dort devant votre porte.

— Cette femme a-t-elle besoin de vous ? demanda Dominic.

Meg se demandait à quoi pensait Dominic. Sa voix ne laissait rien trahir. Son corps non plus. Il avait à nouveau une parfaite maîtrise de lui.

— Je ne pense pas, répondit-elle. Gwyn est revenue juste avant le coucher du soleil hier. S'il y avait eu le moindre problème avec Adela, Gwyn serait venue me trouver.

— Et au diable les ordres de Simon ? demanda Dominic d'un ton neutre. Ou les miens ?

Meg se demanda comment expliquer à son époux qu'elle était responsable du peuple appartenant au château d'une façon qui allait bien plus loin que les tâches normales de l'épouse d'un seigneur.

— Savoir que les gens souffrent alors que je pourrais les soulager, répondit Meg de façon hésitante, qu'ils sont malades alors que je pourrais les guérir, qu'ils meurent alors que j'aurais pu les aider à vivre…

Meg lutta contre la douleur qui lui serrait la gorge alors qu'elle scrutait le visage de Dominic pour y déceler la moindre trace de ses pensées. Mais il n'y en avait pas. Son expression était pareille à sa voix : disciplinée, implacable, presque inhumaine par son manque d'émotion.

— Quelle que soit la punition que vous m'infligerez pour avoir brisé ma promesse, murmura Meg, elle ne pourrait être pire que savoir qu'une personne appartenant à mon peuple est morte alors que j'aurais pu la sauver.

Les mains de Dominic se refermèrent sur celles de Meg, interrompant ses mouvements apaisants sur ses tempes.

— Vous avez brisé la promesse que vous m'aviez faite, dit-il.

— Oui, admit Meg en fermant les yeux.

— Vous le referez si votre peuple a besoin de vous.

— Oui, murmura-t-elle. Je suis désolée, cher époux. Je peux vous obéir pour beaucoup de choses, mais pas dans ce cas-là.

— Et vous êtes prête à accepter n'importe quelle punition que je trouverais adéquate.

Elle prit une profonde inspiration et dit :

— Oui. Mais ne m'enfermez pas véritablement. Je ne pourrais pas le supporter.

— Les gens du château ne l'accepteraient pas non plus, dit Dominic. N'est-ce pas ?

Avec hésitation, Meg répondit :

— Oui.

— Vous êtes vraiment une épée à double tranchant, chère épouse.

— Ce n'est pas mon intention. Je suis simplement… ce que je suis.

— Une Druide de la Vallée.

— Oui.

Au bout d'un moment, Dominic demanda :

— Comment êtes-vous arrivée à sortir du château ?

Meg ne répondit pas. Elle n'ouvrit pas les yeux non plus. Elle n'avait pas envie de se confronter à la froide colère de son époux.

Le silence régna si longtemps que Meg risqua finalement un regard vers son époux. Il l'observait, la scrutant véritablement, ce qui l'aurait fait frissonner auparavant. Maintenant qu'elle savait pourquoi il était ainsi, elle ressentait la même compassion que pour les gens du château de Blackthorne, emprisonnés dans une vie qu'ils avaient rarement choisie.

— Vous êtes une femme très courageuse, dit froidement Dominic. Mais pourtant, vous vous protégez tellement. Si la moindre chose vous déplaît, vous brandissez simplement votre « peuple » au-dessus de ma tête comme une épée de Damoclès.

— Ce n'est pas vrai ! répondit Meg passionnément. J'ai détesté être enfermée sans pouvoir voir le soleil comme un faucon récemment arrivé dans les fauconneries, cependant je n'ai pas crié mon mécontentement aux fenêtres. J'ai détesté être un tremplin pour les ambitions des hommes, pourtant je n'ai rien dit aux gens de Blackthorne lorsque le roi a ordonné mon mariage. Même lorsque John me battait, je ne disais rien !

— Pourtant, les gens le savaient.

Elle hésita, puis acquiesça puisque c'était la vérité.

— Tout comme je sais qu'ils souffrent, dit simplement Meg. Nous sommes… unis.

Dominic laissa le silence s'étirer pendant qu'il analysait son épouse Druide de la Vallée qui continuait à le surprendre avec un mélange de vulnérabilité et d'intransigeance.

— Apparemment, il y a un passage secret dans ce château, dit-il finalement. Vous me le montrerez, et uniquement à moi.

Meg ne voulait pas révéler son chemin secret pour sortir du château, néanmoins Dominic, en tant que seigneur, avait le droit de savoir où se trouvait le passage secret.

— Oui, dit-elle tout bas.

Le coin de la bouche de Dominic se releva.

— Était-ce si pénible que cela, petit faucon ?

— Quoi ?

— Me donner ce qui est de mon droit en tant que seigneur du château.

— Vous me faites passer pour une personne froide et égoïste.

— Non. Juste indomptable.

Le pâle sourire de Meg surprit Dominic.

— Indomptable ? demanda-t-elle. Est-ce comme cela que vous me voyez ?

— Pourrais-je vous voir différemment ? Vous n'obéissez à personne, pas même à votre époux.

— J'obéis à tout le monde ; je réponds même aux besoins des gens les plus modestes de Blackthorne. Pas une seule fois — *jamais* — une seule personne ne m'a demandé ce que je désirais, moi.

— Qu'est-ce ?

— La liberté, monsieur. Juste cela.

Retirant ses mains de sous celles de Dominic, Meg sortit du lit pour activer le feu.

— Dormez. Votre corps doit se remettre.

— Je guérirai plus vite avec vous à mes côtés.

Meg hésita en ajoutant une bûche de chêne dans le feu. De petites flammes léchèrent le bois comme si elles savaient que leur destin était de brûler, et de ce fait, de réchauffer les vies qui sans cela seraient froides.

Doucement, Meg installa la branche dans les braises. Avant qu'elle ne puisse inspirer profondément, des langues de feu se promenèrent sur le chêne, le caressant et le faisant flamber. Après quelques instants, elle se redressa et retourna dans le lit de Dominic. Elle repoussa les lourdes tentures qui entouraient le lit.

Dominic l'attendait. Il tenait les couvertures ouvertes, invitant silencieusement Meg à entrer dans le lit. Elle se glissa rapidement sous les couvertures, car elle ne voulait pas que la moindre chaleur s'en échappe. Derrière elle, les tentures se refermèrent à nouveau, retenant les courants d'air venant des volets.

— Vous allez attraper froid si vous ne vous enveloppez pas convenablement avec les couvertures, dit Meg.

— Vous allez me réchauffer.

Les bras puissants de Dominic attrapèrent Meg et l'installèrent le long de son corps dans une intime proximité qui était devenue familière dans les jours qui s'étaient écoulés depuis leur mariage. D'habitude, c'était lui qui dégageait le plus de chaleur, mais pas ce soir. Ce soir, ce qui restait du poison touchait le corps de Dominic avec des doigts glacés.

Meg resserra les couvertures autour de leurs deux corps et tenta de couvrir le corps de Dominic avec le sien le plus qu'elle le pouvait. La chaleur de son corps irradia contre lui. Cette sensation fit frémir Dominic de pur plaisir.

Souriant, il balaya ses lèvres sur le front de Meg, caressa sa joue avec sa paume et se laissa aller à nouveau dans un sommeil réparateur. Meg le suivit rapidement, son corps se relâchant contre celui de son époux jusqu'à ce qu'ils soient tous les deux au chaud.

Ensuite, le rêve prit place, et des doigts glacés s'enfoncèrent dans le cœur de Meg.

— *Non!*

Elle se redressa vivement. Son cœur battait la chamade comme celui d'un cheval en fuite et la secouait.

Dominic s'assit l'instant d'après, un couteau dans les mains. Un regard rapide lui apprit que les tentures autour du lit n'avaient pas bougé, et seule une faible lueur émanait de l'entrebâillement du côté de la cheminée.

— Dominic ? appela Simon d'une voix rauque derrière la porte. Tout va bien ?

— Oui. C'était seulement un mauvais rêve.

Simon marmonna quelque chose à propos des sorcières et des cauchemars tandis qu'il reprenait sa place contre la porte en quête d'un peu plus de sommeil pour ce qui restait de la nuit.

À côté de Dominic, Meg frissonnait et murmurait des choses qui n'avaient aucun sens à part la frayeur et le refus.

D'un mouvement rapide, Dominic glissa à nouveau le couteau sous son oreiller, repoussa une tenture et ralluma une bougie avec ce qui restait d'une chandelle sur la table. La chambre était froide. Seules quelques faibles braises demeuraient dans la cheminée. Pourtant, il doutait que ce soit la raison des frissons de son épouse.

— Meg ? dit Dominic à voix basse, lui caressant la joue. Qu'y a-t-il ?

Tout d'abord, Meg ne l'entendit pas, car elle était encore sous l'emprise du cauchemar.

— Meg ?

Elle ouvrit les yeux et regarda autour d'elle comme désorientée.

— Dominic ? Y a-t-il quelque chose qui ne va pas ? Ne vous sentez-vous pas bien à nouveau ?

— Non. C'est vous, Meg. Vous avez crié.

— Oh.

Se frictionnant les bras, Meg regarda autour d'elle, voyant véritablement la chambre pour la première fois depuis qu'elle s'était réveillée. Une nouvelle bougie brûlait vivement à quelques pas du lit. Des braises luisaient dans la cheminée. Aucune lumière ne s'infiltrait à travers les étroites fentes du volet.

— Le feu, dit-elle d'un air absent.

— Je vais m'en occuper.

— Non. Vous allez attraper froid.

Dominic tourna le visage de Meg jusqu'à ce qu'elle le regarde.

— Qu'est-ce qui ne va pas ? demanda-t-il.

Elle ouvrit la bouche, mais aucun mot n'en sortit. Tremblant, elle se frictionna à nouveau les bras comme pour réchauffer sa peau qui était devenue froide.

— Recouchez-vous, dit Dominic, repoussant Meg dans le lit pendant qu'il parlait. Vous allez attraper froid.

Il se leva et raviva le feu avec quelques mouvements rapides qui témoignaient de sa santé retrouvée. Quand il revint au lit, il attira Meg près de lui, mais ne fit aucun geste pour remettre les draperies en place autour du lit. Il pensait qu'en cet instant, la lumière était plus importante pour son épouse que la chaleur.

Doucement, les bras de Meg s'enroulèrent autour de Dominic. Son souffle s'échappa en un long et silencieux soupir et balaya la poitrine de Dominic.

— Pouvez-vous m'expliquer, maintenant ? demanda Dominic.

Au début, il pensa qu'elle allait refuser de parler. Ensuite, elle laissa à nouveau échapper son souffle dans un déferlement silencieux de chaleur.

— Juste un rêve, dit Meg.

— Rêvez-vous fréquemment de cette manière ?

— Non.

Dominic attendit.

Meg n'en dit pas plus.

— Avez-vous peur de moi ? demanda-t-il au bout d'un moment. De la façon dont je pourrais vous punir ?

— Non, murmura-t-elle. Pourtant je devrais.

— Pourquoi ?

— Vous êtes beaucoup plus fort que je ne le suis.

Il émit un son qui se trouvait à mi-chemin entre un implacable éclat de rire et l'incrédulité.

— Vraiment ? Est-ce pour cette raison que je me retrouve incapable de recevoir la moindre forme d'obéissance de votre part ?

— Mais…, commença Meg.

La pression des doigts de Dominic sur ses lèvres interrompit sa protestation.

— Racontez-moi, dit Dominic à voix basse. Pourquoi avez-vous peur ?

— Parfois… parfois, je rêve, dit précipitamment Meg.

— La plupart des gens le font.

— Pas… de cette manière. Le danger rôde. Je le sais.

— Les peurs nocturnes sont monnaie courante, dit-il calmement.

— Vous en avez ?

— Oui.

Meg bougea la tête jusqu'à pouvoir voir le profil de Dominic dessiné par la lumière du feu.

— De quoi rêvez-vous, murmura-t-elle.

— Je ne sais pas. Je sais uniquement que je me réveille glacé et en sueur.

— Vous ne vous souvenez pas de vos rêves ?

— De certains d'entre eux, dit-il.

— Mais pas de ceux qui vous réveillent ? persista-t-elle.

— Non. Pas de ceux-là.

Le long soupir de Meg envoya de la chaleur se promener sur la peau de Dominic.

— J'aimerais ne pas me souvenir des miens, chuchota-t-elle.

— Pouvez-vous me raconter ce dont vous vous souvenez ? Ou s'agit-il d'une affaire qui concerne les Druides de la Vallée ?

— Je… ne sais pas, dit-elle. Gwyn et moi n'en parlons pas, et mère n'en a jamais rien dit.

— Mais vous pensez que cela concerne les Druides de la Vallée.

Il n'y avait aucune question dans la voix de Dominic. Même si sa voix n'était pas rude, il était clair qu'il était décidé à poursuivre l'interrogatoire jusqu'à ce qu'il soit satisfait.

— Oui, murmura Meg.

— Racontez-moi, petit faucon.

La voix de Dominic était douce, mais ses yeux brûlaient d'un feu étincelant.

— J'ai très peu connu la paix dans ma vie, dit Meg à voix basse. Mon pèr… c'est-à-dire Lord John a toujours essayé de me marier à un puissant comte écossais ou à un seigneur normand.

Dominic émit un son d'encouragement.

— Et pendant tout ce temps, dit Meg, les Saxons dont les terres avaient été prises par les Normands se mirent à errer en bandes, se battant, volant et tentant de reprendre possession de leurs anciens biens familiaux.

— Tout comme les mercenaires ?

Meg acquiesça.

— John, poursuivit-elle, était le fils d'un chevalier normand et d'une dame qui était à la fois écossaise et saxonne. Le père et le fils eurent à se battre tous les deux pour garder leurs terres. Tandis qu'ils se battaient, les cultures furent oubliées et les troupeaux, abattus. C'est pour cette raison que John a pris une Druide de la Vallée pour épouse. Il voulait une ère de prospérité pour ses terres afin de pouvoir s'offrir davantage de chevaliers.

Dominic remit en place une mèche lumineuse de cheveux flamboyants qui était tombée sur la joue de Meg.

— Mais cela ne s'est pas passé de cette manière, dit-elle tristement. Les deux ont perdu.

— Les deux?

— La Druide de la Vallée et John.

— Qu'a perdu la Druide de la Vallée? demanda Dominic.

— Le Loup des Druides de la Vallée. Gwyn pensait que ma mère porterait un fils.

— À sa place, elle a donné naissance à une fille.

— Une déception, admit Meg.

— Pas pour moi. Sans vous, je serais mort, dit simplement Dominic. Vous êtes un délice pour moi.

— Vous ne sembliez pas ravi un peu plus tôt, quand vous avez découvert que j'avais quitté ma chambre.

Intelligemment, Dominic ne dit mot.

Pendant un moment, il n'y eut aucun bruit à part le doux chuchotement du feu et le bruit encore plus léger de la main de Dominic caressant les cheveux de Meg tandis qu'il repensait aux paroles passionnées de son épouse.

« J'obéis à chacun, je réponds même aux besoins des personnes les plus modestes de Blackthorne. Pas une seule fois — jamais — quelqu'un m'a demandé ce que je désirais, moi. »

— Que vouliez-vous, Meg ? demanda finalement Dominic. Pourquoi avez-vous accepté de vous marier avec moi ? Pourquoi n'avez-vous pas scellé votre sort à celui de Duncan de Maxwell, pour qui vous avez de l'« affection » ?

Dominic sentit le changement dans le corps de Meg, une rigidité qui se répandit de tout son long jusque dans la moelle de ses os.

— Je ne voulais plus de la guerre, dit-elle crûment. Je déteste la cruauté sans fin, la violence, les vies fauchées avant d'être arrivées à maturité. Je savais que si un homme puissant avec de nombreux chevaliers était à la tête du château de Blackthorne, les comtes sans propriété iraient ailleurs pour nourrir leurs ambitions. Et j'avais entendu dire qu'il n'y avait pas de chevalier plus puissant que Dominic le Sabre entre ici et Jérusalem.

Elle prit une rapide et longue inspiration et poursuivit avant que Dominic ne puisse parler.

— Et maintenant, je me retrouve confrontée à des rumeurs d'infidélité alors que je n'ai touché aucun homme à part mon époux ; je retrouve mon époux empoisonné, et on me soupçonne de ce geste lâche ; je vois des chevaliers se promener en cotte de mailles dans le château ; et je vois un ennemi potentiel dans chaque visage familier.

— Je ne vous soupçonne pas, dit Dominic.

Meg continua à parler comme si elle ne l'avait pas entendu.

— Je suis une guérisseuse. Je veux guérir la haine de cette terre, car c'est une plus grande maladie que toutes celles que j'aie connues. La haine est l'âme profonde de la guerre. Je veux ramener la paix dans ce pays !

Dominic retint sa respiration. Il n'avait jamais cru qu'il entendrait ses propres rêves prononcés ainsi. Doucement, il releva le visage de Meg vers le sien.

— Je partage votre désir, dit-il à voix basse. Travaillez avec moi, chère épouse. Aidez-moi à apporter la paix sur les terres.

— Comment ?

— Mélangez le sang normand et celui des Druides de la Vallée. Donnez-moi des fils.

Des larmes soudaines tombèrent des cils de Meg. Les gouttes étaient brûlantes.

— C'est indépendant de ma volonté, murmura-t-elle. Vous êtes un guerrier qui peut être intelligent, qui peut être modéré, qui peut vouloir le bien-être de ses vassaux, qui peut faire beaucoup pour ses gens… *mais vous ne pouvez aimer.*

Dominic ne le nia pas. L'enfer du sultan avait détruit une grande part de l'âme de Dominic, et il le savait. Même s'il désirait énormément avoir des fils, il ne pouvait pas se transformer par magie en un homme qui soit capable d'aimer, pas plus qu'il ne pouvait voler comme un faucon.

Il pouvait seulement faire ce que faisait le maître d'un faucon — posséder un petit faucon qui volerait à sa place.

— Oui, admit Dominic. Je suis un guerrier qui ne peut pas aimer. Vous êtes une guérisseuse qui ne peut pas haïr. Ne voyez-vous pas de moyen de sortir du piège ?

Meg secoua la tête lentement.

— Gwyn l'Ancienne m'a dit que les Druides de la Vallée sont maudites en étant capables de voir dans l'âme des hommes, dit Dominic, et que seul Dieu serait capable d'aimer un homme en qui l'on voyait si clairement.

— Oui, murmura Meg.

Des larmes jaillirent tandis qu'elle regardait les yeux du guerrier qui n'était pas capable d'aimer.

— Je ne crois pas que toutes les Druides de la Vallée soient si froides, dit Dominic. Je crois qu'une *guérisseuse* Druide de la Vallée regarderait différemment un homme qui serait capable d'amener la paix dans un pays déchiré par la guerre. Je crois qu'elle verrait plus loin que les imperfections de son âme. Je crois qu'elle pourrait l'aimer. Regardez-moi et voyez en moi la paix pour le château de Blackthorne. Aimez-moi, Meg. Ensuite, pansez les plaies de vos terres grâce à mes fils.

— Vous demandez trop, murmura-t-elle, scandalisée par son raisonnement logique. *Je vous vois trop clairement.*

— Je demande ce qui est nécessaire. C'est l'unique façon de sortir du piège. Pour nous deux.

20

Fronçant les sourcils et tirant sur le tissu, Marie travaillait aux derniers ajustements de la nouvelle robe de Meg tandis que les cloches de l'église sonnaient, annonçant aux gens dans les champs qu'il était l'heure de leur collation de la matinée. Les voix se turent dans la cour comme les domestiques interrompaient leurs tâches assez longtemps pour profiter du chant mélodieux des cloches.

Les cloches sonnèrent à nouveau, réveillant en Meg le souvenir de ce qui s'était passé cinq jours plus tôt quand Dominic et elle avaient marché du château jusqu'à l'église et s'étaient tenus dans un brouillard frais alors que John de Cumbriland était enterré. La cérémonie avait été brève.

« Il n'y aura pas de place pour le deuil, avait décrété calmement Dominic, John de Cumbriland n'était pas votre père. »

Sur ce, Dominic s'était détourné de la tombe récemment refermée alors que les cloches sonnaient encore la fin de la vie de John. Il avait emmené Meg dans son sillage à travers l'épais brouillard d'une journée qui ne verrait ni la pluie ni ne permettrait au soleil de briller.

Meg ne s'était pas plainte du manque de cérémonie. Elle était uniquement soulagée de l'enterrement de John. Une part d'elle espérait que cela marquerait la fin d'anciennes querelles sauvages et le début d'un nouveau jour plus pacifique.

Elle espérait, cependant, elle était également effrayée. Cela faisait maintenant une semaine que Dominic avait vaincu les effets du poison, et elle continuait à rêver. Elle se réveillait en criant et glacée par la terreur.

Il n'y avait personne à présent pour la prendre dans ses bras. Depuis que Dominic s'était complètement rétabli du poison, il ne dormait plus avec elle. Et il ne le ferait pas, car elle n'avait pas encore eu ses menstruations. Il l'avait libérée des fauconneries intimes avec pour conséquence qu'elle le voyait rarement.

Dominic n'avait plus soulevé le sujet de l'amour, de la paix et des fils, sauf au moment où il lui avait apporté un rouleau de tissu soyeux. Le tissu était aussi vert que ses yeux, il brillait richement, il était froid et doux sous ses doigts. Il était aussi beau que le tissu de la robe traditionnelle des Druides de la Vallée qu'elle avait portée le jour de son mariage, une robe que Gwyn avait emportée pendant qu'elle dormait.

Mais Gwyn ne viendrait pas et n'emporterait pas la soie verte de Meg. La soie était un cadeau que Dominic lui faisait, ce qui la rendait doublement précieuse, comme si un morceau de printemps avait été tissé et cousu dans le tissu, uniquement à son intention.

Dominic avait remarqué que le tissu lui plaisait et avait souri. Pourtant, ses yeux demeurèrent froids, déterminés, sérieux, et il maîtrisa sa voix qui fut rude lorsqu'il s'adressa à elle.

« Pensez à ce dont nous avons parlé. Pensez à m'aimer, Meg. Avec votre amour, tout serait possible. Même la paix. »

Il n'avait rien dit de son espoir d'avoir des fils, cependant, il était lisible dans ses yeux scrutateurs, dans ses yeux assoiffés, dans la tension qui bourdonnait dans son corps puissant.

Des fils.

« Aimez-moi, Meg. »

Pourtant, Dominic ne l'aimait pas. Meg en était aussi certaine qu'elle savait que ses yeux étaient verts. Elle doutait qu'il puisse aimer un jour. Pour lui, celui qui aimait était en danger. L'impitoyable esprit pratique du tempérament de Dominic ne le permettrait pas. Son amour pour ses chevaliers lui avait presque coûté la vie à Jérusalem ; cela lui avait certainement coûté la douceur qui emplissait son âme. Peu importe la douceur de son apparent jeu de séduction, il s'agissait davantage de stratégie que de la véritable tendresse de ses sentiments pour elle.

Meg ne pouvait pas davantage blâmer Dominic pour cela qu'elle ne pouvait blâmer un aigle à l'aile cassée de ne plus voler. Elle pouvait seulement vouloir qu'il ne soit pas venu à elle avec une blessure qu'elle n'était pas capable de guérir.

Fermant les yeux devant une vague de tristesse, Meg passa la main sur le merveilleux vêtement de soie verte. Le mouvement fit trembler les grelots dorés à son poignet dans une mélodie feutrée.

— Le tissu est tellement délicat, dit Meg au bout d'un moment.

— Votre peau est encore plus délicate, dit Marie sans lever les yeux de ses points de couture.

Meg baissa les yeux vers la petite femme rapide qui était assise en tailleur sur le sol pendant qu'elle travaillait à l'ourlet de la robe qu'elle avait cousue. La femme normande était une énigme pour Meg. Marie était le mélange d'une sexualité crue et d'une intelligence vive et plutôt cynique qui intriguaient Meg — pour autant que Dominic ne soit pas dans les environs. Devant le corps voluptueux de Marie et ses parfums exotiques, les chevaliers du château se redressaient et hurlaient comme des chiens derrière une chienne en chaleur.

Seuls Dominic et Simon paraissaient insensibles. Pourtant, s'ils avaient voulu Marie, tout ce qu'ils auraient eu à faire aurait été de claquer des doigts, et elle se serait précipitée à leurs côtés. Elle savait qui était le maître du château et qui était le bras-droit du maître.

— Vous n'avez pas besoin de me flatter, dit Meg.

— Ce n'est pas ce que je fais, répondit nonchalamment Marie. Votre peau est aussi délicate que la plus précieuse des perles d'un sultan. Pas de flatterie, madame. Juste la vérité. Tournez-vous vers la gauche, s'il vous plaît.

Meg obéit. Les grelots frémirent et murmurèrent mélodieusement.

— Il est bien dommage que votre seigneur soit si possessif avec votre beauté, poursuivit Marie.

— Pardon ?

Marie leva les yeux et remonta le long des amples plis au-dessus de l'ourlet, suffisamment pour saisir la surprise sur le visage de Meg. La femme normande sourit plutôt ironiquement devant cette nouvelle preuve de l'innocence de la sorcière des Druides de la Vallée à l'égard des affaires charnelles.

— Dominic m'a soigneusement donné des instructions afin d'être certain que vos épaules, vos poignets, votre poitrine et vos chevilles soient couverts par la soie, expliqua Marie.

— Mais bien sûr.

Marie secoua la tête.

— Non, madame. Pas « bien sûr ». Les épouses du sultan savaient comment s'habiller pour attirer le regard d'un homme.

— Comment s'habillaient-elles ?

— Elles portaient des vêtements beaucoup plus légers que celui-ci, aussi fragiles qu'un souffle, et presque aussi transparents. Les couches étaient superposées, de cette manière, lorsqu'une femme marchait, sa poitrine, sa fourrure et les courbes de ses fesses étaient révélées et ensuite cachées avant qu'un homme ne puisse être certain de ce qu'il avait vu.

— Est-ce que vous plaisantez ? demanda Meg, stupéfaite.

— Non, madame. Regardez devant vous, s'il vous plaît, sinon l'ourlet ne sera pas droit.

— Il était possible de voir à travers les vêtements ? Vraiment ?

Le sourire de Marie s'illumina.

— Vraiment.

— Étonnant.

— Pour les Anglais, peut-être. Pour les Turcs, c'était accepté. Et, ajouta Marie malicieusement, très apprécié des hommes.

— Avez-vous porté de tels vêtements ?

— Mais bien sûr. Votre époux les trouvait particulièrement séduisants.

Meg tressaillit.

Marie marmonna une phrase en turc et se concentra de nouveau sur son ourlet.

— Vous, les Saxons, dit Marie après quelques instants en secouant la tête. Le désir d'un homme de posséder une femme, cela je peux le comprendre. Il veut être certain d'élever ses propres enfants. Mais une femme possessive…

Marie haussa les épaules, vérifia la longueur du fil sur l'aiguille et se remit à coudre.

— Une fois marié, il n'y a pas de divorce pour un chrétien, poursuivit Marie, donc nul besoin de jalousie. Vous avez la protection de Dominic, son titre et sa fortune pour le reste de votre vie. Que lui reste-t-il qui vaille la peine d'être possédé ?

— Son affection. Son respect. Son… amour.

— L'or et les bijoux durent plus longtemps, dit Marie. Ils peuvent être vendus pour de la nourriture et des vêtements lorsque vient la guerre ou la famine. L'affection est distrayante pendant un moment, mais elle est aussi inconstante que le vent. Pour ce qui est de l'amour, c'est un caprice de l'esprit, rien de plus.

Marie noua le fil et le coupa d'un geste sec de ses dents.

— Voilà, dit-elle, satisfaite. Elle tombe convenablement, à présent.

Elle se releva avec l'élégance d'une femme habituée à s'asseoir sur des coussins éparpillés sur le sol plutôt que sur des chaises. Ses doigts habiles s'agitèrent alors qu'elle se mit à délacer la robe bien ajustée.

— Marie.

— Oui, madame ?

— Gardez vos artifices sexuels pour la garnison, dit crûment Meg. N'en usez pas sur mon époux. Que vous remportiez un succès ou que vous échouiez, vous regretteriez d'avoir essayé.

Il régna un instant de surprise silencieuse avant que Marie n'éclate de rire.

— Je peux voir pourquoi il vous appelle son « petit faucon », dit-elle. Faites un pas hors de la robe, madame.

Meg s'exécuta et ensuite attendit, observant avec des yeux qui étaient franchement ceux d'un prédateur, tandis que Marie mettait soigneusement la robe dans la garde-robe.

— Marie ?

— Comme vous voudrez, répondit-elle calmement, se retournant vers Meg. Mais vous devez savoir que ce que vous voulez ne sera valable que le temps que votre maître le souhaitera également.

— Que voulez-vous dire ?

L'espace d'une seconde, Marie regarda Meg avec quelque chose dans les yeux proche de la compassion.

— Comment est-ce possible que vous ayez dix-neuf ans et que vous soyez encore tellement innocente…

Marie soupira profondément et s'expliqua.

— Dominic vous fait la cour avec énormément de soin. Pendant ce temps, il ne me regarde pas. Lorsque cela changera — et cela arrivera, puisqu'il n'est qu'un homme —, alors j'irai dans son lit aussi longtemps qu'il voudra bien de moi. Il est maître dans son château, pas moi. Vous non plus, madame. Aucune femme ne l'est.

Marie se saisit du petit panier de couture.

— Puis-je faire autre chose pour vous ?

— Non.

Après un petit signe de tête, Marie sortit de la chambre. À chaque mouvement, ses hanches balançaient à l'image de la flamme d'une bougie sous un courant d'air.

Meg laissa échapper sa respiration contenue ainsi que quelques mots qui lui auraient valu un regard horrifié du bon prêtre. Le pire dans tout cela, c'était que Marie avait raison. Si Dominic choisissait de favoriser sa maîtresse plutôt que son épouse, Meg ne pourrait pas y faire grand-chose.

« Elle ne peut lui donner de fils légitimes. Il n'y a que moi qui puisse faire cela. »

Pourtant, Meg n'était pas certaine d'en être capable. Après tout ce qui avait été dit et tout ce qui s'était passé, il semblait que peu de femmes Druides de la Vallée aient été fertiles.

Fronçant les sourcils, Meg jeta un manteau sur ses épaules et se dirigea vers la salle de bain. Les pantoufles pointues étranges faites de tissu, que Dominic lui avait données, bruissaient contre le sol et luisaient d'un éclat métallique sous la lumière des lampes. L'huile parfumée des lampes compensait l'odeur d'humidité et du froid des murs de pierre du château. Depuis l'arrivée de Dominic, le château avait commencé à briller tel un papillon fraîchement sorti de sa chrysalide.

— Vous voilà, dit Eadith. Je pensais que vous aviez fait quelque chose qui avait déplu à votre époux et que vous étiez à nouveau confinée dans vos appartements.

Meg sourit d'un air plutôt grave.

— J'étais enfermée dans de la soie verte pendant que Marie ajustait l'ourlet.

— Ah, la catin. Dominic lui a promis de la soie pour elle-même si elle vous confectionnait une robe qui lui plaise.

La joie que Meg avait ressentie grâce à la soie verte disparut. Se détournant de sa servante, Meg ôta le manteau, le déposa et commença à délacer les rubans des sous-vêtements de soie que Dominic lui avait offerts en même temps que les pantoufles brodées de fils d'or.

Eadith testa la température de l'eau dans la baignoire, la trouva satisfaisante et se tourna pour aider Meg.

— Quel tissu délicat, dit Eadith en lui ôtant le haut. Et de si jolis motifs, comme sur la Bible du prêtre.

Meg ne répondit rien. Savoir que Dominic offrait des présents à Marie rendait Meg à la fois mal à l'aise et en colère.

« J'irai dans son lit aussi longtemps qu'il voudra de moi. Il est le maître dans ce château, pas moi. Vous non plus, madame. Aucune femme ne l'est. »

Avec un regard en biais à sa maîtresse mécontente, Eadith commença à disposer le savon, le parfum, les onguents et les crèmes qui faisaient partie du rituel de Meg propre aux Druides de la Vallée. Personnellement, Eadith trouvait que tout cela était une grande perte de temps. D'un autre côté, les chevaliers de Dominic avaient montré leur nette préférence pour la femme élevée par les Sarrasins, et cette dernière prenait son bain aussi souvent que Meg. Peut-être y avait-il bien plus dans cette habitude que l'obsession des Druides de la Vallée et les habitudes païennes des Sarrasins.

Les grelots dorés chantonnèrent une douce mélodie quand Eadith enroula les nattes de Meg au-dessus de sa tête pour former une couronne et les fixa avec des peignes faits d'or et d'émeraudes — d'autres présents de Dominic.

— Ce sont des peignes ravissants, dit Eadith.

— Oui, répondit Meg sans joie dans la voix.

— Ils sont très jolis sur vos cheveux.

— Merci.

— Thomas m'a offert quelques peignes en argent. Il a dit qu'ils allaient bien avec mes cheveux.

— Avez-vous de l'affection pour Thomas ? demanda Meg. Vous parlez souvent de lui, depuis la semaine dernière.

Eadith haussa les épaules.

— Il est assez gentil pour sa taille.

— Devrais-je demander à Dominic de proposer le mariage ?

— Non, répondit Eadith. Thomas n'est pas assez fortuné pour entretenir deux écuyers, encore moins une épouse. À moins que Dominic n'offre des propriétés à ses chevaliers… ?

— Je ne sais pas.

— Eh bien, j'en doute, dit Eadith en faisant glisser un nouveau peigne. Même lorsque ses autres chevaliers seront arrivés, il aura déjà assez peu de chevaliers comme cela pour défendre le château et les manoirs. Si les chevaliers sont absents parce qu'ils défendent leur propre terre, ils ne seront pas capables de défendre les siennes.

— C'est assez vrai.

Eadith fit glisser le dernier peigne.

— Savez-vous quand arriveront les autres chevaliers ? L'intendant fait face à un problème vu la quantité de nourriture que les hommes mangent.

Meg fit la grimace. L'intendant se plaignait, chaque fois qu'il la voyait, de la vitesse à laquelle s'évaporaient les réserves.

— Gwyn a dit que l'on parlait beaucoup dans le sud de la mer très agitée, dit Meg. Peut-être les chevaliers sont-ils encore en Normandie à attendre de pouvoir faire la traversée.

— Au moins une quinzaine de jours, dans ce cas, dit Eadith en faisant un pas en arrière. Dans votre bain, à présent.

Meg ôta ses pantoufles dorées, les tendit à Eadith et pénétra dans l'eau fumante et parfumée aux herbes. Avec un soupir de plaisir, elle s'enfonça jusqu'au menton, ce qui fit taire les grelots, excepté ceux qui se trouvaient dans ses cheveux.

— C'est étonnant que les Druides de la Vallée n'aient ni écailles ni nageoires, dit Eadith en observant Meg s'abandonner dans l'eau.

Souriant, Meg bougea les mains pour faire tourbillonner l'eau.

— Avez-vous besoin d'autre chose ? demanda Eadith.

— Non.

— Je vous laisse à vos psalmodies, dans ce cas.

Amusée, les coins de la bouche de Meg se relevèrent devant la ferme désapprobation d'Eadith quant aux coutumes des Druides de la Vallée.

— Si je ne suis pas de retour et si vous avez besoin de moi, dit Eadith, criez. Votre chien à deux pattes est juste au bout du couloir. Il ira me chercher.

Devant ce rappel à propos de l'écuyer de Dominic qui se trouvait toujours à proximité, la bouche de Meg s'affaissa. Le « petit faucon » avait été relâché des fauconneries, mais il n'était pas vraiment libre. Quand Dominic n'était pas en sa compagnie, Jameson se trouvait toujours non loin, à une distance d'où il pouvait être appelé.

« Mon époux me fait-il si peu confiance ? »

La réponse fut aussi immédiate qu'elle était inévitable.

« Oui. Sinon, pourquoi donc n'aurait-il pas fait de moi son épouse véritable et pas seulement par le titre ? Son corps en est certainement capable. Mais jusqu'à ce que ne passent mes prochaines menstruations, il ne pourra croire que ce qui se trouve dans mon ventre lui appartient. Seul l'amour serait capable d'une telle confiance, et il ne m'aime pas. »

Doucement, les pensées tristes de Meg disparurent dans la douce caresse et le parfum de l'eau. Elle ferma les yeux, inhala la vapeur complexe et parfumée aux plantes qui émanait de l'eau et commença à chanter doucement l'ancien rite de purification et de renaissance. Elle chassa de son corps les erreurs et les regrets passés grâce à des frictions rythmées et élégantes et, ensuite, étala délicatement le savon parfumé apportant opportunités et renouveau.

Lorsque Meg eut fini, elle ouvrit les yeux avec langueur, se sentant à la fois calme et débordante d'énergie. Son calme se dissipa quand elle se rendit compte que Dominic se tenait tout près d'elle, l'observant avec des yeux qui brillaient d'un éclat métallique. Son lourd et sombre manteau faisait penser à la nuit dans la pièce éclairée par les bougies.

— Je… je ne savais pas que vous étiez là, bégaya-t-elle. Combien de temps avez-vous attendu ?

— Mille ans, dit-il d'une voix étrange et rauque.

La respiration de Meg se coinça dans sa gorge au moment où son pouls s'accéléra. À la fois prudente et pleine d'espoir, elle leva ses yeux verts en direction de Dominic. Il lui tendit un linge pour s'essuyer aussi grand qu'un manteau.

Et ensuite, il sourit et siffla doucement la même mélodie compliquée de cinq notes qu'elle avait utilisée pour amadouer le faucon pèlerin.

— Volez vers moi, petit faucon.

Meg sourit presque timidement, hésita et, enfin, se leva dans la baignoire de manière gracieuse. L'eau déferla le long de son corps en ruisselets argentés tandis que les grelots dorés murmurèrent et chantèrent puisqu'ils avaient été libérés de l'étreinte assourdissante de l'eau.

Les mains de Dominic se crispèrent sur le linge en voyant briller le corps de son épouse sous l'effet de l'eau et de la lumière de la bougie. Silencieusement, il mit sa sagesse à l'épreuve en s'approchant d'elle dans l'intimité parfumée de la salle de bain. Il pensait qu'il avait été impatient de l'inviter à l'accompagner à la chasse. À cet instant, il se rendit compte qu'il avait été impatient de la voir.

Meg lui parut magnifique seulement vêtue des chaînes de grelots dorés et d'eau scintillante. Dissimulé sous le manteau, son corps se raidit dans une urgence qui le fit souffrir de la tête aux pieds. Cela lui donna également le sentiment d'être puissant, totalement mâle, impatient de prendre ce que la loi et l'Église avaient déclaré lui appartenir.

« Bon sang, je n'ai jamais voulu aucune femme comme celle-ci ! Ne saignera-t-elle jamais ? Peut-être devrais-je faire ce que Simon m'a suggéré et assouvir la soif de mon corps au puits consentant de Marie. »

À l'instant où cette idée lui vint à l'esprit, il écarta la possibilité de prendre la catin pour le soulager temporairement. Il avait bien plus besoin de l'amour de Meg que son corps n'avait besoin d'être soulagé de son implacable appétit sexuel. Et il avait la certitude que Meg serait furieuse s'il montrait le moindre signe d'attention à la catin. Une femme furieuse n'était pas à même d'être une femme amoureuse.

« Patience. Au nom de Dieu, la patience ne m'a jamais paru aussi pénible. Qu'est-ce qui ne va pas chez moi ? Je ne suis pas un écuyer imberbe pour baver devant une fille. »

— Vous paraissez plutôt féroce pour siffler si doucement, dit Meg, incertaine, en attrapant le linge.

Dominic enveloppa le linge autour de Meg, lui plaquant les bras le long de son corps.

— Je me sens plutôt féroce, répondit-il.

Sa voix était dure plutôt qu'enjôleuse, mais il ne pouvait pas davantage effacer cette voix rauque émoustillée qu'il ne pouvait assouplir l'épée masculine qui s'était rigidifiée à la vue du corps nu de Meg. Il savait qu'il aurait dû se retourner et s'en aller, mais cela aussi, il n'en fut pas capable.

Doucement, prenant énormément de plaisir dans ce simple geste, Dominic commença à frotter Meg en commençant par le cou et les épaules.

— Est-ce que quelque chose ne va pas au château ? demanda-t-elle avec anxiété.

— Non.

Dominic attrapa un coin du linge et sécha le creux de la gorge de Meg où des gouttes d'eau s'étaient accumulées.

— C'est uniquement le seigneur du château.

— Que se passe-t-il ?

— Je suis venu ici avec le besoin impérieux de vous emmener à la chasse. Je crains de devoir partir avec un besoin encore plus impérieux.

— À la chasse ?

Meg était tellement excitée à cette perspective qu'elle dansa sur place, faisant chanter les grelots dorés.

— Oh, oui, Dominic ! Allons à la chasse ! Envoyez-moi Eadith pour qu'elle m'habille, et je serai prête avant même que vous ayez le temps d'y penser.

Il sourit devant le plaisir qui animait le visage de Meg. Le sourire devint quelque peu sombre lorsque ses mains se mirent à frotter les courbes élégantes de son dos. Même si un tissu le séparait du contact de sa peau, il pouvait sentir la douce élasticité de sa chair.

Et il se souvenait de ce qu'il avait ressenti en touchant sa peau nue.

— Nous n'avons pas besoin d'Eadith pour cela, dit Dominic. Je vous aiderai.

— Mais cela ira plus vite si Eadith m'habille.

— Êtes-vous tellement empressée d'aller à la chasse ?

— Oui. John me laissait rarement y aller, pourtant j'aidais à entraîner la plupart des faucons.

Un coup de tonnerre éloigné fit trembler l'air de bruits sourds. Meg lança un regard inquiet en direction de la longue fente de la fenêtre. On apercevait davantage de nuages que de ciel bleu.

— Dépêchons-nous, dit Meg. Un orage menace.

— En effet. Il m'a déjà frappé.

Les doigts de Dominic se crispèrent, encerclèrent ses fesses et se contractèrent fortement. Meg poussa un cri de stupéfaction comme il agrippait son corps, et ses genoux fléchirent.

— Ainsi, murmura-t-il. Cela vous fait le même effet.

— Qu… quoi ?

— Être couchée avec moi à la nuit tombée comme nous l'avons déjà fait, respirant mon souffle, partageant ma chaleur… Vous avez pénétré sous ma peau jusqu'à atteindre la moelle de mes os. Vous brûlez en moi, Meg.

Elle allait répondre, mais les mains de Dominic la pétrirent à nouveau, lui envoyant des éclairs de chaleur à travers le corps. Tandis qu'elle gémissait, elle vit l'incendie brûler dans ses yeux et sut qu'il avait raison ; quelque part durant les longues nuits chastes qu'ils avaient passées allongés côte-à-côte, la chaleur avait commencé à brûler au plus profond d'elle-même.

— Et j'ai commencé à brûler en vous, dit Dominic, savourant le gémissement qu'il avait soutiré à Meg. Nous allons brûler ensemble. Nous allons brûler…

— Dominic, murmura-t-elle.

Avant que Meg ne puisse ajouter un mot, sa bouche couvrit la sienne, et sa langue chercha la sienne en un combat intime qui dura jusqu'à ce qu'elle se retrouve sans souffle, se laissant aller lourdement contre le corps de Dominic, perdue dans ce baiser. Elle n'avait jamais rien connu de pareil au plaisir que lui procurait Dominic. Elle se retrouvait sans défense face à cela. De même, elle ne pouvait lutter non plus contre l'espoir des Druides de la Vallée qui brûlait en elle aussi sauvagement que le désir.

« L'amour était certainement possible. Certainement… »

Au bout d'un moment, Meg commença à lutter contre l'étreinte. À contrecœur, Dominic leva la tête et baissa les yeux vers les joues enflammées de Meg. Son souffle était rapide, et ses mamelons étaient aussi durs que de petits cailloux contre le linge.

— Pourquoi me repoussez-vous ? demanda-t-il d'une voix profonde.

— Pas vous. Le linge. Je voudrais vous caresser les cheveux, mais je suis coincée comme un poisson dans un filet.

La vue des mamelons si durs de Meg troubla tellement Dominic qu'il lui fallut un moment avant de comprendre qu'il l'avait, en effet, enveloppée tellement fermement dans le linge que ses bras étaient emprisonnés contre ses flancs.

— Voulez-vous me caresser comme Black Tom ? demanda-t-il. De la tête aux pieds et ensuite en sens inverse ? Allez-vous promener votre joue le long de mon corps également comme vous le faites avec lui ?

Cette pensée coupa le souffle de Meg.

— Aimeriez-vous cela ? murmura-t-elle.

— Oui, répondit Dominic à voix basse. Chaque matin lorsque je vous vois caresser ce chat depuis la cour jusqu'aux jardins et sur le chemin du retour, je me demande ce que je ressentirais sous la même caresse de vos mains sur mon corps.

Le tonnerre gronda derrière les volets ouverts. Le vent souffla en rafales, diffusant l'odeur de la pluie, des nouvelles feuilles et des fleurs récemment écloses.

Meg remarqua à peine la tempête qui se levait. Le feu vif-argent des yeux de Dominic l'embrasa. La profondeur sensuelle de sa voix la caressa comme un rayon de soleil. Qu'il l'aime ou non, elle ne doutait pas d'avoir toute son attention en cet instant.

Peut-être pourrait-il, seulement pour le moment, oublier les froids calculs en vue d'avoir une dynastie et des fils. Peut-être pourrait-elle l'aider à oublier ces choses. Peut-être pourrait-elle brûler si intensément qu'il serait un papillon de nuit et elle, la flamme.

Et ainsi, il succomberait, la voulant elle seule et oubliant tout le reste.

— Ronronnez-vous ? demanda-t-elle avec malice.

— Cela ne m'est encore jamais arrivé. Mais avec vous, je pense que ce serait possible.

Les mains de Dominic glissèrent des hanches de Meg jusque dans son dos. Il coinça les pouces dans le linge et commença lentement à les faire glisser le long de son buste.

— Et vous ? demanda-t-il d'une voix rauque tandis que les courbes de ses seins étaient petit à petit révélées. Ronronnez-vous sous les caresses d'un homme ?

Meg ne put répondre. L'expression sur le visage de Dominic qui fixait ses seins l'empêcha de réfléchir, et encore plus de répondre aux questions. Il la regardait comme s'il n'avait jamais rien vu d'aussi beau. L'intensité de ses yeux lui donna la sensation d'une caresse.

De douces sensations de pétillement ondulèrent en elle tandis que ses seins se durcissaient alors qu'elle retenait vivement son souffle.

— Vous êtes plus belle que n'importe quel bourgeon de printemps, dit Dominic à voix basse.

Le tonnerre gronda, et le vent se rafraîchit. Un vif courant d'air balaya la pièce, faisant vaciller et trembler la flamme des bougies. Meg frémit sous les sensations contraires de froid et de chaleur. Ses mamelons se rétrécirent en de petites couronnes qui étaient aussi roses que sa langue.

— Avez-vous froid ? demanda Dominic.

— Oui. En fait, non.

Meg émit un son haletant qui n'était ni un rire ni un mot.

— Je ne sais pas. Je n'arrive pas à réfléchir quand vous me regardez de cette manière.

— De quelle manière ?

— Comme si j'étais un bonbon sucré turc d'une saveur inconnue.

La bouche de Dominic se transforma en un sourire sensuel qui embrasa davantage Meg.

— L'êtes-vous ? demanda-t-il.

— Qu… quoi ?

— Sucrée.

Avant que Meg ne puisse répondre, Dominic pencha la tête pour la goûter. Sa langue se précipita et lécha le sommet d'un sein aussi délicatement qu'un chat.

— *Dominic.*

Il poussa un gémissement qui ressemblait plutôt à un ronronnement et la lécha à nouveau.

— Sucré mais pas écœurant, dit-il. Vous avez le goût du printemps lui-même.

La pointe de sa langue joua avec son mamelon, fit des petits cercles et, enfin, il suça le sommet de son sein pour le déguster de façon minutieuse.

Des vagues de chaleur déferlèrent en Meg ; son corps se relâcha comme si elle était allongée dans un pré sous la caresse d'un soleil d'été. Le changement de texture et de pression de la caresse inattendue de Dominic l'enivra de plaisir. Le plaisir s'accumula et enfin explosa en elle, la faisant pousser un sourd gémissement du fond de sa gorge.

Le son agit sur Dominic comme un coup de fouet sur une peau nue. Tout son corps se raidit tandis qu'il attirait Meg plus profondément dans sa bouche. La caresse taquine devint intense alors qu'il suivait la courbe de son sein en suivant les impulsions de la passion. Un cri primitif et la pression de ses ongles sur ses biceps ne firent qu'attiser la flambée de désir qui consumait rapidement son invincible sang-froid habituel.

Dominic caressa le dos nu de Meg jusqu'à sa taille. Avec une impatience qu'il put difficilement maîtriser, il glissa les doigts sous le linge. Un long doigt suivit sa colonne vertébrale jusqu'au sillon de ses fesses. Il savait qu'il aurait dû s'arrêter et se satisfaire du cri stupéfait devant cette nouvelle sensation et empreint de désir qu'il venait d'arracher à Meg en prenant le galbe de sa hanche dans le creux de ses mains en le pressant avec soin.

Même lorsque Dominic se dit qu'il ferait mieux de se retirer tant qu'il était capable de calmer le martèlement de son sang, sa main retourna vers le bas de son dos. Là, il taquina délicatement le creux sensible et savoura la chaleur qui émanait de son corps.

Quand Meg murmura et soupira de plaisir, Dominic parcourut à nouveau sa colonne vertébrale depuis la nuque jusqu'à la base, mais cette fois, il ne put résister et le bout de ses doigts suivit la ligne de son corps jusqu'à trouver le chaud sillon qui partageait ses hanches. Il descendit le long de celui-ci, ce qui arracha à Meg un cri tremblant de surprise.

Le linge glissa des hanches de Meg et tomba sur le sol. L'air froid de la pièce contrastait de manière intense avec la chaleur qui brûlait en elle comme des vagues chatoyantes à chaque secousse provoquée par la bouche de Dominic sur sa poitrine sensible, par chaque incursion de ses doigts le long de son dos jusqu'au sillon attrayant où des braises de passion se consumaient à l'extrémité de la flamme.

Ensuite, ses longs doigts fouillèrent plus profondément, découvrirent, écartèrent, pénétrèrent sa chaleur soyeuse aussi délicatement que le feu lui-même. Les sensations qui explosèrent en Meg la poussèrent à s'accrocher à Dominic pour garder l'équilibre pendant que tout le reste de la pièce était entraîné dans une spirale de feu enivrante.

— Monsieur, murmura Meg. Que me faites-vous ?

À contrecœur, Dominic relâcha sa poitrine, mais pas la chaleur satinée et secrète qu'il avait à peine touchée.

— Je vous explore, répondit-il d'une voix rauque.

En prononçant ces mots, Dominic sonda à nouveau légèrement, et fut une fois de plus récompensé par le souffle coupé de Meg et une humidité qui n'était en rien due à son bain récent.

— Je peux à peine tenir debout, murmura-t-elle.

— Dans ce cas, agrippez-vous à moi.

— C'est ce que je fais.

Dominic sourit malgré les coups de marteau du désir qui le secouaient, lui coupant le souffle aussi sûrement que celui de Meg.

— C'est ce que vous faites, dit-il. Je peux sentir vos serres délicates.

Meg se rendit compte de façon tardive qu'elle se cramponnait effectivement à Dominic aussi bien avec les ongles qu'avec les mains.

— Je suis désolée. Je ne voulais pas vous faire mal.

Son rire profond et viril fit serpenter davantage de chaleur en elle.

— Me faire mal ? demanda Dominic. Non. J'aime sentir votre désir se lever pour s'envoler avec le mien. Continuez, petit faucon. Testez votre force sur moi. Et je…

Sa main glissa de sa hanche vers le creux de sa gorge. Tandis qu'il observait Meg de ses yeux gris embués, son doigt suivit le centre de son corps depuis le sternum jusqu'au nombril, et jusqu'à la masse de poils flamboyants qui dissimulaient le même sillon qu'il avait suivi de l'autre côté.

— … je testerai votre douceur, murmura Dominic.

Infailliblement, l'extrémité de son doigt écarta le fourrage luxuriant, découvrit le bourgeon dissimulé et fit de lents petits cercles autour de lui avant de se concentrer sur les pétales brillants qui avaient commencé à gonfler de désir. Il pressa lentement le bout de ses doigts contre Meg, la sondant légèrement, avec insistance, mais la porte était trop bien gardée.

— Laissez-moi entrer, dit-il d'une voix enrouée.

— Quoi ?

— Laissez-moi entrer librement dans la chaleur de votre château.

Avant que Meg n'ait saisi le sens de la requête de Dominic, son corps l'avait déjà fait. Ses jambes s'écartèrent, lui donnant accès à une plus grande intimité. Elle fut récompensée par une caresse subtile qui fit éclater un feu d'artifice en elle.

Elle sut alors que c'était ce qu'elle avait désiré depuis sa nuit de noces quand elle avait senti pour la première fois la chaleur de la main de Dominic remonter sous sa robe.

— Plus, dit Dominic, observant Meg à travers ses yeux mi-clos. Vous êtes encore fermée devant moi.

Elle bougea une nouvelle fois et haleta lorsque son doigt la pénétra lentement. Alors qu'elle aurait dû resserrer les jambes, elle se rendit compte qu'elle ne le pouvait pas. Il avait placé sa cuisse entre les siennes, lui séparant les jambes. Elle ouvrit les yeux, stupéfaite.

Dominic la regardait de ses yeux d'un gris brûlant.

— Je ne devrais pas faire cela, dit-il, la voix enrouée.

— Quoi ? murmura-t-elle.

— Ceci.

Il forma des cercles autour de son fourreau humide. Le cri chevrotant qu'il lui soutira lui fit tourner la tête passionnément.

— Vous tenir si fermement contre moi, souffla Dominic. Vous portez déjà votre désir comme un parfum.

— C'est uniquement à cause de… mon bain.

— C'est votre désir passionné, Meg. Il n'y a aucun parfum comme celui-ci.

Elle aurait voulu dire quelque chose, mais il était à nouveau entre ses jambes, et il lui était impossible de respirer à cause des vagues de plaisir qui déferlaient en elle, emportant tout sur leur passage pour ne laisser qu'une chaleur délicieuse et rythmée.

— Dominic, je crains de ne pouvoir rester debout plus longtemps.

Sans un mot, il souleva Meg et l'assit sur la table d'appoint. Le bois froid et doux lui procura un autre genre de caresse qui lui permit de focaliser la chaleur de son propre corps et celle de l'homme qui se tenait debout devant elle, le visage marqué par la passion. Sous son manteau dissimulateur, il s'attaqua à ses vêtements. Ensuite, il enveloppa leurs deux corps de son manteau.

— Enroulez vos jambes autour de ma taille, dit Dominic.

Sa voix était rauque, empressée, et pendant qu'il prononçait ces paroles, il plaça les jambes de Meg autour de son corps.

— Oui, comme cela, dit-il. Maintenant, venez plus près. Plus près, Meg. Encore plus près… oui, encore un peu plus…

Meg haleta rapidement quand elle comprit que ce n'était pas la main de Dominic qui la caressait entre les jambes. Elle enfonça les doigts dans ses bras lorsqu'elle sentit quelque chose de large, doux et de rigide écarter les bords de son nid souple.

— Dominic?

Il fut secoué d'un tremblement lorsqu'il frôla son fourreau sensuel et sentit la chaude humidité de sa réponse et sut qu'il devait en prendre possession passionnément, profondément, fermement. *Maintenant.*

— Agrippez-vous à moi, petit faucon. Nous allons bientôt voler ensemble.

— Que le diable t'emporte, jeune écuyer, dit Eadith à voix haute dans le couloir. Si je veux parler à ma maîtresse, je le ferai.

Les tentures s'écartèrent au moment où la servante entra dans la salle de bain.

— Le cuisinier désire savoir si… Oh !

Même si le manteau de Dominic les couvrait tous les deux, Meg et lui, les circonstances laissaient peu de doutes quant à ce qu'Eadith avait interrompu. Le choc lisible sur son visage aurait amusé Dominic s'il n'avait pas été prêt à l'étrangler sur-le-champ.

— Je vous demande de m'excuser, Lord Dominic, madame, marmonna Eadith en se retirant précipitamment.

Dominic poussa un flot d'injures turques à l'intention de la servante tandis que Meg luttait pour se détacher de son époux. Au début, il ne la laissa pas faire. Finalement, avec un dernier juron, il la relâcha.

— C'est aussi bien, dit sauvagement Dominic. Je n'ai jamais voulu que cela aille si loin avant vos menstruations.

Un coup de tonnerre puissant secoua le château. Les derniers claquements qui déferlèrent furent couverts par une pluie diluvienne.

Heureusement, la pluie couvrit également les paroles prononcées par Meg à l'attention de son époux. Même si chaque mot avait été choisi avec précaution, pas un seul ne convenait aux lèvres d'une dame.

21

Le vent froid et la pluie furent suivis par une bruine froide, elle-même suivie par une autre tempête accompagnée de violentes bourrasques. Il fallut attendre deux jours avant que le soleil n'apparaisse de nouveau.

Meg était aussi perturbée que le temps. Le corps qu'elle avait cru si bien connaître s'était avéré être une chose qu'elle ne connaissait pas du tout. Quand elle entendait le son de la voix de Dominic au loin, son cœur se mettait à battre la chamade. Le voir entrer dans une pièce lui coupait le souffle. Un simple effleurement de sa main lui procurait des frissons de plaisir. Se souvenir de la façon dont il l'avait caressée dans la salle de bain faisait irradier une chaleur humide en elle.

La seule satisfaction de Meg — et elle était dérisoire — était que Dominic lui-même semblait être perturbé. Elle le suspectait de ne plus faire confiance à son formidable sang-froid lorsqu'il s'agissait d'elle.

— *Avez-vous déjà saigné ?*

— *Non.*

— *Dites-moi lorsque ce sera le cas, petit faucon. Nous volerons ensemble — mais pas avant.*

La décision de Dominic la mettait en colère. C'était déjà assez difficile qu'il puisse penser qu'elle portait peut-être le bâtard de Duncan, mais c'était vraiment insupportable d'être uniquement désirée pour le fruit de ses entrailles plutôt que pour son rire, sa compagnie, sa chaleur, son esprit, ses silences et ses espoirs. Elle avait tellement plus à partager avec Dominic qu'un futur héritier.

Même si Meg rêvait d'être capable de séduire Dominic malgré sa droiture, elle redoutait d'en payer le prix si elle venait à tomber enceinte rapidement et qu'elle n'était pas capable de convaincre Dominic que le bébé était le sien.

Il ne l'aimait pas.

Les rumeurs n'encourageaient pas non plus la confiance. La campagne grouillait de commérages à propos de Duncan et Lady Margaret, des amants destinés l'un à l'autre, mais séparés par un cruel maître normand. Peu importe la force avec laquelle Meg niait toute liaison avec Duncan face à toute personne qu'elle rencontrait, peu importe la façon dont elle vantait les mérites de son époux normand, la rumeur persistait.

Meg priait pour que Dominic n'ait pas entendu les commérages, même si elle savait que ce devait être le cas. Peu de ce qui se passait dans le château de Blackthorne et aux alentours lui échappait. Les domestiques pouvaient témoigner de son œil vif. Le château brillait à la suite de son nettoyage récent. À chaque étage, on pouvait sentir l'odeur des joncs et des herbes fraîchement plantées. Les épices qu'il avait ramenées d'Orient parfumaient l'air autour de la cuisine. Grâce à celles-ci, la fin des réserves de l'hiver avait l'odeur d'un festin.

Mais c'était le contenu des coffres au trésor qui fascinait la plupart des hommes. Chaque fois que Meg faisait son apparition avec des clochettes en or qui tintaient et des pierres précieuses étincelantes dans les cheveux, tous ceux qui pouvaient l'entendre approcher interrompaient ce qu'ils étaient en train de faire et la regardaient avec de grands yeux.

Avec un mélange de plaisir et de frustration, Meg observait le dernier cadeau que Dominic lui avait fait. Il s'agissait d'une extraordinaire broche en or sertie d'émeraudes dont les courbes élaborées faisaient, d'une certaine manière, penser à un faucon planant au vent. Plus grande que sa main, sertie d'innombrables émeraudes parfaites, la broche fermait un manteau de laine écarlate dont les motifs floraux étaient brodés à l'aide de coûteux fils d'or. Des petites clochettes dorées avaient été cousues dans les motifs. Lorsqu'elle marchait, se tournait ou lorsqu'elle s'asseyait, une musique délicate accompagnait chacun de ses mouvements.

« Petit faucon aux yeux émeraude et aux jets en or. Portez ceci et pensez à moi, à guérir le pays. Aux fils. »

— Maîtresse ? l'appela Eadith. Où êtes-vous ?

Surprise, Meg se retourna. Les clochettes frémirent et tintèrent, marquant son geste soudain.

— Dans la chapelle, répondit Meg.

Elle se leva au moment où Eadith entrait dans la petite pièce qui occupait le troisième étage d'une tour d'angle.

— Qu'y a-t-il ? demanda Meg.

— Votre seigneur aimerait savoir s'il vous plairait de l'accompagner à la chasse.

— Oui ! Quand ?

— Après le dîner.

Meg observa dans l'angle le soleil rayonner dans la chapelle. Presque midi. Il lui restait peu de temps pour se changer.

— Vite, dans ce cas, dit Meg.

Dans un tourbillon de musique dorée, Meg monta à toute vitesse l'escalier en spirale qui menait à ses appartements, suivie par une Eadith qui ronchonnait. Mais qu'elle se plaigne ou non, les doigts de la servante s'attelèrent rapidement à la tâche. Avant que n'aient sonné les cloches annonçant midi, Meg était assise dans la grande salle entourée de chevaliers dont les faucons attendaient sur des perchoirs le long du mur derrière les chaises des chevaliers. Le perchoir derrière la chaise de Dominic était vide.

— Monsieur a-t-il décidé de ne pas amener son faucon pèlerin à table ? demanda Meg à Simon, qui était assis à gauche de la chaise vide que Dominic allait occuper.

— Non. Il fallait changer quelque chose à propos des jets. Il sera bientôt là.

— Est-elle calme ? continua Meg.

— Oui, répondit Simon avec une satisfaction visible. Fatima se promène sur le poignet de son maître avec beaucoup d'assurance. Elle est une reine parmi les faucons pèlerins. Avant la fin de l'été, elle ramènera beaucoup de canards dodus jusqu'à nos assiettes.

Un grognement monta de sous la table, suivi d'une rafale de jappements.

— Baron ! tempêta Meg, ne prenant pas la peine de regarder. Arrête d'embêter Leaper.

La tête d'un lévrier apparut à côté de la cuisse de Meg. Baron lui lança un regard triste. Elle lui caressa les oreilles d'un air absent.

Simon la fixa.

— Si je le réprimandais ainsi, il m'attraperait la main.

— Baron ? Non, c'est une gentille bête lorsqu'elle n'est pas à la chasse.

Simon répondit simplement par un rire tout en secouant la tête.

Un sentiment d'imminence envahit Meg, lui faisant comprendre que son époux se trouvait à proximité. Elle se détourna de Simon pour regarder l'entrée de la grande salle. Un instant plus tard, Dominic apparut.

Malgré la promesse d'une journée ensoleillée, Dominic portait son lourd manteau noir. Sur son poignet se tenait le grand faucon. Lorsqu'il traversa un rayon de soleil, la couleur subtile gris et crème des ailes de Fatima brilla du même éclat que celui de l'acier et d'une perle.

Le faucon pèlerin était conscient de son rang. La certitude de son caractère vaillant se voyait dans chaque courbe de son corps. Son regard sombre, vif et pénétrant abrégea et chassa le joyeux chaos du dîner dans la grande salle. Avec l'immobilité retenue d'un prédateur extrêmement patient, le faucon attendait le signal annonçant le début de la chasse.

Des murmures d'admiration et d'excitation émanèrent des chevaliers au moment où Dominic passa près d'eux avec le faucon calmement installé sur son poignet. Plusieurs des autres oiseaux, certains d'entre eux longuement entraînés, avaient été installés sur leurs perchoirs dans la grande salle avec un chaperon sur les yeux. Pas le faucon de Dominic. Ses yeux étaient calmes et avaient la connaissance élémentaire de la vie et de la mort.

Et au bout de ses pattes se balançaient de nouveaux jets parsemés d'émeraudes et de précieuses clochettes en or.

— Bon sang, c'est une beauté, s'exclama Simon.

Dominic sourit et plaça son poignet près du perchoir de Fatima derrière sa chaise. Elle y grimpa sans faire d'histoires. Ensuite, elle tourna la tête d'un côté puis de l'autre et observa la salle à manger comme si elle devait décider si quelque chose valait la peine d'y prêter son attention de prédatrice.

— Je plains toute souris assez courageuse pour traverser la salle, fit remarquer Simon.

— Non. Fatima ne se donnerait pas la peine pour une proie aussi petite, répliqua Dominic.

— Essayez de ne pas la nourrir pendant deux ou trois jours, rétorqua Meg. Elle attrapera une souris tellement vite que Black Tom en serait honteux.

Dominic regarda son épouse du coin de l'œil. Il s'était évertué à ne pas se trouver seul en sa compagnie depuis qu'il avait failli la faire sienne dans la salle de bain. Rester loin d'elle n'avait pas été facile; se souvenir qu'il lui avait écarté les cuisses et qu'il avait commencé à s'introduire en elle alors qu'elle était assise sur la table avait la faculté de le rendre dur, chaud, prêt.

Avec un juron muet, il étouffa ses pensées voluptueuses. Avant qu'il ne la touche de nouveau, il devrait être certain qu'elle ne soit pas enceinte. Il ne se pensait pas capable de se retenir une deuxième fois.

— Vous êtes resplendissante, comme toujours, dit Dominic.

Il leva la main de Meg et déposa un baiser furtif sur la face intérieure de son poignet. La course soudaine et frénétique de son pouls sous ses lèvres lui donna envie de grogner avec un mélange de triomphe et de désir sexuel.

« Ne saignera-t-elle donc jamais ? »

— C'est grâce aux bijoux et au manteau, dit Meg. Ils sont splendides, pas moi.

— C'est vous, répondit catégoriquement Dominic.

Même si Meg ne dit rien de plus, Dominic remarqua son air sceptique. Son manteau s'embrasa presque d'impatience lorsqu'il s'assit à côté d'elle.

— Duncan a dû être un amant lamentable, marmonna Dominic dans sa barbe au moment de s'asseoir entre Simon et son épouse.

Meg ne put croire ce qu'elle venait d'entendre.

— Je vous demande pardon ? murmura-t-elle.

— Duncan a dû être un amant lamentable, répéta Dominic avec complaisance.

Simon émit un son qui témoignait de son choc et détourna prudemment le regard de son frère.

— Que dites-vous ? demanda Meg, choquée.

— Il n'a jamais trouvé le temps de mentionner votre beauté, répondit-il sur un ton pragmatique. Pour cette raison, ce bâtard a dû être un amant lamentable.

— Il n'est pas vraiment étonnant que ce sujet n'ait jamais été relevé, rétorqua-t-elle. Je ne suis pas plus belle qu'il n'a été mon amant !

Les yeux de Dominic étincelèrent au souvenir du corps de Meg brillant sous l'effet de l'eau et de la passion, et de chacune de ses respirations qui trouvaient écho dans la douce mélodie des clochettes. Son sang afflua de manière familière dans sa chair rigide, ce qui lui donna à la fois envie de rire et de pousser un juron. Jusqu'aux menstruations de Meg, il allait se promener plié en deux à cause de la douleur causée par une excitation constante.

— Vous avez tort, dit Dominic à voix basse. Je n'ai jamais vu de femme qui me semble aussi belle que vous.

L'éclat sensuel de son regard et sa voix éraillée par le désir firent comprendre à Meg que lui aussi se souvenait de leur intimité dans la salle de bain.

— Duncan n'a jamais vu de beauté en moi, dit Meg d'une voix rauque. Pas comme vous l'avez fait.

Pendant un instant, il se rappela de manière très précise jusqu'à quel point il avait pu voir sa beauté. Il chassa de son esprit l'image de ses cuisses ouvertes.

Délibérément, il se détourna de Meg et fit signe que l'on pouvait commencer à servir le repas. Lorsqu'il revint à elle, son esprit — davantage que son corps indiscipliné — était de nouveau sous sa volonté.

— Ce n'est pas ce que tout le monde raconte, dit froidement Dominic. À chaque jour qui passe, les rumeurs enflent à propos de votre amant qui vous attend là où la forêt laisse place aux marais du nord.

— Je ne peux maîtriser les langues qui s'agitent, rétorqua Meg d'une voix pincée.

Avec un haussement d'épaules, Dominic attrapa sa chope de bière.

— Tant que ce ne sont que des rumeurs qui sont propagées, cela m'importe peu.

— Vous est-il tellement difficile de croire en mon honneur ? demanda Meg.

— La notion d'honneur est une chose bien différente pour beaucoup de gens, répondit-il après un moment. À Jérusalem, honorer Dieu demandait de tuer les Turcs. Aux Turcs, pour honorer Dieu, il leur était exigé de tuer les infidèles. En Angleterre, l'honneur exige d'être fidèle au roi. Aux frontières du Nord, l'honneur demande de s'opposer au roi d'Angleterre. Je ne sais pas ce que l'honneur des Druides de la Vallée exige en dehors de ne pas utiliser vos dons de guérison pour tuer.

— Il exige une guérison salutaire, dit Meg de manière succincte. Trahir votre confiance en ma fidélité n'a pas grand-chose de salutaire.

— Pour moi, non. Mais pour Duncan ? Ah, c'est un tout autre sujet, en effet, dit brusquement Dominic alors que Meg allait répondre. Ne m'assaillez pas de mots apaisants, chère épouse. Ce ne sont pas les mots qui importent, mais les actes.

— Vraiment ? Dans ce cas, pourquoi les commérages vous troublent-ils ? demanda-t-elle. Ce ne sont que des mots.

— Qui décrivent des actes…

— Qui n'ont jamais eu lieu, rétorqua-t-elle.

— J'espère que c'est la vérité. Mais l'espoir aussi n'est qu'un simple mot.

Le plat de poisson arriva, interrompant la conversation. En silence, Dominic se concentra sur l'anguille bouillie et son savoureux bouillon. Le même silence régna durant le plat de volaille. Les pigeons étaient maigres, mais épicés avec soin et assez dorés à la suite de leur passage à la broche. Dominic mangea deux oiseaux avec la même précision et la même maîtrise que dans tout ce qu'il faisait.

Meg se demanda sérieusement s'il arrivait de temps en temps à Dominic de donner du lest à sa maîtrise de soi ou s'il était réellement aussi froid qu'il le paraissait. À peine cette pensée lui était-elle venue à l'esprit qu'elle se souvint de son expression quand il s'était tenu debout entre ses cuisses dans la salle de bain. Son visage avait reflété la même passion que celle qui l'avait fait frissonner de manière visible au moment où sa chair érigée et excitée avait pour la première fois rencontré son antre sensuelle.

Une bouffée de chaleur monta aux joues de Meg à ce souvenir. Elle tendit la main vers sa bière et but rapidement dans l'espoir d'éteindre les feux troublants que Dominic avait allumés en elle.

À côté d'elle, Dominic redéposa sa propre chope sur la table avec un bruit sourd et se tourna vers son frère.

— Quelles sont les nouvelles, Simon ?

— Les mêmes. Les mercenaires rôdent dans vos domaines comme les loups qu'ils sont. Quand nous tombons sur eux, ils s'évanouissent dans les airs. Lorsque nous tournons le dos, ils réapparaissent.

Même si Simon parlait doucement, Meg l'entendit par-dessus la cacophonie du repas qui régnait. Son souffle resta coincé dans sa gorge jusqu'à en avoir mal.

Elle continuait à rêver et elle continuait à se réveiller à la fois glacée et en sueur.

— Bon sang, marmonna Dominic. Duncan ne récoltera rien de plus que des ennuis, il sera traqué comme un loup et abattu. Il me semblait être un homme plus intelligent que cela.

— C'est un bâtard, dit Simon d'un ton pragmatique. Il fera ce qu'il faut pour obtenir des terres. Apparemment, il a des espions ici. Il sait que vos chevaliers ne sont pas encore arrivés. C'est pour cette raison qu'il est aussi audacieux.

— Oui, admit Dominic d'un ton grave. Quelles sont les nouvelles de Sven à propos de ce qui se passe dans le Sud ?

— Dix jours ou davantage avant que le reste de tes chevaliers et de ta suite n'arrivent. Les tempêtes ont été violentes.

— *Bon sang.* Si j'avais su, j'aurais attendu avant de me marier.

Simon sourit faiblement.

— J'en doute, mon frère. Ce sont les rumeurs à propos de Duncan qui t'ont incité à venir dans le Nord en premier.

Un plateau garni d'un cochon rôti entier apparut devant Dominic avant qu'il ne puisse répondre. Le sanglier était maigre à cause de l'hiver et vieux aussi, mais les cuisinières avaient fait de leur mieux. Les oreilles étaient dorées à souhait et encore intactes, et la peau était d'un brun foncé qui présageait d'un goût aussi succulent que l'âge et la condition de l'animal le permettaient.

— J'espère que la chasse sera un succès, dit Dominic. Si les cuisinières sont capables de faire aussi bien avec un vieux sanglier gâteux, imagine ce qu'elles seraient capables de faire avec la venaison.

— Arrête. Tu vas me faire baver, dit Simon.

Les lévriers s'agitèrent sous la table en grognant et jappant.

— Baron, tonna sèchement Dominic. Assez !

Après quelques jappements et un léger grognement, les chiens se calmèrent.

Dominic se saisit de son couteau à la ceinture et coupa quelques morceaux de viande pour lui-même et pour Meg. De la fumée s'en échappa, et des sucs couleur ivoire se répandirent sur le plateau pour former une flaque chaude. La farce composée de figues, d'oignons et de romarin s'échappa. Du pain chaud fut distribué en même temps que la viande.

Lorsqu'un bol rempli de légumes cuits fit son apparition, Dominic regarda Meg avec un air inquisiteur. Souriant, Meg disposa les légumes à côté de sa viande, coupa un morceau de pain pour récolter les sucs et commença à manger avec une délicate gourmandise.

De doux gémissements se firent entendre sous la table.

Meg les ignora. Cependant, elle ne put ignorer la soudaine pression de la jambe de son époux contre la sienne lorsqu'il se pencha pour attraper la salière. Malgré l'épaisseur de ses vêtements, elle put sentir la chaleur de son corps. Sa main trembla, et un morceau de viande tomba sur le sol.

Les chiens s'attroupèrent soudain autour des jambes de Meg. Des dents claquèrent avec un bruit sec et la firent sursauter, car elle avait été distraite par la chaleur sensuelle de son époux. Elle se recula de la table avec une telle précipitation que sa lourde chaise bascula et fut sur le point de tomber.

Dominic bougea en un clin d'œil. Une main redressa la chaise de Meg, et l'autre main disparut sous la table, pour immédiatement réapparaître avec Leaper tenue par la peau du cou. Une avalanche de mots turcs tomba sur la pauvre chienne sévèrement secouée pour avoir effrayé Meg. Dès que le lévrier fut relâché, elle s'en alla, la queue baissée, et partit s'installer sous les pieds de quelqu'un d'autre.

— Avez-vous été mordue ? demanda Dominic avec inquiétude.

— Non, seulement surprise. J'étais en train de penser à autre chose, et d'habitude, Leaper n'est pas aussi téméraire pour arracher la viande aux mâles.

— Elle sera bientôt en chaleur, sourit faiblement Dominic. Elle le sait et donc, elle commence à tester tous les mâles.

— Et elle va s'en tirer à bon compte, aussi, dit Simon.

— Comme c'est agréable de savoir que chaque chienne a son jour, dit platement Meg.

Dominic se pencha vers elle et dit tout bas :

— Ne vous faites pas d'idées, jeune dame. Les hommes sont plus intelligents que les chiens.

— C'est là une pensée étonnante. Nous connaissons tous la merveilleuse intelligence des chiens.

— La chienne est plus intelligente que certaines femmes, ajouta Dominic.

— Comment donc ?

— Lorsque vient son heure, elle sait ce que les mâles lui doivent, et elle le demande.

Meg n'eut pas à demander quel était son dû. Le rouge lui monta aux joues.

Le sourire sur le visage de Dominic fit comprendre à Meg qu'il avait deviné ses pensées. Il sc pencha encore davantage vers elle.

— Avez-vous déjà saigné ? murmura-t-il.

La couleur de ses joues se fit encore plus écarlate.

— Combien de temps ? insista-t-il.

Sans un mot, Meg pencha la tête et goûta le porc rôti. Le regard trouble de Dominic observa chaque morceau glisser entre ses lèvres.

— Si nous étions seuls, petit faucon, dit-il à voix basse, vous prendriez la nourriture dans ma main. Et je…

Meg leva les yeux, vit le feu sensuel dans les yeux de Dominic et sut que s'ils avaient été seuls, il aurait fait bien davantage avec ses mains que la nourrir.

Subitement, Dominic se mit debout.

— C'est l'heure de la chasse.

Quatre chevaliers, cinq écuyers, une seule femme, une meute de chiens et le maître-chien chevauchaient en route pour la chasse. Seule la présence de Meg témoignait qu'il s'agissait davantage d'une partie de chasse que d'une chevauchée menant au combat. Dominic et ses hommes ne suivaient pas la tradition et chassaient avec haubert, épée et heaume. En outre, ils chevauchaient des destriers et étaient suivis par des écuyers portant des lances.

C'était une façon peu commode de chasser, cependant, elle était moins gênante que de tomber sans armes sur un nid de mercenaires.

À l'avant du groupe parti à la chasse, les montagnes accidentées se détachaient sur un ciel inhabituellement dégagé. Ni aussi grandes que les montagnes que Dominic avait vues durant ses voyages, ni assez petites pour être confondues avec des collines, les montagnes rocheuses étaient recouvertes du chatoyant manteau vert du printemps. Au lointain et caché par les terres accidentées, il y avait un long lac irrégulier dans lequel la rivière de Blackthorne prenait sa source. En suivant la rivière, Simon espérait trouver un raccourci vers l'endroit où il était tombé sur la trace d'un grand cerf le jour où il était revenu sur les pas de Meg.

À l'abri à flanc de coteau, des arbres foisonnaient et levaient leurs innombrables branches vers le soleil. Des touches vertes se disséminaient dans les branches, témoignant des petits bourgeons qui s'ouvraient sous la chaleur du soleil. Des fleurs sauvages s'épanouissaient; leurs couleurs étaient vives, comme le jaune et le bleu, le pourpre et l'or, et elles profitaient des derniers jours qui leur restaient pour absorber la lumière du soleil avant que les feuilles des chênes, des bouleaux, des saules et des aulnes ne se déploient pour former une dense canopée forestière. Une fois les arbres complètement recouverts de feuilles, peu de lumière du jour atteindrait le sol. La mousse verrait le jour et se propagerait, et les fougères déploieraient leurs bouquets verts ancestraux.

Malgré la présence de chevaliers armés dans tous les coins et le vieux palefroi qu'elle montait, Meg prenait plaisir à cette balade. La jolie mélodie des clochettes qui ornaient ses bijoux et son manteau semblait inciter les oiseaux chanteurs à de plus grandes effusions, ce qui égayait la journée en musique.

Dans le ciel, un aigle était en quête d'une proie. Son cri perçant ressemblait à la mélodie sauvage de la liberté. Meg mit sa main en visière et regarda en l'air pour admirer le vol aisé de l'oiseau. Comme toujours, elle aspirait à savoir ce que l'on ressentait à planer dans la beauté ensoleillée du ciel.

— Simon ? appela Dominic en tirant sur les rênes de son étalon. Est-ce l'endroit où tu as repéré les traces du cerf ?

Simon observa la zone juste devant eux où affluaient des ruisseaux qui coulaient des montagnes et se jetaient dans la rivière de Blackthorne. Trop mouillé pour les arbres, le sol formait un marécage parsemé de plans d'eau. Des ruisselets d'eau en mouvement serpentaient au milieu des joncs bruns et formaient des ramifications aquatiques dont la couleur était argentée, bleue, ou noire selon l'heure du jour.

— Cela y ressemble, répondit finalement Simon. Je suis arrivé de ce côté, là-bas. Le lieu païen se trouve au-delà, à l'ouest.

Simon désignait un endroit à l'écart du chemin carrossable qui menait à Carlysle, un des six domaines, situé le plus au nord, que Dominic avait récemment acquis en même temps que l'unique héritière et fille de John de Cumbriland. De l'autre côté du marais, les montagnes s'érigeaient de manière abrupte. De nombreuses crêtes étaient recouvertes de la neige de la dernière tempête.

Des couronnes blanches brillaient également sur les rochers escarpés et ne fondraient pas avant que l'été soit déjà bien avancé.

— Meg ? demanda Dominic. Y a-t-il un passage à travers le marais pour rejoindre le vallon là-bas ?

Elle regarda en direction du vallon sauvage qui se trouvait entre les montagnes au-delà du marécage. En été, le vallon serait recouvert d'une forêt dans un dégradé de vert, et de clairières ensoleillées aux herbes denses. En cet instant, il était constitué d'une forêt aux troncs pâles, aux branches sombres fantasmagoriques, où seul le sol avait acquis une couleur verte à la suite de son exposition saisonnière au soleil comme chaque année. Un ruisseau scintillant serpentait dans les clairières où de nouvelles herbes recouvraient le tapis brunâtre des herbes de l'an passé.

— Un chemin de chasse coupe sur la gauche, répondit Meg en le désignant de la main. Traverser le marais prendra du temps, mais ensuite, le chemin sera assez facile.

Dominic promena son regard sur la campagne, mémorisant la localisation des montagnes et du vallon, de la forêt, de la clairière et du marais. Il adressa un regard au maître-chien qui hocha la tête avec enthousiasme. Les chiens, eux aussi, étaient impatients de commencer la chasse. Ils n'avaient pas eu droit à beaucoup d'exercice depuis qu'ils avaient quitté la Normandie.

Tout à coup, Dominic envoya le maître-chien en éclaireur. Lorsque le chemin de chasse sinueux fut découvert dans le marécage, l'homme fit retentir son cor d'une courte note qui rassembla les chiens.

— Tu y vas en tête, dit Dominic à Simon.

Surpris, Simon commanda à son étalon de passer devant son frère. Les chevaliers, tout aussi étonnés, furent envoyés vers l'avant d'un geste de la main. Dominic se plaça derrière le palefroi de Meg. Elle se tourna et lui lança un regard inquisiteur.

— Je ne voulais pas que vous soyez piétinée par les destriers dans l'excitation de la chasse, dit Dominic. Votre monture est de bonne volonté, mais elle n'est plus toute jeune pour partir à la chasse sur un terrain comme celui-ci.

— Et vous ? demanda Meg. Si je reste derrière, vous allez manquer la prise.

— Il y aura d'autres parties de chasse.

— Mon palefroi sera le même.

— Oui, mais vous ne la monterez pas. Lorsque mes chevaliers arriveront, vous recevrez un palefroi sarrasin dont la robe est aussi rousse que votre chevelure.

— Vraiment ? demanda Meg, excitée.

— Vraiment. Elle devrait avoir de beaux poulains avec Crusader.

— Encore la procréation, marmonna Meg dans un souffle. Est-ce donc la seule chose à laquelle vous pensez qu'une femelle puisse servir ?

Si Dominic l'entendit, il ne répondit rien.

Meg avait eu raison en mentionnant que la première partie du chemin serait difficile. Depuis que sa monture avançait avec précaution au milieu des ornières et des pièges formés par les joncs, la jument respirait bruyamment et avait pris un retard de cent mètres sur les autres chevaliers. Même s'ils portaient une charge plus lourde, les étalons n'étaient pas affectés par cette chevauchée difficile, car Dominic entraînait les chevaux de combat avec autant de soin qu'il entraînait les chevaliers. Une monture qui manquait de souffle ou de puissance sur un champ de bataille était bien pire qu'inutile.

Lorsque le palefroi de Meg quitta enfin la partie marécageuse, Dominic vint à ses côtés et fit signe aux écuyers de passer devant. Presque deux cents mètres plus loin, à présent, les chevaliers suivaient le ruisseau entre les herbes et des arbres éparpillés, et ensuite dans la forêt. Même sans feuilles, les arbres et les taillis étaient suffisamment épais pour faire disparaître les chevaliers et les écuyers derrière eux.

Meg et Dominic avaient parcouru mille mètres, quand un cor de chasse résonna au milieu du jour. Ils s'arrêtèrent et tendirent l'oreille. Le cor se fit de nouveau entendre, et puis encore, marquant les tours et détours de la poursuite.

— Ils sont arrivés à un ruisseau secondaire, dit Meg, écoutant attentivement.

Le cor retentit de nouveau, avec insistance.

— Le cerf a été aperçu ! dit Dominic.

Retenant leur souffle, ils écoutèrent le son du cor qui s'éloignait. Le cerf entraînait les chiens dans une course-poursuite à travers les collines et les vallons. Dominic avait eu raison ; ils déambulaient à tombeau ouvert. Son palefroi aurait été distancé en un clin d'œil.

Soudain, un sentiment de mise en garde glaça Meg. Elle observa rapidement les alentours telle une proie à la recherche d'une échappatoire.

— Que se passe-t-il ? demanda Dominic.

— Je ne sais pas. Tout à coup, je me sens comme le cerf. Chassée.

— Cela vous arrive-t-il souvent lorsque la proie est en vue ? demanda-t-il avec curiosité.

— Jamais avant aujourd'hui. Je…

La voix de Meg se cassa comme si elle avait été poignardée.

Un cor retentit à l'est, directement entre Dominic et Meg et les autres chevaliers à la poursuite du cerf. Le son du cor n'appartenait pas à celui du maître-chien du château de Blackthorne.

— Reconnaissez-vous le cor ? demanda Dominic.

— Ce n'est pas possible, répondit-elle. Il ne ferait pas ça.

— Qui ? l'interrogea Dominic.

— Duncan. C'est le cor de bataille des mercenaires.

Le cor retentit de nouveau, plus proche cette fois. Les mercenaires ne poursuivaient pas les chevaliers et les écuyers, mais bien les deux personnes qui étaient restées à l'écart à l'arrière de manière imprudente.

— Bon sang, cracha Dominic. Y a-t-il un endroit près d'ici qui puisse être défendu par un seul homme contre plusieurs ?

— Il y a un endroit où aucun homme n'irait.

— Montrez-moi le chemin !

— C'est par là, indiqua Meg, mais mon palefroi ne peut…

Avant que Meg ne puisse terminer sa phrase, Dominic l'arracha à sa monture, l'installa à califourchon devant lui dans un tourbillon de vêtements et donna un coup d'éperons à son immense étalon.

Derrière eux, les cris des hommes qui venaient de repérer leur proie s'élevèrent.

22

Meg se tapit dangereusement, très bas sur la droite du cou de l'étalon quand la branche la plus basse d'un énorme chêne menaça de l'arracher de la selle. Derrière elle, Dominic se pencha vers la gauche. Lorsqu'ils passèrent de justesse sous la branche, l'espace était tellement étroit que le haubert de Dominic arracha quelques morceaux d'écorce.

Ce qui ressemblait à des cris se fit entendre derrière eux. S'il s'agissait des mercenaires, ils étaient tombés dans leur course frénétique vers le sommet de la colline.

Un chien aboya. Son cri était profond et souple. Il appartenait à un animal dont les ancêtres loups ne remontaient qu'à quelques générations.

— Ils suivent notre trace à l'aide de chiens ! cria Meg en essayant de regarder par-dessus son épaule.

— Ne vous retournez pas, ordonna Dominic. Vous allez perdre l'équilibre.

Sans répondre, Meg cala de nouveau son visage contre le cou musclé de l'étalon et s'y agrippa à deux mains jusqu'à en avoir mal aux muscles. Pourtant, sans le bras puissant de Dominic autour de sa taille, elle serait tombée. Elle n'était pas habituée à chevaucher tambours battants en pleine campagne sur un cheval ayant la taille et la puissance de Crusader.

Le cœur de Meg battait frénétiquement dans ses oreilles en même temps que le grondement des sabots de Crusader, les respirations profondes du cheval et l'agitation démesurée des clochettes en or. La crinière noire fouettait son visage. Des larmes coulaient de ses yeux sous le vent provoqué par la course endiablée de l'étalon qui s'époumonait au sommet d'une colline rocheuse et dévalait une pente à l'extrémité du sommet.

La forêt les entoura de nouveau, les dissimulant à la vue de leurs poursuivants. À plusieurs centaines de mètres au pied de la colline se trouvait un petit bois de chênes massifs. Ils avaient poussé de manière tellement dense qu'il était impossible de galoper au travers. De toute façon, Crusader montra une soudaine résistance et rechigna à y pénétrer quelle que soit la vitesse.

— Bon sang ! jura Dominic en éperonnant l'étalon. Qu'est-ce qui te prend, Crusader ?

Crusader aplatit les oreilles et recula, refusant de faire le moindre pas en avant.

— Descendons ! dit Meg, se laissant glisser, accompagnée du cliquetis des clochettes dorées. Vite !

Dominic descendit comme au combat, sautant à deux pieds sur le sol, sa main sur l'épée, son corps en position et prêt à se battre.

Meg arracha son foulard et le lui tendit.

— Bandez les yeux de Crusader, dit-elle, et ensuite, suivez-moi. Si l'étalon recule de nouveau, alors laissez-le. Vite ! Ils seront bientôt là !

Dominic attrapa le foulard, le noua autour des yeux cerclés de blanc de Crusader et tira sur les rênes. L'étalon s'ébroua, tira en arrière, effrayé, et se balança comme un pendule au bout des rênes, tentant d'aller dans toutes les directions sauf vers l'avant.

Malgré l'urgence qui bouillonnait en lui, Dominic parla doucement à l'étalon et continua à tirer fermement sur les rênes.

— Dépêchez-vous! cria Meg plus en avant. Je vois un chien!

Crusader s'ébroua, piétina et céda, suivant Dominic comme il l'avait fait tant de fois auparavant, comme dans la cale humide et minable d'un navire. Marchant rapidement, et ensuite au pas de course, Dominic dirigea l'étalon entre les arbres qui étaient de plus en plus vieux et imposants au fur et à mesure qu'ils s'enfonçaient dans la forêt.

Des dolmens plus grands et plus larges que Dominic se dressèrent de manière soudaine entre les arbres. Les rochers se trouvaient là depuis tellement longtemps qu'ils portaient d'épais manteaux de mousse et de lichen, comme si des petits jardins avaient été plantés dans des creux pas plus profonds que l'épaisseur d'un doigt.

Au bout de trois cents mètres, davantage de dolmens se dressaient. Ils avaient la hauteur de la moitié d'un homme et étaient disposés si près l'un de l'autre qu'aucun arbre ne poussait entre eux. Après le deuxième cercle de pierres se trouvait un espace circulaire recouvert d'herbes d'environ vingt mètres de large. Au centre du cercle se dressait un tertre de terre et de roches envahi par la végétation.

Les cheveux de Dominic se redressèrent sur sa nuque, comme un animal en alerte. Son instinct primal lui fit ressentir ce qui avait poussé Crusader à rechigner à entrer dans la forêt. Un sanctuaire se trouvait au milieu des pierres concentriques et celui-ci ne devait pas être troublé de manière insouciante.

La Vallée des Druides.

À la fois méfiant et curieux, Dominic regarda autour de lui tandis qu'il menait son étalon de guerre aux yeux bandés vers un endroit de paix et de protection. De l'herbe et la lumière du soleil prenaient place entre les chênes qui laissaient davantage d'espace. Partout où il posait le regard, des fleurs sauvages entonnaient en silence leurs chants aux couleurs vives. Les arbres avaient davantage de feuilles par ici, comme si le soleil arrivait plus tôt et restait plus longtemps à cet endroit.

À l'arrière du premier cercle de pierres, on entendit l'aboiement surexcité d'un chien privé de sa proie. Bizarrement, aucun autre chien ne se joignit à lui. Dominic regarda Meg d'un air interrogateur.

— Est-ce que Duncan va à la chasse avec un seul chien ?

— Uniquement lorsqu'il recherche les braconniers. De plus, nous ne pouvons être certains que ce soit Duncan.

— Arrêtez de prendre la défense de ce bâtard, ordonna durement Dominic. De qui d'autre pourrait-il s'agir ?

Meg ne dit rien. Il n'y avait rien qu'elle puisse dire pour démentir les propos logiques de Dominic, cependant la logique de ses émotions à elle était bien différente.

— J'aurais dû laisser Simon étriper le Fléau Écossais dans l'église, marmonna Dominic.

Il parcourut la clairière ensoleillée et l'ancien tertre du regard. Il n'y avait aucun endroit où un seul homme pourrait à la fois sécuriser ses arrières et défendre le front.

— Continuez à avancer, dit Dominic à Meg. Nous n'avons pas encore atteint de lieu sûr.

— Il n'y a pas de meilleur refuge que le château, et il n'y a pas d'autre chemin pour le rejoindre que le chemin que nous avons emprunté jusqu'ici.

Meg n'ajouta pas que les mercenaires occupaient maintenant les terres entre le cercle hanté et le château de Blackthorne. Elle n'eut pas à souligner l'évidence. Les jurons brûlants de Dominic lui démontrèrent qu'il comprenait, aussi bien qu'elle, que leur situation était précaire.

— Dans ce cas, nous sommes bel et bien pris au piège, dit Dominic. Il faudrait de nombreux chevaliers pour arriver à défendre cet endroit.

— Non. Aucun mercenaire ne franchirait le cercle extérieur de pierres.

— Duncan est assez intelligent pour bander les yeux de son cheval et suivre nos traces jusqu'ici.

— J'en doute. Moi-même, je n'étais pas certaine que cela fonctionnerait.

Dominic regarda Meg d'un air incrédule.

— Dans ce cas, pourquoi l'avez-vous suggéré ?

— Je savais que vous n'abandonneriez pas votre étalon à moins qu'il n'y ait pas d'autre choix. Les mercenaires vous auraient tué comme un cerf acculé avant que vous n'ayez pu franchir le cercle extérieur.

Il grogna.

— Ils peuvent encore le faire.

— Je ne le pense pas. En mille ans, aucun homme n'a franchi les dolmens. Pas même mon père.

— A-t-il essayé ?

— Une fois.

— Pourquoi ?

Meg haussa les épaules.

— Il pensait que le secret pour avoir un fils se trouvait au cœur des dolmens plutôt que dans son cœur.

— Ou dans le cœur de son épouse ? suggéra Dominic.

Soudain, Crusader leva la tête. Dominic tira brusquement sur les rênes.

— Doucement, dit-il à voix basse, caressant le cou de l'étalon. Il n'y a rien à craindre, ici.

— Il sent l'eau, dit Meg en désignant un tas de rochers et de broussailles abondantes qui se trouvaient au pied du tertre.

— Une source sacrée ? demanda Dominic sur un ton neutre.

— Les Druides de la Vallée ne se sentiraient pas offensés, si un étalon venait y étancher sa soif. Est-ce cela que vous sous-entendiez ?

Sans un mot, Dominic ôta le bandeau des yeux de l'étalon. Crusader regarda autour de lui avec curiosité, mais ne montra aucune crainte. Dominic mena l'étalon jusqu'à la source et patienta pendant que Crusader buvait l'eau cristalline.

Il était aisé de suivre la progression des mercenaires autour du cercle extérieur de dolmens. Des cris faibles et l'aboiement triste d'un chien se firent entendre en différents endroits autour du cercle alors que les rebelles tentaient de trouver un chemin de l'autre côté des terres hantées.

Au milieu des dolmens, rien ne bougeait, si ce n'est le vent.

— Qu'y a-t-il au centre du tertre ? demanda Dominic.

— Une chambre à ciel ouvert.

— Y a-t-il suffisamment de place pour un cheval ?

Meg hésita.

— Ne vous inquiétez pas, dit-il en remarquant sa réticence. Je vais attacher Crusader ici, à l'extérieur.

— Rien ne viendra le déranger.

— Allez dans la chambre du tertre, dit Dominic. Si Duncan est courageux ou assez intelligent pour franchir les cercles de pierres, la chambre sera plus facile à défendre que cet espace ouvert.

— Et vous ?

— Je viendrai avec vous du moment que je puisse garder un œil sur Crusader. Ou bien devrai-je procéder à des rites et incantations afin de pouvoir entrer ? demanda-t-il d'un ton sarcastique.

— Rien de plus original que les yeux que Dieu vous a donnés, répondit-elle, la voix crispée. Si cet endroit était habité par le diable, ma croix ne le tolérerait pas.

Dominic haussa les épaules.

— Cela n'a pas d'importance. Je pactiserais avec le diable, pour être à l'abri de Duncan et de ses mercenaires.

— Non ! dit Meg, horrifiée. Ne dites jamais cela !

Il rit.

— Quelle sorcière étrange vous faites.

— Je ne suis pas une sorcière, dit Meg, détachant bien chaque mot. Je suis une Druide de la Vallée. Ce n'est pas la même chose.

— Les gens ordinaires ont du mal à faire la distinction entre les deux.

— C'est pour cette raison qu'ils sont ordinaires, rétorqua-t-elle.

— Allez au tertre, chère épouse Druide de la Vallée. Je vous rejoindrai là-bas.

Meg contourna le tertre et rejoignit une ouverture où la terre et les rochers avaient soit été poussés de côté, soit ne s'y étaient jamais empilés depuis le début des temps. Le passage était étroit, avec des parois de pierre, et le sol était recouvert des feuilles de la saison dernière. Au bout de quelques mètres, il s'ouvrait sur une chambre circulaire. Si l'endroit avait un jour été recouvert d'un toit, il n'en restait aucune trace.

De l'herbe et des fleurs sauvages poussaient pour former un tapis épais. Dans la partie se trouvant à l'ouest, les feuilles de l'année dernière s'étaient amassées au pied de quatre pierres blanches étranges. Elles auraient pu servir de supports pour un abri ou bien être des obélisques entourant un autel disparu, ou encore servir de points de repère pour capturer les rayons inclinés de la lumière au changement d'une saison spécifique. Aucune personne vivante ne le savait.

Si les Druides de la Vallée avaient un jour su à quoi servait le tertre, la chambre ou les obélisques, cette connaissance n'avait pas survécu à l'époque où un frère s'était retourné contre son frère et où le Loup des Druides de la Vallée avait été perdu ; et avec lui, la paix dans le pays lui-même.

— Vous paraissez triste, dit Dominic derrière Meg. Est-ce un endroit mélancolique pour vous, ou bien êtes-vous malheureuse que Duncan n'ait pas réussi à vous enlever ?

— Est-ce donc ce que vous croyez ?

La tentation de provoquer Meg gagna presque sur le bon sens de Dominic. Avec un juron entre les dents, il retint sa langue. Son humeur était toujours changeante lorsque son sang bouillonnait après une bataille. Ses hommes avaient appris à l'éviter soigneusement.

— Laissez-moi seulement vous dire que je suis malade à en mourir d'entendre constamment des histoires sur Duncan de Maxwell et vous, dit Dominic d'un ton amer.

— Moi aussi.

Le ton de la voix de Meg était aussi amer que celui de son époux.

L'effort était visible, mais Dominic parvint à contenir sa mauvaise humeur.

— Restez ici, dit-il. Je vais monter la garde à l'extérieur.

Sans un mot, Meg regarda Dominic quitter la chambre d'un air furieux. Il ne lui fallut qu'un court instant pour trouver un endroit confortable au milieu des herbes et des fleurs sauvages. Elle ôta son manteau, le retourna vers l'intérieur pour protéger le tissu délicatement brodé et se confectionna un coussin. Son foulard était maintenant de travers à cause de leur course effrénée, tout comme ses nattes étaient à présent défaites. Elle enleva les chaînes en or, secoua ses cheveux et se mit à les coiffer avec le peigne orné de pierres précieuses qui était un cadeau de Dominic.

Du sommet du tertre où était à présent installé Dominic, les remous et les ondulations de la chevelure de Meg ressemblaient à des flammes que l'on démêlait avec des doigts en or. La petite mélodie des clochettes qu'elle portait aux poignets et autour de ses hanches s'adaptait parfaitement à la journée, tout comme le chant des oiseaux.

Peu importe l'intensité avec laquelle Dominic s'ordonna de surveiller les mercenaires, la musique et la beauté de son épouse captaient son regard. Il marmonna un juron, ferma les yeux et tenta d'entendre quelque chose de plus sinistre que les petites clochettes et l'appel limpide des oiseaux chanteurs.

Rien ne parvint à ses oreilles si ce n'est le bourdonnement indolent d'insectes et le soupir secret de la brise entre les feuilles tendres du printemps. Dominic regarda Crusader et se fia à l'instinct de l'étalon face au danger.

La tête de l'animal était baissée, et il mâchonnait nonchalamment quelques pousses tendres. De temps en temps, Crusader levait la tête et humait la brise, les narines dilatées et les oreilles dressées, analysant le vent à la recherche de la moindre trace de danger. Apparemment, aucune odeur d'intrus, de chevaux ou de chiens — ni d'odeurs familières, non plus — ne fut détectée par l'étalon puisqu'il se remettait à frotter son museau contre les feuillages à la manière d'un cheval qui avait plus l'air de s'ennuyer que d'avoir faim.

Le soleil réchauffait les terres de manière bienfaisante. Le relâchement commença à envahir Dominic, dissipant la tension de la fuite et de la bataille. Il regarda en arrière vers la chambre et vit Meg étendue dans l'herbe, ses cheveux soyeux et splendides éparpillés autour de sa tête. La tentation le poussant à la rejoindre fut plus forte que toutes celles qu'il avait connues jusqu'alors.

Dominic résista au chant de sirène invitant à la paix et à la relaxation, mais sa vigilance ne trouva pas de récompense dans le calme de la journée. Finalement, il redescendit du tertre, amena Crusader près du passage et l'attacha à l'entrée à l'extérieur, là où aucun homme ne pourrait passer sans alarmer l'étalon.

Dans la chambre, Dominic ôta son heaume avec lassitude et le déposa. Son manteau noir constitua un lit confortable sur l'herbe et les fleurs. Dès qu'il l'eut étendu, il souleva Meg et l'installa sur le manteau avant de s'allonger à côté d'elle. Le poids des rayons du soleil s'insinua en lui plus profondément qu'aucune bière ne l'avait jamais fait. Il enleva son haubert et ses chausses, savourant d'être libéré de son attirail de guerre. Avec un long soupir, il attira Meg dans ses bras.

Pour la première fois depuis qu'il avait négocié sa propre liberté contre celle de ses hommes à Jérusalem, Dominic le Sabre dormit sans rêver.

Lorsque Meg se réveilla la première, elle ne savait plus où elle se trouvait. Pourtant, elle ne ressentit aucune frayeur. La chaleur du soleil et le doux sifflement des oiseaux de la forêt lui confirmèrent qu'elle était en sécurité, cela avant même d'avoir ouvert les yeux. Ce qui la rassura encore davantage que les chants d'oiseaux fut la chaleur intense des bras de Dominic autour d'elle et le battement régulier et apaisé de son cœur sous sa joue.

Soudain, Meg se souvint de leur course effrénée dans la forêt. Elle releva la tête juste assez pour regarder, au travers du passage, la clairière et les arbres qui entouraient le site ancien. Crusader se tenait à l'entrée du tertre, la tête baissée et tout son poids posé sur trois pattes, dormant debout à la façon des chevaux.

Les ombres à l'entrée du tertre avaient peu bougé, ce qui fit comprendre à Meg que son sommeil n'avait pas été long. Pourtant, elle se sentait étonnamment reposée. C'était toujours le cas lorsqu'elle venait ici. C'était comme si la paix des mille dernières années s'était accumulée en cet endroit pour être absorbée par ceux qui étaient assez sages pour franchir les dolmens et rejoindre le tertre ensoleillé.

Lorsque Meg tourna le visage vers Dominic, elle se rendit compte qu'il avait ôté son attirail de guerre pour s'allonger au soleil à ses côtés. Lui aussi devait avoir ressenti le pouvoir curatif de l'ancienne clairière.

Une prise de conscience la foudroya comme un coup de tonnerre. Gwyn l'Ancienne n'avait connu aucun homme qui, au cours des mille dernières années, ait été capable de mettre assez longtemps son malaise de côté pour franchir le cercle intérieur de pierres, encore moins pour succomber à la paix sacrée du tertre et s'y abandonner dans un sommeil profond.

Pourtant Dominic venait de le faire.

La preuve de cet événement incroyable était sous ses yeux, son corps puissant détendu, ses yeux fermés, dormant aussi profondément qu'un bébé. Dominic le Sabre, un guerrier aussi puissant qu'il arrivait même à inquiéter le roi d'Angleterre, communiait de manière déroutante avec la paix.

— *Travaillez avec moi, chère épouse. Aidez-moi à apporter la paix sur les terres.*

Les paroles furent tellement claires que dans un premier temps, elle pensa que Dominic les avait prononcées à voix haute. Mais elle finit par comprendre qu'elle venait d'entendre ce que Dominic lui avait dit quelques jours plus tôt lorsqu'il avait émergé de l'emprise du poison et l'avait regardée avec des yeux aussi limpides que la source sacrée qui jaillissait au pied du tertre.

— *Travaillez avec moi, chère épouse. Aidez-moi à apporter la paix sur les terres.*

— *Comment?*

— *Mélangeons le sang des Saxons et des Normands. Donnez-moi des fils.*

Dans un silence qui débordait de possibilités, Meg observa les cils épais et irréguliers de Dominic, et les mèches bouclées et souples qui étaient souvent dissimulées sous le heaume de guerre. Elle se souvint combien ses cheveux étaient doux et froids entre ses doigts, comme ils étaient chauds près de son crâne, et combien il aimait sentir ses ongles se balader sur sa peau.

Doucement, Meg promena sa paume sur la chemise souple en cuir que Dominic portait sous son haubert. Sous les lacets de la chemise reposait une toison noire et dense. Épaisse, frisée, elle ne ressemblait pas à la chevelure de Dominic. Elle se demanda si sa toison serait aussi fascinante entre ses doigts qu'elle l'était déjà du bout des doigts. À peine cette pensée lui avait-elle traversé l'esprit qu'elle était déjà en train de défaire les lacets afin de pouvoir y glisser librement les doigts.

Avec un petit gémissement de plaisir, Meg découvrit que les courbes musclées du torse de Dominic étaient à la fois chaudes et souples, et que la toison sombre taquinait sa paume de manière irrésistible. Elle le caressa avec des mouvements lents de la main, le plaisir qu'elle ressentait à le toucher de cette façon la faisant sourire.

Un léger changement de tension sur le corps de Dominic fit comprendre à Meg qu'il était en train de se réveiller. À contrecœur, elle mit fin à ses caresses et commença à retirer ses doigts de sous la chemise.

Une main durcie par la guerre s'abattit sur la sienne, emprisonnant sa paume contre la poitrine de Dominic.

— N'arrêtez pas, dit-il d'une voix rauque, sinon je serai encore plus jaloux de Black Tom que je ne le suis déjà.

Le sourire de Meg s'élargit. Elle leva la tête jusqu'à pouvoir plonger son regard dans des yeux argentés aussi clairs et aussi troublants que la source sacrée de la Vallée des Druides.

— Ou bien préférez-vous caresser Black Tom parce qu'il a plus de fourrure que moi ? demanda malicieusement Dominic.

— J'en doute. Vous me semblez avoir une fourrure vraiment extraordinaire.

La respiration de Dominic s'accéléra au moment où Meg glissa sa main sous la chemise et recommença à le caresser. Une vague de plaisir le parcourut et l'expression sur le visage de Meg lui apprit qu'elle prenait autant de plaisir que lui à le caresser.

— Avez-vous froid ? demanda Meg, inquiète.

— Non.

La voix de Dominic était très profonde, et ses yeux étaient embués d'une sensualité paisible et taquine que Meg n'avait jamais vue auparavant chez son époux.

— Vous avez frissonné, fit-elle remarquer.

— Oui.

Il déplaça sa main. Il caressa, du dos de l'index, la joue de Meg, son menton, sa nuque, le creux de sa gorge. La caresse lui arracha un soupir tremblant.

— Avez-vous froid ? demanda Dominic.

On pouvait lire dans ses yeux qu'il savait très bien quelle serait la réponse.

— Non, répondit Meg. Est-ce pour cela… ?

Il émit un grognement interrogateur qui ressemblait davantage à un ronronnement et pressa une fois de plus sa main sous la sienne. Il frotta la paume de Meg contre sa poitrine, et ce faisant, il ondula doucement sous sa caresse comme un chat.

— Est-ce pour cela que vous avez frissonné ? demanda Meg avec curiosité. Parce que je vous touche ?

— Oui. Votre toucher. Et vous avez frissonné sous ma caresse. Touchez-moi encore, petit faucon. Faites-moi trembler.

— Allez-vous aimer cela ?

— Je ne sais pas. Je n'avais jamais frissonné sous la caresse d'une femme jusqu'à maintenant.

Avec hésitation, et ensuite avec davantage de confiance, Meg caressa la poitrine de Dominic sous sa chemise. Sa chaleur était délicieuse, tout comme le mouvement délibéré de son corps contre sa main qui accentua la caresse sensuelle.

— En effet, vous ressemblez à Black Tom, dit Meg.

— Mon poil ?

— Et la chaleur. Et la souplesse, dit-elle en testant la poitrine musclée de Dominic du bout des doigts. Et la puissance. Et la brillance. Et… tout cela forme un ensemble vraiment merveilleux.

Un rire et une réponse sensuelle s'emmêlèrent dans la gorge de Dominic. Il en résulta un gémissement rauque et bas.

— Et vous ronronnez également, le taquina Meg. Quelle chose merveilleuse, un homme félin. Attrapez-vous aussi des souris entre les dents ?

— Je crains que non.

— Dans ce cas, peut-être que Black Tom pourrait vous l'apprendre.

Dominic rit pendant quelques instants jusqu'à ce qu'il ait le souffle coupé. Les doigts graciles de Meg avaient rencontré la peau lisse près de son mamelon. Le contraste entre sa toison et la peau devait lui avoir plu puisqu'elle se remit à former des cercles autour du mamelon. Quand il se durcit, elle leva la main, surprise.

— Encore, dit-il d'une voix rauque.

— Vous aimez ?

— La seule chose que j'aimerais encore davantage serait votre langue chaude.

Le souvenir de Dominic lui caressant le bout du sein fit couler une vague de chaleur en Meg.

— Oui, murmura-t-elle, les yeux clos. Je m'en souviens.

Dominic ôta sa chemise de cuir. Sous celle-ci, il ne restait que sa peau chaude, ses muscles et sa toison soyeuse qu'elle avait appréciés. Les yeux toujours clos, elle l'explora avec ses doigts.

— Vous êtes… beau, murmura Meg.

— Non, dit Dominic, faisant courir ses doigts sur les lèvres de Meg. Vous êtes belle. Je suis couvert de cicatrices de la tête aux pieds.

Meg cligna des yeux et les ouvrit. Pour la première fois, elle vit la cicatrice qui barrait le torse de Dominic et son épaule. Elle prit une légère inspiration lorsqu'elle pensa à la douleur que la blessure avait dû lui causer.

Se maudissant silencieusement d'avoir été assez stupide pour se déshabiller à la lumière du jour, Dominic tendit la main vers la chemise qu'il venait de lancer sur le côté.

Meg se précipita pour empêcher Dominic d'enfiler la chemise.

— Laissez-moi faire, chère épouse. Mieux vaut me voir dans l'obscurité que sous la lumière du jour, dit-il d'un ton catégorique.

— Non, objecta-t-elle. J'aime vous regarder.

— Vous arrivez à peine à me regarder. Laissez-moi m'habiller.

— C'était à cause de la douleur.

— Quoi ?

— Votre cicatrice crie de douleur, répondit simplement Meg. Je ne m'attendais pas à cela. Je ne me laisserai plus surprendre. Laissez-moi vous voir, mon guerrier.

« Laissez-moi vous guérir. »

Doucement, Dominic relâcha la main et la chemise. Meg la mit de côté et regarda son époux. Au bout d'un moment tendu et silencieux, elle commença à tracer les courbes de son corps en le caressant du bout des doigts.

— J'ai senti votre force virile auparavant, dit Meg au bout d'un moment. Je l'ai sentie lorsque vous m'avez soulevée. Je l'ai sentie d'une manière différente il y a quelques instants alors que vous étiez aussi chaud et souple qu'un chat. Mais je n'avais jamais vu, jusqu'à présent, votre force à nu.

Dominic plissa les yeux sous la violence de la passion qui s'emparait de lui à chaque caresse délicate des mains de son épouse. Meg le regardait avec une admiration qui était bien plus que sensuelle et bien moins qu'innocente.

— Vous êtes splendide, mon guerrier. Vraiment… magnifique.

Délicatement, Meg parcourut la cicatrice du bout des doigts. La caresse arracha un gémissement rauque à Dominic, car il n'y avait aucun dégoût dans la voix ou la caresse de son épouse. Il avait la certitude, tout comme il était certain du battement de son cœur, qu'il était beau aux yeux de son épouse.

Cette constatation étonna Dominic puisqu'il savait que seule une grande émotion pouvait ne pas voir l'affreuse cicatrice que la guerre avait laissée sur son corps.

— Cela fait partie de votre puissance, murmura Meg, parcourant de nouveau la cicatrice. Je prendrais votre douleur si je le pouvais, mais je ne vous enlèverais pas la marque d'un combat honorable. Ne craignez jamais d'être nu devant moi, cher époux. Je vous trouve aussi beau que vous êtes fort.

Un frisson causé par le plaisir et quelque chose d'encore plus puissant, le désir ardent de l'esprit qui le ravissait avec autant de douceur qu'un rayon de soleil, secoua le corps musclé de Dominic.

— Je me désagrège sous vos doigts, dit Dominic d'une voix rauque.

— Dans ce cas, je devrai vous recoudre. Mais sans douleur, mon guerrier. Sans douleur…

Quand Meg se pencha pour embrasser Dominic, ses cheveux tombèrent comme des flammes froides sur sa peau. Il passa les doigts dans la masse soyeuse et l'attira à lui pour un baiser profond et prolongé. Lorsqu'il finit par la relâcher, elle était rouge de plaisir, et ses doigts couraient avidement sur son torse.

— Vous avez à la fois le goût d'un rayon de soleil et d'une pluie chaude, dit Dominic.

— Et vous êtes comme le vin, murmura-t-elle. Vous me faites tourner la tête.

— Dans ce cas, vous devriez vous allonger.

D'une main Dominic rassembla la soyeuse chevelure de feu de Meg. De l'autre il l'attira et se retourna, l'entraînant avec lui, l'embrassant jusqu'à ce qu'elle s'accroche à lui comme à la vie elle-même. Lorsqu'il arracha sa bouche à la sienne suffisamment longtemps pour l'observer, elle était à moitié allongée sous lui, ses yeux étaient langoureux, et sa chevelure incandescente était déployée sur son manteau couleur nuit.

— Avez-vous moins le vertige, à présent ? demanda Dominic en souriant.

Meg allait répondre, mais elle fut prise d'un tremblement sensuel et promena ses mains sur le dos de son époux au lieu d'essayer de lui dire comment elle se sentait. Sous ses doigts, elle sentit une multitude de cicatrices. Celles-ci n'avaient pu être faites qu'en le ligotant et le fouettant jusqu'à faire craquer la peau et la chair dans un bain de sang.

Le corps de Dominic s'immobilisa, presque distant, comme s'il avait quitté un endroit ensoleillé pour rejoindre un lieu intérieur et sombre.

— Ce ne sont pas vraiment les cicatrices d'un « combat honorable », n'est-ce pas ? demanda-t-il ironiquement.

— Vous avez tort, objecta-t-elle. Il n'y a pas de plus grand honneur que d'avoir offert votre propre souffrance en échange de celle de vos chevaliers.

Il souffla bruyamment.

— Qui vous a raconté ?

— Simon.

Meg leva le regard vers les yeux ombragés de Dominic.

— Il m'a assuré que la mort du sultan n'a pas été facile.

— Le sultan est mort d'une façon plus atroce que n'importe quel homme.

— Excellent, dit Meg dans un long souffle.

Et elle le pensait.

Surpris, Dominic écarquilla les yeux.

— Vous êtes étonnamment sauvage pour une guérisseuse.

— Le printemps panse les blessures de l'hiver, cependant le printemps est rarement une saison douce. Les blessures de l'hiver sont révélées de manière brutale avant d'être guéries par le printemps, et seules les choses vivantes les plus robustes survivent au renouveau. La guérison ne peut être apportée aux faiblesses du cœur.

Pendant un long moment, Dominic regarda l'énigmatique et sensuelle jeune femme Druide de la Vallée qui continuait à le surprendre.

— Vous connaîtrai-je un jour ?

Avant que Meg puisse répondre, Dominic baissa la tête et réclama une nouvelle fois sa bouche. Fermant les yeux, elle s'abandonna au baiser et au guerrier dont le corps balafré éveillait ses sens comme rien d'autre ne l'avait jamais fait, pas même les premiers et délicats tremblements du printemps réveillant les terres hivernales.

L'étreinte de Dominic lui donnait la sensation de tomber dans un feu magique, chaud sans faire de mal, brûlant sans douleur. Quand ses longs doigts ouvrirent les vêtements de Meg et les firent descendre jusqu'à sa taille, elle sentit les rayons du soleil sur sa poitrine nue pour la première fois de sa vie. La chaude caresse la poussa à se soulever de manière instinctive, tentant de se rapprocher de la source de bien-être.

Dominic expira comme s'il avait reçu un coup. Il grogna et goûta un sein, taquinant le pic rose par des incursions sensuelles de sa langue. Sous la vague de cris qu'il arracha à Meg, son corps se durcit d'un désir violent. Il glissa son bras puissant sous son corps et la cambra comme un arc. Il la tint dans cette position, se nourrissant de ses seins jusqu'à ce qu'elle gémisse et se tortille sous le plaisir torride provoqué par ses caresses.

Le goût, le parfum et le contact de Meg s'incrustèrent dans le corps de Dominic comme des serres douces et l'amenèrent à un point d'excitation qui aurait pu être insoutenable s'il n'avait été accompagné d'un plaisir tellement intense. Il la souleva davantage, la soutenant d'un bras tandis que l'autre débarrassait le corps de Meg de ses vêtements.

Quand il eut terminé, il l'étendit sur son manteau et posa sur elle un regard brûlant tandis qu'il se dépouillait de ses propres vêtements. Il était excité au plus haut point, brûlant de passion et durci par les générations à venir.

Meg ouvrit grand les yeux. Elle poussa un petit cri haletant quand Dominic s'agenouilla à côté d'elle.

— Est-ce que je vous effraie ? demanda-t-il.

— J'ai seulement été… surprise.

Ensuite, elle regarda Dominic franchement et sourit d'une façon qui fit affluer son sang de manière visible dans son membre en érection.

— Mais j'aurais dû savoir, murmura Meg, le prenant dans le creux de sa paume, qu'un grand chevalier comme vous aurait une épée redoutable.

La passion faillit réduire le sang-froid de Dominic en miettes. Il s'y accrocha de toutes ses forces, ne cédant qu'une goutte brûlante sous la caresse inattendue de Meg. Sur une parole à la fois respectueuse et profane, il s'allongea à côté d'elle et la regarda avec un désir sauvage.

— Vous êtes un trésor, pas moi, dit-il, la voix enrouée. Un trésor convient à un roi. Des yeux émeraude et une peau aussi fine et douce que la soie.

Dominic embrassa les mamelons tendus de Meg jusqu'à ce qu'ils deviennent rouges et durs sous sa bouche.

— Des rubis, souffla Dominic. Mais chauds, aussi chauds que le souffle de la vie.

Quand Meg ferma les yeux sous une vague de plaisir, les mains de Dominic glissèrent le long de son corps, modelant ses seins, sa taille et ses cuisses, retournant vers le feu sombre qui brûlait au sommet de ses jambes. Doucement, il lui écarta les jambes jusqu'à pouvoir caresser la chair délicatement parfumée qui l'avait hanté depuis qu'il l'avait touchée pour la première fois. Tendrement, sans relâche, il faufila ses doigts dans la toison de boucles serrées jusqu'à trouver ce qu'il cherchait.

— Le joyau sans prix, murmura Dominic.

Meg trembla du plaisir qui l'assaillait et qui était à la fois inattendu et dévorant. Elle essaya de dire quelque chose, mais son souffle fut coupé par un cri de surprise alors que le plaisir la secouait secrètement, la chaleur de son corps se diffusant dans la main de Dominic. Le parfum de la passion tourbillonna autour de lui comme une caresse sauvage.

— Bois de santal et épices, murmura-t-il, la goûtant de nouveau. Le plus précieux de tous les parfums.

Le plaisir ondula en Meg. Le son haletant qu'elle émit était à la fois le nom de Dominic et une question. Sa réponse fut une nouvelle caresse circulaire et enivrante qui fit couler de nouvelles gouttes de passion du corps de Meg.

— Vous êtes parfaite, dit Dominic, la voix enrouée. Vous êtes un feu qui me brûle sans me causer de douleur, et vos flammes sont recouvertes de larmes de diamants. À quoi ressemble le centre de votre feu, ma douce sorcière ? Me procurera-t-il du plaisir ou de la souffrance ?

Dominic observa Meg, prenant plaisir à la voir secouée par des frissons fiévreux tandis qu'il traçait les contours de son fourreau humide et doux qui réclamait de tenir son épée. Lorsqu'il l'explora légèrement, Meg répondit, impuissante, en le caressant en retour, l'attirant de manière irrésistible.

— Des portes de couleur corail qui gardent une source sacrée, dit Dominic, glissant plus profondément dans son antre. Vous êtes réellement magique, mon épouse Druide de la Vallée.

Meg ouvrit lentement les yeux. Elle vit le visage de Dominic marqué par la douleur alors qu'il la regardait avec des yeux brûlants d'une couleur argent. Meg déplaça ses mains des joues de Dominic vers les muscles tendus de son torse et ensuite au-delà, jusqu'à sa chair rigide. Il fut pris de tremblements sous ses tendres caresses comme si elle était en train de l'écorcher à vif.

— Vous souffrez, dit-elle d'une voix saccadée. Laissez-moi vous soulager.

— Une seule chose pourrait m'ôter cette douleur.

— Dans ce cas, je vous l'offre.

Avec une force intensément maîtrisée, Dominic se cala entre les jambes élancées de Meg. Il écarta ses douces barrières avec son membre érigé, se forçant à s'enfoncer lentement malgré les ondes de désir qui déferlaient en lui et qui demandaient qu'on leur laisse libre cours. Elle était voluptueuse, accueillante, et pourtant si étroite qu'il craignait de lui faire mal.

Il finit par sentir le voile résistant de la virginité et s'arrêta. Il n'avait pas osé croire en son innocence, et pourtant, la preuve de celle-ci était contre lui en cet instant.

Le désir de Dominic doubla, et redoubla encore en deux battements de cœur. De la sueur se mit à briller sur son corps alors qu'il se battait pour garder le sang-froid qu'il s'était efforcé d'acquérir tout au long de sa vie.

Instinctivement, Meg essaya de l'attirer davantage, mais il résista avec une force tranquille qui lui rappela combien il était puissant.

— Restez tranquille, murmura Dominic d'une voix rauque contre le cou de Meg. Il n'y aura rien de bon pour aucun de nous deux, si je vous fais mal.

— Est-ce que cela sera plus douloureux que le poing de John ?

— Non, répondit Dominic en couvrant la joue de Meg de baisers tendres et de délicates morsures. Je ne vous ferai jamais souffrir de cette manière. Cependant, vous êtes vierge. Si je m'enfonce davantage, vous saignerez.

— C'est la nature des épées, de faire couler le sang.

— Une seule fois lors d'un combat sensuel. Je vous le promets, petit faucon. Une seule fois.

Meg fit onduler son corps et attira Dominic plus profondément en elle. Cette fois, il ne résista pas. Au lieu de cela, il glissa une main entre leurs corps afin de pouvoir caresser sensuellement du bout des doigts le joyau de son désir.

Meg écarquilla les yeux, quand un feu se mit à brûler sous le contact de Dominic. Instinctivement, elle souleva les hanches et les fit balancer contre lui. Il se mit alors à faire un léger va-et-vient et sourit de voir et de sentir les vagues de plaisir se fondre en elle jusqu'à la faire gémir et la pousser à se soulever de nouveau.

— En voulez-vous davantage ? demanda-t-il en recueillant délicatement le joyau vivace qui reposait au creux de sa douceur.

— *Oui.* Dominic, je…

La voix de Meg se brisa.

— Davantage, comment ? Comme ceci ?

Ses doigts caressèrent, encerclèrent, pressèrent, tiraillèrent le joyau jusqu'à ce que des flammes de plaisir lèchent le corps de Meg avec des coups de langue paradisiaques. Elle commença à se tortiller sous lui, scandant son nom, ondulant, ayant désespérément besoin de quelque chose qu'elle savait être hors de portée.

Ensuite, tout commença à s'embraser autour d'elle. Elle se mit à convulser de manière subtile, sans relâche et commença à se consumer jusqu'au plus profond de son être.

Avec un léger gémissement d'un besoin trop longtemps maintenu sous sa maîtrise, Dominic s'insinua au centre du feu flamboyant de Meg. Si elle ressentit une quelconque douleur, elle fut écrasée par le plaisir bien plus intense que lui procurait la sensation d'être complètement unie à son guerrier, de l'avoir au plus profond de son corps de façon à pouvoir sentir son pouls et son accomplissement de manière aussi perceptible que les siens ; et ses paroles résonnèrent dans le silence empli de tremblements, signe d'extase.

« Aimez-moi, Meg. Apportez la guérison au pays en me donnant des fils. »

23

Comme c'était devenu son habitude au cours des trois jours qui s'étaient écoulés depuis l'attaque des mercenaires lors de la partie de chasse, Dominic se tenait sur les remparts du château de Blackthorne dans la quiétude intense qui suivait le coucher du soleil.

Depuis cette position privilégiée, Dominic pouvait voir la brume scintiller comme un feu argenté au-dessus des bassins à poissons, de la rivière et du lac éloigné. Il pouvait voir, sur une rive toute proche, les silhouettes sombres, semblables à de la dentelle, des chênes tout juste recouverts de feuilles et les épais contours noirs des montagnes où la dernière lueur rosée s'attardait sur les rochers escarpés. Il pouvait voir le dernier mouton à la traîne être mordillé et poussé par des chiens rapides jusque dans les étables pour la nuit. Il pouvait voir le dernier vol d'un oiseau d'eau qui descendait en tournoyant vers le lac pour y passer la nuit.

Ce qu'il ne pouvait voir, c'était Duncan de Maxwell et ses mercenaires. Pourtant, Dominic savait qu'ils se trouvaient quelque part dans le crépuscule et le brouillard, dans l'attente d'une nouvelle opportunité pour attaquer le cœur du château de Blackthorne.

Des bruits de pas en provenance de la tour la plus proche se firent entendre. Dominic n'eut pas à tourner la tête pour savoir qui s'approchait. Les bruits de pas étaient presque aussi familiers que les siens.

— Une belle soirée, dit Simon.

Dominic grogna.

— Une soirée épouvantable, dans ce cas.

Dominic grogna une nouvelle fois.

— Une humeur exécrable, peut-être ? suggéra Simon.

La seule réponse de Dominic fut un regard dur de biais.

— J'ai des nouvelles de tes chevaliers, dit Simon.

Cela captiva l'attention de Dominic.

— Où sont-ils ?

— À neuf jours d'ici, à moins que d'autres tempêtes n'éclatent. Les chariots se sont tellement embourbés sur les routes boueuses qu'il leur a été impossible de bouger pendant plusieurs jours.

— Bon sang, marmonna Dominic.

— Tu pourrais donner l'ordre aux chevaliers de devancer ton mobilier.

— Quatre-vingt-neuf animaux chargés de biens onéreux, répondit brutalement Dominic. Sans chevaliers pour les protéger des bandits, le chargement transportant mes biens se retrouverait sans défense, tout comme un oiseau avec une aile cassée.

Le poing de Simon s'abattit dans sa paume.

— Si seulement nous étions tombés, les chevaliers et moi, sur les mercenaires plutôt que sur Meg et toi.

— Oui. Mais même si cela avait été le cas, les mercenaires ne seraient pas restés pour se battre. Duncan est trop intelligent pour cela. Il sait qu'il aurait connu une sévère défaite. La plupart de ses hommes sont mal entraînés.

— Sven le confirme.

Dominic se tourna pour faire face à son frère.

— Est-il de retour ?

Simon hocha la tête.

— Qu'on lui dise de venir.

Alors que Dominic était encore en train de parler, un homme s'avança depuis la tour d'angle. Ses souples chaussures de cuir ne faisaient aucun bruit sur les remparts de pierre. Cela faisait partie des talents étranges de Sven que de se fondre dans le décor des lieux dans lesquels il se trouvait. Dominic n'avait jamais connu d'homme plus discret, ni plus meurtrier.

— Avez-vous soupé ? demanda Dominic.

— Oui, dit Sven d'une voix douce. Monsieur, je n'ai pas beaucoup de temps devant moi. Je dois être de retour au domaine de Carlysle d'ici peu afin de m'occuper de mon troupeau.

Le sourire immaculé de Dominic étincela dans la pénombre. Imaginer un homme aussi féroce que Sven s'occuper de moutons était grotesque.

— Qu'avez-vous appris ? demanda Dominic.

— La bande des mercenaires s'agrandit.

— Combien sont-ils ?

— Cinq chevaliers, douze écuyers, trente domestiques.

— À cheval ?

— C'est là leur problème. Seuls deux des chevaliers montent des destriers. Les autres chevauchent des chevaux mal entraînés. De meilleurs chevaux devraient arriver d'Écosse d'ici quelques jours.

— Des armes ? demanda Dominic d'un ton cassant.

— Les chevaliers sont aussi bien armés que nous le sommes. Ils ne sont pas aussi habiles, mais les hommes sont aussi bruts et impitoyables que la pierre. Les Écossais de Solway ont énormément de sang viking dans les veines.

La bouchc de Dominic se courba en un léger sourire. L'orgueil farouche de Sven quant à ses origines nordiques était une grande source d'amusement parmi les chevaliers. Mais aucun homme intelligent ne s'aventurait à le taquiner à ce propos.

— Les écuyers sont assez âgés pour verser leur sang, poursuivit Sven. En effet, certains volent leurs supérieurs depuis qu'ils sont assez âgés pour tirer à l'arc.

Un cri dans la cour poussa Sven à se retourner si vivement que sa tenue de pèlerin gris foncé tournoya. Une lueur étincela dans ses yeux pâles qui scrutaient le moindre mouvement en contrebas.

— Ce n'est que Leaper qui a été attrapée en train de voler du pain, dit Dominic. Cela arrive aussi fréquemment que le soleil se couche.

— Quand vos autres chevaliers arriveront-ils ? demanda franchement Sven.

— Neuf jours. Peut-être davantage.

— Ce n'est pas assez tôt. Les mercenaires seront prêts à passer à l'attaque à la moitié de ce délai.

— Nous pouvons résister, dit Simon. Le château est fiable en cas de siège.

— Dans ce cas, ils attaqueront simplement tout d'abord le chargement de mobilier, et ensuite, ils viendront nous attaquer, dit Dominic.

— Oui, acquiesça Sven. C'est ce que Duncan planifie. Il est rusé, monsieur.

— Qu'en est-il des mercenaires ? Sont-ils satisfaits de suivre Duncan ? demanda Dominic.

— Les meilleurs le sont. Les pires seraient prêts à suivre quiconque leur promettrait un massacre, y compris Rufus.

— Le cousin de Duncan, dit Dominic, songeur. Est-il à moitié aussi bon chef que ne l'est Duncan ?

— Non. Duncan est comme vous, monsieur. Les hommes le suivraient jusqu'en enfer. Seuls les chiens suivraient Rufus dans une pièce, et seulement s'il avait de la viande sanguinolente dans les mains.

Dominic regarda d'un air pensif en direction des champs, se laissant envahir par la tranquillité de la soirée.

Il en avait besoin.

Depuis que Meg était réellement devenue son épouse, au-delà de simplement son épouse légitime, elle avait été réveillée chaque nuit par ses rêves, prise de sueurs froides. Lorsqu'il l'interrogeait, ses réponses étaient toujours identiques, puisque le rêve était toujours le même.

— *Le danger arrive.*

— *Quelle sorte de danger ? Une épidémie ? Un siège ? Du poison ? Une embuscade ?*

— *Je ne sais pas. Je ne sais pas ! Je sais uniquement que le danger rôde autour du château de Blackthorne. Chaque nuit, il s'approche, s'approche, s'approche ! Prenez-moi dans vos bras, Dominic. Prenez-moi dans vos bras. J'ai peur pour vous, mon seigneur. J'ai peur…*

Il la prenait dans ses bras, lui caressait les cheveux, la réchauffait avec sa propre chaleur. Et finalement, le jour se levait.

Cependant, le jour faisait toujours place à la nuit.

— Bien, finit par dire Dominic, au moins maintenant je sais quel est le danger. Vous pouvez partir, Sven. Merci. Comme toujours, vos renseignements sont précieux.

Simon attendit que le bruit des pas de Sven qui s'éloignait s'estompe.

— Que veux-tu dire en parlant du fait qu'à présent, tu sais quel est le danger ? demanda Simon.

— Mon épouse Druide de la Vallée rêve, mais pas de façon claire.

— Elle est enfin ton *épouse véritable*, dit Simon en insistant sur ces mots. Quels que puissent être ses sentiments pour Duncan, elle s'est donnée à toi.

— Oui, acquiesça Dominic à voix basse. Elle est mon épouse véritable.

« Mais elle ne me parle pas d'amour. Elle parle de plaisir, de danger, de rires, du château, du jardin, de l'étreinte verte du printemps… mais pas d'amour. Guérissez-moi, Meg. Aimez-moi. Donnez-moi des fils. »

Simon tapa dans le dos de Dominic en signe d'affection.

— Les gens du château l'ont su, dit Simon d'un air satisfait. Au moment où tu es revenu de la chasse avec Meg qui brillait à l'image du soleil dans tes bras, ils l'ont su.

Il n'y eut aucune réponse.

Immobile, silencieux, Dominic observait le paysage serein jusqu'à ce qu'il ne subsiste plus aucune lueur dans le ciel, sauf le croissant de lune.

Simon attendit patiemment l'attention de Dominic. Il avait attendu de la même façon de nombreuses fois après que Sven eut fait son rapport. Dominic se tenait toujours à un endroit propice pour étudier le terrain qu'il devrait prendre par la force ou par la ruse.

— Je pense, dit finalement Dominic, qu'il est temps de donner au diable ce qui lui est dû.

— Pardon ?

— John de Cumbriland, seigneur de Blackthorne, aura son festin funèbre.

Simon fut trop choqué pour pouvoir répondre.

— Il y aura de la musique, des mimes et des jeux, poursuivit Dominic.

— Des jeux, répéta Simon d'un ton neutre.

— Oui. Il est temps que Duncan et ses mercenaires voient de quoi sont capables les chevaliers du château de Blackthorne.

Un silence qui témoignait de l'étonnement fut suivi par un court éclat de rire.

— Un combat sans que le sang soit versé, dit Simon avec admiration. Très intelligent. Mais très dangereux. Que se passera-t-il si les mercenaires décident d'envoyer les jeux au diable et de se battre pour de bon ?

— Dans ce cas, les chiens de guerre se régaleront de nouveau de chair fraîche.

Ce que Dominic ne disait pas, c'était que la chair serait probablement la sienne. Le Fléau Écossais était un ennemi aussi redoutable que ceux que Dominic avait déjà combattus à l'épée.

Et Dominic se battrait en duel avec lui plutôt que d'accepter que les chiens de guerre ne soient lâchés.

Dominic balaya une dernière fois les remparts du regard et se détourna des terres qu'il possédait à présent après s'être battu toute sa vie, et aussi du rêve de paix qui lui avait toujours échappé. Ces choses-là reposaient dans le passé immuable ou bien étaient hors de portée dans le futur. Tout ce qu'il pouvait atteindre se trouvait dans le présent.

Finalement, les clochettes d'or qu'elle portait l'appelèrent.

Dominic quitta les remparts sans un mot et se dirigea à grandes enjambées vers la chambre de Meg. Il ne s'arrêta pas pour frapper à la porte, car il savait qu'elle n'était pas verrouillée. Elle se trouverait à l'intérieur, en train de l'attendre, et porterait son parfum épicé qui était unique.

Eadith poussa un cri de surprise quand Dominic apparut dans l'embrasure de la porte de sa chambre.

— Laissez-nous, lui dit-il.

La servante déposa le peigne décoré de pierres précieuses qu'elle était en train de passer dans les cheveux de Meg et obéit à une allure inhabituelle. L'aura de Dominic était obscure. Elle reflétait les plans sinistres qu'il venait d'élaborer sur les remparts. Seuls ses yeux étaient animés, et ils ne voyaient que Meg.

Dès qu'Eadith fut partie, Dominic ferma le verrou en fer. Quand Meg se leva du tabouret sur lequel elle était installée, les clochettes s'animèrent et murmurèrent délicatement. Meg remarqua à peine la jolie mélodie. Le voile obscur et insaisissable autour de son époux lui serrait le cœur.

— Qu'est-ce qui ne va pas ? murmura-t-elle.

Les yeux argentés de Dominic glissèrent de haut en bas sur le corps de son épouse. Sa chevelure flamboyante cascadait jusqu'à ses hanches et était retenue par un fin diadème en or, serti d'émeraudes. Un surcot ajusté de soie verte épousait les courbes de son corps, soulignant sa poitrine et sa taille étroite ainsi que ses hanches épanouies et féminines. Plusieurs délicates chaînes en or du harem servaient de ceinture. Le moindre mouvement de son corps faisait vibrer les clochettes.

Lentement, Dominic s'avança vers Meg. Lorsqu'il tendit la main pour faire glisser une longue mèche de cheveux entre ses doigts, sa main trembla à cause du désir ardent qui brûlait dans son cœur.

— Vous êtes… splendide, dit Dominic à voix basse.

Il ferma les yeux de manière soudaine et laissa échapper les cheveux de Meg de ses doigts.

— La beauté est un mot bien pâle pour décrire ce que vous êtes pour moi, murmura-t-il. C'est comme dire que l'hiver est froid et qu'un rayon de soleil est agréable.

— Dominic, dit Meg en lui prenant la main. Qu'est-ce qui ne va pas ?

Il ouvrit les yeux et la regarda comme s'il voulait mémoriser l'élégant arc de ses sourcils, la légère inclinaison et la pureté de ses yeux émeraude, la texture crémeuse de sa peau, les courbes sensuelles et la couleur de ses lèvres. Avec une précaution douloureuse, il caressa sa bouche de l'arrière de ses doigts.

— J'ai essayé de rester à l'écart, dit Dominic d'une voix enrouée. Mais j'en suis incapable. J'ai besoin de vous, Meg. Ne ressentez-vous plus de douleur ?

— De douleur ?

— Lorsque nous étions étendus ensemble dans l'ancien site, je vous ai blessée. Ne ressentez-vous plus de douleur ?

— Vous ne m'avez en aucun cas blessée, dit Meg.

— Vous avez saigné.

— J'ai uniquement ressenti de la joie.

Meg embrassa les doigts, durcis par les combats, qui caressaient sa bouche. Un léger frisson secoua Dominic.

— Cela signifie-t-il que vous viendrez à moi de bon cœur ? demanda Dominic. Laisserez-vous mon corps honorer le vôtre ?

Il fut impossible à Meg de cacher le frisson qui la fit frémir à la pensée de s'unir une nouvelle fois à son époux.

Dominic eut le souffle coupé en remarquant que Meg frissonnait de manière sensuelle. Ses doigts dérivèrent de ses lèvres vers le pouls qui battait de façon accélérée sur son cou.

— Je pensais que vous ne voudriez pas de moi aussi rapidement, admit Meg.

— Rapidement ? demanda Dominic, étonné. Cela fait plusieurs jours.

— Eadith m'a dit qu'il fallait du temps pour qu'un homme désire de nouveau une femme.

Un sourire étrange modifia les traits crispés sur le visage de Dominic.

— Si la femme en question est Eadith, dit-il, toute une vie ne serait pas suffisante pour soulever mon, ah, intérêt. Mais s'il s'agit de vous…

— Une demi-journée ? risqua Meg.

Dominic sourit.

— Pour vous, ma chaleureuse épouse des Druides de la Vallée, une *demi-heure* serait bien plus que suffisante pour solidifier de nouveau mon épée.

— Si vite ? Même un bon bélier exige…

Meg se tut en entendant ses propres paroles. Elle rougit violemment et ne dit plus un mot.

Dominic se mit à rire et sentit le sombre frisson des remparts s'estomper.

— Si je n'avais pas craint de vous blesser davantage que ce que j'avais déjà fait, dit-il, je me serais glissé en vous encore une fois avant de quitter l'ancien site.

Meg écarquilla les yeux.

— Vraiment ?

— Je suis vraiment sincère. Pensiez-vous ce que vous avez dit ? demanda-t-il à voix basse. Vous ai-je procuré du plaisir ?

Les joues de Meg se colorèrent. Elle détourna les yeux et hocha la tête.

La paume rugueuse de Dominic souleva le menton de Meg.

— Ne vous cachez pas, petit faucon. Je dois savoir.

Des cils acajou se relevèrent et dévoilèrent les profonds yeux scintillants de Meg.

— Vous ai-je réellement satisfaite ? demanda-t-il.

L'éclat argenté dans les yeux de Dominic la captiva. Ses lèvres s'entrouvrirent pour prendre son souffle tandis que les souvenirs voluptueux se déversaient en elle.

— Oui, murmura-t-elle.

Les longs doigts de Dominic s'enfoncèrent dans les cheveux de Meg afin de l'attirer à lui pour un baiser.

— Et moi ? demanda Meg contre ses lèvres.

— Et vous quoi ?

— Vous ai-je satisfait ?

— Oui.

Il l'embrassa.

— Et oui.

Il l'embrassa encore.

— Et encore oui.

— En êtes-vous certain ? Marie dit que les hommes ne ressentent pas beaucoup de plaisir avec une vierge.

— Frappez donc Marie, dit Dominic en mordant la lèvre inférieure de Meg avec précaution. Elle en sait très peu à propos de la virginité et encore moins des hommes.

Meg regarda Dominic d'un air incertain, se demandant s'il plaisantait.

— Je ne suis pas entièrement d'accord, mon cher époux. Marie connaît beaucoup de choses concernant les hommes.

— Elle connaît beaucoup de choses sur le fait d'écarter les jambes, contesta crûment Dominic. Ce n'est pas la même chose. Mais si vous ne me croyez pas, donnez-moi votre main.

Meg cligna des yeux.

— Laquelle ?

— N'importe laquelle fera très bien l'affaire.

Elle leva la main droite. Dominic la prit, la guida sous son manteau et la pressa contre son membre durci par le désir. Il sourit devant le petit cri de surprise que poussa Meg, puis il grogna lorsqu'il incita la main de Meg à s'approcher davantage. Lentement, il guida sa main le long de sa chair en érection. Même si elle était adoucie par les couches de vêtements, la sensation était assez intense pour que son sang se déchaîne dans son corps.

— Les hommes peuvent mentir sur beaucoup de choses, dit Dominic d'une voix rauque, mais pas sur ceci. Le corps d'un homme ne peut pas tromper sur le désir.

Le teint clair de Meg fit place au rouge qui colora son visage, cependant elle ne retira pas sa main sous celle de Dominic.

— Vous m'avez comblé dans la forêt, dit-il d'une voix profonde. Le simple souvenir du plaisir que j'ai ressenti en m'introduisant en vous est suffisant pour me durcir. Vous étiez soyeuse, étroite et intacte, pourtant, vous avez libéré votre passion pour moi. Vous avez été magique. Une source printanière qui a vu le jour sous mes caresses.

Avec un grognement étouffé, Dominic retira les doigts de Meg de sous son manteau et les embrassa un peu sauvagement.

— Me laisserez-vous vous déshabiller ? demanda-t-il.

— Bien sûr, répondit Meg.

Sur ce, elle se retourna afin qu'il puisse atteindre les lacets de ses vêtements.

— C'est votre droit en tant qu'époux…

— Non, dit Dominic d'une voix cassante. Vous êtes une Druide de la Vallée. Je n'ai aucun droit à part ceux que vous m'octroyez.

La tristesse serra douloureusement la gorge de Meg.

— Donc, c'est pour cette raison que vous prenez tellement bien soin de moi. La malédiction des Druides de la Vallée.

Ses doigts s'immobilisèrent sur les lacets de sa robe émeraude.

— Même sans cela, je vous ferais la cour avec le plus grand soin, dit Dominic.

— Vraiment ? Ah oui, bien sûr. Les hommes ne peuvent procréer d'héritiers avec des femmes qui ne connaissent pas le plaisir dans le lit conjugal.

Dominic hésita, haussa les épaules et dit :

— Je ne crois pas à cette superstition.

Les lacets glissèrent hors des œillets avec un bruit feutré et susurrant.

— Vous pensez qu'une femme qui ne connaît de plaisir avec son partenaire peut enfanter ? demanda Meg.

— Je sais qu'elle peut.

Meg se tourna et regarda Dominic par-dessus son épaule.

— Comment cela ? Avez-vous déjà forcé une domestique et eu un enfant d'elle ?

— C'est cela que vous pensez de moi ? demanda Dominic sur le même ton.

Avec un soupir, Meg se détourna.

— Non, monsieur. Malgré votre nature de guerrier, vous ne pouvez prendre de plaisir dans la souffrance d'une autre personne.

Le silence régna, mis à part le murmure des lacets qui glissaient. Au bout de quelques instants, Dominic parla à voix basse.

— Un jour, un de mes chevaliers a trouvé une jeune Sarrasine seule. Elle était vierge. Il l'avait tellement déchirée et elle saignait tellement après son assaut brutal que nous ne sommes arrivés à lui sauver la vie que de justesse. Je sais avec certitude qu'il ne lui a donné aucun plaisir, pourtant sa semence a grandi en elle.

— Mon Dieu. C'est injuste.

— C'est injuste de naître bâtard, dit Dominic. Pourtant, mon frère et moi sommes nés comme tels.

— Tout comme Duncan de Maxwell.

Un lacet glissa prestement hors d'un œillet.

— Avez-vous un penchant pour les bâtards, madame ? demanda Dominic d'un ton crispé.

Meg émit un son étrange.

— Moi ? Non. Je dirais plutôt que les bâtards ont un penchant pour le château de Blackthorne !

Les mains de Dominic s'immobilisèrent tandis qu'il se battait afin de maîtriser la colère et le désespoir qui s'emparaient de lui chaque fois que son épouse parlait des modalités de leur mariage.

— Je ne peux pas changer la façon dont nous nous sommes mariés, ni pourquoi, ni le fait que je veux absolument des fils, dit Dominic, une fois qu'il eut retrouvé confiance en sa voix. Je ne le ferais pas non plus si je le pouvais. Qu'en est-il de vous, ma réticente épouse ? Auriez-vous voulu d'un mariage qui aurait offensé le roi d'Angleterre ?

— Non, répondit Meg après quelques secondes. Cela aurait entraîné la guerre.

— Auriez-vous voulu d'un homme qui ne se serait pas soucié du château de Blackthorne ?

— Non.

— Auriez-vous voulu d'un homme qui n'aurait pas été capable de vous donner des enfants ?

— Non, murmura-t-elle.

— Auriez-vous voulu d'un homme qui ne durcirait pas de désir pour vous ?

Se mordant les lèvres, Meg secoua la tête.

— Dans ce cas, pourquoi cherchez-vous à ce que l'on se dispute ? demanda finalement Dominic. Pensez-vous que je ne défendrai pas le pays et que je ne le protègerai pas ?

Elle secoua la tête.

— Pensez-vous que je ne défendrai pas mes enfants et que je ne les protègerai pas ?

— Non.

— Pensez-vous que je ne défendrai pas mon épouse et que je ne la protègerai pas ?

Deux larmes s'échappèrent des yeux de Meg. Sa gorge la serrait tellement douloureusement qu'il lui fut impossible de parler. Lentement, elle secoua la tête.

Les longs doigts puissants de Dominic défirent les derniers lacets. La robe de soie verte était ouverte depuis la nuque de Meg jusqu'au sillon ombragé entre ses hanches. Il désirait tellement caresser la courbe élégante du corps de son épouse que la course effrénée de son sang dans ses veines fit trembler ses doigts.

— Pensez-vous que je ne vous mérite pas d'une manière ou d'une autre ? demanda Dominic, la voix tendue.

— Non, murmura Meg. En aucun cas, Dominic.

Elle inspira bruyamment alors que la bouche de Dominic lui caressait la nuque et que ses doigts s'attaquaient aux délicates fermetures de ses sous-vêtements.

Quand sa bouche descendit lentement le long de sa colonne vertébrale, il glissa ses doigts dans l'ouverture de sa robe et caressa ses fesses rebondies en les effleurant délicatement de ses mains. Elle était chaude et avait la peau douce, et il ne désirait rien de plus que d'enlever ses propres vêtements et de s'enfoncer dans la chaleur voluptueuse qui l'attendait en elle.

Mais pas tout de suite. D'abord, il voulait l'entendre crier son nom et sentir ses ongles s'accrocher à lui comme de petites serres, signe de son empressement.

Avec énormément de précaution, Dominic suivit son sillon serré jusqu'à sa douceur cachée plus bas. Le son de la voix de Meg qui se brisa en prononçant son nom le fit sourire d'un triomphe sauvage.

— Oui ? murmura-t-il. Désirez-vous quelque chose ?

Sentir le souffle de Dominic dans le creux de son dos fit frémir Meg. Elle se mit à respirer plus rapidement sous la pression exquise et modérée de ses dents. Son doigt la pénétra délicatement au point qu'elle faillit se laisser tomber sur les genoux.

— Vous êtes tellement douce à toucher, dit Dominic.

Sentir son doigt sonder son sexe la fit gémir. Juste au moment où Dominic pensa l'avoir blessée, il sentit que le plaisir s'emparait d'elle. Lentement, sensuellement, il enfonça un deuxième doigt dans sa chaleur et, en réponse, son pouls se mit à courir de façon torride sous sa peau.

— Vous vous ouvrez à moi avec une facilité tellement délicieuse, dit Dominic d'une voix enrouée par la passion, comme si vous étiez une serrure uniquement faite pour ma clé.

Meg ne put répondre, car Dominic embrassait le creux de son dos moins doucement à présent. Sa bouche et ses dents la picorèrent et la firent frissonner lorsqu'elle se rendit compte que sa main bougeait entre ses cuisses. Soudain, la pression de sa bouche se fit sauvage, et il fléchit la main pour l'élargir.

Le plaisir explosa en Meg, la faisant tanguer en même temps qu'elle criait le nom de Dominic. Un de ses bras enveloppa fermement ses hanches afin de la soutenir pendant qu'il répétait les doubles caresses dévastatrices.

Elle fondit, frissonna, cria au point d'enflammer Dominic aussi fort que la chaude bouffée de plaisir dissimulé de Meg. De nouveau, il mordilla sensuellement sa chair et la pénétra, élargissant son fourreau souple afin qu'elle puisse le recevoir en elle sans douleur.

— *Dominic*, dit Meg, défaillant contre lui, je ne peux plus tenir debout.

À contrecœur, il se retira du corps accueillant de Meg, pour se rendre compte tout simplement qu'il ne voulait pas la relâcher. Entendre ses gémissements, toucher sa moiteur, sentir son parfum unique… Il en voulait davantage, pas moins.

— Encore une fois, ma douce sorcière. Encore une fois.

Avant que Meg ne puisse répondre, elle sentit la bouche de Dominic la brûler comme le feu de la passion à la base de sa colonne vertébrale. Ensuite, il fut de nouveau en elle, s'enfonçant sensuellement, lui enflammant les os. Avec un léger gémissement, elle se mit à frissonner tandis qu'une chaleur liquide l'humidifiait.

Dominic grogna triomphalement. Lentement, il se releva, soutirant de nouveaux cris à Meg alors qu'il continuait à la caresser tout en se retirant. Lorsqu'elle tangua contre lui, il l'attrapa en passant un bras sous sa poitrine. La courbe crémeuse et nue de sa colonne vertébrale demandait à être parcourue vers le bas, tout en bas jusqu'au chaleureux noyau féminin qu'il était le seul à avoir touché.

— Vous m'attirez de façon impitoyable, dit Dominic d'une voix pâteuse.

— Comment cela ? demanda Meg.

La voix râpeuse et enrouée de Meg était pareille à la langue d'un chat. Il fut pris d'un frisson intense et se débattit pour garder son sang-froid qui lui échappait un peu plus à chaque battement puissant de son cœur.

— Vous me donnez envie de m'enfouir en vous ici et maintenant, répondit Dominic presque durement.

— *Oui.*

Les ongles de Meg s'enfoncèrent dans le bras de Dominic alors que le désir s'emparait d'elle.

— Oui, mon guerrier. Prenez-moi ici et maintenant ! Je ne peux plus attendre plus longtemps. Je me sens vide.

Sans prévenir, Dominic souleva Meg d'un seul bras et lui ôta ses vêtements de l'autre. Il les enleva tellement rapidement que les clochettes d'or remuèrent et tintèrent.

Le lit se trouvait à plusieurs enjambées. Il n'en fallut que deux pour atteindre la table à repriser.

Le bras de Dominic débarrassa impatiemment la table des pelotes de laine colorées et des paniers. Il assit Meg sur la table et s'affaira sur ses propres vêtements. Le mélange de surprise et de sensualité qu'il aperçut sur le visage de Meg lui donna envie de rire et de gémir avec une montée sauvage de désir.

— La table ? parvint-elle à demander, la voix rauque.

— Elle est plus proche que le lit.

Meg n'ajouta rien, car les mains de Dominic avaient rapidement ouvert ses vêtements, suffisamment pour libérer son membre en érection de son confinement. Meg était fascinée par l'élan visible de son corps.

— Puis-je… vous toucher ? chuchota-t-elle.

— Je mourrai si vous ne le faites pas.

La voix de Dominic se transforma en un grognement étouffé sous la douce caresse ardente des doigts de Meg.

— Tellement dur, murmura-t-elle, tournant autour de la base de sa chair rigide.

Lentement, ses doigts se mirent à caresser celle-ci tout le long jusqu'à son extrémité arrondie.

— Pourtant tellement douce. Spécialement ici. Vous faites honte à la soie la plus fine.

— Que Dieu me vienne en aide, dit Dominic, les dents serrées.

Un éclair de plaisir le foudroya et le secoua. Une seconde plus tard, il chancelait sur le point de rupture d'une tempête sensuelle. La sueur fit luire son corps tandis qu'il reprenait la maîtrise de son désir sauvage en inspirant profondément et de manière saccadée.

Son désir contenu avec difficulté, Dominic captura la main de Meg et lui mordit la paume.

— Ne vous ai-je pas touché comme il le fallait ? demanda-t-elle.

— Non. Vous m'avez trop bien caressé. Je me suis presque déversé dans votre main.

L'étonnement dans les yeux de Meg fut rapidement remplacé par la curiosité. Elle le regarda en faisant des suppositions sensuelles. Elle inspira avec un léger bruit que Dominic lui arracha lorsque ses mains agrippèrent ses genoux pour les écarter lentement.

— Bougez vos jambes, ma douce sorcière. Laissez-moi venir tout contre vous.

Meg essaya de répondre, mais en fut incapable. La force contenue des mains qui l'ouvraient l'empêcha de parler. L'éclat argenté des yeux de Dominic qui observaient sa nudité la fit trembler.

Elle aurait pu se sentir effrayée, sans défense. Au lieu de cela, elle se sentait étrangement puissante, intensément désirée. En cet instant, elle était certaine que les pensées de Dominic ne contenaient rien d'autre que le désir qu'il ressentait pour son épouse.

Ensuite, il se tint entre ses cuisses et la sonda doucement de la main. Des éclairs éclatèrent en Meg sous la pénétration glissante de son doigt. Une pluie sensuelle suivit rapidement.

La voix de Meg se brisa sur le nom de Dominic lorsque ce dernier intensifia et répéta la caresse. Ses petits gémissements suivaient la progression de ses caresses. Lorsqu'il pinça le joyau voluptueux de son désir, elle renversa la tête et s'abandonna aux sensations qui la consumaient.

— Oui, dit Dominic en regardant Meg d'un regard brûlant. C'est comme cela que je vous veux, chaude et humide, et criant pour moi.

— Je ne peux… attendre… davantage.

Il rit doucement et frissonna lorsqu'il sentit le désir de Meg lécher l'extrémité arrondie de son épée qui était à présent en train de s'appuyer contre son fourreau.

— Moi non plus, dit-il d'une voix pâteuse. Enroulez vos jambes autour de ma taille et attirez-moi contre vous. Oui, comme ça.

Les mains de Dominic glissèrent sous les hanches de Meg.

— Prenez-moi en vous maintenant, ma sorcière. Prenez-moi dur et *profondément.*

Meg répondit par un cri rauque lorsque Dominic s'enfonça délicatement en elle, s'insérant jusque dans le fond de son fourreau. Pendant un bref instant, elle pensa qu'elle allait tomber en morceaux. Il essaya de se retirer, mais il ne se sentit pas la force d'abandonner la moindre parcelle des profondeurs étroites et voluptueuses qui se collaient à lui d'encore plus près que sa propre peau.

— Est-ce que c'est trop ? demanda-t-il, les dents serrées.

— Je…

Il commença à se retirer. La caresse dissimulée de la chair contre la chair arracha à Meg un frisson de plaisir. La pluie secrète qui s'ensuivit facilita sa présence en elle. Avec précaution, il s'enfonça de nouveau. Cette fois, les cris essoufflés qu'elle émit furent plutôt provoqués par le plaisir que par la surprise.

Alors que Dominic allait se retirer de nouveau, les jambes de Meg s'agrippèrent à ses hanches, le gardant contre elle. Ce geste causa la perte de Dominic. Avec un faible gémissement, il commença à se mouvoir profondément en elle en prenant compte de sa taille et de celle de Meg, avec des mouvements de plus en plus rapides.

Une étrange sensation de picotement parcourut Meg depuis son sternum jusque dans le creux de son estomac. Tremblant, criant doucement, elle suivait la cadence de Dominic, intensifiant la poussée qui ondulait en elle et la caressait. Elle sentit ses hanches soulevées par ses grandes mains, sentit la force sauvage de son corps, sentit la tension sexuelle tournoyer autour d'eux de manière imprévisible.

Les ongles de Meg s'enfoncèrent avec insouciance dans les épaules musclées de Dominic alors qu'elle prononçait son nom sur un ton d'une urgence croissante. Il répondit en s'enfonçant d'une manière qui l'aurait blessée quelques instants plus tôt, mais plus maintenant. À présent, elle était humide et chaude, elle tremblait et criait son soulagement tandis que son guerrier pénétrait profondément dans son corps accueillant.

Quand Meg fut de nouveau capable de respirer sans que chaque inspiration soit coupée par les vagues d'extase qui continuaient de la secouer, elle ouvrit les yeux.

Dominic l'observait comme s'il était incertain de ce qu'elle ressentait.

— Est-ce que vous allez bien ? demanda-t-il à voix basse.

Meg commença à répondre, frémissant en repensant au plaisir et chuchota :

— Oui.

— Je ne vous ai pas fait mal ?

— Vous êtes plutôt… euh… impressionnant, dit-elle. Mais vous ne m'avez pas fait mal.

— En êtes-vous certaine ? Je projetais de vous prendre beaucoup plus doucement, dit Dominic. Vous avez un effet déconcertant sur mon sang-froid.

— Vous ne m'avez pas fait mal. Plutôt tout le contraire. Vous m'avez donné énormément de plaisir.

En prononçant ces mots, Meg se pencha en avant pour embrasser Dominic. Ce mouvement l'entraîna en elle. Elle écarquilla les yeux et eut le souffle coupé tandis que des éclats étincelants d'extase la transpercèrent.

Dominic sentit la réponse de Meg aussi clairement qu'elle agissait, car son doux fourreau le caressait chaque fois qu'un éclair de douce extase la secouait. Il plissa les yeux alors que son sang se mettait à battre de façon soudaine et sauvage. Sans séparer leurs corps, il la souleva et l'emmena sur le lit.

— Ne me quittez pas encore, murmura Meg en s'accrochant à lui.

Dominic retint son souffle.

— Aimez-vous m'avoir en vous ?

— Oui.

Elle trembla sous un regain de plaisir lorsque Dominic s'étendit complètement au-dessus d'elle, se tenant en appui sur ses coudes. Le moindre mouvement réveillait des sensations en elle, car il était de nouveau tendu et dur.

— Ne vous ai-je pas satisfait ? demanda Meg.

— Vous m'avez satisfait au point que je pouvais à peine tenir debout.

Elle bougea timidement.

— Vraiment ? Pourtant, vous paraissez encore… prêt.

— Pas encore. De nouveau.

Elle écarquilla les yeux.

— Cela n'a pas pris une demi-heure.

Dominic éclata de rire et bougea de nouveau en Meg, savourant chaque parcelle de sa chaleur et engendrant immédiatement une pluie parfumée de plaisir. Lentement, il se retira. Lorsqu'il s'enfonça de nouveau, il lui laissa sentir son poids et sa puissance. Le frottement intense et glissant embrasa Meg.

— Mon guerrier, souffla Meg.

La pression intense redoubla au fond d'elle, l'emplit pleinement et la plongea dans l'extase jusqu'à ce qu'elle fut incapable de penser et fut uniquement capable de ressentir. Elle tenta de lui dire à quel point c'était bon d'être unie à lui, de bouger au même rythme que lui, de partager souffle et corps, mais la seule chose qui franchit ses lèvres fut un cri lancinant de plaisir.

Dominic rit du plaisir et de la force qui coulaient en lui, une puissance accrue et libérée par la femme qui encore maintenant ondulait doucement sous son corps. Il se pencha et goûta aux petits cris sur ses lèvres, il se glissa, se retira, s'enfonça de nouveau et se retira encore jusqu'à ce que ses cris deviennent intenses, pressants, presque effrayés.

— Dominic ? demanda Meg, la voix éraillée.

— Accrochez-vous à moi. Cette fois, vous allez vous envoler très haut.

— Et… vous ?

— Je vous accompagnerai. Volez, petit faucon. Volez jusqu'au soleil.

24

Simon se tenait à la porte du poste de garde et observait l'agitation et le flot des gens qui se trouvaient dans la prairie où le festin funèbre et les jeux avaient pris place en l'« honneur » de John de Carlysle, mort en tant que seigneur du château de Blackthorne. On était en train de préparer les dernières joutes. Jusqu'à présent, le château de Blackthorne avait vaincu tous les mercenaires, sauf deux. Sans surprise, les deux chevaliers invaincus revenaient de la Guerre Sainte.

Le Fléau Écossais n'avait pas encore combattu. Dominic le Sabre non plus.

— Vous paraissez sceptique, dit Dominic d'une voix tellement basse que personne d'autre n'aurait pu l'entendre.

Simon regarda son frère d'un air désapprobateur.

— Tu as l'air content de toi.

— J'avais peur que Duncan ne pense à un piège et ne vienne pas du tout.

— Il a emmené tous les mercenaires capables de monter à cheval.

— Oui, mais seuls trois de ses chevaliers sont à la hauteur des nôtres, dit Dominic.

— Duncan vaut deux chevaliers.

— Oui.

Simon suivit le regard de son frère vers l'arène rudimentaire où quatre chevaliers se tenaient à l'écart de la bande des mercenaires. L'un d'entre eux était Duncan de Maxwell. Les autres étaient des hommes qui attendaient et suivaient les jeux avec les yeux de chevaliers pour lesquels le conflit et la mort n'avaient pas de mystères.

— C'est intéressant de constater que Rufus ne fait pas partie des quatre talentueux chevaliers, dit Simon.

Dominic haussa les épaules.

— Duncan, ce bougre, est rusé. Il sait que Rufus l'envie. Le Fléau Écossais ne fait confiance qu'aux hommes qui sont à ses côtés.

— Rufus est un idiot, dit Simon. Dommage qu'il ne soit pas le chef des mercenaires. Nous aurions pu l'appâter, le laisser se vautrer comme un cochon et le laisser patauger.

— À propos de cochons qui se vautrent… as-tu aperçu le prêtre dernièrement ?

— Avec un morceau de mouton rôti dans une main, une chope de bière dans l'autre et un petit pain enfoncé entre les dents, répondit Simon d'un ton sarcastique. Oui, je l'ai aperçu.

— Où ?

— Près de Duncan. Où aurait-il pu se trouver ? L'Église n'a pas caché ses préférences. Tu aurais dû envoyer le prêtre au nord avec le bâtard de John.

Dominic sourit légèrement.

— J'y ai pensé, admit-il. Ensuite, je me suis dit que je pourrais avoir besoin des bons soins de l'Église avant que le château de Blackthorne ne soit en sécurité entre mes mains.

— Avez-vous besoin du prêtre maintenant ? demanda Simon avec curiosité.

— Oui. Est-ce que les hommes d'armes sont déployés ?

— Comme tu l'as ordonné, mon *commandant*. Maintenant, est-ce que tu aurais la gentillesse de me dire, pour l'amour de Dieu, ce que tu as planifié ?

— Rien de bien compliqué. Je vais accuser le Fléau Écossais d'avoir tenté d'enlever mon épouse.

— Pourquoi ? Je pensais que c'était ta mort que les mercenaires voulaient.

— C'est tout à fait probable, mais cela ne soulèverait pas de cris de protestation dans les environs. Cependant, voler l'épouse légitime d'un homme dans le but d'avoir des rapports sexuels illégitimes…

Simon plissa les yeux. Ensuite, ses lèvres se crispèrent et formèrent un sourire aussi féroce que celui de Dominic.

— Même les mercenaires ne pourraient soutenir un tel acte en public, poursuivit Dominic. L'Église devrait être *publiquement* encore davantage horrifiée. Crois-tu qu'une personne excommuniée serait capable de mener de bons chevaliers au combat ?

— Tu vas tuer le Fléau Écossais, n'est-ce pas ? demanda Simon au bout d'un moment.

— Si c'est nécessaire, dit Dominic en haussant les épaules. Et il semble que cela soit nécessaire. Les mercenaires deviennent trop nombreux.

Le sourire sur le visage de Simon s'évanouit.

— Cela entraînera la guerre.

— Probablement. Mais sans les qualités de meneur de Duncan, les mercenaires seront plus faciles à battre.

Dominic hésita et choisit attentivement ses prochaines paroles.

Un souffle glacial parcourut la peau de Simon qui ressentit de l'appréhension. Il vit l'obscurité dans les yeux de son frère. Cela n'avait jamais été le cas auparavant, pas même après les infâmes salles de torture du sultan.

— Si je meurs, dit Dominic, veille à ce que Meg…

— Non ! Tu ne vas pas mourir ! Je protègerai moi-même tes arrières. Thomas le Puissant fera…

— Ne fera rien, l'interrompit Dominic. Et toi non plus. Je vais accuser Duncan d'avoir tenté d'enlever mon épouse. Il va le nier. Le problème sera réglé d'une façon que personne ne pourra contester — le Jugement par Combat.

— Bon sang, dit Simon, atterré. C'est trop risqué. Une pierre pourrait rouler sous ton pied, ou il pourrait te porter un coup chanceux, ou un de ses hommes pourrait…

Dominic leva la main, mettant fin au flot de paroles de son frère.

— C'est le seul moyen d'éviter la guerre, dit Dominic d'un ton catégorique.

Le silence régna pendant un moment. Finalement, Simon laissa échapper un soupir.

— Qu'il en soit ainsi, dit Simon, si le Fléau Écossais te tue, son crâne me servira de coupe pour y boire, et je boirai son sang comme du vin.

Un sourire apparut brièvement sur le visage de Dominic.

— Je suis persuadé que tu le ferais, mon frère. Tu es diablement rapide avec cette épée.

— Et tu es diablement fort.

— Tout comme le Fléau Écossais.

Simon ne le contesta pas.

— Pars à la recherche du prêtre avant qu'il n'ait trop bu pour pouvoir nous confesser, dit Dominic.

— Je l'ai trouvé, dit Simon.

Dominic suivit le regard noir de son frère.

Le prêtre avait en effet été trouvé. Il se tenait aux côtés de Duncan et parlait sérieusement tandis qu'il arrachait la viande d'un grand os. Visiblement ennuyé, Duncan écoutait le prêtre sans détacher son regard de la foule.

Lorsque Simon et Dominic marchèrent dans sa direction, Duncan sentit instantanément qu'il allait enfin avoir l'occasion de tester la force du sabre du roi.

— Ainsi, vous allez finalement participer aux jeux, s'exclama Duncan avec une profonde satisfaction.

— Plus ou moins, dit Dominic.

Il se tourna vers le prêtre.

— Êtes-vous suffisamment sobre pour nous confesser ?

Duncan s'immobilisa. Ses yeux clairs couleur noisette passèrent de Dominic à Simon et inversement.

— Depuis quand les chevaliers ont-ils besoin de se confesser avant un simple jeu ? demanda Duncan à voix basse.

— L'enlèvement d'une épouse n'est pas un jeu, répondit Dominic.

Sa voix était aussi tranchante et glaciale que ses yeux.

— Enlèvement d'une épouse ? répéta Duncan, choqué.

Les chevaliers de Duncan se retournèrent et regardèrent Dominic et Simon comme s'ils avaient dégainé leurs épées.

— Oui, dit Dominic d'un air grave. Enlèvement d'épouse.

— Quand ?

— Il y a quelques jours pendant que nous étions sortis pour une partie de chasse.

Perplexe, Duncan regarda Simon. Alors qu'un jour une possible amitié s'était reflétée dans les yeux de l'autre homme, il n'y restait plus à présent que la promesse sinistre de l'cnfer.

— Je ne comprends pas, dit calmement Duncan.

Pendant quelques longues secondes, Dominic observa le Fléau Écossais. À contrecœur, Dominic dut admettre que Duncan disait probablement la vérité. Ce qui s'était passé le jour de la chasse n'était pas l'œuvre de Duncan.

Malheureusement, cela ne changeait rien. Le Fléau Écossais était un meneur trop puissant pour ne pas le tenir sous son pouvoir. Le simple fait qu'il soit en vie était une menace pour la stabilité du château de Blackthorne.

— Lorsque le palefroi de Meg s'est fatigué à cause de la poursuite, dit Dominic, élevant la voix pour qu'on l'entende par-dessus le bruit de fond, je suis resté en arrière afin de chevaucher à ses côtés. Soudain, nous avons entendu retentir un autre cor de chasse.

Duncan commença à parler pour être immédiatement interrompu par Dominic.

— Meg a reconnu le cor, poursuivit Dominic. Il s'agissait du vôtre, Duncan de Maxwell. Plus tard, le chien que nous avons entendu nous poursuivre était l'un des vôtres, sauvage et hurlant. Il avait été entraîné dans une chasse à l'homme.

— Je n'ai pas fait cela, dit explicitement Duncan. Je ne poursuivrais pas Meggie comme un criminel que l'on veut pendre.

Dominic sourit d'un air sévère.

— Vraiment ? Je pense que vous en êtes capable. Je pense que vous *l'avez fait.* Vous savez que Meg est la clé pour obtenir la loyauté des habitants du château de

Blackthorne. Toute personne qui la détiendra, tiendra le pays.

— Oui, dit Duncan d'une voix dure. Sur ce point, nous sommes d'accord.

— Et parce qu'il y a de l'« affection » entre vous deux, vous avez tenté de me voler l'épouse que Dieu et le roi Henri m'ont donnée, pensant me voler le château de Blackthorne par la même occasion.

— Non !

— Vous pouvez crier non jusqu'à ce que les moutons soient rentrés au bercail, mais je ne vous croirai pas. Personne ne vous croira, dit crûment Dominic. Vous avez le choix, Duncan de Maxwell. Vous pouvez quitter ces terres et ne jamais revenir…

— Non, l'interrompit Duncan.

— … ou vous pouvez m'affronter dans un combat unique ici et maintenant.

Le silence se propagea comme une onde parmi les groupes d'hommes autour de la prairie.

Meg, qui était en train de parler avec la sage-femme et Gwyn l'Ancienne au sujet de la guérison d'Adela, leva les yeux. Dans le sillage du silence étrange, s'ensuivirent des paroles d'excitation alors que la nouvelle du combat à venir se diffusait.

Le Sabre.

Le Fléau Écossais.

Jugement par Combat.

Meg blêmit. Elle tangua quelques secondes avant de pouvoir retrouver son sang-froid.

— Ils ne peuvent pas, murmura-t-elle.

Pourtant, Meg savait pertinemment tout en disant cela que Dominic et Duncan allaient se battre.

Et l'un d'eux allait mourir.

Elle releva sa longue jupe émeraude et courut jusqu'au petit groupe de chevaliers. Les gens dans la prairie lui ouvrirent le passage, avertis par la mélodieuse agitation des clochettes qu'elle portait.

Les chevaliers l'entendirent également arriver. Comme un seul homme, ils se retournèrent et observèrent la Druide de la Vallée qui courait vers eux et dont les longs cheveux volaient comme des flammes dans le vent.

Meg n'avait d'yeux que pour un seul homme parmi eux. Elle avait besoin de sa proximité ; elle n'avait jamais ressenti un besoin aussi intense pour quoi que ce soit auparavant, même pas respirer. Insouciante face au haubert, l'épée et l'acier froid qui écorchait sa peau, elle se jeta sur lui.

— Petit faucon, chuchota Dominic, la serrant contre lui.

Ce fut tout ce qu'il put dire.

Ce qu'il vit dans les yeux de Meg stupéfia Dominic. Sans se soucier des gens qui les regardaient, il referma les bras autour de son épouse et la tint contre lui, sentant les émotions sauvages qui la faisaient frémir. Quand son corps se tranquillisa enfin, il la relâcha lentement.

— Tout va bien se passer, dit doucement Dominic. Peu importe celui qui gagnera, on prendra soin de vous. Vous êtes la clé du château de Blackthorne.

Meg regarda simplement son époux, les yeux emplis de larmes de peur et de colère et qui étaient sur le point de déborder.

— L'un des deux tuera l'autre, murmura-t-elle, la voix tendue. L'autre mourra. Comment cela pourrait-il bien se passer ?

— Le château de Blackthorne survivra.

Meg ferma les yeux. Deux larmes semblables à des clairs de lune coulèrent le long de ses joues. Elle essaya de parler, mais en fut incapable. Elle ouvrit les yeux. Elle passa ses doigts qui tremblaient légèrement sur les traits anguleux du visage de Dominic comme pour les mémoriser.

— Un pays survit toujours, dit Meg à voix basse. Ce sont uniquement les personnes qui vivent et meurent. Et l'amour.

Ses mains se portèrent à sa gorge. D'un mouvement rapide, elle enleva sa chaîne en or à laquelle était accrochée l'ancienne croix de sa mère. Meg embrassa la croix et la déposa dans la paume gantée de Dominic.

— Que Dieu vous protège, chuchota-t-elle.

Dominic ôta son gant et tint la croix dans sa main nue. La chaleur du métal était celle de la vie elle-même, puisque la croix avait reposé entre les seins de Meg. Il embrassa la croix et glissa la chaîne autour de son propre cou.

Mécontent, Duncan observait la femme qui avait un jour été sa fiancée ainsi que l'homme qui, en raison du destin, était devenu son ennemi.

— Meggie, je ne vous aurais pas enlevée et ne vous aurais pas forcée à l'adultère, dit Duncan dans le silence. Vous me croyez, n'est-ce pas ?

— Oui, répondit-elle.

— Bien, c'est déjà ça.

— Il y a autre chose, dit Meg.

Le ton de sa voix fit se retourner les chevaliers, qui la regardèrent d'un air sévère. Elle leur retourna le regard, jaugeant scrupuleusement les hommes qui se tenaient près de Duncan. Elle avait le visage pâle, mais ses yeux verts brûlaient d'un feu qui ne pouvait être dompté.

— Si l'un de vous dégaine son épée avant que l'on déclare le combat terminé, dit distinctement Meg, vous verrez ce que c'est que d'être confronté à la colère d'une guérisseuse des Druides de la Vallée.

Duncan sourit tristement.

— Ah, Meggie, vous n'êtes pas capable de tuer et vous le savez bien.

— Oui.

Ensuite, elle sourit doucement, l'air impitoyable.

— Il y a des choses pires que la mort, Duncan de Maxwell. Veillez à ce que vos hommes n'en fassent pas la découverte dans leurs rêves et qu'ils ne les vivent pas en étant réveillés.

Lorsque Meg se détourna de Duncan, le prêtre se débarrassa de son os bien rongé et se signa à la hâte. Tous les hommes semblaient mal à l'aise, sauf Dominic. Il n'avait d'yeux que pour la femme qui brûlait comme le printemps déchaîné, forçant la vie à pousser sur un sol mort. Les paroles de Meg résonnaient dans son esprit, des paroles qu'il commençait seulement à comprendre à présent.

Les blessures de l'hiver sont révélées de manière brutale avant d'être guéries par le printemps, et seules les choses vivantes les plus robustes survivent à ce renouveau.

La guérison ne peut être apportée aux faiblesses du cœur.

Dans un silence plutôt renforcé que brisé par le flot balbutiant de paroles du prêtre, Duncan et Dominic furent confessés, et les derniers sacrements furent administrés. Quand chaque guerrier fut préparé à rencontrer son Dieu, les paroles du prêtre prirent fin.

Simon prit le heaume de Dominic des mains de Jameson, le mit en place sur la tête de son frère et lui enleva son manteau. Bien qu'aucune parole ne fût prononcée par les deux hommes, le cœur de Meg se serra douloureusement devant l'émotion qui vibrait silencieusement entre les deux frères.

Lorsqu'elle regarda Duncan, elle ne vit pas un ennemi, sinon les yeux noisette et le sourire imprudent qui lui avaient si souvent remonté le moral durant son enfance. Les larmes coulèrent, brouillant les traits de l'homme qui était dans son cœur, le frère qu'elle n'avait jamais connu.

Quand Meg put voir de nouveau, Dominic les regardait, Duncan et elle, d'un dur regard argent. Elle brûlait d'avancer vers son époux, de le prendre une nouvelle fois dans ses bras et d'être enlacée en retour, mais il était trop tard.

Le cor sonna le début du combat, pétrifiant les personnes qui se trouvaient dans la prairie. Les notes traînantes ressemblaient à l'aboiement d'un ténébreux chien de chasse au clair de lune. Dans le silence qui suivit la dernière note sonore, deux destriers furent conduits de chaque côté de la prairie. Le corps massif et noir de Crusader était à la hauteur du corps puissant et brun de l'étalon de Duncan.

Sans un mot, le Sabre et le Fléau Écossais se tournèrent et se dirigèrent vers leurs destriers. Les deux hommes montèrent sur leur étalon de la même façon, un simple saut félin, comme si la cotte de mailles et le heaume, les gants et les chausses, l'épée et l'écusson étaient constitués d'un léger clair de lune plutôt que de métal épais. Les écuyers leur tendirent de longues lances. Chaque chevalier coucha son arme, la tenant à la hauteur de la charge à venir.

Derrière Meg, un enfant cria, un chien grogna et le faucon d'un chevalier réclama sa colère ; et dans la gorge de Meg, son propre cri de désespoir resta coincé.

Les deux étalons se cabrèrent et hennirent face à l'épreuve, ce qui entraîna des cris d'encouragement des chevaliers rassemblés.

Quelques secondes plus tard, les étalons chargeaient en traversant la prairie, envoyant en l'air des morceaux de terre et d'herbe. Les sabots imposants grondèrent alors que les chevaliers fonçaient l'un vers l'autre, levant leurs boucliers et tendant fermement leurs lances.

Un choc déchirant et le claquement des lances, des boucliers et des chevaux éclatèrent dans la prairie. Les deux étalons vacillèrent, se ressaisirent et galopèrent jusqu'à l'extrémité de la prairie pour une nouvelle charge. De nouveau, le tonnerre gronda. De nouveau, on entendit le choc du métal et le bruit sourd de la chair. De nouveau, les étalons vacillèrent et se remirent en position pour un nouveau passage.

Et ensuite, de nouveau.

Et de nouveau.

— Ce sont des adversaires du même niveau, dit Simon d'un air grave. Les étalons ont le même poids à peu de choses près et sont bien entraînés. À moins que Duncan ne commette une erreur ou qu'une lance ne se brise…

Le *craquement* d'une lance qui se fracassait ponctua les paroles de Simon. Mais ce n'était pas la lance de Duncan qui s'était brisée.

C'était celle de Dominic. Même s'il parvint à parer la force du coup de Duncan avec son bouclier, la soudaine destruction de sa lance désarçonna Dominic. Il se remit rapidement sur pied et courut vers son étalon, mais le destrier de Duncan pivota pour couper la route de Dominic jusqu'à Crusader.

L'étalon de Duncan pivota de nouveau, heurtant Dominic avec son épaule, l'envoyant rouler au sol. Au moment où Dominic se releva, Duncan chargea encore. Des encouragements de la part des mercenaires se mêlèrent aux grognements et aux jurons des chevaliers de Blackthorne.

Observant tout cela avec horreur, Meg entrelaça ses doigts et ravala le cri qui lui déchirait la gorge tandis que le puissant étalon brun fonçait sur Dominic. La lance de Duncan se mit à l'horizontale. Si Dominic se retournait et fuyait, il serait piétiné par l'étalon. S'il dégainait son épée et tentait de se battre, il serait tué par la lance de Duncan ou piétiné sur place.

— *Non!*

Personne n'entendit le terrible cri de Meg, car des cris d'encouragement et d'exhortation fusaient de toutes parts. Simon maintint Meg à ses côtés avec des doigts durs comme le fer, l'empêchant de courir vers le champ de bataille. Elle lutta sauvagement, puis s'immobilisa, consciente qu'il n'y avait rien qu'elle puisse faire.

Dominic ne faisait pas le moindre mouvement, comme s'il avait décidé d'affronter la mort, la tête haute. Chaque chevalier se trouvant dans la prairie s'attendait à ce qu'il saute de côté au dernier instant, échappant à la fois à la lance et à l'étalon. C'était là une tactique habituelle sur un champ de bataille, et cela donnait suffisamment de temps au chevalier à terre pour qu'un ami charge à son tour et aide ainsi le chevalier en difficulté.

Cependant, personne ne viendrait en aide à Dominic. C'était interdit par la coutume et par la loi. C'était le jugement de Dieu, et non la vitesse et le nombre de ses amis, qui décidait du vainqueur du combat rituel.

Sans aide, Dominic arriverait à échapper à Duncan pendant un moment, mais très vite, un homme à terre pouvait se fatiguer ou trébucher. Alors, Duncan se jetterait sur lui, et Dominic mourrait.

L'étalon brun chargea Dominic, prenant de la vitesse à chacune de ses enjambées. Dominic attendit, à moitié accroupi, son poids sur la pointe des pieds, manifestement prêt à sauter de l'un ou l'autre côté. Sur le point d'attraper sa proie, Duncan se leva légèrement sur sa selle, une grimace féroce sur le visage alors qu'il fonçait sur le seigneur normand.

Afin d'éviter la lance, Dominic devait se relever le plus tard possible pour couper la route au destrier ou s'en écarter. Au moment où Dominic bougea, le cheval était si proche qu'il fut aspergé par la terre soulevée par les sabots de l'étalon. Juste avant qu'il ne soit écrasé sous les pattes de l'étalon, il sauta de côté.

Un cri singulier s'éleva au-dessus de la foule, un grognement qui aurait aussi bien pu être en faveur du seigneur de Blackthorne ou contre lui. Il fut de nouveau chargé par Duncan. Dominic sauta encore de côté au dernier moment. Le jeu du chat et de la souris se poursuivit durant plusieurs nouveaux passages. Chaque fois que Duncan chargeait, il se penchait un peu plus en avant sur les étriers, impatient de mettre fin au combat inégal.

Au sixième passage, Dominic fit un nouveau bond, mais ce fut dans la direction de Duncan, et non de côté. Attrapant le pied droit de Duncan, Dominic le tira de toutes ses forces. La tactique fut payante. Duncan glissa de sa selle.

Dès qu'il fut désarçonné, Duncan lâcha la lance inutile et empoigna son épée. Même s'il atterrit lourdement sur son épaule, il roula tout comme l'avait fait Dominic et se remit sur ses pieds comme un chat.

Avant que Duncan ne soit prêt, Dominic le frappa à l'arrière des genoux avec le plat de son épée. Duncan tomba en arrière. Il n'avait aucune chance de reprendre son équilibre ou de pouvoir utiliser son épée ; Dominic glissa la pointe de son glaive entre le menton de Duncan et l'ouverture de sa capuche en cotte de mailles.

Duncan se figea, s'attendant à mourir dans les prochaines secondes. Dominic se tenait debout au-dessus de lui et respirait profondément après ses récents efforts. Sous la pointe de l'épée, un chaud filet de sang coula lentement le long du cou de Duncan.

— Un jour, vous m'avez dit que vous ne vous agenouilliez devant personne si ce n'est votre roi écossais, dit Dominic d'une voix rude qui porta facilement sur le champ de bataille.

Duncan, les yeux plissés, s'attendait à mourir immédiatement.

— Je vous donne le choix, Duncan de Maxwell. Mourez maintenant ou acceptez-moi comme votre seigneur.

Pendant plusieurs secondes, seul le silence régna dans la prairie. Ensuite, le Fléau Écossais jura, lâcha la poignée de son épée et grimaça.

— Mieux vaut être votre vassal que de la nourriture pour les vers, s'exclama Duncan.

Dominic releva la tête et rit.

— En effet, Duncan. C'est beaucoup mieux.

D'un mouvement fluide, Dominic replaça son épée dans son fourreau et tendit une main pour aider Duncan à se relever. Mais au lieu de se mettre debout, Duncan mit un genou à terre et baissa la tête, montrant à tous ceux qui se trouvaient dans la prairie qu'il se rendait devant Dominic le Sabre même s'il n'y avait pas d'épée appuyée contre sa gorge.

— Relevez-vous, dit Dominic.

Quand Duncan s'exécuta, Dominic ramassa l'épée de Duncan et la lui tendit, la poignée vers l'avant.

— Vous m'avez donné votre parole, dit Dominic. Je n'ai pas besoin d'autre preuve de votre loyauté. Et un chevalier sans arme n'est bon pour personne, en particulier pour son seigneur.

Duncan regarda son épée et ensuite l'arme de Dominic dans son fourreau. Il sourit bizarrement, et d'un geste rapide, plaça également sa lourde épée dans son fourreau. Pendant qu'il s'exécutait, un long soupir s'éleva au-dessus des gens dans la prairie.

Dominic se tourna vers les chevaliers qui attendaient, mais ce furent les mercenaires qui eurent à pâtir de son regard scrutateur.

— Je donne à Duncan de Maxwell un vaste domaine sur les terres disputées par les rois écossais et anglais.

Duncan se tourna et fixa Dominic.

— Ceux d'entre vous qui suivent Duncan ont le choix, poursuivit Dominic. Vous pouvez partir sains et saufs et ne jamais revenir sur mes terres. Ou bien vous pouvez accepter Duncan comme votre seigneur, *et à travers lui, moi.*

25

Alors que Dominic et Simon supervisaient le départ des mercenaires qui avaient choisi de suivre Rufus plutôt que de rester aux côtés du Fléau Écossais, Gwyn l'Ancienne et Meg travaillaient dans le bureau du seigneur, soignant des chevaliers des deux camps qui avaient été blessés durant la longue journée de jeux. Le bureau avait été transformé en une infirmerie improvisée, puisque la grande salle avait été préparée pour le festin.

— Aïe ! cria le Fléau Écossais, s'écartant brusquement des mains de Meg. Cela fait mal !

Duncan avait insisté pour être le dernier à être soigné, car ses blessures étaient insignifiantes.

— Restez tranquille, rétorqua Meg. Vous ne vous êtes pratiquement pas autant plaint lorsque l'épée de Dominic était pointée sur votre cou.

— Je m'attendais à mourir. À quoi cela m'aurait-il servi de me plaindre ?

Meg lança un regard froid à Duncan. Même si elle aimait beaucoup le Fléau Écossais, il lui faudrait du temps avant d'arriver à oublier qu'elle l'avait vu foncer sur Dominic, prêt à mettre fin au combat d'un coup mortel.

— Penchez la tête en arrière, dit-elle. Je n'arrive pas à voir votre cou.

— Je n'aime pas voir cette lueur dans vos yeux, Meggie. J'ai l'impression de présenter ma gorge nue à une louve.

Elle jeta un regard vers ses yeux noisette dans lesquels elle vit à la fois de la compréhension et de l'amusement attristé, et sentit une partie de sa propre tension s'estomper.

— Si Dominic peut épargner la vie d'un ennemi, dit-elle avec ironie, je pourrai épargner la vie d'un ami.

Ignorant les sourires à peine dissimulés de ses chevaliers, Duncan grimaça et rejeta la tête en arrière afin de permettre à Meg d'accéder plus facilement à son cou.

— C'est seulement une égratignure, murmura-t-il.

— Vraiment ? demanda Meg. Vous sursautez tellement et vous vous plaignez tellement que je pensais que votre gorge était bien entaillée depuis votre pomme d'Adam jusqu'à votre oreille.

Les chevaliers qui se trouvaient encore dans la pièce se mirent à rire à cause de cette femme qui réprimandait l'un des guerriers les plus redoutés de toute l'Angleterre. Meg leva les yeux et leur sourit.

— Allez manger, bons chevaliers, leur dit-elle. Sir Duncan vous rejoindra d'ici peu.

Tandis que les hommes passaient en file à côté de Meg pour se rendre dans la grande salle, elle se pencha de nouveau et commença à palper avec précaution la gorge de Duncan du bout des doigts. Duncan avait ôté ses vêtements de combat et ne portait pas davantage qu'un court pantalon en cuir. Les cheveux de Meg s'étaient défaits, comme d'habitude. Lorsqu'une grosse mèche glissa vers l'avant et menaça de se mettre dans son chemin, Duncan l'attrapa, la tira légèrement et la cala derrière l'oreille de Meg. Le geste désinvolte témoignait d'une familiarité de longue date entre le Fléau Écossais et la lady du château de Blackthorne.

Les yeux à moitié clos, Dominic observait Duncan et Meg depuis le pas de la porte. À chacune de ses inspirations, Dominic essayait de se convaincre un peu plus qu'il n'y avait pas de quoi ressentir cette jalousie qui lui tordait les boyaux. Pourtant, voir les mains de son épouse s'activer sur la large nuque de Duncan à la recherche de blessures faisait revivre la moindre rumeur qu'il avait entendue avant et après son arrivée au château de Blackthorne.

La fiancée de Duncan.

La maîtresse de Duncan.

La sorcière attend, elle sourit et attend le bon moment.

— Vous avez vraiment failli avoir l'occasion de rencontrer Dieu, murmura Meg.

— Oui.

Duncan tira sur une nouvelle mèche de cheveux rebelle et sourit de manière étrange.

— Vous aurais-je manqué, Meggie ?

— De la même manière qu'un chien manque à un chat.

Duncan se mit à rire et cala la mèche flamboyante sous le foulard de Meg. Des clochettes tintèrent alors qu'il inclina accidentellement le foulard. Il ôta le diadème de Meg et le remit en place, chacun de ses gestes étant accompagné par la mélodie des clochettes. Si elle désapprouvait cette intimité, elle n'en montra rien ni en parole ni en action.

De l'affection entre eux.

Elle prétend être satisfaite de son glacial seigneur normand.

Elle sourit et attend son heure.

— Aïe ! Que Dieu me rende aveugle, êtes-vous en train d'essayer de terminer ce que votre époux a commencé ?

— Êtes-vous certain de ne pas avoir de difficulté à avaler ? demanda Meg.

— J'en suis certain.

— Bien, vous êtes un larron bien chanceux, Duncan de Maxwell.

— Oui, admit-il. Mais je n'aurai jamais d'épouse comme vous, Meggie.

— Vous devriez remercier le seigneur pour cela, rétorqua-t-elle. Demandez à Dominic. Je lui cause tellement de soucis qu'il doit me faire porter des grelots comme un chat ou un faucon.

— Est-ce que Dominic est cruel avec vous ? demanda Duncan dont la voix ne plaisantait plus.

— Avec son épouse appartenant aux Druides de la Vallée ? Avec son seul espoir d'obtenir des héritiers légitimes ? Est-ce que mon époux vous a frappé au point de vous rendre stupide ? demanda sèchement Meg.

— Bon sang, non. Cet homme est aussi rusé qu'un loup.

— Il est aussi rusé qu'une meute de loups. Et il n'est pas cruel avec moi. Mes jets, après tout, sont à peu près pareils à ceux de son merveilleux faucon pèlerin.

Duncan éclata de rire.

Souriant tandis qu'elle ordonnait à Duncan de rester tranquille, Meg étala un baume sur les différentes écorchures que Duncan présentait sur son large torse.

Elle attend le bon moment.

Pour le mercenaire écossais qu'elle a toujours aimé.

Elle attend.

— Si vous ressentez la moindre difficulté à avaler, venez immédiatement me voir, dit Meg en étalant le baume sur une blessure que Duncan avait à l'épaule.

— C'est ce que je fais toujours, Meggie. Votre toucher à lui seul soignerait un homme, bien plus que vos potions magiques des Druides de la Vallée.

Dominic ôta son heaume et le déposa sans ménagement sur une table proche. Il le fit avec une telle force que la bière fit un bond dans le bol que Simon avait laissé aux chevaliers.

Meg leva rapidement les yeux. Ses yeux verts détaillèrent Dominic comme des mains invisibles à la recherche de blessures cachées. Ce qu'elle aperçut fut une colère glaciale qui lui fit se rendre compte qu'elle se tenait entre les cuisses musclées de Duncan. Le rouge lui monta aux joues. Elle se recula avec empressement.

Duncan se tourna et observa Dominic. L'expression sur le visage du seigneur faisait comprendre qu'il n'était pas content de trouver son épouse en compagnie de Duncan à moitié nu. Duncan sourit plutôt sardoniquement.

— Maintenant, je sais pourquoi vous m'avez donné un domaine qui se trouve à trois jours d'ici, dit-il.

— Veillez à vous y rendre le plus vite possible, dit Dominic d'un ton glacial.

— Oui, monsieur. C'est ce que je vais faire. J'aime ma tête là où elle se trouve en ce moment.

Duncan se leva et quitta rapidement le bureau, attrapant son manteau au passage. Les yeux gris et froids de Dominic pesèrent sur lui tout au long de son chemin vers la sortie.

— J'ai demandé à Eadith de préparer un bain, dit Meg. Il devrait être prêt maintenant. Dois-je demander à Simon de venir vous aider ?

— Non. Je pense que je vais goûter moi aussi aux joies de votre « toucher curatif ».

Les paroles furent pareilles à un coup de fouet. Meg se raidit.

— Vous n'avez aucune raison de faire allusion à quoi que ce soit d'indécent, dit-elle, courroucée.

Dominic leva un sourcil noir d'un air sceptique.

— Il n'y a rien entre Duncan et moi, dit Meg. Pour l'amour de Dieu, mon époux, je suis venue vierge jusqu'à votre couche !

— Mais vous ne pourrez le faire chaque fois, n'est-ce pas ? Un homme peut être certain de la fidélité d'une femme une seule fois.

Meg écarquilla les yeux.

— Vous ne pouvez penser ce que vous dites là !

— Je le peux. Je le fais. Encore une fois, je regrette de ne pas avoir tué ce bâtard écossais.

Le calme envahit Meg, comme la nuit qui fait reculer la lueur du jour.

— Qu'ai-je fait pour mériter votre méfiance ? demanda-t-elle d'une voix distante.

Le ton de Meg ne fit que jeter de l'huile sur le feu, car la colère de Dominic brûlait déjà à la suite des dernières réminiscences du combat qu'il avait été sur le point de perdre.

— Vous étiez seule avec un chevalier à demi nu, celui-là même qui a la réputation de détenir votre cœur, si ce n'est votre corps, rétorqua Dominic. Si cela avait été Marie qui se tenait entre les cuisses de Duncan, j'aurais applaudi. Mais ce n'était pas Marie qui minaudait au-dessus des blessures de Duncan. C'était mon épouse !

— Je n'ai jamais minaudé au-dessus des blessures d'un homme. Je suis une guérisseuse, pas une prostituée.

Dominic grogna.

— Par moments, il est difficile de voir la différence.

— Duncan n'éprouve pas cette difficulté. Il sait qui je suis, une guérisseuse, pas une traînée. Si seulement mon époux pouvait me connaître ne serait-ce qu'à moitié aussi bien !

— J'essaie, chère épouse. J'essaie. Mais je continue à tomber sur ce bâtard écossais à chaque coin. Dites-moi… Qui avez-vous encouragé, pendant que nous nous battions ?

— Comment pouvez-vous me poser cette question ? murmura-t-elle.

Se retournant, elle commença à rassembler ses médicaments avec des mains qui tremblaient à cause de la colère et d'autre chose encore, la peur glaciale qui augmentait un peu plus chaque fois qu'elle prenait conscience du peu de respect que son époux lui témoignait.

Et pour ce qui était de sa confiance, il ne lui en donnait pas.

— Je vais envoyer Simon vous aider pour votre bain, dit Meg.

— Non.

L'ordre fut aussi terrassant et froid qu'une épée.

— Comme vous voulez, monsieur, dit Meg, passant devant son époux d'un air furieux. Pourtant, j'aurais pensé qu'un homme qui me fait aussi peu confiance aurait eu peur d'être poignardé dans le dos.

Dominic siffla quelques mots turcs entre ses dents et la suivit. Il avait conscience d'être d'une humeur massacrante et d'avoir la langue aussi acérée que la lame de son épée, mais il ne pouvait y faire grand-chose pour le moment. Son irritabilité habituelle après un combat s'était transformée en furie à la vue de Meg en compagnie de l'Écossais à moitié nu.

Dominic entra dans la salle de bain et tira d'un coup sec sur le rideau pour le mettre en place devant la porte d'entrée.

— Aimez-vous ce bâtard écossais ? demanda Dominic avec brusquerie.

— Comme un cousin, un ami, le frère que je n'ai jamais eu, oui.

Avec des gestes rapides et brusques, Dominic commença à ôter son attirail de guerre.

— Avez-vous un jour aimé Duncan comme une femme aime un homme ? demanda-t-il.

— Non.

— Mais il vous aimait.

Meg émit un son qui était trop triste et furieux pour être appelé un rire.

— Non, monsieur. Pour moi, Duncan ressentait de l'affection. Pour le château de Blackthorne, il avait un amour immense. Tout comme vous, Duncan me voit comme un moyen pour devenir un grand seigneur. Contrairement à vous, il n'a pas été l'homme que le roi m'a ordonné d'épouser.

— C'est le noble devoir d'une femme que d'offrir une plus grande sécurité à sa famille grâce au mariage.

— Oui. J'ai accompli mon devoir.

Dominic ne pouvait argumenter face à la sobre affirmation de Meg, même s'il aurait aimé le faire. Il aurait voulu qu'elle dise que c'était davantage que le noble devoir qui l'avait amenée jusque dans son lit, davantage que le devoir qui la faisait fondre sous ses caresses, davantage que le devoir qui la rendait sensuellement humide de désir.

Dans un silence pesant, Meg aida Dominic à se débarrasser de son attirail de guerre. Lorsqu'il eut enlevé le dernier vêtement, elle eut le souffle coupé en remarquant sa puissante érection. Soudain, elle commença à comprendre pourquoi il avait été tellement en colère en la trouvant en compagnie de Duncan. L'émotion violente provoquée par le combat s'était transformée en une émotion complètement différente.

Meg pouvait comprendre cela, car elle avait ressenti la même chose. La peur atroce qu'elle avait connue au moment où le destrier de Duncan fonçait sur son époux s'était transformée en l'espace d'un instant en un désir intense.

Dominic était en vie. Elle désirait fêter sa survie de la manière la plus élémentaire qui soit.

— Quoi ? Pas de beaux sourires et de caresses tendres pour votre époux ? demanda sévèrement Dominic en entrant dans son bain. N'allez-vous pas me frictionner et soigner mes blessures ?

— Vous paraissez complètement et merveilleusement sain, répondit Meg. Mais je vais vous frictionner où il vous plaira.

Le changement de ton dans la voix de Meg qui passa de distante à rauque surprit Dominic et le désarma dans un même temps. Il regarda Meg juste à temps pour apercevoir l'évaluation sensuelle dans son sourire au moment où ses reins s'évanouissaient dans l'eau.

Les yeux brûlants de désir, il la regarda enlever son manteau et son surcot, prendre une pleine poignée de son propre savon et s'avancer vers la baignoire.

L'eau était chaude et avait l'odeur de l'herboristerie de Meg. Le savon était doux et avait le même parfum que Meg elle-même. Les douleurs et les écorchures que

Dominic avait récoltées durant le combat disparurent, mais pas le désir qui serrait son corps dans un étau sensuel, ni la saisissante érection qui se soulevait davantage à chaque mouvement des mains de Meg qui se penchait au-dessus de lui.

Meg chanta, à voix basse, le chant du renouveau des Druides de la Vallée tout en lavant Dominic, le débarrassant de toutes les erreurs et de toutes les douleurs de la journée écoulée, invoquant la venue de l'espoir pour qu'il vive dans le corps puissant de son guerrier. Lorsque Dominic ne put supporter davantage ce tendre supplice, il attrapa une des mains de Meg et la traîna le long de son torse jusqu'à la partie de son corps qui le faisait plus souffrir que n'importe quelle blessure.

Dès le premier contact des doigts de Meg sur sa chair tendue, Dominic grogna. Lorsque sa main s'enroula impatiemment autour de celle-ci et la caressa de la base vers l'extrémité, il crut qu'il allait exploser comme une gourde trop remplie.

— Meg…

Le mot sonna comme s'il avait été arraché à Dominic contre son gré.

— Oui, cher époux, murmura-t-elle.

— Simon dit que je suis infect après la bataille.

— Simon a raison.

Meg passa délicatement les ongles sur la chair ardente de Dominic, qui grogna de nouveau.

— Mais maintenant que je sais comment enlever l'épine du pied de ma bête, ajouta-t-elle, je serai plus compréhensive.

— Ce n'est pas une épine.

Un rire doux et féminin approuva Dominic.

— Oui, chuchota-t-elle en le caressant. C'est une très belle épée, vraiment magique.

— Magique ? demanda Dominic en inspirant bruyamment alors que des vagues de plaisir vibraient en lui. Comment cela ?

— Bien que votre épée soit effectivement dure, elle est chaude plutôt que froide, elle procure du plaisir plutôt que de la douleur, de la joie plutôt que de la tristesse… la vie plutôt que la mort. Elle a donc un grand pouvoir magique.

Avec un grognement étranglé, Dominic rejeta la tête en arrière contre le bord de la baignoire et se démena pour se maîtriser.

— Je n'ai jamais été un homme jaloux, dit-il, mais vous imaginer toucher Duncan comme ceci me donne envie de le tuer à mains nues.

Tout en parlant, Dominic passa les doigts sous l'ourlet de la tunique de Meg. Il l'entendit retenir son souffle de façon soudaine lorsqu'il lui caressa la cheville. Souriant, il fit remonter ses longs doigts le long de sa jambe et redescendit de nouveau.

— Pour un chevalier célèbre pour son esprit logique et stratégique, dit Meg en haletant, votre jalousie n'a pas beaucoup de sens.

Dominic plissa les yeux qui ne formèrent plus que deux fentes grises étincelantes alors que sa main caressait de nouveau la jambe de Meg. Cependant, cette fois, il ne s'arrêta pas à sa cuisse. Ses doigts cherchèrent la mince épaisseur de vêtements qui le séparait de sa chaleur voluptueuse. Il tira une seule fois, de façon précise, et l'obstacle céda. L'instant suivant, ses doigts étaient emmêlés dans la chaude fourrure entre ses cuisses. Le gémissement tremblant qu'elle émit lui plut autant que le feu humide que sa caresse arrachait à son doux fourreau.

— Pourquoi ne devrais-je pas être jaloux de ceci ? demanda Dominic. Un homme tuerait pour un feu aussi doux.

Meg serra le membre viril de Dominic avec douceur tout en lui demandant :

— Pensez-vous que je manque d'intelligence pour pouvoir faire la différence entre le paradis et un ami d'enfance ?

— Lorsque vous me tenez de cette façon, je ne peux penser à rien.

Tout en souriant, Meg le caressa de l'extrémité arrondie jusqu'à la base et continua plus bas, prenant délicatement au creux de sa main les deux sphères gonflées par la pression de sa semence qui ne demandait qu'à être libérée.

— Dans vos bras, je goûte au paradis, murmura-t-elle. Duncan est mon ami, Dominic. Je ne l'ai jamais touché comme ça. Je ne l'aurais jamais fait. C'est uniquement votre épée qui me donne du plaisir.

— Mon Dieu, grogna Dominic. Vous êtes en train de me tuer.

Meg lui adressa un regard stupéfait et finit par comprendre qu'il parlait plutôt d'un doux supplice que d'une réelle agonie.

— Vous allez me faire gonfler au point d'exploser encore une fois, dit-il d'une voix rauque.

— Est-ce là une chose vraiment affreuse ?

— Non.

Le regard brûlant de Dominic passa de la bouche de Meg à sa poitrine, et ensuite, au nid aux reflets rouges et or qui l'attirait tellement. Un désir primitif lui transperça le corps. Ses mains remontèrent le long des cuisses de Meg jusqu'à atteindre la chair douce et sensuelle qui lui donnait tant de plaisir.

— Nous devrions cependant bénéficier de l'intimité qu'offre une porte verrouillée, dit-il. Il y a des choses que je veux…

— Quelles choses ?

Son unique réponse fut le regard qu'il lui adressa ainsi qu'un silence bien plus brûlant que le feu.

Meg tendit l'oreille. Elle n'entendit rien si ce n'est les bruits en provenance de la grande salle en bas où des chevaliers buvaient et se vantaient de leurs prouesses au combat.

— Personne ne vient, dit-elle.

— Si nous restons, cela sera à vos propres risques et périls, répliqua Dominic.

— Un grand danger rôde autour de moi dans cette pièce, admit Meg avec un sourire. Je peux presque sentir une énorme épée contre mon corps.

Dominic esquissa un rire. Même s'il savait qu'il valait mieux parcourir la courte distance jusqu'aux appartements de Meg, il n'était pas certain d'en être capable. Il brûlait de désir pour son ardente sorcière des Druides de la Vallée.

— J'ai entendu chez les Sarrasins des choses qui m'intriguent, murmura Dominic tandis que son regard enfiévré se détachait des yeux de Meg pour observer l'endroit où leurs corps seraient bientôt unis, mais, jusqu'à présent, je n'avais jamais eu envie de les essayer.

— Quelles choses ? demanda de nouveau Meg.

— Des moyens pour des amants de tourmenter, de donner du plaisir et enfin de relâcher la tension, mais seulement après que l'autre eut gémi sous la douce torture.

Les yeux de Meg se fermèrent à demi.

— C'est honteux de ma part, mais je dois avouer que je suis curieuse.

— Oui, ma sorcière. Je me rends bien compte de votre curiosité, dit Dominic avec un sourire sombre et totalement viril. Je prendrai énormément de plaisir à la satisfaire… de même que vous.

L'extrémité de son pouce explora le nid humide entre les cuisses de Meg. Lorsqu'il frôla le bourgeon dissimulé, elle tressaillit d'un plaisir inopiné.

— Vous êtes très sensible, dit-il.

Meg frissonna.

— Mon pouce est trop dur, dit Dominic à voix basse. Je pense que ma langue conviendrait mieux pour faire briller le joyau vivant de votre désir.

Le regard ébahi sur le visage de Meg fit doucement rire Dominic malgré le désir qui battait brutalement et de manière incessante dans tout son corps.

— Oui, ma sorcière. Vous commencez à comprendre.

Voir le bout des seins de Meg se tendre et se durcir ainsi que son corps rougir, embrasé par la passion, lui donna envie de crier triomphalement et de désir. Il prit ses seins dans le creux de ses mains et titilla sensuellement ses tétons, arrachant un gémissement à Meg. Son gémissement se transforma en un son éraillé par le désir au moment où son long index caressa son bas-ventre et s'y enfonça profondément.

— J'ai envie de vous, dit-il simplement.

— Je suis toute à vous.

— Oui, murmura-t-il. Je peux sentir que votre générosité est sincère. Je n'ai jamais rien connu qui vous ressemble.

— C'est grâce à vous, pas à moi.

— C'est grâce à nous deux.

Un frisson se propagea le long du corps puissant de Dominic.

— Cette fois, vous allez hurler de plaisir, ma sensuelle sorcière. J'en fais le serment.

— Et vous ? Allez-vous m'apprendre comment vous donner autant de plaisir ?

Dominic grogna.

— Je ne devrais pas.

Mais il finit par le faire.

26

— Êtes-vous prête pour partir à la chasse ce matin ? demanda Dominic à voix basse. Ou est-ce que mon petit faucon est encore un peu faible ?

La sensualité voilée dans les yeux de Dominic fit rougir Meg. Deux jours s'étaient écoulés depuis qu'elle avait donné le bain à son guerrier et découvert combien un amant pouvait être viril et exigeant.

Avant cet après-midi-là, Dominic s'était énormément retenu. Meg espérait qu'il ne le ferait plus. Elle avait découvert qu'elle devenait une maîtresse aussi exigeante qu'il l'était.

— J'ai seulement été un peu faible pendant une matinée, murmura Meg. Un bain me remettra d'aplomb.

La lueur nonchalante dans le regard de Dominic s'intensifia et se mit à brûler de désir. Il toucha le sourire de Meg du bout des doigts et ensuite effleura sa bouche de la sienne.

— Vos bains ont, en effet, un pouvoir magique, ma douce sorcière, murmura-t-il contre ses lèvres. Nous devrions encore y goûter après la partie de chasse.

Le consentement haletant de Meg ne fit rien pour refroidir le sang de Dominic. La tentation d'approfondir son baiser était très forte. Cependant, il suspecta qu'en faisant cela, le seul faucon qui volerait ce jour-là, serait un faucon des Druides de la Vallée très spécial.

À contrecœur, Dominic releva la tête et regarda attentivement les yeux de son épouse d'un vert inhabituel. Ils paraissaient aussi clairs et paisibles que des sources sacrées. Pourtant, toutes les nuits qu'il passait avec elle, elle se réveillait, au moins une fois, glacée et prise de tremblements.

Cette dernière nuit n'avait pas été différente.

— *Pourquoi êtes-vous effrayée ?*

— *Je fais des rêves des Druides de la Vallée.*

— *À quel sujet ?*

— *Le danger.*

— *Quel danger ? Duncan est parti vers le nord ce matin. Les mercenaires sont divisés. Sous le commandement de Rufus, ils seront bientôt réduits à néant. Le reste de mes chevaliers arrivera prochainement. Quel danger subsiste-t-il ?*

— *Je ne sais pas. Je sais simplement que je rêve.*

Le cri perçant et distinctif d'un faucon pèlerin fendit le bruit habituel qui régnait dans le château.

— Fatima est impatiente, dit Meg, amusée. Elle ressent que bientôt elle entraînera ses jets sertis de pierres dans le ciel de Blackthorne.

— C'est une journée parfaite pour cela.

Meg regarda dehors par la haute fenêtre étroite dans la partie supérieure du château. Le soleil rayonnait dans le château, pareil à un torrent jaune silencieux.

— Oui, dit-elle. C'est une journée parfaite. Peut-être le printemps a-t-il enfin fait fondre le cœur glacé de l'hiver.

Pourtant, quelque chose dans la voix de Meg fit comprendre à Dominic qu'elle ne croyait pas que l'emprise de l'hiver avait été vaincue.

Le bruit rythmé des sabots dans la cour annonçait l'arrivée de chevaux et de chevaliers impatients de partir à la chasse. Dominic et Meg s'empressèrent de les rejoindre. Mais dès que le seigneur et son épouse apparurent dans la grande salle, Eadith émergea précipitamment en haut de l'escalier qui menait au puits au sous-sol.

— Lady Margaret, attendez ! l'interpella Eadith.

— Qu'y a-t-il ? demanda impatiemment Dominic. Nous sommes sur le point de partir à la chasse.

— C'est Marie, répondit Eadith. Elle vomit son petit-déjeuner et grogne comme une femme qui va donner naissance.

— Bon sang, murmura-t-il.

Meg poussa un soupir.

— Il faut que je m'occupe d'elle, monsieur. Partez à la chasse.

— Pas sans mon petit faucon.

Lorsque Meg se tourna pour se rendre auprès de Marie, Dominic était sur ses talons. Il observa silencieusement Meg questionner la malade. Il n'y avait pas de doute, Marie était dans un sale état. Sa peau était pâle et terne, et ses lèvres habituellement écarlates, complètement décolorées.

Quand Meg eut fini de s'enquérir de l'état de Marie, Dominic leva un sourcil pour l'interroger silencieusement.

— C'est probablement dû à un morceau de poisson avarié, dit Meg.

— Excellent. Laissez Eadith auprès d'elle.

Meg écarta cette idée d'un geste de la main.

— Eadith est inutile au chevet d'un malade. Lorsque le patient vomit, elle en fait de même. Partez à la chasse. Je vous accompagnerai la prochaine fois.

Dominic hésita.

Perchée sur la pointe des pieds, Meg parla tout bas à l'oreille de Dominic :

— Partez sans moi, mon guerrier. C'est pénible pour Marie que vous la voyiez dans cet état.

En étouffant un juron, Dominic se tourna et quitta la pièce d'un air furieux. Quelques minutes plus tard, dans la cour, les fracas et les cris de départ d'une partie de chasse se propagèrent dans le château.

Meg s'en rendit à peine compte. Elle était occupée à administrer un médicament à l'aide d'une cuillère entre les lèvres pâles de Marie. Cette tâche demandait de la patience, car la moitié du temps, les gouttes n'allaient pas plus loin que la langue de la catin qui était de nouveau malade. Marie finit par avaler suffisamment de médicament, car elle commença à vomir moins fréquemment. Finalement, elle poussa un soupir chevrotant et s'endormit.

Un coup d'œil sur l'inclinaison du soleil fit comprendre à Meg que la partie de chasse devait être bien trop éloignée pour qu'elle puisse les rejoindre sur son palefroi âgé. Lorsqu'elle aurait rejoint Dominic, la chasse serait terminée, et ils seraient sur le chemin du retour vers le château. Meg poussa un soupir et reporta son attention sur Marie.

— Madame ! cria Eadith depuis le couloir.

L'urgence dans la voix de sa servante poussa Meg à se relever.

— Qu'y a-t-il ? demanda Meg au moment où Eadith entrait dans la pièce.

— Le cheval de Lord Dominic est tombé et votre époux est gravement blessé. Ils craignent qu'il ne survive pas si vous ne les rejoignez pas rapidement !

Pendant quelques secondes, le monde s'obscurcit autour de Meg. Ensuite, elle se força à faire entrer l'air dans ses poumons et se mit à penser, l'esprit vidé par la terreur.

« S'agit-il du danger qui m'effrayait ? »

— Quelles sont ses blessures ? demanda Meg, la voix tendue.

— L'écuyer ne l'a pas dit.

— Demandez à ce qu'on prépare mon palefroi…

— C'est fait, l'interrompit Eadith.

— Gwyn l'Ancienne ? demanda Meg en quittant précipitamment la pièce.

— J'ai demandé à une fille des cuisines d'aller la chercher.

— Restez avec Marie. Si elle se remet à vomir, donnez-lui douze gouttes de ceci, dit Meg en lui tendant une bouteille bien fermée à l'aide d'un bouchon.

S'ensuivit le cliquetis sauvage de grelots alors qu'elle dévalait l'escalier en colimaçon qui menait à son herboristerie. Elle attrapa des médicaments, les enveloppa de morceaux de tissus pour les protéger durant la difficile chevauchée et quitta la pièce en courant. Lorsqu'elle arriva dans la cour, Harry était là. Il la fit monter sur son palefroi d'un mouvement puissant qui démentait son ancienne blessure.

— Ce stupide écuyer a filé à toute vitesse pour rejoindre le groupe parti à la chasse immédiatement après m'avoir délivré le message, dit Harry sans ménagement. Il n'est même pas resté pour vous servir de guide.

— Je connais les terres bien mieux que n'importe quel écuyer qui vient d'arriver chez nous, dit Meg. Où se trouve mon époux ?

— Le jeune garçon a dit que l'accident a eu lieu dans le marais au nord, juste au sud de la route à chariots, là où le ruisseau de la Sainte-Croix quitte le marécage.

— Si loin, dit Meg, effrayée.

— C'est absurde d'aller chasser là-bas pour du gibier d'eau. Tout le monde sait que c'est trop couvert pour qu'un faucon pèlerin puisse y chasser convenablement.

Mais Harry parlait pour lui-même, car Meg avait surpris son palefroi en l'obligeant à se mettre au petit galop et se dirigeait bruyamment vers la sortie en passant sur le pont. Elle remonta le chemin à une allure qui dispersa aussi bien les poules que les gens. Lorsque les vassaux l'appelèrent, elle les ignora.

Une seule chose comptait pour Meg. Son époux gisait gravement blessé quelque part devant elle. Il avait besoin d'elle, et elle n'était pas là.

Avec acharnement, Meg garda le cheval à l'allure qu'il pouvait le mieux supporter alors que des champs et des clôtures en pierres sèches défilaient des deux côtés. Au moment où les dernières terres cultivées furent derrière eux et où plus aucune chaumière isolée n'apparut, le palefroi suait. Quand le chemin se fit plus escarpé et qu'ils s'approchèrent de la forêt, la respiration du cheval était devenue profonde et difficile. De l'écume s'était formée sur ses flancs et ses épaules.

À contrecœur, Meg laissa le cheval ralentir sur les collines les plus abruptes. Dès que possible, elle lui demanda d'aller plus vite. À une allure normale, il aurait fallu chevaucher au moins une heure pour rejoindre l'endroit où avait eu lieu l'accident. Elle n'avait pas l'intention de mettre autant de temps. Les paroles d'Eadith déchiraient son esprit comme un poignard.

Le cheval de Lord Dominic est tombé et votre époux est gravement blessé. Ils craignent qu'il ne survive pas à moins que vous ne les rejoigniez pas rapidement !

L'inclinaison la plus abrupte se tenait juste devant elle. Le chemin était cahoteux, et la forêt s'y immisçait des deux côtés de la route à chariots. Meg dut, malheureusement, ralentir de nouveau son cheval.

Les mercenaires quittèrent leur cachette dans la forêt et arrivèrent sur elle au galop. Ils l'encerclèrent avant qu'elle ne puisse fuir. Elle tira d'un coup sec sur les rênes vers la droite, lançant le palefroi vers une ouverture entre deux chevaliers.

Le vieux cheval fut trop lent. Les mercenaires firent tourner de côté leurs chevaux de combat de manière à fermer l'ouverture avant que le palefroi ne l'ait atteinte. Bien que Meg incita tout de même sa monture à avancer, les étalons de combat des mercenaires se préparèrent comme ils avaient été entraînés à le faire, prêts à endurer le choc de l'assaut du palefroi.

Du coin de l'œil, Meg vit que d'autres hommes s'approchaient d'elle par derrière. Dans une dernière tentative désespérée pour arriver à se libérer, elle tira brusquement les rênes vers la gauche. Avant que le palefroi essoufflé n'ait eu le temps de répondre, un destrier bondit en avant et cogna le vieux cheval de côté.

Le palefroi tomba sur les genoux et, au même instant, un mercenaire arracha Meg de son cheval et la jeta à califourchon devant sa selle.

— Non ! cria Meg, se retournant pour griffer les yeux sans protection de son ravisseur. Mon époux est blessé ! Il faut que j'aille le rejoindre !

Un coup nonchalant du revers d'une main gantée de cotte de mailles assomma Meg. Lorsqu'elle reprit ses esprits, elle était immobilisée, la tête baissée, sur les cuisses d'un mercenaire, tandis que le destrier faisait un bruit de tonnerre en galopant à toute allure à travers la forêt.

« Dominic ! Mon époux, mon guerrier, que vous ont-ils fait ? »

Aucune réponse ne lui parvint à part le roulement de tambour produit par les sabots et la prise de conscience que le rêve d'une Druide de la Vallée était devenu réalité, à savoir le danger partout, et qu'il glaçait Meg jusqu'au plus profond de ses os.

Au plus profond de son âme silencieuse, Meg appela à maintes reprises l'homme qui était devenu une partie d'elle-même.

—

— Bon sang ! dit Simon d'un ton hargneux à Dominic. Tu ressembles à un chat qui marche sur de l'herbe mouillée. Qu'est-ce qui ne va pas ? Fatima a magnifiquement bien volé.

Dominic jeta à son frère un regard en oblique, les yeux plissés, puis reprit sa contemplation du marais à l'est. Fatima était paisiblement installée sur un perchoir fermement attaché à la selle de Dominic. Le soleil se reflétait dans le délicat chaperon estampé d'or du faucon, animant et enflammant les motifs turcs sur le cuir.

— Je ne peux me défaire du sentiment qu'il aurait mieux valu que nous montions des étalons de combat et que nous portions des hauberts, dit Dominic au bout d'un moment.

— Pourquoi ? Penses-tu qu'il soit possible que Duncan revienne sur son serment ?

— Si j'avais pensé cela, je l'aurais tué il y a deux jours.

Simon grogna.

— Lorsque Duncan est parti hier pour rejoindre ses propriétés au nord, il a emmené ses meilleurs chevaliers.

Les mercenaires ne valent pas mieux à présent que des bandits.

— Oui.

— Rufus n'est pas un chef, poursuivit Simon. D'ici quinze jours, les mercenaires se seront dispersés comme de la paille au vent.

— J'ai dit la même chose à Meg ce matin, pendant les heures obscures qui précèdent le lever du jour.

— Et?

— Cela ne l'a pas rassurée.

Simon marmonna quelque chose à propos des sorcières Druides de la Vallée et des soucis qu'elles causaient aux hommes qui les épousaient.

— Il y a des récompenses, dit Dominic, souriant pour lui-même.

L'une d'entre elles était que les cheveux de Meg paraissaient splendides à la lueur d'une chandelle, déployé sur le corps de son époux, pendant que sa bouche lui apprenait que le faucon pouvait également faire voler son maître. Cette expérience voluptueuse fut extraordinaire pour eux deux.

Soudain, la sensation que quelque chose allait mal et qui tourmentait Dominic se cristallisa en un besoin impérieux de voir son épouse encore une fois. Sans réfléchir, Dominic ordonna à son cheval de rebrousser chemin. L'étalon gris s'exécuta immédiatement. En dépit de la taille de Crusader, ce cheval était plus rapide et avait une démarche plus confortable, une monture idéale pour suivre les faucons ou aller à la chasse.

— Dominic? appela Simon, surpris.

— J'ai passé suffisamment de temps à la chasse pour aujourd'hui, dit-il sans ménagement. Il est temps que j'aille vérifier que mon petit faucon se porte bien.

— Bon sang ! Ne peux-tu pas faire confiance à cette femme quand elle est hors de ta vue ? marmonna Simon.

Sans répondre, Dominic empressa Fatima de monter sur son poignet et donna un coup d'éperon à sa monture pour qu'elle se mette au galop. Poussant un juron, Simon prit son propre faucon sur le poignet et se tourna pour le suivre. Les trois autres chevaliers et les six écuyers leur emboîtèrent rapidement le pas.

Lorsque le groupe parti à la chasse passa enfin au galop à côté des champs et entre les clôtures en pierres sèches, les paysans lâchèrent leurs outils et fixèrent le seigneur du château de Blackthorne comme s'il était un fantôme.

Au début, quand il s'en aperçut, Dominic ne s'en soucia guère. Cependant, quand de plus en plus de personnes s'arrêtaient de travailler à la vue de leur seigneur qui chevauchait devant eux, Dominic et Simon échangèrent des regards inquiets.

— Que se passe-t-il, berger ? cria Simon. Pourquoi nous regardez-vous ainsi ?

L'homme se signa, se retourna et s'enfuit. Aucun autre vassal n'osa s'approcher des cavaliers. En fait, ils semblaient terrifiés devant Dominic.

— Je n'aime pas cela, marmonna Simon.

Dominic empressa simplement son cheval d'aller plus vite. Il ne ralentit qu'une fois arrivé au pont-levis.

Soudain, Harry sortit en boitant du poste de garde, fixa Dominic d'un air choqué et lui attrapa la main lorsqu'il passa à côté de lui.

— Merci mon Dieu, dit Harry avec ferveur. Je savais que madame arriverait à vous sauver !

— Me sauver ? De quoi ?

Harry voulut parler, mais aucun son ne sortit de sa bouche. Il regarda simplement fixement, bouche bée, l'homme qui ne portait aucune trace de blessures quelles qu'elles soient.

— La maîtresse…

Harry lutta pour arriver à avaler.

— Lady Margaret ? demanda sèchement Dominic.

Harry hocha la tête.

— Parlez, ordonna Dominic. Où est Meg ?

— Un écuyer est venu. Il a dit que vous étiez grièvement blessé près du marais au nord.

Simon allait parler, quand un geste sec de Dominic l'interrompit.

— Comme vous le voyez, je ne suis pas blessé. Où se trouve mon épouse ?

— Elle est partie vous retrouver. Pour vous soigner.

— Elle n'est pas allée au marais au nord ? demanda Dominic. C'est à mi-chemin pour se rendre au manoir de Carlysle, n'est-ce pas ?

— Oui.

— Qui l'a accompagnée ?

Le regard de Harry en dit plus à Dominic que ce qu'il voulait savoir.

— Bon sang, aboya-t-il. Vous l'avez laissée partir seule à cheval ?

Une femme cria dans la cour. Le cri perçant et désespéré redressa les cheveux de Dominic sur sa nuque. Il se retourna et vit Eadith traverser la cour pavée et courir dans sa direction comme si le diable était à ses trousses.

— Monsieur, sanglota Eadith, se jetant aux pieds de la monture de Dominic. Ne me faites pas fouetter, monsieur ! J'ai fait de mon mieux, mais je n'ai pas pu l'en dissuader !

Dominic voulut dire quelque chose, mais le flot de paroles d'Eadith en sanglots ne cessa pas.

— Elle l'aime depuis qu'elle est enfant. Elle était déterminée à le suivre. Elle ne voulait pas m'écouter. J'ai essayé, monsieur ! Dieu sait combien j'ai essayé ! Mais elle ne voulait pas m'écouter !

— Que dites-vous ? demanda Dominic d'une voix affreusement glaciale.

— Elle savait qu'elle ne serait jamais autorisée à sortir seule. Elle a donc payé un jeune garçon pour qu'il vienne ici en courant et qu'il raconte que vous aviez été blessé. Profitant de l'agitation, elle est montée sur son palefroi et s'est enfuie !

— Il y a combien de temps ?

— À midi, monsieur.

Dominic se tourna vers Simon.

— Nous pouvons la rattraper avant l'heure du repas du soir. Elle n'a pas pu aller bien loin avec son canasson.

Simon le regarda, abasourdi.

— Je n'aurais pas cru Meg capable de faire cela. Elle s'est battue pour te sauver la vie comme s'il s'était agi de la sienne. Crois-tu réellement qu'elle…

— Je crois qu'elle n'est pas ici, dit Dominic d'un ton qui glaça tous ceux qui l'entendirent. Crois-tu autre chose ?

Simon observa la peur se dessiner sur les visages des habitants du château de Blackthorne. Ils étaient persuadés qu'un désastre venait de nouveau de s'abattre sur eux.

— Non, dit Simon. Je crois qu'elle est partie. Que Dieu maudisse son âme à jamais…

Un simple regard vers Dominic mit fin à la malédiction de Simon.

Eadith passait son regard d'un homme à l'autre.

— Ne perdez pas votre temps, monsieur, dit-elle avec empressement. C'est vrai, le palefroi de Lady Margaret est vieux, mais qu'on le veuille ou non, Duncan l'aura probablement attendue en route avec un meilleur cheval.

Dominic lança à Eadith un regard étincelant avant de se retourner vers les hommes à cheval derrière lui et donna des ordres cassants et succincts. Les hommes obéirent sur-le-champ, car aucun n'osa affronter le regard féroce de leur seigneur. Ils ne l'avaient pas vu aussi sauvage, même lorsqu'ils l'avaient extirpé des ruines du palais du sultan, le corps encore ensanglanté et couvert des marques de tortures récentes.

Quelques instants plus tard, un chien, la langue pendante, arriva en trottinant du chenil. Lorsqu'on lui montra les traces du palefroi de Meg, Leaper se mit immédiatement en marche, suivant la piste du cheval. Simon et Dominic lui emboîtèrent le pas au galop. Les autres chevaliers demeurèrent au château, exécutant les ordres de leur seigneur.

Quand Leaper arriva enfin à la pente raide dans la forêt, elle ne ralentit son allure que lorsqu'elle finit par découvrir l'endroit où les traces du palefroi tournaient en rond et étaient recouvertes par les empreintes d'autres chevaux. Dans un silence tendu, Dominic et Simon retinrent leurs étalons essoufflés en tirant sur les rênes jusqu'à ce que Leaper reprenne la piste en direction de la forêt. D'un coup d'éperon, les deux hommes s'élancèrent entre les arbres à une allure imprudente.

— Je le vois ! cria Simon, exhortant son cheval à aller plus vite.

Dominic ne se donna pas de mal. Lui aussi avait vu le palefroi. Il avait aussi remarqué que sa cavalière n'était visible nulle part. Eadith avait raison.

Quelqu'un avait attendu Meg dans la forêt avec une nouvelle monture.

À peine capable de contenir son humeur féroce, Dominic observa la route sur laquelle les traces de plusieurs chevaux avaient marqué la terre. Il n'y avait pas moyen de dire quel cheval Meg montait à présent. Ce n'était pas nécessaire non plus. Une seule chose se trouvait plus loin sur la route à chariots. Les nouvelles propriétés de Duncan de Maxwell.

Le palefroi trotta en direction de Dominic. La mélodie des grelots en or accompagnait chaque pas que le vieux cheval faisait. Dominic fit avancer son cheval et attrapa les rênes du palefroi. Attachés à la selle, il y avait un rouleau de parchemin et une note écrite de la main délicate d'un prêtre.

Dominic la lut d'un unique coup d'œil brûlant. Lorsqu'il leva les yeux, Simon osa à peine respirer. Il ne fallait pas être très intelligent pour remarquer que Dominic aurait plus volontiers tué quelqu'un que prononcé un mot en cet instant.

— Nous rentrons au château, dit Dominic d'un ton catégorique.

Simon ne posa pas de questions. Il suivit simplement son frère jusqu'au château de Blackthorne. À peine les chevaux avaient commencé à trotter bruyamment sur le pont-levis que Dominic se mettait à regarder les visages de toutes les personnes qui sortaient en courant dans la cour.

Le visage qu'il cherchait n'était pas là.

— Que quelqu'un m'amène Eadith, demanda Dominic.

Les domestiques rassemblés se mirent à s'agiter, mais personne ne parla jusqu'à ce que Gwyn l'Ancienne fasse un pas en avant.

— Eadith est partie rejoindre les mercenaires.

Même si Dominic s'était attendu à cela, il ne put empêcher sa froide colère de transparaître dans sa voix.

— A-t-elle laissé un message ? demanda-t-il.

— Oui. Si vous ne voulez pas que votre épouse devienne la putain des mercenaires, vous devrez remettre la rançon demain lorsque la lune se lèvera.

Comme Dominic ne bougeait pas et ne disait rien, un murmure inquiet émana des gens rassemblés dans le château.

— Est-ce qu'ils la détiennent, monsieur ? demanda Gwyn.

Le poing serré de Dominic s'ouvrit, révélant des fragments des jets en or que son petit faucon avait auparavant porté autour des chevilles.

— Oui, Gwyn l'Ancienne. Elle est captive.

— Quel prix ?

Dominic ferma les yeux quelques secondes. Lorsqu'il les rouvrit, les gens qui se trouvaient proches de lui firent un pas en arrière, cherchant de manière instinctive à mettre davantage de distance entre eux et l'homme dont les yeux promettaient de laisser libre cours à l'enfer.

— Trois fois son poids en or et en pierres précieuses, dit Dominic de manière distincte.

— Bon sang, dit Simon, abasourdi. Il ne peut demander cela. Cela causerait la ruine du château de Blackthorne !

— C'est le but, dit Dominic. Je suis supposé être dépouillé de ma capacité à entretenir mes chevaliers. Sans ceux-ci, le château tombera très vite. Même si je ne serai pas là pour le voir.

— Que veux-tu dire ?

— J'ai reçu pour instructions de délivrer la rançon avec un seul chevalier à mes côtés. Il est raisonnable d'en conclure que je serai abattu en dépit des protestations du bon prêtre qui prétend le contraire.

— Tu ne peux pas faire cela. C'est de la folie !

— Oui, admit sauvagement Dominic. En effet, c'est de la folie.

27

Quand Meg fut finalement autorisée à descendre de cheval, elle avait les muscles endoloris et des courbatures à la suite de la chevauchée brutale. Elle parcourut furtivement le château illégal des mercenaires des yeux. Rien de ce qu'elle vit ne la rassura.

Il y avait plus d'une vingtaine d'hommes avachis tout autour de la cour au milieu de la forêt dense. Un seul homme portait les attributs onéreux d'un chevalier, et il était évident que son attirail de guerre avait connu de meilleurs jours. Le reste des hommes ne valaient pas mieux que des bandits, des braconniers ou des criminels.

Des gardes étaient assis paresseusement sur le bord de la palissade rudimentaire qui encerclait la cour. Aucun de ces hommes sauf le chevalier n'avait un jour fait partie des compagnons de Duncan. Ils avaient des manières sauvages et portaient des vêtements dépenaillés. Seules les armes des mercenaires semblaient avoir été entretenues. Des épées et des poignards brillaient à la lumière d'un grand feu qui servait à la fois à réchauffer et à faire la cuisine.

Les hommes regardèrent Meg avec une nette concupiscence ou avec une indifférence animale pendant qu'elle marchait en boitillant vers un grand chêne et qu'elle s'effondrait à ses pieds. Ni ces hommes vulgaires ni son propre corps contusionné ne la perturbaient autant que le rêve éveillé qu'elle avait fait au cours de la cavalcade éreintante... Un nouveau-né lui souriant et doté des yeux verts des Druides de la Vallée.

— *Avez-vous déjà eu vos menstruations, petit faucon?*

— *Non.*

Et ce ne serait pas le cas dans les neuf mois à venir si son rêve lui avait dit la vérité.

« Dominic, connaîtrez-vous un jour votre enfant? Et si c'est le cas, croirez-vous que c'est le vôtre? »

Une main secoua brutalement Meg.

— Debout, sorcière, et servez le souper à vos chefs, ordonna Eadith.

— Eadith! Que faites-vous ici? Vous ont-ils aussi enlevée?

L'autre femme sourit amèrement.

— Je ne possède aucune pièce d'argent. Pourquoi m'enlèverait-on? Non, je suis venue rejoindre les mercenaires de mon plein gré.

— L'eau retrouve toujours son niveau d'origine, n'est-ce pas?

— Calmez votre langue, sorcière, s'exclama Eadith, giflant Meg sèchement. J'ai longtemps attendu ceci. Bougez vos fesses et servez-nous le repas, sinon je vous confie à Edmond le Cruel pour qu'il vous instruise sur votre nouvelle profession.

Alors qu'elle allait une nouvelle fois frapper Meg, un chevalier qui était quelque peu moins dépenaillé que les autres s'avança et poussa Eadith de côté.

— Rufus n'aimerait pas ça, dit calmement le chevalier à Eadith. Il projette de se servir de la sorcière en premier. Il veut être le seul à laisser des marques sur elle. Il a été très clair à ce sujet, ce matin. Vous vous en souvenez?

La bouche d'Eadith se contracta pour ne plus former qu'une ligne, pleine d'amertume. Cependant, elle ne fit plus aucun geste pour frapper de nouveau Meg. Eadith savait pertinemment que Rufus avait des projets pour la sorcière Druide de la Vallée. C'était Eadith qui avait mis la plupart de ces projets dans la tête des mercenaires un peu longs à la détente.

— C'est de cette manière que vous rendez la bonté du château de Blackthorne ? demanda Meg, soulevant et ajustant son manteau autour de ses épaules pour se protéger du brouillard humide et des yeux cupides des mercenaires. Par la trahison ?

— Quelle bonté ? demanda-t-elle avec mépris. J'étais la fille d'un château aussi grand que Blackthorne, et l'on a fait de moi une banale domestique.

— Votre château est tombé aux mains des Normands.

La colère crispa davantage les traits déjà tendus d'Eadith. Ses yeux pâles lancèrent des éclairs comme ceux d'un animal à la lumière d'un feu.

— Cela n'a pas été un combat loyal, dit-elle sèchement. Ils ont pris le château par la trahison.

— Loyal ou déloyal, le résultat aurait été le même, dit Meg. Votre famille et votre époux ont été tués, et vous avez été laissée à la merci de voisins qui ne se portaient pas mieux que vous. Vous n'aviez plus de toit et vous étiez une veuve sans enfant lorsque Lord John vous a porté secours, donné une situation respectable et promis de vous trouver un époux.

Eadith sourit faiblement.

— Mais John a d'abord essayé de me mettre enceinte.

Meg eut du mal à respirer.

— Vous n'étiez pas au courant ? demanda froidement Eadith. Le seigneur du château essayait de s'accoupler avec toutes les femmes avant d'accepter qu'elles se marient.

Bien que Meg commençât à dire quelque chose, Eadith ne lui en laissa pas l'occasion.

— John promettait la même chose à chaque jeune fille — porter son enfant et devenir la maîtresse du châtelain. Mais cela n'est jamais arrivé, car après que son épouse, cette maudite sorcière, l'eut quitté, son bâton est devenu si mou qu'aucune semence ne s'en échappait quelles que soient les astuces de catin employées.

Un cri dans l'enceinte du camp au sein de la forêt dense attira l'attention d'Eadith. Rufus se dirigeait vers le grand feu avec davantage de provisions en provenance du manoir de Carlysle. Tandis que Meg observait, seuls un chevalier et un braconnier en loques, la tête baissée, s'approchèrent pour voir ce dont le manoir avait fait don aujourd'hui.

— De la bière ? demanda un mercenaire en criant.

— Oui, dit Rufus en descendant de cheval en souriant.

Il s'approcha du feu et ôta son heaume, révélant sa tignasse épaisse et rousse qui lui avait valu son nom.

— Est-ce qu'il y a de la nourriture ? demanda Eadith plutôt sèchement.

— De la viande, du pain et du fromage.

— Et pas de jeune femme ? demanda un autre mercenaire en criant.

— On nous a promis une jeune fille des cuisines dès qu'elle ne saignera plus.

— Pourquoi attendre ? marmonna un autre mercenaire. Elle saignera de toute façon lorsque nous en aurons terminé avec elle, qu'elle le veuille ou non. Une seule jeune fille n'est pas suffisante pour nous être utile.

Meg agit comme si elle n'avait rien entendu. Sous son manteau, ses mains se portèrent instinctivement sur son ventre. Un frisson qui n'avait rien à voir avec la matinée humide se cristallisa sous sa peau.

— Des nouvelles du bâtard normand ? demanda Eadith.

Un haussement d'épaules fut la seule réponse de Rufus. Ses yeux s'allumèrent lorsqu'il aperçut Meg qui se tenait debout de l'autre côté du feu.

— Venez près de moi, ordonna-t-il.

Calme en apparence, Meg contourna le feu et s'approcha de Rufus, s'arrêtant tout près de lui. La lueur dans ses yeux quand il la regarda lui serra l'estomac, et de la bile lui monta à la gorge.

L'expression sur le visage d'Eadith était à la fois de l'irritation et de la résignation. La convoitise bien connue des mercenaires pour la maîtresse du château de Blackthorne avait été un des leviers qu'Eadith avait actionnés pour que Rufus laisse tomber Duncan. Elle n'était pas en mesure de pouvoir se plaindre lorsque Rufus exposait sa convoitise à tous.

— Attendez au moins jusqu'à demain lorsque la lune se lèvera, dit Eadith avec impatience. Il sera beaucoup plus satisfaisant de la baiser quand ce bâtard normand sera là pour regarder.

Meg fut envahie par la nausée. Le frisson sous sa peau s'intensifia malgré la chaleur du grand feu.

— C'est quoi cette folie ? demanda-t-elle avec un calme douloureux.

— Ce n'est pas de la folie, rétorqua Eadith. C'est juste une revanche sur le bâtard normand et la sorcière Druide de la Vallée qui est sa putain.

— Quelle revanche.

Il n'y avait ni question ni émotion dans la voix de Meg. Seul un calme anormal demeura alors que la glace s'emparait de son âme.

— Vous auriez dû laisser mourir le bâtard normand quand je lui ai fait boire le poison, s'exclama sauvagement Eadith. Ensuite, j'aurais pu persuader Duncan de prendre le château, et tout aurait été parfait. Mais le bâtard a survécu, et j'aurai tout de même ma revanche malgré votre intervention.

— Duncan. Où est-il ?

La voix de Meg était encore monocorde, sans émotion, presque inhumaine.

Eadith haussa les épaules.

— Parti au nord avec ses chevaliers, et bon débarras ! Les clans aux frontières mettront fin à la vie de ce traître avant qu'il ne puisse profiter des fruits de sa trahison.

Le regard imperturbable de Meg poussa les mercenaires à se regarder les uns les autres avec un sentiment croissant d'incertitude. Un murmure circula parmi eux tandis qu'ils mesuraient le calme troublant de leur prisonnière Druide de la Vallée.

Seule Eadith ne se laissa pas troubler par les yeux verts impassibles de Meg. La vengeance qu'Eadith avait cherchée depuis la défaite de sa famille face aux Normands était enfin à portée de main.

— Laissez-moi vous dire ce qui vous attend, traîtresse, dit Eadith avec un plaisir évident. Lorsque la lune se lèvera demain, votre seigneur bâtard viendra avec trois fois votre poids en or et en pierres précieuses.

Un léger soubresaut du corps de Meg fit trembler en musique les bijoux qui lui restaient. Les petits cris s'éteignirent presque aussitôt qu'ils s'étaient fait entendre.

— Nous prendrons la rançon, poursuivit Eadith. Ensuite, vous serez offerte aux mercenaires pendant que votre mari observera. Lorsque cela aura fini de nous amuser, nous le tuerons.

Meg ne dit rien.

— Êtes-vous trop simple d'esprit pour comprendre ce que vous coûtera le fait d'être du côté des Normands ? demanda Eadith avec colère. Bientôt, vous connaîtrez ce que j'ai enduré. Vous allez vous retrouver orpheline, veuve, sans enfant et salie !

Meg pencha la tête, entraînant le frémissement des clochettes en or. Ce fut le seul bruit qu'elle fit pendant quelques secondes.

— Dominic le Sabre ne viendra pas pour moi, dit Meg.

— Il viendra. Il le faut. Sinon, vous mourrez.

— Alors, je vais mourir. Demandez à ce qu'un prêtre vienne me confesser.

La certitude dans la voix de Meg finit par pénétrer le sentiment de triomphe d'Eadith. Elle la fixa du regard, choquée.

— Que dites-vous ? demanda Rufus, s'approchant tellement près d'elle qu'elle eut à pencher la tête en arrière pour voir son visage. Dominic viendra, bien entendu, à votre secours. Sans vous, il perdrait le château de Blackthorne.

— Face à qui ? demanda Meg sans ménagement. Duncan ne le prendra pas. Vous ne pouvez pas.

— Nous pouvons, rétorqua Rufus. Nous le ferons.

— C'est bien dommage, car je serai déjà morte, dit Meg en faisant un pas en arrière pour parcourir le campement du regard. J'aurais pris un malin plaisir à voir cette bande pitoyable attaquer le château de Blackthorne.

Une fois que le Sabre aura fini de rire, il vous étripera et vous laissera aux soins des corbeaux.

— Il n'y aura plus que Thomas le Puissant pour assurer la protection du château, interrompit Eadith. Il est assez habile, mais il est stupide.

— Simon se battra aussi férocement et intelligemment que Dominic.

— Simon ne sera pas là, dit Rufus. Nous avons fait dire à Dominic qu'il pouvait être accompagné d'un chevalier pour nous remettre la rançon.

Meg hocha la tête.

— Je vois. En effet, Simon le Fidèle sera ce chevalier.

— Oui, dit Rufus avec un sourire de satisfaction.

— Vous projetez de les tuer tous les deux.

— Il n'y avait pas d'autre choix après que votre bâtard normand eut survécu et commence à s'amouracher de vous — et vous de lui, dit Rufus. Il était clair qu'il y aurait bientôt un héritier. Si un fils était né, nous aurions perdu le château de Blackthorne.

— C'est pour cela que vous avez essayé de tuer mon époux pendant la partie de chasse, dit Meg. Mais nous avons réussi à vous échapper.

— Vous avez réussi à échapper à Rufus, dit Eadith. Mais vous n'avez pas pu échapper à *mon* piège.

— Ah… C'est vous qui avez rendu Marie malade pour que je ne les accompagne pas.

— Cela a été un plaisir de voir la catin vomir. J'ai encore apprécié davantage voir le visage de ce bâtard normand quand il est rentré et que je lui ai raconté que vous vous étiez enfuie pour rejoindre Duncan de Maxwell.

— C'était stupide de votre part, dit Meg d'un ton neutre.

Eadith sourit.

— Vous êtes trop cupide pour mener à bien votre revanche.

— Comment cela ?

— Vous voulez que Dominic paie une rançon pour moi, pourtant vous n'avez pu résister à la tentation de retourner le couteau dans la plaie en lui disant que je m'étais enfuie pour retrouver un autre homme.

Eadith haussa les épaules.

— Peu importe. Cela amplifiera la volonté du bâtard de vous poursuivre et de vous punir.

— Donc, c'était vous qui continuiez à propager des rumeurs disant que Duncan et moi étions amants.

Bien qu'il n'y ait aucune question dans le ton de Meg, Eadith répondit, se délectant de chaque mot.

— Oui. Voir la jalousie du bâtard m'a procuré une douce joie. Vous avez joué votre rôle à la perfection, sorcière. Et maintenant, vous allez payer.

Le doux rire de Meg fut plus choquant que des malédictions auraient pu l'être. Mal à l'aise, les mercenaires se déplacèrent et observèrent l'obscurité qui descendait comme s'ils s'attendaient à ce que des fantômes s'élèvent au-dessus du sol humide.

— Ah, chère servante, dit Meg. Vous vous êtes surpassée. Ce n'est pas difficile, soit, mais c'est très amusant à regarder.

Le mépris glacial qui émanait de la voix de Meg ressembla à un coup de fouet sur le corps d'Eadith.

— C'est quoi ces élucubrations ? demanda Eadith.

— Séduit ? Le Sabre ?

Meg rit une seule fois ; le son fit tressaillir les mercenaires.

— Eadith, vous êtes idiote jusqu'à la pointe des pieds.

Meg se tourna vers les mercenaires. Quand elle commença à parler, sa voix portait de façon claire malgré son calme inquiétant.

— Écoutez-moi, mercenaires. Dominic le Sabre veut le château de Blackthorne, pas moi. S'il m'a offert des jets sertis de pierres précieuses et semblait pendu à mon sourire, c'était uniquement pour me séduire afin que mon corps lui donne un enfant, pas parce qu'il était *fasciné* par moi.

Eadith commença à parler avant d'être immédiatement interrompue par un geste de Rufus lui ordonnant de se taire.

— Pourquoi est-ce que mon époux offrirait une rançon royale pour une sorcière Druide de la Vallée infidèle qui, même si elle est fertile, ne lui donnera pas d'héritier de sexe masculin ? demanda raisonnablement Meg. Dominic m'a uniquement gardée parce que les vassaux se seraient révoltés s'il m'avait chassée.

— Raison de plus pour offrir une rançon pour vous récupérer, rétorqua Eadith.

Une nouvelle fois, Meg se mit à rire et, une nouvelle fois, les mercenaires lancèrent des regards de biais, souhaitant se trouver bien loin de la dame qui les affrontait en s'amusant avec une telle certitude de leur défaite — et de sa propre mort.

— Vous êtes vous-même tellement cupide, dit Meg à Eadith, pourtant vous ne supportez pas la cupidité chez les autres.

— Parlez de façon plus claire, aboya Eadith.

— Trois fois mon poids en or et pierres précieuses causerait la ruine du château de Blackthorne.

— Oui !

— Qui paiera les chevaliers qui protègent les vassaux de personnes comme vous ? demanda doucement Meg. Qui paiera les taxes qui renfloueront les coffres du château pour s'offrir les services des chevaliers ? Les vies de quelles personnes ressembleront à un enfer si leur seigneur est appauvri ?

Un murmure parcourut le groupe des mercenaires quand ils comprirent ce que Meg voulait dire.

— Oui, admit-elle. Les vassaux paient. Ils m'aiment beaucoup, mais ils préfèrent être capables de nourrir leurs enfants.

— Ne l'écoutez pas, dit rapidement Eadith. Elle va vous subjuguer tout comme elle…

Rufus la gifla assez brutalement pour qu'elle se taise. Meg continua à parler, consciente qu'elle pourrait fort bien recevoir le même traitement à tout moment.

— Pendant que vous êtes ici et que vous faites les comptes d'une rançon que vous ne recevrez jamais, dit Meg, je peux vous garantir que le seigneur de Blackthorne est en train de joindre l'archevêque afin que notre mariage soit annulé.

Les sourcils froncés, Rufus tira distraitement sur les poils de sa moustache.

— Une abbaye serait une récompense suffisante pour une annulation, poursuivit calmement Meg sans s'interrompre. Mais étant donné que Dominic est un très fin stratège, il offrira probablement également une église en pierre.

— Que…

Meg continua à parler, ne permettant pas à Rufus de poser sa question.

— Avant que ma chair n'ait eu le temps de refroidir dans ma tombe, Dominic sera marié à une gentille

Normande fertile qui lui donnera suffisamment d'héritiers pour qu'ils règnent côte à côte sur les terres. Vous vous êtes surpassés, mercenaires. Le château de Blackthorne appartient aux Normands, à présent. Grâce à votre stupide cupidité, il en sera ainsi jusqu'à ce que le royaume de Dieu redescende sur terre.

— C'est astucieux de la part de mon épouse de les démoraliser, dit Dominic quand Sven fit une pause dans son récit. Vous a-t-elle reconnu ?

— Je ne crois pas. Elle n'a rien tenté pour essayer de me parler en privé.

Sven hésita et parcourut la grande salle du regard. Personne, à part Simon et Gwyn l'Ancienne, n'était assez proche pour pouvoir entendre.

— Je suspecte qu'au moins deux des hommes du clan des mercenaires espionnent pour le compte de Duncan, ajouta Sven.

— Cela n'est pas surprenant, dit Dominic. Le Fléau Écossais est plein d'astuces lorsqu'il ne se laisse pas diriger par ses émotions.

— Un des hommes a filé en douce du camp bien avant que je ne le fasse, dit Sven.

— Dans ce cas, nous allons probablement bientôt revoir Duncan, dit Dominic. Qu'a encore dit Meg ?

Sven regarda Dominic et il aurait préféré se trouver partout ailleurs plutôt qu'au château de Blackthorne. Son seigneur était vêtu pour le combat, depuis le heaume jusqu'aux chausses. La poignée de son épée scintillante et usée n'était jamais à plus de quelques centimètres de sa main.

Sven étouffa un juron, passa les doigts dans ses cheveux ingénieusement sales et reprit la parole.

— Votre épouse a demandé une nouvelle fois qu'on aille chercher un prêtre en disant que si elle n'était pas confessée avant de mourir, elle les hanterait probablement tout comme Lady Anna hante le château de Blackthorne.

— Elle retourne le couteau dans la plaie, dit Dominic en souriant férocement. C'est un avant-goût de revanche pour ce qu'ils lui ont fait. Mon petit faucon est vraiment féroce.

Sven regarda Gwyn l'Ancienne.

— Est-ce que Lady Margaret est une bonne menteuse ? demanda Sven sans ménagement.

— Non.

La dénégation monocorde tomba comme une pierre dans le silence.

— Meg est comme une source sacrée, trop claire pour cacher même les parties les plus profondes de son âme.

— C'est ce que je pensais, marmonna Sven.

Alors que le regard de Dominic passait de l'un à l'autre, son sourire s'évanouit sur son visage, pour ne plus laisser apparaître que la férocité.

— Qu'êtes-vous en train de dire ? demanda-t-il.

— Lady Margaret pensait chaque mot qu'elle a prononcé, répondit simplement Sven. C'est pour cela que les mercenaires l'ont crue.

— Quelle personne saine d'esprit ne la croirait pas ? demanda Gwyn en regardant attentivement Dominic. Cela serait de la folie de ruiner vos propriétés en leur payant la rançon afin de récupérer une épouse qui ne peut vous donner de fils.

— Ça suffit ! ordonna Dominic.

Gwyn continua à parler comme si elle ne l'avait pas entendu. Ses mots étaient aussi calmes et incessants qu'une pluie froide.

— Après le lever de la lune, demain, les mercenaires souilleront Meg, dit la vieille femme. Même si elle survit à ce qu'ils lui feront subir, il vous sera impossible de garder Meg en tant qu'épouse. Vous la repousserez et, peu après, le château aura une nouvelle châtelaine. Et vous, monsieur… vous aurez finalement les fils que vous désirez plus que toute autre chose sur terre.

— *Simon.*

Bien que Dominic ne dise rien de plus, son frère répondit à la question non formulée.

— Tu es connu pour tes aptitudes de fin stratège, dit Simon en choisissant chaque mot avec soin. Ce serait une mauvaise stratégie que d'arriver à perdre une guerre en essayant de remporter une bataille qui ne rapporterait rien.

— Explique-toi.

Simon hésita. Il n'avait jamais entendu son frère utiliser ce ton. Simon serait parfaitement heureux de ne plus jamais avoir à l'entendre.

— Tu es venu ici pour avoir des terres et des fils, dit Simon au bout d'un moment. C'est ta guerre. Tu en as déjà gagné la moitié. Les terres t'appartiennent.

Dominic ne dit rien.

— Si tu entres dans cette bataille sous les conditions des mercenaires, résuma Simon, tu auras peu à gagner et beaucoup à perdre. Les vassaux du château de Blackthorne eux-mêmes ne te demanderont pas de tout sacrifier — y compris eux — dans une bataille futile. Meg le sait aussi bien que toi. Et à présent, les mercenaires le savent également.

Simon détourna les yeux de son frère. Tout comme sa voix, l'expression de Dominic était une étrange combinaison de rage et d'angoisse.

— Termine, dit sombrement Dominic.

— Bon sang, marmonna Simon. C'est assez clair. Meg ne s'attend pas à ce que tu paies la rançon pour elle.

Avec une rapidité qui fit voler sa lourde cape de guerre, Dominic tourna le dos aux gens qui se trouvaient dans la grande salle. Il ne voulait pas qu'ils voient ce qui devait être visible dans ses yeux, les souvenirs et les paroles de Meg qui tournaient comme des couteaux dans son âme.

J'aurais pu être une menteuse, une tricheuse, une voleuse, une criminelle... cela vous importe peu. N'importe quel ventre serait tout aussi utile qu'un autre du moment qu'il soit servi avec le château de Blackthorne.

Ses mains gantées se transformèrent en poings.

— *Est-ce que Dominic est cruel avec vous ?*

— *Envers son épouse des Druides de la Vallée ? Envers son seul espoir d'avoir des héritiers légitimes ? Est-ce que mon époux vous semble être un homme stupide ? Mes jets, après tout, sont presque les mêmes que ceux de son plus beau faucon pèlerin.*

Dominic se tenait crispé, les poings serrés le long de son corps.

— *Vous souffrez. Laissez-moi vous soulager.*

— *Une seule chose peut me faire du bien.*

— *Dans ce cas, je vous l'offre.*

Un frisson déchira le sang-froid de Dominic.

— *Allez chercher le prêtre, car je vais certainement mourir.*

Pendant un long moment, Dominic lutta pour garder le sang-froid qu'il avait construit, au prix fort, par le passé. Il avait eu la certitude qu'il n'avait plus rien à apprendre de nouveau au sujet de la douleur.

Il avait eu tort.

« Meg, je n'ai jamais voulu vous blesser de cette façon. Vous avez lu tellement clairement en moi, pourtant vous vous êtes généreusement offerte à moi. Si seulement vous pouviez lire en moi maintenant… »

Un faible bruit se fit entendre depuis la cour : les voix de centaines de personnes contenues de façon inhabituelle alors que des murmures soufflaient en rafales comme des vents changeants.

— Ils attendent encore, monsieur, dit calmement Gwyn.

— Quoi ? demanda Dominic.

Même la vieille sorcière Druide de la Vallée tressaillit au son de la voix de Dominic. Au bout d'un moment, elle répondit.

— Vous. Ils sont dans le besoin, et vous êtes leur seigneur.

Sans un mot ou un regard en arrière, Dominic traversa la grande salle pour rejoindre l'avant-corps. Lorsque les vassaux le virent apparaître à la large porte d'entrée avec sa cotte de mailles scintillant sous son manteau épais, le silence se fit dans la cour.

Avant que Dominic ne puisse parler, Harry monta les marches. Il tenait une petite bourse en cuir à la main. Des pièces s'entrechoquèrent à l'intérieur.

— Adela et moi avons entendu ce qui s'est passé, dit Harry. Ils réclament une rançon épouvantable.

Lorsque Harry tendit la bourse, Dominic fut trop surpris pour bouger.

— Prenez-la, l'empressa Harry. Ce n'est pas grand-chose, je sais, mais c'est tout ce que nous avons. Je vous en prie, monsieur. Quand Adela souffrait, Meg est venue l'aider.

Avant que Harry ne s'en aille, le maître fauconnier montait les marches de l'avant-corps. Dans ses mains, il tenait un bol en bois qui contenait quelques précieuses pièces.

— Mon deuxième fils a été piétiné par un étalon de guerre à l'âge de quatre ans. La maîtresse a mis les genoux dans le bourbier et a soulagé sa douleur mortelle. Elle n'avait pas encore neuf ans elle-même.

Le maître fauconnier eut à peine déposé le bol aux pieds de Dominic que les autres vassaux s'avancèrent les uns après les autres, avec dans les mains toutes sortes de petits trésors qu'ils avaient amassés durant toute une vie de dur labeur. Chaque cadeau était accompagné d'une phrase ou deux.

— Elle est restée au chevet de mon père.

— Lorsque mon frère était malade et qu'il n'y avait pas de brins de paille à brûler, elle lui a donné son manteau.

— Elle a guéri mon fils.

— Mon bébé serait mort si elle n'avait pas été là.

— Elle m'a réconforté.

L'argent que Dominic avait donné à ses vassaux le jour de son mariage tomba comme une pluie argentée dans le bol. Les pièces étaient rendues les unes après les autres, témoignant silencieusement de l'affection des vassaux pour leur maîtresse Druide de la Vallée. Les pièces étaient accompagnées de mots chuchotés qui parlaient d'amour hors de prix.

— Elle a guéri ma main.

— Quand mon épouse a eu besoin d'elle, elle est venue.

— Alors que tout le monde disait que j'étais ensorcelé, elle m'a guéri.

— Je suis aveugle. Sa voix est ma lumière.

Finalement, il ne resta plus personne sur les marches de l'avant-corps, à part un garçon qui ne devait pas avoir plus de neuf ans. Un grand chien en piteux état claudiquait à ses côtés. Dominic regarda la main soigneusement fermée du garçon et se demanda ce qu'un aussi jeune enfant avait bien à offrir, et pourquoi.

Comme pour se donner le courage de parler, le garçon enfonça une main dans le pelage épais du chien tout en avançant son autre main. Sur sa paume se trouvait son plus grand trésor — l'un des bonbons turcs que Dominic avait donnés à ses vassaux en même temps que les pièces d'argent. Le bonbon avait été mordillé à une seule extrémité, comme si chaque jour, le garçon ne prenait qu'un petit morceau de ce rare régal afin de le savourer.

— Elle a sauvé mon chien quand il a été attrapé par un piège.

Le garçon déposa le bonbon sur la pile de pièces et s'enfuit. Le chien le suivit comme une ombre brune en loques.

Dominic tenta de parler, mais n'y parvint pas. Comme des gouttes s'assemblant pour former des ruisselets et des ruisseaux jusqu'à créer une rivière imposante, les cadeaux et les paroles témoignaient de la valeur qu'avait la vie de Meg pour les vassaux du château. Elle représentait la paix et l'espoir dans un monde de guerre et de famine. Elle était un rayon de soleil, le rire et la guérison, alors que tout le reste n'était que souffrance.

Elle était tout cela et bien plus encore pour le guerrier qui s'était marié pour les terres et des fils et qui avait reçu la vie et l'amour.

Dominic fut enfin capable de parler.

— Notre cœur a été volé.

Un bruit sourd s'éleva de la foule.

— Si elle ne nous est pas rendue en vie et souriante, dit Dominic, le Nord connaîtra une telle tourmente qu'elle ne sera jamais oubliée.

Le bruit se mua en grondement, comme s'il émanait d'une bête que l'on venait de réveiller.

— Je poursuivrai les mercenaires et leurs familles les uns après les autres, et je les tuerai sur-le-champ, homme, femme et enfant.

Le bruit ondula sombrement, une bête cherchant sa proie, déchaînée.

— Je brûlerai leurs maisons, détruirai leurs réserves et empoisonnerai leurs puits. J'abattrai leurs clôtures de pierre, massacrerai leur gibier et mettrai du sel sur leurs champs jusqu'à ce que plus rien ne puisse y pousser. Enfin, je laisserai ces terres maudites aux fantômes païens que j'aurai créés !

Un cri sauvage d'assentiment résonna dans la cour.

Lentement, Gwyn l'Ancienne grimpa la dernière marche et se tint devant le seigneur du château de Blackthorne, voyant pour la première fois ce que les vassaux avaient déjà pu remarquer.

De ses yeux ombragés par un heaume de guerre, coulaient autant de larmes que le nombre de pièces d'argent entassées dans le bol.

— J'ai attendu ce jour pendant mille ans, dit Gwyn.

Avec des gestes rapides et assurés, Gwyn accrocha une lourde broche en argent au manteau noir de combat de Dominic. Lorsqu'elle se recula, un rayon de soleil frappa la broche ancienne, faisant chatoyer de mille feux la tête argentée du loup. Les yeux en cristal pur étincelèrent et brillèrent comme s'ils étaient animés.

Les vassaux poussèrent un grand cri lorsqu'ils saluèrent le Loup des Druides de la Vallée.

À l'aube, des chevaliers chevauchant des destriers quittèrent le château de Blackthorne au galop, en route vers le nord. Les armes en acier brillaient et cliquetaient à chaque mouvement que faisaient les chevaux de guerre. Derrière eux, le pont-levis fut relevé, et les portes furent verrouillées.

Le Loup des Druides de la Vallée était parti à la guerre.

28

— Non, dit catégoriquement Dominic à Duncan. On vous reconnaîtrait, et vous seriez d'emblée abattu. N'en parlez plus. Si vous n'aviez pas de valeur pour moi vivant, je vous aurais déjà tué deux fois à ce jour.

Duncan et ses chevaliers avaient trouvé Dominic en milieu d'après-midi sur la route carrossable en direction du nord. Le Fléau Écossais et le Loup des Druides de la Vallée débattaient depuis lors. Duncan leva les yeux vers les branches du chêne au-dessus de lui comme s'il s'attendait à trouver de l'aide dans les délicates flammes vertes qui brûlaient à chaque extrémité de chaque petite branche.

— S'il n'y a personne au sein du camp au moment où nous attaquerons, dit Duncan entre ses dents, Meggie pourrait très bien être tuée avant que mon chevalier rebelle ne puisse l'empêcher.

— Pensez-vous que je ne le sache pas ? lui renvoya Dominic. C'est pour cette raison que je franchirai la clôture dès qu'il fera nuit. J'arriverai à me faufiler discrètement…

— Bon sang !

Duncan et Simon explosèrent en même temps.

— Tu ne peux pas faire ça, poursuivit sèchement Simon. Ta taille à elle seule te dénoncerait !

— Sans mentionner la grande broche en argent étincelante que vous portez sur votre manteau, marmonna Duncan.

Il jeta un coup d'œil méfiant à la tête de loup comme s'il s'attendait à ce que son grognement silencieux ne se transforme, à tout moment, en un véritable loup.

— Monsieur, dit calmement Sven. Je vais y aller. Il s'agit là du genre de travail que je préfère.

— À présent, ils doivent avoir remarqué votre absence, dit impatiemment Dominic. Qu'allez-vous leur dire quand ils vous demanderont où vous étiez ?

— Je leur dirai que j'étais inquiet au sujet de mon troupeau.

Dominic grogna.

— Cela ne me convaincrait pas.

— Rufus n'est pas vous.

Un juron explosif fut la seule réponse de Dominic.

— Votre lady est enchaînée à un arbre, dit Sven. Elle n'aura aucune chance de trouver un endroit pour se mettre à l'abri lorsque nous attaquerons. Quelqu'un doit être présent pour la protéger.

— Je ne peux vous demander de faire quoi que ce soit de dangereux.

Le sourire de Sven était à la fois féroce et amusé.

— Ah, monsieur. Me connaissez-vous si peu ? Le danger est mon épouse, ma maîtresse et mon enfant. C'est pour cette raison que j'aime autant faire partie de vos chevaliers.

Un juron virulent, un profond soupir, et Dominic céda.

— Voyez le prêtre avant d'y aller, ordonna Dominic à Sven. Cette fois-ci, peut-être rencontrerez-vous un danger auquel vous ne pourrez survivre.

— Il y a des manières bien pires de mourir qu'en défendant l'épouse de mon seigneur.

— Oui, le coupa fermement Simon. Laisse-moi y aller avec Sven. Je peux…

— Non, objecta Sven spontanément. Vous êtes aussi imposant que Dominic ou Duncan. Les mercenaires vous repèreraient en un clin d'œil. S'ils ne le font pas, ce sera Eadith.

— Vous n'êtes pas vraiment un gringalet, vous non plus, rétorqua Simon.

— Ils sont habitués à moi, dit Sven en se retournant. Quand attaquerez-vous ?

— À la nuit tombante, répondit Dominic. Cela vous laissera-t-il suffisamment de temps ?

Sven observa l'inclinaison du soleil.

— Tout juste. Envoyez des hommes à pied pour attaquer par l'arrière. Avec un peu de chance, la porte de sortie dans la palissade sera ouverte.

Avant que quiconque ne puisse répondre, Sven partit en courant dans la forêt et disparut.

— Où l'avez-vous trouvé, celui-là ? demanda Duncan à Dominic.

— Au milieu de l'enfer sarrasin.

— Est-il capable d'ouvrir la poterne ?

— Si un homme est capable de le faire, c'est bien Sven. Ce ne sera pas la première porte qu'il aura ouverte de l'intérieur pour moi.

— Je veux bien le croire, marmonna Duncan. Il est aussi discret qu'un chat.

Derrière Dominic, un cheval s'ébroua et s'agita impatiemment. Les autres chevaliers et leurs écuyers étaient descendus de cheval pendant que leur seigneur et les deux chevaliers débattaient pour savoir quel serait celui qui prendrait la plus dangereuse position durant l'attaque. Les hommes de Duncan ressemblaient à ceux de Dominic : durs, compétents et habitués à verser du sang lors de précédents combats.

La plupart des chevaliers avaient enlevé leurs lourds hauberts et vérifiaient leurs armes. Arbalète et carreaux, pique et bâton, masse, épée et hache de bataille comme panoplie mortelle. Les chevaliers parlaient tout en s'affairant sur leur équipement, pariant sur l'homme qui serait le premier à traverser les palissades, lequel serait le premier à tuer, et même lequel serait le premier à faire couler le sang ou celui dont le sang coulerait en premier de sa propre chair.

Dominic entendait les plaisanteries et les conversations même s'il se trouvait à une grande distance. Il n'était concentré que sur une seule chose : Meg. Il aurait bien échangé le paradis contre l'enfer en solitaire, si cela lui avait donné la garantie que son petit faucon survivrait au lever de la lune.

— As-tu des instructions pour les chevaliers ? demanda Simon à Dominic quand ils furent prêts.

— Pas de quartier. Pas de prisonniers.

Ignorant les gardes des mercenaires qui faisaient des allers-retours en haut des palissades, Meg tira discrètement sur la chaîne qui lui menottait les poignets et encerclait le jeune chêne. Bien que rouillée, la chaîne était encore solide.

Elle jeta un coup d'œil au soleil. Il n'était plus visible au-dessus de la palissade en bois brut qui entourait la cour cahoteuse. Bientôt, le crépuscule formerait des bassins d'ombres et de cuvettes jusqu'à ce que l'obscurité en déborde et règne en maître sur les terres. Un peu plus tard, la lune argentée se lèverait glorieusement.

Ensuite, les mercenaires viendraient la chercher.

Eadith faisait les cent pas près du grand feu où les restes d'une viande de chasse rôtie durcissaient sur une broche. Impatiemment, elle dirigeait son regard du feu au garde qui avait la meilleure vue sur la route carrossable en direction du manoir de Carlysle.

— Est-ce que vous voyez quelque chose ?

— Non, répondit sèchement l'homme.

Rufus découpa un morceau du rôti avec un poignard, fourra le morceau de viande dans sa bouche et le mâcha.

— Il viendra, insista-t-elle. Il est follement épris de la sorcière.

Rufus grogna.

Eadith se remit à faire les cent pas.

Un mercenaire dépenaillé s'approcha de la broche. Son couteau trancha facilement la viande dure.

— Et toi, berger ? demanda Eadith. As-tu vu des cavaliers ?

— Non, maîtresse. Mes troupeaux se trouvent à l'est.

Eadith marmonna un juron et se tourna vers le garde qui l'ignora.

Le berger s'éloigna vers l'arrière du campement. Quand il passa près de Meg, il laissa tomber le morceau de viande. Lorsqu'il se baissa pour le ramasser, il parla d'une voix qui ne pouvait porter plus loin que Meg.

— Le Sabre viendra à la tombée de la nuit.

Meg écarquilla les yeux alors qu'elle observait les cheveux clairs et les yeux pâles de l'étrange berger.

— Il *ne* viendra *pas*, dit-elle doucement.

— Soyez prête, madame.

Sven sourit faiblement, jeta le morceau de viande et s'éloigna de nouveau vers la porte arrière. Comme il l'avait espéré, le chevalier « rebelle » de Duncan était assis non loin, aiguisant la lame d'une énorme hache de guerre.

— Le crépuscule, dit Sven tout bas en passant devant lui.

Le grincement de la pierre sur le métal s'interrompit juste assez longtemps pour faire comprendre à Sven que le chevalier l'avait entendu.

— Garde ! appela Eadith quelques minutes plus tard.

— Personne ne vient, d'aussi loin que je puisse voir, répondit l'homme d'un ton las.

Cette question avait été posée, et on y avait répondu de nombreuses fois durant l'après-midi.

La nuit tomba sur le camp comme un manteau. Même si la lune ne s'était pas encore levée, sa lueur argentée brillait juste au-dessus de l'horizon à l'ouest. Rufus essuya son couteau sur sa manche et regarda Meg d'une façon qui en disait long sur ses desseins.

Le chevalier de Duncan se leva d'un air nonchalant, soulevant la hache comme pour vérifier son équilibre. Il commença à balancer l'arme d'une seule main au-dessus de sa tête, faisant siffler l'air au passage rapide de la hache. Ce n'était pas la première fois qu'il faisait des exercices avec la hache depuis qu'il avait rejoint les mercenaires. Cependant, cela ne manquait jamais d'intriguer les hommes mal entraînés.

Le jeu du chevalier expérimenté avec la hache fut la distraction dont avait besoin Sven et bien plus que ce qu'il aurait pu espérer. Il rejoignit la porte arrière comme pour aller se soulager. Lorsqu'il dépassa le garde, la lame d'un couteau étincela, et le garde s'affaissa. Sven l'appuya contre la palissade et l'enroula dans son manteau comme s'il était en train de dormir.

Quelques frottements rapides sur la terre essuyèrent la lame du couteau. Sven replaça l'arme dans son fourreau et attendit, sachant que la bataille allait bientôt commencer.

Soudain, le garde à l'avant du camp se mit à crier et tendit la main en direction de la route carrossable.

— Ils arrivent ! Deux chevaliers. Un est habillé en noir. Que Dieu me rende aveugle s'il ne s'agit pas du bâtard normand !

— Ont-ils le trésor avec eux ? demanda Eadith.

— Oui ! Leurs bêtes de somme vacillent sous leurs charges.

Un cri rauque émana du camp. Des hommes se bousculèrent les uns les autres dans leur empressement d'apercevoir en premier les richesses qui seraient bientôt les leurs.

Personne ne remarqua Sven déverrouiller calmement la porte arrière, l'entrebâiller légèrement et, ensuite, aller rapidement se tenir auprès de Meg.

— Bientôt, madame, dit-il tout bas.

Meg était trop ébahie pour pouvoir répondre. Tandis qu'elle jetait un coup d'œil, elle vit Dominic entrer discrètement par la porte de derrière. Dans l'obscurité qui s'intensifiait lentement, il paraissait lui-même faire partie de la nuit. Son épée dégainée ainsi que l'ancienne broche argent étincelèrent lorsqu'il pivota, englobant le camp d'un seul regard.

Derrière lui, Simon et Duncan prirent forme dans le crépuscule, leurs épées tirées, mais Meg ne voyait que le Loup des Druides de la Vallée qui brillait férocement sur l'épaule de Dominic. Des frissons la parcoururent lorsqu'elle comprit que la malédiction de son peuple avait finalement pris fin. Plus aucune jeune fille Druide de la Vallée ne sentirait le poids de l'espoir de son peuple sur ses épaules.

« Un Loup Druide de la Vallée était né, mais ce n'était pas une Druide de la Vallée qui lui avait donné naissance. »

Juste au moment où Dominic repérait Meg attachée au gros chêne, un cri fut poussé par les hommes rassemblés près de la porte d'entrée.

— Aux armes ! Le bâtard est parmi nous !

Les mercenaires s'emparèrent de leurs épées et de leurs boucliers et attaquèrent sans réfléchir et sans recevoir d'ordres. Duncan, Simon et Dominic furent les premiers touchés par l'attaque désordonnée tout en maintenant la porte ouverte pendant que d'autres chevaliers l'écartaient d'un mouvement d'épaule et pénétraient dans le camp.

Bientôt, l'acier claqua contre l'acier, et le sang se mit à luire sombrement sous la lune qui se levait. Des cris, des jurons, des bruits de coups : la bataille faisait des allers-retours sur la terre battue, faisant penser à une bête folle et en sang.

Meg observait, sidérée et effrayée, et finit par comprendre comment Dominic avait gagné son surnom. Si des gens avaient remis en question le courage du Sabre après qu'il eut montré de la clémence dans l'église et encore une fois lors des jeux, personne ne pouvait le mettre en doute en cet instant. Dominic tailladait les mercenaires comme une faux dans un pré en été. Il n'y avait pas de clémence en lui pour les hommes qui avaient enlevé son épouse.

Soudain, Meg sentit quelqu'un venir derrière elle. Elle s'écarta juste à temps pour apercevoir une hache de guerre décrire un arc dans le crépuscule. La lame s'abattit sur la longue chaîne qui était enroulée autour du tronc du chêne. La force du coup fut tellement puissante que la lame s'enfonça pratiquement à moitié dans le bois. Une main gantée s'enroula autour de son poignet et la tira pour la mettre debout.

— Vite, madame. Vous n'êtes pas en sécurité…

Les paroles du chevalier s'interrompirent sur un cri choqué tandis que le carreau d'une arbalète cogna son heaume et ricocha. Sans un autre mot, il s'effondra.

Meg s'agenouilla, vit qu'il n'y avait plus rien à faire et se remit rapidement debout, entraînant une chaîne de deux mètres derrière elle. Avec une peur grandissante, elle chercha Dominic dans le brouillard de la bataille ensanglantée. Aucun des hommes allongés sur le sol n'avait sa taille, pourtant elle avait la certitude de plus en plus forte que le Loup des Druides de la Vallée pourrait être perdu presque dans le même souffle que celui de sa découverte.

« Non ! Nous l'avons attendu trop longtemps ! »

Frénétiquement, Meg chercha à apercevoir son époux dans l'obscurité. Les chevaliers bien entraînés de Dominic venaient rapidement à bout des mercenaires. Peu d'entre eux étaient encore capables de se battre, mais ils ne manquaient pas de courage, considérant toutes leurs blessures. Ils tailladaient l'ennemi à l'aide de leurs épées comme des hommes pris de folie et tentaient, par l'intermédiaire des chevaliers, d'abattre le bâtard normand qui, une fois de plus, avait contrecarré leurs ambitions.

Rufus n'était en vue nulle part. Dominic non plus. Finalement, l'éclat du cristal des Druides de la Vallée dans les yeux du loup attira l'attention de Meg. Dominic se trouvait de l'autre côté du camp et courait vers elle. Même si son épée était encore tirée, il ignora les derniers tourbillons de la bataille autour de lui.

« Danger. »

Avec une mystérieuse certitude, Meg regarda sur sa droite. Seulement à quelques centimètres d'elle, Rufus contournait le chêne qui avait été sa prison. Tandis qu'elle le regardait, horrifiée, il leva son arbalète afin de tuer le Loup des Druides de la Vallée.

— Non ! cria Meg.

Avec la force du désespoir, elle balança ses mains menottées en une courbe sauvage. Deux mètres de chaîne se déployèrent et s'emmêlèrent avec l'arbalète, secouant brutalement Meg lorsque Rufus tira. La flèche mortelle de l'arbalète bourdonna de manière inoffensive dans la nuit.

Rufus se débarrassa de l'arbalète emmêlée dans la chaîne. Lorsqu'il dégaina son épée de la main droite, il s'en prit, de la main gauche, à la jeune femme qui avait mis fin à son ambition. Un poing ganté de cotte de mailles fit un bruit sourd contre la chair seulement protégée par les vêtements. Meg pivota, vacilla et tendit ses mains enchaînées en direction de son époux.

— Dominic… !

Au moment où Meg s'effondrait, Dominic fit un bond en avant et l'attrapa de la main gauche. Sa main droite s'éleva en un arc sauvage qui fit scintiller son épée dans la lumière du feu.

Grognant sous l'effort, Rufus fit un arc de cercle avec les deux mains dans le but de taillader Dominic en deux, et Meg avec lui.

Le coup n'était plus qu'à quelques centimètres de sa cible, quand l'épée de Dominic se leva dans l'obscurité et dévia la lame. L'acier claqua contre l'acier avec une force qui fit vibrer les os des deux hommes.

Poussant un violent juron, Rufus frappa de nouveau des deux mains. Dominic évita le coup juste à temps. Il se battait à une seule main, soutenant Meg de l'autre.

Quand Rufus frappa une troisième fois, Dominic sembla glisser. Lorsqu'il tomba, il se tourna pour protéger Meg de son propre corps. Avec un cri de triomphe, Rufus leva son épée pour lui asséner un coup mortel.

Le Loup des Druides de la Vallée se releva en un bond silencieux et mortel. Rufus remarqua trop tard qu'il ne pouvait se protéger de l'épée qui, comme une lance, se trouvait au niveau de sa gorge nue.

Avant que le mercenaire ne puisse supplier ou s'enfuir, il était mort.

Dominic retira son épée, s'agenouilla et installa Meg confortablement dans ses bras. Elle émit un faible gémissement et se tourna vers lui. Même à la lueur des flammes du grand feu, son visage était pâle. De l'autre côté du feu, on entendait les dernières agitations de la bataille. Dominic jeta un dernier coup d'œil avant de se concentrer uniquement sur son épouse.

— Meg, dit-il, la voix rendue rauque par la peur. Où êtes-vous blessée ?

Elle ouvrit doucement les yeux. Le reflet de la lueur du feu fit flamboyer la broche en argent sur le manteau de Dominic. Meg regarda intensément les yeux en cristal du loup sauvage et soupira. Les mains tremblantes, elle toucha d'abord le Loup des Druides de la Vallée et, ensuite, l'homme qui le portait.

— N'ayez pas peur, mon guerrier, chuchota Meg. Que je vive ou que je meure, le château de Blackthorne et les vassaux seront les vôtres.

— Peu importe les terres et mes foutues ambitions à propos de celles-ci.

Meg ouvrit la bouche, mais aucun mot n'en sortit. Les mains de Dominic se promenaient tendrement sur elle à la recherche d'une quelconque blessure. Ce qu'il trouva fut une déchirure dans ses vêtements là où la cotte de mailles avait arraché le tissu. Elle eut le souffle coupé au moment où il toucha ses côtes.

— Ne bougez pas, petit faucon. Laissez-moi voir à quel point vous êtes blessée.

— Ce ne sont que quelques gouttes de sang et une égratignure, chuchota Meg.

— Vous vous êtes évanouie.

— Le coup m'a coupé le souffle.

Après quelques légères palpations supplémentaires, Dominic fut rassuré, constatant que Meg allait bien. Elle avait reçu un coup de poing, mais n'avait pas été gravement blessée. Elle avait également eu beaucoup de chance. Rufus avait voulu la mutiler plutôt que la tuer.

Comprendre que Meg avait été aussi proche de la mort lui donna l'impression que son estomac n'était plus qu'un bloc de glace.

— Vous n'auriez jamais dû risquer votre vie comme cela, dit-il sèchement.

— Rufus vous aurait tué.

— Il vous a presque tuée ! Bon sang, si vous étiez morte…

La gorge de Dominic se noua, et il lui fut impossible de parler.

— Ma mort n'aurait pas eu beaucoup d'importance.

Meg sourit tristement devant l'expression choquée de Dominic. La main tremblante, elle suivit les contours de la broche des Druides de la Vallée sur son manteau.

— Ce qui compte, c'est vous, dit-elle simplement. Vous allez aider le pays, pas moi. Le Loup des Druides de la Vallée vous a libéré du piège de John. Dans un sens, cela m'a libérée, également. Je n'aurai plus à endurer la vive souffrance de donner mon corps, mon cœur et mon âme à un homme qui ne voit en moi qu'un ventre pour engendrer ses fils.

— Que dites-vous ? demanda Dominic, horrifié.

— Les habitants de Blackthorne sont en sécurité sans moi, à présent. Vous pourrez avoir l'épouse que vous voulez, et je serai, enfin, aussi libre qu'un faucon indompté.

Dominic ferma les yeux et lutta pour maîtriser le mélange de soulagement, de peur et de colère qui se déchaînait en lui. Meg était saine et sauve, mais elle ne lui avait jamais semblé aussi lointaine, lui échappant un peu plus à chaque mot, à chaque sourire triste, et ses mains tremblantes touchaient l'argent froid plutôt que son visage.

Il fallait encore qu'elle rencontre ses yeux. Pour le voir.

— Je ne vous laisserai jamais partir, dit durement Dominic.

— N'ayez crainte, Loup des Druides de la Vallée. Le peuple vous acceptera. Le château de Blackthorne vous appartiendra aussi longtemps que vous vivrez. Désormais, plus rien ne pourra changer cela.

— Sans vous, les terres et le peuple ne sont un festin que pour un homme mort. Regardez-moi. *Lisez en moi.*

— Non, chuchota Meg d'une voix brisée. Je ne peux le supporter. Je ne peux supporter de *voir* combien je vous aime et combien peu vous m'aimez.

Pendant un moment, Dominic resta complètement silencieux. Ensuite, il se pencha et embrassa tendrement les paupières de Meg, récoltant ses larmes du bout de la langue. Il sentit les tremblements la secouer comme s'il utilisait un fouet plutôt que la plus douce des caresses.

— Regardez-moi et voyez ce que je sais, chuchota-t-il entre deux baisers. Regardez-moi. *Voyez-moi.*

Doucement, Meg ouvrit les yeux et regarda Dominic, le *vit*, et prit conscience de ce qu'il savait déjà. Avec un cri émerveillé, elle passa la main sur les lèvres de Dominic.

— Ma sorcière Druide de la Vallée, dit Dominic en déposant des baisers sur le bout des doigts de Meg, vous avez guéri mon corps, mon cœur et mon âme… et ensuite, vous me les avez dérobés petit à petit à chacun de vos baisers. Avec ou sans héritiers, je n'aurai pas d'autre épouse que vous.

Tandis que Dominic serrait Meg contre lui et enfonçait son visage dans son cou chaud, il chuchota ce qu'ils savaient enfin tous les deux.

— Je vous aime, ma douce sorcière. Je vous aimerai toujours.

ÉPILOGUE

Comme un loup, l'hiver hurlait, grinçant contre le château de Blackthorne comme des griffes de glace. Rassurés par la certitude d'une belle récolte, les habitants du château vaquaient calmement à leurs tâches. Pendant qu'ils travaillaient, ils attendaient des nouvelles de leur maîtresse enceinte du Loup des Druides de la Vallée.

— J'aurais aimé que Gwyn l'Ancienne reste, marmonna Dominic.

— Elle a payé son adultère pendant mille ans, dit Meg. Je ne pouvais rien lui demander de plus.

Dominic passa une main puissante dans ses cheveux. Il n'était pas encore certain de croire la même chose que Meg. Tout ce qu'il pouvait dire avec certitude, c'était que la robe de mariage argentée, la chaîne en argent parsemée de cristaux et la vieille femme avaient disparu comme si elles n'avaient jamais existé.

Une expression, mélange à la fois de concentration et de gêne, apparut sur le visage de Meg. Dominic avait remarqué cette même expression de plus en plus souvent sur son visage depuis l'aube.

— Comment vous sentez-vous ? demanda-t-il, anxieux.

— Comme si j'allais avoir besoin de vos deux bras puissants pour me sortir de ce bain pourtant peu profond.

Dominic souleva doucement Meg hors du bain et l'enveloppa d'un doux linge.

— Un de ces jours, il faudra que nous trouvions une servante convenable, dit Meg.

Dominic émit un bruit neutre tout en frictionnant le corps qui avait été mince et qui était, à présent, enflé grâce à sa semence.

— C'est inconvenant que le seigneur de ce château soit le domestique de son épouse, releva Meg.

— C'est un grand plaisir pour le seigneur de ce château de sentir la vie de son bébé frémir sous ses mains, contra Dominic.

Soudain, le corps de Meg se rigidifia sous l'intensité du travail. Quand elle parla, sa voix était tendue.

— Demandez à ce que la sage-femme vienne. Le bébé est tout à coup très pressé.

Tandis que la tempête hurlait tout autour du château, Dominic alla déposer Meg sur le lit qu'elle avait préparé pour la naissance. Des plantes aromatiques et des fleurs séchées parfumaient l'air, et de somptueuses tentures protégeaient des courants d'air.

La sage-femme entra en trombe dans la chambre, vit du premier regard que Meg était sur le point d'accoucher et marmonna tout au long du rituel de l'eau des Druides de la Vallée que Meg lui avait demandé d'accomplir avec insistance…

— Voilà ! dit la sage-femme en enfilant un tablier. Êtes-vous satisfaite, à présent ?

— Oui.

La voix de Meg n'était plus qu'un mince fil. Ses doigts étaient accrochés à la main de Dominic avec suffisamment de force pour que ses ongles laissent des marques sur sa peau. Il lui caressa les cheveux et lui déposa un baiser sur la joue pour lui témoigner son amour.

Du coin des yeux, la sage-femme observa Dominic. Une telle tendresse était rare chez un homme, encore plus chez un homme dont la férocité était devenue légendaire partout dans les régions du Nord.

— *Pas de quartier. Pas de prisonniers.*

Et il n'y en avait pas eu.

Des bandes errantes de bandits et de chevaliers sans seigneur sévissaient encore dans les terres au nord, cependant aucune ne venait troubler le domaine de l'homme qui portait le Loup des Druides de la Vallée.

La tempête hivernale secouait le château, faisant claquer un volet non fermé. Le long cri de plus en plus puissant du vent poussa la sage-femme à regarder autour d'elle, mal à l'aise.

Depuis l'épaule de Dominic, les yeux du loup étincelaient comme s'ils étaient animés et qu'ils observaient la sorcière des Druides de la Vallée dont le corps allait donner naissance au futur.

— Vous pouvez aller vaquer à vos affaires, monsieur, dit la sage-femme. Je vais prendre soin d'elle, maintenant.

— Non, dit platement Dominic sur un ton de refus. Mon épouse est restée à mes côtés durant la paix et la guerre, la maladie et la santé. Je ne l'abandonnerai pas alors qu'elle souffre.

Le choc de la sage-femme la laissa sans voix. Avant qu'elle ne retrouve sa langue, Meg gémit alors que l'urgence de la naissance s'emparait de son corps.

Les yeux du loup brillaient à chaque mouvement du corps de Dominic alors qu'il compatissait au travail de son épouse de la seule manière possible.

Bientôt, le vent se mit à hurler triomphalement et résonna avec un autre cri puissant, celui d'un bébé goûtant à son premier souffle de liberté.

— Lord Dominic, dit la sage-femme, sidérée, *la sorcière vous a donné un fils !*

Dans les années qui suivirent, le château de Blackthorne résonna des cris d'enfants qui jouaient. Lorsque ses fils grandirent, Dominic leur enseigna l'art de l'épée et du loup afin de leur apporter les techniques du combat si cela s'avérait nécessaire et la sagesse pour chercher la paix lorsque c'était possible. Les filles de Meg apprirent les rites de l'eau et des choses qui poussent, le jardin et l'herboristerie, et que la force curative était à la fois douce et féroce.

Ensemble, dans tous leurs mots et leurs silences, avec le rire et les larmes, la sorcière et le Loup des Druides de la Vallée apprirent à leurs enfants la plus importante des vérités : il n'y a pas de magie plus puissante qu'un cœur généreux et une âme indomptée débordant d'amour.

Interdit
Médiéval • Tome 2
Elizabeth Lowell
AMOUR

1

Dans l'obscurité il viendra à toi.

Les mots de la terrible prophétie résonnaient dans l'esprit d'Ambre tandis qu'elle regardait l'homme nu et puissant que Sir Erik avait déposé, inconscient, à ses pieds.

Les flammes des bougies vacillèrent, comme appelées par le vent d'automne qui s'engouffrait par la porte ouverte de la chaumière. L'ombre et la lumière jouaient sur le corps de l'étranger, soulignant la force de son dos et de ses épaules. La neige brillait dans sa chevelure presque noire, et des gouttes de pluie glacée luisaient sur sa peau.

Ambre frissonna, comme si c'était elle qui était ainsi dévêtue. Elle leva les yeux vers Erik sans dire un mot. Ses grands yeux d'or posaient les questions qu'elle ne pouvait formuler.

Mais cela n'avait pas d'importance, car Erik n'avait pas de réponses. Il n'avait que le corps inerte de cet étranger qu'il avait trouvé dans un lieu sacré.

— Le connaissez-vous ? demanda-t-il sèchement.

— Non.

— Je pense que vous vous méprenez. Il porte votre marque.

Erik retourna l'homme. L'eau et la lueur des bougies glissèrent sur son torse musclé, mais ce ne fut pas la force virile et brute de l'homme qui arracha un cri de surprise à Ambre.

Ce fut le morceau d'ambre qui flamboyait, contrastant ainsi avec le noir intense des poils de son torse.

En prenant bien garde à ne pas toucher l'étranger, Ambre s'agenouilla à ses côtés, une bougie à la main. Elle voulait étudier le talisman. D'élégantes runes avaient été gravées dans la pierre précieuse. Elles confiaient le porteur du pendentif à la protection des Druides.

— Retournez le pendentif, dit-elle à voix basse.

Erik s'exécuta. De l'autre côté du talisman, des mots latins, transcrits en forme de croix, proclamaient la grandeur de Dieu et demandaient Sa protection. C'était une prière chrétienne que portaient souvent les chevaliers partis en Terre Sainte combattre les Sarrasins.

Ambre soupira de soulagement. L'étranger n'était pas un sorcier noir venu sur les Terres contestées pour y semer la terreur. Pour la première fois, elle considéra l'étranger comme un homme, et non comme un objet qu'on lui amenait pour qu'elle y décèle vérité ou traîtrise.

Où qu'elle porte son regard, la puissance de cet homme la narguait. C'en était déroutant. Seuls ses cils, épais et légèrement recourbés, et ses lèvres superbement dessinées pouvaient témoigner d'une quelconque délicatesse.

L'étranger était beau comme l'est un guerrier. Il avait la beauté d'un orage plutôt que la beauté d'une fleur. Sur son corps, des ecchymoses, des coupures et des éraflures récentes se mêlaient à des cicatrices survenues lors d'autres combats plus anciens. Ces marques sur son corps ne diminuaient pas son aura de pouvoir viril, mais au contraire le rehaussaient.

Bien qu'il n'ait pas d'autres possessions que son talisman, pas même de quoi se couvrir, Ambre savait que c'était un homme sur lequel on pouvait compter.

— Où l'avez-vous trouvé ? demanda-t-elle.

— À Stone Ring.

— Comment ? s'écria-t-elle en relevant vivement la tête.

Elle avait du mal à y croire.

— Vous m'avez très bien entendu.

Ambre attendait des explications, mais Erik se contentait de la fixer avec le regard déterminé d'un loup.

— Ne m'obligez pas à vous questionner, dit-elle, exaspérée. Parlez !

Les traits durs d'Erik se changèrent en un sourire amusé. Il enjamba le corps de l'étranger pour fermer la porte, mettant un terme à l'errance du vent froid automnal dans la pièce.

— Vous auriez du vin chaud pour un vieil ami ? demanda-t-il en souriant. Et une couverture pour couvrir l'étranger ? Il fait trop froid pour rester ainsi à découvert, qu'il soit un ami ou un ennemi.

— Bien sûr, monseigneur. Vos désirs sont des ordres.

La causticité de la voix d'Ambre était aussi incontestable que son affection sous-jacente. Sir Erik était le fils et l'héritier d'un grand comte écossais, mais curieusement, elle s'était toujours sentie à l'aise avec lui… malgré le fait qu'elle-même ne fût pas de haute naissance et qu'elle n'eût pas plus de famille que le vent sauvage de l'automne.

Erik retira sa belle cape. Il couvrit l'étranger de la lourde et chaude laine indigo. Le tissu suffisait tout juste à le couvrir.

— Il est bien grand, dit-il d'un air absent.

— Encore plus grand que vous, dit Ambre depuis l'autre côté de la chaumière.

— Le chevalier qui a mis cet homme à terre doit être un guerrier puissant.

Erik la regarda, les yeux plissés, lorsqu'elle revint rapidement vers lui, les bras chargés de l'épaisse couverture de fourrure qui recouvrait habituellement son lit.

— Si on en croit les indices, il a été mis à mal par la foudre, dit Erik distinctement.

Soudain, la vaporeuse chemise de nuit d'Ambre s'enroula autour de ses chevilles. Elle trébucha. Elle serait tombée sur l'étranger, si Erik ne l'avait rattrapée. Il la remit sur pied et la relâcha tout aussi rapidement.

— Pardonnez-moi, s'empressa-t-il de dire.

Bien qu'il ne l'ait touchée qu'un bref instant, elle ne pouvait cacher le malaise qu'elle ressentait.

— Ce n'est rien, dit-elle. Il vaut mieux que ce soit vous qui me touchiez plutôt que cet étranger.

Malgré ses mots rassurants, Erik la regardait attentivement. Il voulait être sûr que le désarroi que son contact lui avait causé n'était que fugace.

— Je ne sais pourquoi je ne ressens aucune douleur lorsque je vous touche, dit Ambre. Dieu sait pourtant que votre cœur n'est pas aussi pur qu'il le devrait.

Le sourire qui apparut sur les lèvres d'Erik fut aussi bref que le malaise d'Ambre l'avait été.

— Pour vous, Ambre l'Inaccessible, mon cœur est aussi pur que la neige à tomber.

Elle rit doucement.

— C'est peut-être parce que nous avons passé notre enfance à partager les leçons de Cassandra.

— Oui, peut-être…

Il sourit de nouveau, presque tristement cette fois-ci. Puis, il se pencha au-dessus de l'homme immobile pour l'envelopper de la couverture de laine.

Ambre couvrit ses propres épaules. Elle avait froid. Elle attisa le feu qui brûlait doucement au milieu de la pièce et, bientôt, les flammes réchauffèrent toute la chaumière, et leur lumière dansait sur ses longues nattes dorées. Elle suspendit un chaudron sur le trépied posé au-dessus du feu.

— Et les compagnons de cet homme ? demanda-t-elle.

— Ils se sont dispersés dans le vent, ainsi que leurs chevaux. Stone Ring ne doit pas aimer les Normands, dit-il en souriant férocement.

— Quand cela est-il arrivé ?

— Je l'ignore. Bien que les empreintes soient profondément dessinées, elles avaient été largement effacées par la pluie. Il ne restait du chêne frappé par la foudre qu'une souche noire et des cendres.

— Rapprochez-le du feu, ordonna-t-elle. Il doit mourir de froid.

Erik le transporta avec une facilité hors du commun, comme si l'homme n'était pas plus lourd qu'une plume. La danse des flammes faisait ressortir l'or de la chevelure et de la barbe d'Erik.

Les cheveux de l'étranger, eux, restaient d'un noir soutenu. Il était rasé de près, bien qu'arborant la moustache, également noire.

— Il respire ? s'enquit-elle.

— Oui.

— Son cœur…

— Il bat aussi fort qu'un étalon au galop, l'interrompit Erik.

Ambre soupira. Son soulagement était anormalement intense à l'égard d'un étranger.

C'était pourtant ainsi qu'elle se sentait.

— Avez-vous envoyé un de vos écuyers chercher Cassandra ? demanda-t-elle.

— Non.

— Pourquoi ? demanda-t-elle, surprise. Cassandra est bien meilleure guérisseuse que moi.

— Mais vous êtes bien meilleure voyante.

Ambre prit discrètement une profonde respiration. Elle redoutait ceci depuis qu'Erik avait déposé l'étranger à ses pieds. Elle passa lentement sa main sous sa cape et sa chemise de nuit.

Bien qu'elle possédât beaucoup de bracelets et de colliers, de pinces et de décorations pour les cheveux de valeur en ambre, il n'y avait qu'un seul bijou qu'elle ne quittait jamais, pas même pour dormir. C'était une chaîne, un fil d'or finement torsadé. Un pendentif en ambre transparent de la moitié de la paume de sa main était suspendu à une boucle dorée. De minuscules runes y étaient gravées.

Ce pendentif antique, inestimable et mystérieux, lui avait été donné à sa naissance. Au cœur de la pierre précieuse, la lumière du soleil captive étincelait doucement, rieuse et brûlante, définie par contraste, par les fragments d'obscurité également prisonniers de l'esquille d'or.

Ambre, le pendentif au creux des mains, murmura des mots anciens. La chaleur de son corps pénétra la pierre mystérieuse tandis que son souffle en caressait la surface. Soudain, une brume s'éleva. Elle avait insufflé toute sa chaleur à la substance.

Elle se pencha vivement au-dessus du feu, le pendentif à peine hors de portée des flammes. Lorsque la brume se dissipa enfin, la pierre scintilla de lumière et d'ombres aux formes changeant constamment.

— Que voyez-vous ? demanda Erik.

— Rien.

Il grogna d'impatience et jeta un regard à l'étranger, toujours inerte. Seul le caractère anormal de son sommeil prouvait qu'il n'était pas indemne.

— Vous devez bien voir quelque chose, marmonna Erik. Même moi, je sais lire dans l'ambre quand je…

— De la lumière, interrompit Ambre. Un cercle. Ancien. La ligne gracieuse d'un sorbier. Il y a quelque chose au pied de l'arbre…

Sa voix se brisa. Elle leva les yeux vers Erik. Son regard était tel l'ambre en pleine nuit : sombrement doré, indéchiffrable.

— Stone Ring et le sorbier sacré, dit-il, sûr de lui.

Ambre haussa les épaules. Erik attendait la suite.

— Il y a beaucoup de cercles sacrés, finit-elle par dire. Beaucoup de sorbiers qui poussent, beaucoup de formes d'ombres.

— Vous le voyez tel que je l'ai trouvé.

— C'est impossible. Le sorbier est *à l'intérieur* de Stone Ring.

— Justement. C'est là que j'ai trouvé l'étranger.

La remarque calme d'Erik la fit frissonner. Incrédule, elle se tourna vers l'étranger, toujours emmitouflé dans le lourd tissu, la fourrure… et mille formes d'ombres.

— À l'intérieur ? murmura-t-elle en se signant rapidement. Mon Dieu, qui peut-il bien être ?

— Un des Érudits, sans doute. Personne d'autre n'aurait pu passer entre les pierres sacrées.

Ambre regarda l'étranger, comme si elle pensait trouver sur son visage des runes qui lui révèleraient son identité. Mais elle ne vit que ce qu'elle savait déjà. Il avait les traits durs, très masculins.

Cela l'attirait, inexplicablement. Seul l'ambre avait eu un effet aussi puissant sur elle auparavant.

Elle voulait respirer le souffle de l'inconnu, s'imprégner de son odeur unique, absorber sa chaleur… Elle voulait savoir de quoi il était fait, savourer sa masculinité…

Elle voulait le toucher.

Elle n'en revenait pas. Elle, Ambre l'Inaccessible, voulait risquer la douleur en touchant un étranger.

— Le sorbier était-il en fleurs ? demanda Erik.

Elle le regarda avec méfiance.

— Cela fait mille ans qu'il n'a pas fleuri, dit-elle. Pourquoi le ferait-il pour cet étranger ?

— Qu'avez-vous vu d'autre dans le pendentif ? se contenta-t-il de demander.

— Rien.

— Et vous vous plaigniez que je ne répondais pas à vos questions…, marmonna-t-il. Très bien. Qu'avez-vous *ressenti* ?

— J'ai senti…

Erik attendit. Longtemps. Trop longtemps.

— Pour l'amour de Dieu ! Parlez-moi ! insista-t-il.

— Je ne sais pas comment l'exprimer. C'était juste une sensation, comme si…

— Comme si ? continua-t-il.

— Comme si j'étais au bord d'une falaise et que je n'avais qu'à ouvrir mes ailes pour m'envoler.

Erik sourit, partagé entre les souvenirs et le plaisir anticipé.

— C'est un sentiment agréable, n'est-ce pas ? demanda-t-il avec douceur.

— Seulement pour ceux qui ont des ailes, rétorqua-t-elle. Or, je n'en ai pas. Je ne ferais que tomber et m'écraser au pied de la falaise.

Le rire d'Erik emplit la petite chaumière.

— Ah, ma chère amie, dit-il enfin. Si cela ne risquait pas de vous faire mal, je vous prendrais dans mes bras comme si vous étiez une enfant.

— Vous êtes un bon ami, dit-elle en souriant. Venez. Portez cet homme dans mon lit. Il se reposera jusqu'à ce que Cassandra puisse s'en occuper.

Erik ne répondit pas, se contentant de la regarder avec curiosité.

— Je ne voudrais pas risquer de perdre un homme capable de passer entre les pierres sacrées à cause du froid, expliqua-t-elle.

— Je comprends. Mais il me serait plus facile d'ordonner sa mise à mort s'il n'était pas considéré comme un invité chez vous. Et dans votre lit qui plus est.

Ambre le fixa, choquée.

Le sourire qu'il lui adressait était aussi froid que le vent qui soufflait au-dehors.

— Pourquoi condamneriez-vous un étranger trouvé dans le bosquet sacré ?

— Je le soupçonne d'être un chevalier de Duncan de Maxwell, venu espionner nos terres.

— Alors la rumeur dirait vrai ? Un Normand aurait accordé à son ennemi saxon le droit de régner sur le château de Stone Ring ?

— En effet, répondit amèrement Erik. Mais Duncan n'est plus l'ennemi de Dominic. Le Fléau Écossais lui a juré allégeance à la pointe d'une épée.

Ambre détourna le regard. Elle n'avait pas besoin de toucher Erik pour connaître l'étendue de sa rage.

Duncan de Maxwell, le Fléau Écossais, était un homme à la fois bâtard et sans terres. On ne pouvait rien changer à sa bâtardise, mais, en revanche, Dominic le Sabre lui avait accordé le droit à la propriété en lui offrant de régner sur le château de Stone Ring et des terres qui l'entouraient.

Or, Stone Ring faisait partie des propriétés d'Erik.

Erik, qui avait combattu hors-la-loi, bâtards et cousins ambitieux pour obtenir le droit de gouverner les diverses terres de Lord Robert dans les Terres contestées. Et il allait certainement devoir se battre encore… C'était ainsi, dans les Terres contestées : la propriété revenait toujours au plus fort.

— Quels vêtements avez-vous trouvés avec l'étranger ? s'enquit-elle.

— Je l'ai trouvé tel quel. Nu.

— Alors ce n'est pas un chevalier.

— Tous les chevaliers ne sont pas revenus du combat contre les Sarrasins couverts d'or et de pierres précieuses.

— Certes, mais même le chevalier le plus pauvre possède une armure, des armes, un cheval et des habits, protesta-t-elle. Quelque chose !

— Il possède quelque chose.

— Quoi donc ?

— Le pendentif. Le reconnaissez-vous ?

Ambre secoua la tête. Sa chevelure semblait brûler aussi intensément que le soleil.

— Avez-vous déjà vu ou entendu parler d'une telle chose ? insista-t-il.

— Non.

Erik laissa échapper un soupir explosif qui était aussi un juron.

— Cassandra en saura peut-être plus, hasarda-t-elle.

— J'en doute.

La pièce semblait froide malgré le feu qui brûlait. Ambre avait l'impression qu'un piège se refermait sur elle. Doucement, mais sûrement.

Erik s'en était remis à elle comme souvent auparavant. Il cherchait à connaître la vérité sur un homme qui ne pouvait ou ne voulait la dire lui-même. Par le passé, Ambre avait appris tout ce qu'elle pouvait de toutes les manières possibles.

Même par le toucher.

La douleur qu'elle ressentait chaque fois qu'elle touchait un être humain était un faible prix à payer pour remercier le fils d'un comte qui avait été si généreux envers elle. Toucher un homme ne l'avait jamais effrayée auparavant.

Pourtant, ce soir-là, elle tremblait de peur.

La prophétie qui avait accompagné sa naissance frémissait dans l'air, comme la corde d'un arc que l'on vient de lâcher… et Ambre craignait la mort qu'allait provoquer sa flèche invisible et fatale.

Cependant, elle voulait toucher l'étranger. Ce désir se faisait de plus en plus pressant, oppressant même, lui permettant à peine de respirer. Elle avait besoin de le connaître. Jamais elle n'avait eu tant besoin de connaître quelque chose — pas même son vrai nom, ses parents perdus, ou son héritage caché.

Ce besoin féroce l'effrayait plus que tout. L'étranger l'appelait dans son silence, fredonnait à son oreille d'une voix que nul ne pouvait entendre, l'attirait d'une force telle qu'elle ne pouvait l'ignorer.

— Cassandra en sait plus que vous et moi réunis, dit-elle fermement. Nous devons l'attendre.

— À votre naissance, Cassandra vous a nommée Ambre. Vous pensez que c'était un caprice ?

— Non, murmura-t-elle.

— Cassandra savait que vous seriez capable de maîtriser l'ambre d'une manière qu'elle ne pourrait jamais égaler.

Ambre détourna son regard de celui, intense, d'Erik.

— Niez-vous que cet étranger porte votre marque ?

Elle demeura silencieuse.

— Bon Dieu, marmonna-t-il, pourquoi êtes-vous si difficile ?

— Bon Dieu, répliqua-t-elle, pourquoi êtes-vous si borné !

Surpris par la colère inhabituelle d'Ambre, il la regarda, ahuri.

— Connaissez-vous le nom de cet homme ? demanda-t-elle.

— Si je le savais, je n'aurais pas à…

— Vous souvenez-vous de la prophétie de Cassandra ? l'interrompit Ambre.

— Laquelle ? rétorqua-t-il. Cassandra répand ses prophéties comme un chêne perd ses feuilles saisies par le gel.

— Vous parlez comme quelqu'un qui n'a jamais regardé plus loin que le bout de son épée…

— Le maître d'armes a toujours admiré l'ampleur de ma portée, riposta Erik en souriant.

— Discuter avec vous, c'est comme se battre contre des ombres, dit-elle, frustrée.

— Cassandra avait pour habitude de dire *ceci*, bien plus qu'elle ne disait de jeter des perles aux pourceaux. Elle étant la sagesse, et moi le pourceau, bien sûr.

Pour une fois, Ambre ne se laissa pas déstabiliser par son esprit vif et ses mots sarcastiques.

— Écoutez-moi, le pressa-t-elle. Écoutez ce que Cassandra a prédit le jour de ma naissance.

— Je connais la…

Mais Ambre parlait déjà. Les mots jaillissaient de sa bouche, contant la prophétie qui était née avec elle pour jeter une ombre sur sa vie.

— Un homme sans nom pourrait te réclamer, cœur, corps et âme. Alors, une vie riche pourrait se déployer, mais la mort inéluctablement viendra frapper. Dans l'obscurité, il viendra à toi. Si tu le touches, tu connaîtras cette vie possible et cette mort qui sera. Fais-toi alors comme le soleil, caché dans l'ambre, non touché par l'homme et ne le touchant pas non plus. Sois interdite.

Erik, l'air sombre, regarda tour à tour l'étranger et la jeune fille. Elle était effectivement comme le soleil capturé dans l'ambre, pareille à des éclats d'or qui se détachent nettement sur une vérité sombre : un simple contact avec un autre être humain pouvait lui affliger une douleur incommensurable.

Et pourtant, il lui demandait de toucher l'étranger. Il n'avait pas le choix.

— Je suis désolé, dit-il, mais si des espions de Dominic le Sabre ou du Fléau Écossais rôdent sur les terres de Stone Ring, je dois le savoir.

Ambre acquiesça lentement.

— Et par-dessus tout, je dois savoir où se trouve le Fléau Écossais, continua-t-il. Dès que Duncan de Maxwell sera mort, les propriétés de Lord Robert dans les Terres contestées seront à l'abri des menaces.

Ambre hocha de nouveau la tête, sans pour autant toucher l'homme inerte qui reposait à ses pieds.

ÉDITIONS
POCHETTE INC.

www.ada-inc.com
info@ada-inc.com

www.facebook.com/EditionsPochette